ALLES LICHT DER WELT

von

HUGH WALKER

HUGH WALKER

ALLES LICHT DER WELT

Herausgeber:
Peter Emmerich
EMMERICH Books & Media
Wittmoosstr. 8, 78465 Konstanz
www.emmerich-books-media.de

Originalausgabe
© 2015 by EMMERICH Books & Media, Konstanz
& Hugh Walker

Cover-Layout: Beate Rocholz

Gesamtlayout und Satz: Jörg Schukys

ISBN-10: 1507635915
ISBN-13: 978- 1507635919

INHALT

VORWORT   I

ALLES LICHT DER WELT   3

DER WALL VON INFOS   23

REBELLION DER TALENTE   121

DAS SIGNAL   221

ANHÄNGE   321

ZU DEN TEXTEN   322

DAS SIGNAL (ORIGINAL-KAPITEL 20)   323

DIE COVER DER ERSTAUSGABEN   326

DER AUTOR   329

DIE COVER-ILLUSTRATORIN   331

VORWORT

Unser Titel ist dem UTOPIA-ZUKUNFTSROMAN-Heft Nr. 513 (Erich-Pabel-Verlag, 1966) entliehen, einer Anthologie, in der Hugh Walker unter dem Pseudonym Madman Curry seine ersten beiden Kurzgeschichten veröffentlichte: *Planet der Begierde* und eben auch *Alles Licht der Welt*, der Auftakt dieses Buches.

Hugh Walkers Science-Fiction-Romane sind schnell aufgezählt. Neben seiner Trilogie um die *Real-Phantasie* schrieb er nur drei weitere SF-Romane, die in diesem Band nachgedruckt sind. Seine Stärke fand er in den Erzählungen, welche er für Pabels *Vampir-Horrorromane* schrieb. Und als allmählich die Fantasy in Deutschland Einzug hielt, war Hugh Walker ein Mann der ersten Stunde.

Walkers SF-Romane werden oft unterschätzt, obwohl er schon damals nachdenkenswerte Fragen thematisierte. Wie beispielsweise in *Der Wall von Infos*, in dem anonymisierte Menschen ihrer Beschäftigung nachgehen, ohne eine Beziehung zum Leben. In dieser in sich geschlossenen Gesellschaft ist die Existenz der Menschheit einem Computer unterworfen, der mit elektronischen Impulsen dafür sorgt, dass sich der gemeine Mensch nicht mehr von der Maschine unterscheidet. Keine Gefühle – keine Probleme! Selbst Fortpflanzung wird zum mechanischen Akt unterdrückter Gefühle – anders als bei der regierenden Klasse, die nicht gewillt ist, auf gewisse Vorzüge und Annehmlichkeiten zu verzichten.

Wenn jedoch diese Technik – wie im Roman – früher oder später versagt, werden die Unterschiede zur Maschine offenbar. Die organische Konzeption gewinnt die Oberhand, die Schwächen und Vergänglichkeit des Individuums treten zutage, aber auch Genialität und Phantasie und die damit verbundene schöpferische Kraft. Dann ist der Mensch bereit, den Schoß der Technik zu verlassen und sich wieder auf sich selbst zu besinnen.

Peter Emmerich, März 2015

ALLES LICHT DER WELT

von

MADMAN CURRY

»Vielleicht ist der Mensch *nur eine von* Gott *angefertigte Skizze und noch nicht das endgültige Werk …«*

William Faulkner

Das Erwachen an diesem bewussten Morgen hatte nichts Ungewöhnliches an sich. Es war so süß und aufregend wie immer, wenn Ferien waren und der Tag nur Abenteuer barg. Es war die heißersehnte Rückkehr ins Bewusstsein, das erste Hineinlauschen in den jungen Tag, der eine Fülle von Gerüchen, Geräuschen und eine Flut von blendendem Licht durch das offene Fenster dringen ließ, um das kleine Zimmer mit einem Sommermorgen zu füllen.

Martin lauschte auf das sanfte Stimmengemurmel, das von der Straße kam. Seine Augen gewöhnten sich schnell an die Helligkeit. Er fühlte sich tatendurstig und seine kleine Gestalt wälzte sich aus dem Bett. Er trat ans Fenster und pumpte seine Lungen mit einer hochmütigen Geste voll frischer Morgenluft.

Und plötzlich hielt er inne. Alles war normal; alles war wie sonst. Nichts schien ungewöhnlich zu sein. Und doch fühlte er es. Etwas Schreckliches, Unheimliches lauerte; verborgen in der Pracht des Morgens.

Martin fröstelte.

Er starrte durchs Fenster, wie um der Unsichtbarkeit des Ganzen Trotz zu bieten. Er wusste, es war sinnlos. Er musste die Ursachen bei sich selbst suchen. Da es ein Gefühl war, konnte es nur an ihm liegen. Denn nichts ist subjektiver als ein Gefühl – und trügerischer.

Aber Martin Clifton glaubte an seine Gefühle, an seine Ahnungen, und das Seltsame daran war, dass sie ihn noch nie getrogen hatten. Wenn also heute Ärger in der Luft lag, zu undeutlich, um greifbar, um erkennbar zu sein, aber doch zu deutlich, um ignoriert werden zu können, dann würde es auch Ärger geben. Das wusste er.

Jedenfalls würde er vorsichtig sein!

Schnell kleidete er sich an, schlang das Frühstück hinunter, weil Mutter es befahl, und rannte barfuß in die Stadt; vorbei an den Villen und Gärten des Vorstadtviertels, bis er heftig atmend bei der alten ehemaligen Volksschule angelangt war. Hier begann die eigentliche Stadt. Die Häuser rückten enger zusammen, die Gärten verschwanden. Aber es war nicht die Stadt, die Martins Aufmerksamkeit erregte. Es war der alte Bettler, der auf der anderen Seite der Straße im Schatten saß und eine Rast einlegte, bevor er sich weiter in die Stadt begab, wo er einen behördlich bewilligten Standplatz besaß.

Der Bettler musste sehr alt sein. Sein Gesicht glich einer ledernen Maske, gegerbt, als wäre es ein Leben lang nur Schutz vor Sturm und heißer Sonnenglut gewesen. Die Falten waren tief eingeschnitten, wie Kerben, und zogen die Mundwinkel zu einem leisen Lächeln hoch. Es war kein sanftes Lächeln, es lag kein Ausdruck darin − weder der Freude, noch des Spotts, noch der Geduld. Es war wie festgebrannt. Und der Gehalt, den es einst gehabt haben mochte, war zu Asche geworden, wie wohl auch die Wünsche und Hoffnungen des alten Bettlers. Seine Gestalt hatte nichts von der wohlhabenden Sattheit gepflegter Formen an sich. Nur eine unendliche Zähigkeit schien hier Muskel an Muskel und Knochen an Knochen zu binden. Seine Kleidung war zerrissen und verschmutzt.

Das Auffallendste an der seltsamen Gestalt aber waren die Augen. Sie blickten starr und unbewegt, ohne jedes Leben. Der Alte war von Geburt an blind.

Martin überquerte langsam die Straße und schlenderte auf ihn zu. Er ließ sich neben ihm nieder und blickte ihn unverwandt an.

Der Alte drehte langsam den Kopf. »Martin?«, fragte er leise.

»Ja«, sagte der Junge verlegen.

»Du kommst früh. Hast du es dir überlegt?«

Martin blickte unsicher auf die erbärmliche Gestalt. Das war die entscheidende Sekunde! Das war sein großes Abenteuer! Aber er hatte Angst. »Überlegt habe ich es mir schon …« Er zögerte.

»Und?« Es klang so gefühllos wie alles andere. Und doch wusste Martin, dass dies wohl die wichtigste Frage war, die dieser blinde Bettler jemals in seinem Leben gestellt hatte. Die Erregung war förmlich fühlbar.

Martin zögerte mit der Antwort. Es war seltsam. Er erkannte plötzlich, dass er kein Vertrauen zu dem Alten hatte. Er kannte ihn ja kaum. Vor vier Tagen, als er ihn erstmals gesehen hatte, war er neugierig in seine Gedankenwelt eingebrochen und eine erstaunliche Welt hatte sich ihm aufgetan. Eine Welt voller Symbole. Eine Welt reiner Phantasie ohne jede Realität. Abgesehen von gewissen emotionalen Eindrücken glich sie einer Märchenwelt.

Nun war es nicht so, dass Martin jedermanns Gedanken in einem Umkreis von bestimmten Ausmaßen lesen konnte oder auch nur empfing. Vielmehr verhielt es sich so, dass er in das andere Dasein eindringen musste; nicht mit Gewalt, es ging ganz leicht. Es bedurfte nicht einmal einer gesteigerten Konzentration, nur eines bestimmten gefühlsmäßigen Zustandes. Martin glaubte wenigstens, dass er gefühlsmäßig war; so etwa, wie ein übermäßiges Wohlbefinden des Körpers, das soweit ging, dass man ihn nicht mehr fühlte. Vielleicht sollte man es so formulieren: die innere Freiheit war der Schlüssel zum fremden Ich!

Martins Eltern wussten von diesen übernatürlichen Fähigkeiten ihres Sohnes nichts. Wozu, dachte Martin, sollten sie es wissen? Es würde nur Aufregung verursachen und den harmonischen Ablauf seines Lebens erschüttern. Wozu sollte es überhaupt jemand wissen, außer ihm? Es war doch wundervoll, ein Geheimnis vor der großen Welt zu haben. Im Grunde genommen aber hatte er Angst vor dem Egoismus, der Gier und dem Urteil der Welt. Er hatte Angst, dass man ihm das nehmen könnte, was er mit steter Kraft in sich wachsen und sich entwickeln fühlte.

Wie lange er die seltsame Fähigkeit schon besaß, wusste er selbst nicht genau. Aber schon sehr lange. Zuerst völlig unkontrolliert. Martin konnte sich einiger Erlebnisse entsinnen, die er nur einer zufällig in ihm vorhanden gewesenen Freiheit zu verdanken hatte. Erst nach und nach lernte er, dieses Gefühl der inneren Freiheit bewusst herzustellen. Gleichzeitig damit stellte sich ein Vorahnungsvermögen ein. Eine Art zweites Gesicht.

Es bedeutete für Martin längst keine Schwierigkeiten mehr, in einen fremden Geist einzudringen, als er den Bettler das erste Mal sah.

Er wusste eigentlich nicht recht, was er mit seiner Fähigkeit Positives anfangen konnte. Er lauschte den fremden Gedanken, empfand die fremden Gefühle mit; aber er verstand es nicht, aus ihnen etwas zu lernen oder sie irgendwie zu verwenden. Dazu war er zu jung. Mit vierzehn Jahren war er gefühlsmäßig noch zu unausgebildet, um sich an Fremdem zu ergötzen. Es fehlten ihm Zynismus und eigenes Erleben. Aber in einer gewissen Art und Weise gab es ihm doch sehr viel. Es war ein Spiel für ihn, ein wundervolles, ungeheuer vielfältiges Spiel, das nie Langeweile in ihm aufkommen ließ.

Der Bettler war etwas völlig Neues für ihn gewesen. Da er nie das Licht des Tages erblickt hatte, war seine Vorstellungswelt eine Pseudorealität. Er koordinierte sein Wissen mit den Erfahrungen seiner anderen Sinnesorgane. Die Vorstellung, die sich daraus ergab, war etwas Unvollständiges, Unfertiges, imaginär ergänzt. Sein abstraktes Denken unterschied sich kaum von dem jedes anderen Menschen. Aber seine Vorstellungen waren eine Wunderwelt.

Martin war begeistert davon. Und zwar so begeistert, dass er den Alten ob seiner Blindheit nicht bedauerte, sondern beneidete. Er hockte den ganzen Tag neben ihm und spielte und erlebte in dieser halbfertigen Welt.

Am zweiten Tag hatte Martin plötzlich bemerkt, dass der Alte es fühlte. Das war sehr seltsam, denn bisher hatte es noch niemand gefühlt. Einen Augenblick lang packte ihn Erschrecken, denn er dachte, dass seine geheimnisvolle Kraft vielleicht schon zu groß geworden sei, um unentdeckt zu bleiben. Aber später fand er heraus, dass andere nichts bemerkten. Also konnte es nur an dem Bettler liegen.

Diese Erkenntnis empfand er auf zweierlei Weise. Sie ernüchterte ihn, weil ihm zum ersten Mal eine Ahnung zuflüsterte, sein Geheimnis könnte mehr sein als nur ein Spiel, mehr als nur unterhaltsames Lauschen in fremden Sorgen und Freuden, mehr als nur eine Kette von Abenteuern, die einem Jungen die Zeit vertrieben. Und sie erleichterte ihn, weil die Entdeckung seines sorgsam gehüteten Schatzes nur auf einen einzigen beschränkt blieb, auf den Alten.

Sowohl die Ernüchterung als auch die Erleichterung verschwanden aber gänzlich zugunsten einer vagen, ungreifbaren Angst, die sich in ihm festfraß und ein Teil seines Wesens wurde. Er wusste nun mit absoluter Sicherheit, dass es für ihn lebenswichtiger war, sein Geheimnis zu hüten. Später würde das anders sein, wenn das Verstehen kam, um das er jetzt Schritt für Schritt kämpfte.

Es war zum ersten Mal gewesen, dass er sich bemüht hatte, die Dinge logisch und nicht gefühlsmäßig zu betrachten. Und innerhalb etwas mehr als einem Tag hatte Martins seelische und geistige Entwicklung Jahre durcheilt. Jahre, die nun kommen würden und nichts Nennenswertes mehr beisteuern konnten zu dieser Entwicklung, außer dem körperlichen Wachstum und der geistigen Schulung.

Martin hatte natürlich keine absolute Kenntnis der Dinge erhalten. Dazu fehlten ihm alle Voraussetzungen. Aber das Wesentliche hatte er erkannt. Es war ihm bewusst geworden, dass ihn etwas von den übrigen Menschen unterschied; dass er in gewisser Beziehung anders war als sie. Außerhalb der Norm.

Abnormal!

Das Wort hatte ihn bis auf den Grund seiner Seele aufgewühlt. Und da war erstmalig das bittere Gefühl des Alleinseins gekommen. Obwohl sein Verstand ihm sagte, dass es eigentlich eine Überlegenheit sein musste, die ihn von den anderen trennte und immer trennen würde, sein ganzes langes Leben, das er vor sich hatte, wollte sich kein entsprechendes Gefühl einstellen. Nur eines war stärker gewesen als die Einsamkeit – die Angst! Sie war eine Qual, vor der es kein Entrinnen gab. In jedem Winkel seines Geistes, in jedem Geheimnis seiner Seele, in jeder Zelle seines Körpers war sie gegenwärtig wie eine Sturmflut, die sich über ihn ergoss und den rettenden Strand in unendliche Ferne rückte. Nur Chaos erstreckte sich um ihn. Nur Wirklichkeit, aber keine Möglichkeit.

Und doch gab es zwei Wege. Der eine war leicht und bedurfte keines Zutuns: Er führte in den Irrsinn! Der andere bedeutete weitere Qual: Analyse!

Er musste die Angst analysieren. Er musste wissen, wovor er Angst hatte.

Vor der Normalität und ihren Gesetzen!

Er wusste, dass es eigentlich nur noch seines Willens bedurft hätte, um zu dieser Erkenntnis zu gelangen. Unbewusst war das schon lange in ihn gewesen. Ein Schock musste es ins Bewusstsein rufen.

Martins Funktionen hatten sich rasch normalisiert. Die peinigende Angst war nach der Analyse langsam ins Unterbewusstsein geglitten; immer gegenwärtig, immer bereit, ihm frische Qual, aber auch Warnung und Erkenntnis zu geben.

Damit, dass er um seine Abnormalität wusste und sie als solche akzeptierte, fand auch die Angst in ihm ihre Definition. Es war keine Furcht vor der Abnormalität, sondern vor der Normalität. Die Erkenntnis dieses Faktors gab ihm gleichzeitig die Reife, ihre Folgen zu sehen.

Denn was würde geschehen, wurde man seiner Abnormalität gewahr? Es gab, wie er sich überlegt hatte, drei Möglichkeiten.

Die eine war Mitleid. Abgesehen davon, dass Martin diese Empfindung ablehnte, weil sich doch ein gewisses, aus seinen Erkenntnissen resultierendes Überlegenheitsahnen seiner bemächtigt hatte, glaubte er, dass dies auch die Umwelt erkennen würde. Aber sie würde Mitleid heucheln, um ihn in seiner Überzeugung zu erschüttern. Und das aufrichtige Mitleid, das aus dem Unverstand resultierte? So oder so, es würde hässlich sein!

Die zweite war Sensationslust. Man würde ihn zur Schau stellen. Martin schauderte. Man würde ihm Beifall zollen, zulächelnd, aber im Grund genommen froh sein, nichts mit ihm zu tun zu haben.

Die Angst schließlich war die dritte Möglichkeit. Die Angst vor allem Fremdartigen, Andersgearteten, die einem weit in die menschliche Vergangenheit zurückreichenden, in seinen Ausdrucksformen zum Großteil asozialen, menschlichen Charakteristikum, dem Aberglauben, entsprossen sein mochte. Die Hexenverbrennungen, von denen Martin in der Schule gehört hatte, gewannen in seinem aufgewühlten Inneren ungeheure Bedeutung. Der Pöbel kannte keine Gnade, wenn ihm Angst und Hass im Herzen saßen. Martin glaubte zwar nicht, dass der moderne, wissenschaftlich aufgeklärte Mensch einen einzelnen als Gefahr empfinden würde – aber war er schließlich wirklich der einzige? Der Alte zum Beispiel! Der hatte ihn zu fühlen vermocht. War es da nicht naheliegend, anzunehmen, dass ...?

Nein, das allein besagte noch nichts.

Martin war ob seiner konkreten Überlegungen erstaunt und verwirrt gewesen. Sicher, man war mit vierzehn Jahren nicht unbedingt mehr ein Kind. Aber diese Reife kam dennoch überraschend. Sozusagen von innen her. Aus dem Nichts! Oder sollte er hier die Früchte seines abenteuerlichen Spiels im Reich fremder Geister ernten? Speicherte das Unterbewusstsein vielleicht dabei Dinge, die später wichtig für das Erkennen und Überleben waren? Dann bildete dies wohl ebenso einen Teil seiner Abnormalität wie alles Übrige. Er schob den Gedanken beiseite. Es hatte keinen Sinn, dass er sich über diese Dinge den Kopf zerbrach. Dazu wusste er noch zu wenig über sich selbst.

Plötzlich war noch ein Gedanke aufgetaucht. Es gab eine weitere Möglichkeit der Reaktion der normalen Umwelt. Sie war so gering, dass er sie fast übersehen hätte. Das wissenschaftliche Interesse! Und die damit verbundene Erkenntnis, dass diese Dinge vielleicht im Plan einer menschlichen Evolution – nicht einfach Mutation, nein – sondern die ersten Anfänge einer neuen, ungeheuren Periode in der Entwicklung der Menschheit waren.

Martin hatte an dieser Stelle zu denken aufgehört. Es war ganz plötzlich über seine Kräfte gegangen. Aber dunkel hatte er erkannt, dass sich hier die einzige Chance für ihn bieten würde. Ein Gedanke nur oder eine Vorahnung, wie er sie so oft hatte und welche dann immer zur seltsamen Gewissheit wurden.

Aber alle seine Überlegungen resultierten aus der grundlegendsten Erkenntnis, die sein junger Geist jemals gemacht hatte. Die Erkenntnis aus dem Augenblick, an dem er zum ersten Mal bewusst die Kausalität seines Spiels mit dem Begriff: *Durch meine Kraft, durch* meine *Fähigkeit* assoziiert hatte.

Trotz eines unbestimmten Dranges, den Bettler wieder aufzusuchen, hatte Martin aus unerklärlichen Gründen einen ganzen Tag verstreichen lassen. Er war einfach zu unentschlossen gewesen. Er fühlte, dass der Alte bereits um sein Geheimnis wusste. Und das bedeutete Gefahr.

Am vierten Tag endlich hatte sich Martin zu der Überzeugung durchgerungen, dass der Weg unvermeidlich war, wollte er sich noch einmal in seinem Leben sicher fühlen.

Der Bettler schien ihn erwartet zu haben, denn kaum war Martin in seine Gedanken eingedrungen, konnte er sich des unbestimmten Gefühls nicht erwehren, dass er *belauscht* wurde. Er hatte es zu ergründen versucht, war aber durch die Worte des Bettlers jäh unterbrochen worden.

»Junge, es ist an der Zeit, dass wir miteinander reden!«

Die Stimme war so trocken und gefühllos wie immer gewesen.

»Aber lass mich los! Geh hinaus!«

Martin hatte das Chaos in seinem Innern unterdrückt. Er wollte seine Überlegenheit bewahren.

»Ja, wir müssen uns unterhalten.«

Der Alte besaß, wie sich herausstellte, eine ähnliche Fähigkeit wie Martin. Doch war diese nicht so ausgeprägt, was so zu verstehen ist, dass er zwar ebenso in die Gedanken anderer hätte eindringen können, wenn es ihm gelungen wäre, die *Schranke* zu überwinden. Es gab eine *Schranke* in jedem Gehirn, wie der Bettler sich ausdrückte, doch war es klar, dass er es symbolisch meinte. Es schien dies ein höchst subjektives Etwas

zu sein, denn Martin war bisher auf nichts dergleichen gestoßen. Dass etwas ihn ernstlich hindern könnte, war ihm nie in den Sinn gekommen. Er überlegte, ob vielleicht der Bettler nicht genug Kraft besaß, in das irgendwie abgeschlossene System eines Menschen einzudringen. Abgeschlossen! Ist es eigentlich abgeschlossen? Denn, wenn es vollkommen offen ist …
Er fragte sich, wo überhaupt die Grenze zwischen normal und abnormal lag!

Lediglich bei Martin hatte der Alte tiefer einzudringen vermocht; aber auch nur dann, wenn dieser umgekehrt das gleiche tat. Jedoch hatte es auch hier keinen vollen Erfolg gegeben. Nur schien in diesem Augenblick der Widerstand schwächer, so dass ein gewisses Eindringen möglich war.

Im Verlaufe dieses Gespräches hatte sich für Martin eine Tatsache immer mehr herauskristallisiert. Der Alte war für seine Ziele nutzlos. Denn er erkannte nicht seine Fähigkeit als solche und die Möglichkeiten ihrer systematischen Entwicklung. Die mögliche Tragweite seiner Fähigkeit, auch wenn diese noch so sehr beschränkt war, bedeutete ihm nichts. Alles das, wonach Martin forschte, was er zu wissen begehrte, eine mögliche Verbindungsaufnahme mit ähnlich Veranlagten, die zweifellos irgendwo sein mussten, gab für seine gepeinigte Seele keinen Sinn. Er hatte nur ein Ziel. Und Martin konnte es ihm nicht einmal übel nehmen. Er verstand ihn und hätte vielleicht ebenso gehandelt.

Der Alte sah in Martin die Möglichkeit zu *sehen!*

Denn wenn Martin in das Gehirn des Alten eindrang, wenn daher seine *Schranke* sehr schwach wurde oder vielleicht sogar ganz zusammenbrach, dann konnte der Bettler umgekehrt das Gleiche tun – und sehen! Martin war erschreckt und fasziniert zugleich. Es war ein sonderbares und in der Geschichte der Menschheit bestimmt einmaliges Experiment.

Hatten diese nutzlosen Augen vor ihm gefleht? Plötzlich hatte Martin zu zittern begonnen, als er sich der Tragweite der Dinge bewusst geworden war. Er war auf einmal sehr müde gewesen. Wie es einem Jungen von vierzehn Jahren zukam. Er war plötzlich wieder das gewesen, was er zwei Tage lang vergessen und das seine einzigartige Frühreife mit Füßen getreten hatte: Martin Clifton, vierzehn Jahre alt.

Mit dieser Erkenntnis war die Angst gekommen – und die Hilflosigkeit. Dem Weinen nahe, eine nur allzu begreifliche Reaktion, war er aufgestanden und davongelaufen.

Und jetzt stand er vor dem Alten und wusste immer noch nicht, ob er es tun sollte, obwohl er den ganzen vorhergehenden Abend über das Problem nachgegrübelt und sich positiv entschieden hatte. Aber die schreckliche Ahnung am Morgen, die ihm ein sicheres Zeichen für ein Unheil schien, machte ihn unentschlossen.

Er sah den Alten an und eine Welle von Mitleid bereitete ihm fast physischen Schmerz. Was konnte schon viel geschehen? Einen Tag lang blind sein. Er stellte sich vor, blind zu sein, und er wusste, dass er viel gab. Aber da war doch die wunderbare Vorstellungswelt des Alten. War sie es nicht wert, einen Tag Licht dafür zu geben?

»Ich will es versuchen«, hörte sich Martin sagen. Und dann vernahm er ein Seufzen, ein Seufzen der Erleichterung.

Es war dies die erste Offenbarung einer Gefühlsregung in der erbärmlichen Gestalt zu seinen Füßen.

Dann ging alles sehr schnell. Die leisen Zweifel, die Martin hegte, dass es dem Alten nicht gelingen würde, in ihn einzudringen, zerfielen. Realität war schließlich die Tatsache eines gelungenen Experimentes. Der Schock des einmaligen Erlebnisses war der Augenblick, da er fühlte, dass er jeglichen Kontakt mit seinem Körper verloren hatte. Aber sogleich akzeptierte sein vergewaltigter Geist die Inbesitznahme des fremden Körpers und begann mit der ungewohnten Physiologie zu experimentieren. Alles wurde in Sekunden zu Gewohntem.

Wie er erwartet hatte, sah er nichts. Kein Lichtschimmer, nur das Wärmeempfinden der Haut – das war alles, was von der Sonne geblieben war. Er vernahm einen leisen Aufschrei neben sich. Er hielt den Atem an und lauschte. Seinem infolge der Blindheit geschärften Gehörsinn entging nichts.

»Ich sehe, oh, Gott, ich sehe«, schluchzte die Stimme, die seine gewesen war. An dem leisen Scharren erkannte Martin, dass sich der andere erhob.

»He, Alter«, sagte er leise, »ich muss um sechs zu Hause sein.« Und mit einem Anflug von Humor fügte er hinzu: »Gib auf mich acht. Ich bin immerhin erst vierzehn.«

»Schon gut, mein Junge!«

Dann hörte Martin das Tappen der nackten Füße, das sich schnell entfernte.

Die Spannung, die Martin bis zu diesem Augenblick keine Zeit zum Nachdenken gelassen hatte, wich von einem Moment zum anderen. Und da nichts da war um sie zu ersetzen, blieb eine Leere zurück, die ihn so erschütterte, dass er laut aufschluchzte. Dann kam die Einsamkeit, mehr noch das Gefühl vollkommenen Verlassenseins, das durch die absolute Finsternis um ihn noch tausendmal verstärkt wurde. Die Hilflosigkeit schließlich, die den Zorn gebar – und damit den Willen zur Existenz. Den Willen zum Überleben!

Martin versuchte, die intensiven Gefühle zu unterdrücken; ein schwieriges Unterfangen im Hinblick auf seine Unerfahrenheit und die Einmaligkeit des Geschehens. Aber langsam gewann sein Bewusstsein die Kontrolle über die gänzlich fremde Umgebung.

Martin begann den Körper zu untersuchen.

Er betastete Kopf, Gesicht, die lederne Haut, prüfte die Sinnesorgane, fühlte das Gras, den Boden zu seinen Füßen, den Wind, der kühl und sanft um seine Haut strich, der den Duft von Gras, Löwenzahn, Glockenblumen, Hederich, von Klee und Klatschmohn und von Heu mit sich trug, um überall zu verkünden, dass Sommer war.

Martin fühlte, dass es ein gesunder Körper war. Er fand keinen Schmerz in ihm, nur Müdigkeit. Eine Müdigkeit, die niemals vergehen würde, weil ihre Ursachen in der Seele verborgen lagen. Martin wusste, was diesem Körper fehlte, um stark zu sein. Licht! Licht, das durch die Augen fallen konnte und ihm eine innere Helligkeit zu geben vermochte. Einen Augenblick dachte er daran, ob wohl auch der Alte seinen

Körper so untersuchte. Aber er verwarf diesen Gedanken. Für ihn gab es zu viel zu sehen.

Die Zeit verfloss nur langsam. Martin wurde der Untersuchungen müde. Langeweile überkam ihn, weil ein Junge ganz einfach nicht tatenlos sein konnte. Auch wenn er sich im Körper eines Sechzigjährigen befindet. Wie alt war der Bettler eigentlich? Vielleicht sogar siebzig? Oder achtzig? Eine plötzliche Angst schüttelte ihn. Wenn er nun starb, was dann? Noch etwas sickerte in sein Bewusstsein. Die Traumwelt! Die phantastische Vorstellungswelt des Alten! Sie war verschwunden, als habe es sie nie gegeben. Es war nur Dunkelheit um ihn, Schwärze und Nacht. Und Erinnerungen! Das war es. *Er konnte sich erinnern!* Für ihn gab es nichts Bizarres, Unfertiges, solange er allein in diesem lichtlosen Gefängnis steckte. Seine Erinnerungen waren das Licht. Und hier war nur das Dunkel. Er fühlte nun all das Drückende des fremden Körpers tonnenschwer. Eine unsägliche Last. Eine unsägliche Qual. Schrecken fasste ihn und steigerte sich zu einer Panik, die alles um ihn erlöschen ließ und in der für ihn ultimaten Frage gipfelte:

Wenn der Alte nicht wiederkam – was dann?

Schluchzen schüttelte den Körper. Aber es kamen keine Tränen. Es war, als habe der Körper schon vor langer Zeit verlernt zu weinen.

Martin hatte jegliches Zeitgefühl verloren. Nur das merkliche Nachlassen der Hitze ließ ihn ahnen, dass es bereits spät am Nachmittag war, als er Schritte vernahm.

Der Alte kam.

Martin jauchzte auf. Das namenlose Grauen, das im Laufe des Tages immer mehr von ihm Besitz ergriffen hatte, schlug augenblicklich in ein Gefühl stürmischer Erwartung um. Nur ein Gedanke beherrschte ihn. Licht! Sehen! Nur fort von hier!

Aber das Tappen hörte in einiger Entfernung auf und wollte nicht näher kommen. Martin erstarrte, alle Sinne gespannt, von denen der eine nur die Finsternis wahrnahm. Dann vernahm er erregtes Atmen.

»Alter?«

Martin atmete verhalten. Seine Hände griffen an die nutzlosen Augen, wie um sich zu vergewissern, dass sie offen waren.

»Ich weiß, dass du hier bist. Ich höre dich. Warum kommst du nicht näher? Ich will nach Hause!«

Er versuchte, sich aufzurichten.

»Bleib, wo du bist!«, hörte er die Stimme die seine war.

»Aber du bist zu weit weg. Ich kann dich nicht erreichen. Wir können nicht tauschen!«

»Stimmt. Und das hat auch seine Gründe. Ich will mit dir reden.«

»Es ist schon spät.«

»Wir haben Zeit genug.«

»Ich habe Angst. Noch nie in meinem Leben war ich in solch einer Finsternis. Man kann die Hand nicht vor den Augen sehen.«

»Ich weiß es jetzt auch. Du kannst dir also vorstellen, was dieses Sehen für mich bedeutet hat, nicht wahr?« Er sprach erregt und stoßweise. »Und sieh mal, ich kann dir dafür nicht dankbar sein. Es hat alles nur viel schlimmer gemacht. Und weißt du, warum?«

»Nein«, sagte Martin und versuchte, die würgende Angst zu unterdrücken.

»Ich kann mich jetzt erinnern!« Der Alte machte eine hilflose Gebärde. »Ich bringe das alles nicht mehr aus dem Kopf. Die Sonne, die Menschen, das Land und die Blumen, den Himmel. Ich muss das alles wiedersehen. Und dann gibt es noch so viele Dinge, die ich nicht gesehen habe. Die Sterne zum Beispiel. Ich will sie sehen, ich muss sie sehen. Und nur du kannst mir dabei helfen.«

»Nein«, schrie Martin. »Ich tue es nie wieder. Ich bin halb verrückt vor Angst. Ich kann es nicht mehr ertragen. Es geht über meine Kräfte.«

»Aber du bist meine einzige Chance. Du musst es tun. Du kannst mich jetzt nicht im Stich lassen. Die Erinnerungen werden mich krank machen. Langsam, aber sicher. Ich werde verrückt!«

»Das ist mir gleichgültig. Ich kann nicht mehr. Ich will nicht mehr. Warum quälst du dich damit? Du hast erreicht, was du wolltest. Ich habe dir mehr gegeben, als du jemals in deinem Leben besessen hast. Du wirst dich an immer mehr erinnern können und es wird immer schlimmer werden.«

Der Alte atmete heftig. »Wir könnten uns das Ganze einteilen. Du überlässt mir deinen Körper jeden zweiten oder dritten Tag oder …«

»Nein! Du bist verrückt! Ich habe ein Recht auf mein eigenes Leben. Ich will es nicht mit dir teilen!«, schrie Martin auf.

»Einmal in der Woche − oder im Monat. Ich muss wieder sehen! Ich werde verrückt!«

»Nein«, keuchte Martin.« Ich kann nicht.«

»Du kannst nicht so grausam sein, du bist der einzige, der mir helfen kann.«

»Nein!«

»Es kann dir nicht gleichgültig sein.«

»Es tut mir leid, ich kann nicht. Verstehst du denn nicht? Es ist mir nicht gleichgültig. Aber ich kann einfach nicht.« Martin war dem Heulen nahe. Er wusste, dass er dem Alten alle Hoffnungen raubte, aber es ging hier um sein Leben. Wenn er jetzt nachgab, würde er ihn nie wieder loswerden und das Verlangen immer größer werden. Er tat ihm ungeheuer leid, aber es überstieg seine Kräfte. Gleichzeitig hatte er Angst, der Alte könne fortgehen und ihn zurücklassen, so groß auch das Wagnis sein mochte. Martin lauschte auf das erregte Atmen seines Gegenübers. Plötzlich vernahm er ferne Stimmen, die sich zu nähern schienen. Menschen! Innerlich jubelte Martin auf. Sie schickte der Himmel.

»Dann wenigstens diese Nacht«, bettelte der Alte. »Ich muss die Sterne sehen. Ich bin verrückt nach ihnen. Und die Städte, die Lichter. Ich muss die Nacht sehen. Nur eine Nacht, Martin. Eine Sommernacht.«

»Nein. Ich muss nach Hause!«

»Dein letztes Wort?«, fragte der Alte lauernd.

»Ja«, sagte Martin fest.

»Das kannst du nicht tun, Junge. Du bist es mir schuldig.«

»Ich bin dir nichts schuldig.«

»Doch, du hättest wissen müssen, dass ich mich nachher erinnern kann.«

»Daran dachte ich nicht.«

»Du hast diese Hölle in mir entfacht.« Martin wusste, dass der Alte jetzt eine wirkliche Gefahr bedeutete, wenn nicht schnell Hilfe kam. Er lauschte erneut. Die Leute waren nicht mehr weit.

»Du batest mich und ich gab nach. Ich hätte es nicht tun sollen. Jetzt weiß ich es besser.« Martin zwang sich zur Ruhe.

»Wenn ich nun fortgehe und nicht wiederkomme …?«

»Du würdest nur Aufsehen und Misstrauen erregen.« Martin spannte sich. Der entscheidende Augenblick war nah. Sein Herz pochte wild. In dem alten, ausgemergelten Körper erwachten längst vertrocknete Drüsen. Die lederne Haut sonderte Schweiß ab. »Du kennst meine Gewohnheiten nicht, die Leute, die mir bekannt sind.« Martin sprach jetzt hastig. Die Stimmen waren laut und sehr nahe. »Nein, du hättest nur Schwierigkeiten.«

»Aber ich sehe wenigstens. Und was die Schwierigkeiten betrifft, niemand würde die richtigen Schlüsse ziehen. Also du tust es nicht?«

»Nein«, sagte Martin gepresst und spannte den Körper, dessen Alter ihm augenblicklich schmerzhaft zu Bewusstsein kam.

»Gut, du hast es so gewollt. Leb wohl!«

Martin hörte das Tappen der nackten Füße. Er versuchte, sich rasch aufzurichten, brachte aber nur ein müdes Vorbeugen zustande, das alle Luft pfeifend aus seinen Lungen drückte. Plötzlich würgte ihn die Angst, er könne sterben. Aber dann hatte er Luft und schrie, so laut er konnte:

»Hilfe! Helft mir! Er hat mich bestohlen! Holt ihn zurück!«

Als er sich erschöpft zurücklehnte, vernahm er das plötzliche Abbrechen der fröhlichen Stimmen ganz in seiner Nähe. Dann ein aufgeregtes Gemurmel und darauffolgend das Tappen von Füßen im schnellen Lauf.

»Wirst du wohl stehen bleiben? Verdammter Bengel!« Die Stimme entfernte sich rasch.

Jemand fasste ihn am Arm. Angenehmer Duft von Veilchen umgab ihn. Eine Frauenstimme sagte: »Beruhigen Sie sich. Die beiden erwischen den Jungen bestimmt und bringen ihn zurück. Was hat er Ihnen weggenommen?« Die Stimme klang jung.

»Viel«, sagte Martin schwer und fuhr mit dem Handrücken über seine schweißnasse Stirn. »Alles!«

»Alles?«, fragte das Mädchen verwundert.

Martin lächelte unwillkürlich. »Alles Licht der Welt«, murmelte er dann.

Sie ergriff ihn wieder am Arm. »Hören Sie?«

In der Ferne brüllte der Junge. »Nein, ich will nicht. Lasst mich los! Ich habe ihm nichts gestohlen! Durchsucht mich, wenn ihr wollt! Lasst mich los!«

Darauf die ärgerlichen Stimmen der beiden Männer, die den heftig Widerstand leistenden Jungen herbeischleppten.

»Warum sträubt er sich so?«, fragte das Mädchen.

»Er behauptet, er hätte nichts gestohlen. Er hat auch nichts bei sich. Was fehlt dem Alten?«

»Nichts!«, brüllte der Knabe und Martin versuchte, sich die verzweifelte Lage des Bettlers vorzustellen. »Gar nichts! Er will mich umbringen! Er wird …«

»Sei still. Der alte Mann tut dir nichts!« Dann wandte er sich an die beiden Männer. »Ich weiß nicht, was er ihm genommen hat. Er hat es gesagt, aber ich habe ihn nicht verstanden. Bringt den Jungen her.«

Martin vernahm das heftige Keuchen und es war Musik in seinen Ohren. Dann war die Entfernung klein genug. Er klammerte sich an seinen Körper und drang mit aller Macht ein. Einen Augenblick lang sah es so aus, als würde er es nicht schaffen, so groß war der Widerstand, den ihm der Alte entgegensetzte. Aber dann wurde es Licht und sein Geist empfing wieder die Eindrücke seiner ureigenen Sinne. Er blickte auf die Menschen um ihn, die ihn mit strengen Mienen ansahen. Seine Augen wanderten zu der alten, erbärmlichen Gestalt am Boden und er erschrak.

Der Körper war leblos! Wo war der Alte?

Martin riss sich los und sprang auf die Gestalt des Bettlers zu.

»Alter?«, flüsterte er fragend. Und dann lauter: »Alter?«

Eine Art Panik überkam ihn. War er selbst so knapp dem Tode entronnen? Er rüttelte die Gestalt. Keine Bewegung. Er befühlte Brust und Puls. Nichts! Wie ungläubig schüttelte er den Körper. Heftig, als wolle er einen tief Schlafenden wachrütteln. Die Gestalt blieb schlaff. Er legte sein Ohr an den Körper und lauschte, schüttelte erneut, wie man eine Uhr aufzieht und prüft, ob sie geht.

Und dann hörte er das Lachen. Zuerst glaubte er, es käme aus dem leblosen Leib vor ihm. Erst als es in seinem ganzen Inneren widerhallte, wusste er, dass der Alte noch immer in ihm war. Der Schock schien fast zu viel zu sein für seinen jungen Geist. Aber die Stimme rüttelte ihn wach, ließ ihn das Ungeheuerliche begreifen.

»*Hör auf damit! Das ist keine Situation zum Verzweifeln!*«

»Aber du …«, begann Martin und wurde sich bewusst, dass er laut sprach und noch immer vor der leblosen Gestalt kniete. Schnell sprang er auf und blickte gehetzt um sich. Sein chaotisches Inneres gab ihm nur einen Impuls: Laufen!

Aber bevor er sich noch umwenden konnte, fasste ihn einer der Männer und hielt ihn fest.

»Er ist tot, hm?«

Martin brachte keinen Ton hervor. Mit weit aufgerissenen Augen starrte er auf das Mädchen, das den Körper untersuchte. Sie erhob sich.

»Ja. Kein Zweifel, er ist tot.«

Dann wandte sie sich an Martin. »Was hast du ihm genommen, dass es ihn so aufgeregt hat?«

Er zuckte vor ihr zurück. Aber kein Laut kam über seine Lippen. Plötzlich vernahm er zu seinem grenzenlosen Erstaunen Worte, die aus seinem Mund kamen.

»Ich habe ihm nichts weggenommen! Ich habe nichts. Ihr könnt mich durchsuchen. Der Alte war verrückt! Er hat es sich wahrscheinlich nur eingebildet.«

Der Alte benutzte seinen Körper und er konnte es nicht einmal verhindern. Einer der Männer schlug ihn ins Gesicht und der Alte fluchte innerlich. Die Starre fiel von Martin ab. Der Alte empfand also auch den Schmerz mit. Das war gut!

»Lass ihn. Es nützt doch nichts. Und wenn er nichts bei sich hat … Vielleicht war der Alte wirklich verrückt. Wir können nichts tun, als die Polizei von dem Todesfall verständigen. Der Junge soll nach Hause gehen.«

»Aber sollten wir ihn nicht mit zur Polizei nehmen?«

»Nein, das hat nicht viel Sinn. Es ändert jetzt nichts mehr. Und er würde es doch nicht verstehen. Wir wissen nicht, ob er wirklich Schuld daran hatte. Sollten wir ein Kind belasten?«

Sie entfernten sich erst, als Martin auf halbem Weg nach Hause die schnurgerade Straße verließ und aus ihrem Blickfeld entschwand.

»Was soll nun werden?«

»Wir werden uns aneinander gewöhnen!«

»Und wenn das nicht möglich ist?«

»Wir werden einen Weg finden müssen!«

»Was sage ich meinen Eltern?«

»Das, was du ihnen auch bisher gesagt hast.«

»Ich habe nichts gesagt.«

»Dann bleib dabei!«

»Ich habe solche Angst!«

»Nur Mut, wir werden sie gemeinsam ertragen!«

»Es gibt Dinge, die man nicht gemeinsam tun kann!«

»Die lassen wir herankommen. Es gibt für alles einen Weg!«

»Ich mag dich nicht!«

»Es gibt nichts, was die Zeit nicht heilen könnte. Wir sind jung. Wir haben ein ganzes Leben vor uns!«

»Mein Leben«, dachte Martin und Tränen stiegen ihm in die Augen.

»Unser Leben«, widersprachen die fremden Gedanken.

Die Straße endete abrupt und sie traten in das Haus.

Der Knabe, der zum ersten Mal erkannt hatte, dass die Natur selbst ihre außergewöhnlichsten Früchte leiden ließ.

Und sein Parasit.

Der Wall von Infos

Im Jahre 1990 entstand in Europa im österreichischen Alpenraum die erste Internationale Forschungsstadt, genannt INFOS. Sie war ein perfektes Gebilde, das die Errungenschaften des Menschen des zu Ende gehenden zwanzigsten Jahrhunderts in sich vereinte. Sie war ein technisches Wunderwerk, ein beinahe unzerstörbares Monument, das, so hoffte man, Jahrtausende überdauern sollte. Die Menschen, die darin angesiedelt wurden, gehörten vielen Nationen an und ihre Zahl betrug vierzigtausend. Ein gewaltiger Computer, der größte, der bisher auf der Erde gebaut worden war, leitete die Stadt. Für den Fall eines atomaren Krieges sollte sich die Stadt automatisch vollkommen von der Außenwelt abschließen. So sahen die Optimisten sie als ein perfektes Spielzeug, einen wissenschaftlichen Albtraum, und die Pessimisten als die Wiege eines neuen Menschen.

Bereits zwei Jahre nach ihrer Fertigstellung kam es zu einer Katastrophe. Aber kein atomarer Krieg zerfurchte und verpestete das Antlitz der Erde, sondern eine unerklärliche Seuche, die mit Ausstrahlungen der Sonne zusammenhing, tötete neun Zehntel der Menschheit und machte einen großen Teil der Überlebenden steril. Nur jene, die in den Niederungen lebten, blieben ohne Schaden.

Trotz augenblicklicher Anstrengungen der Überlebenden, die Zivilisation zu erhalten, kam es zu einem rapiden Abfall während zweier Generationen und dann erst wieder zu einem allmählichen Aufstieg. Aber jahrhundertelang blieben Hochländer und Berge unbesiedelt. Der unsichtbare Tod lauerte in ihnen.

INFOS aber hatte sich hermetisch abgeschlossen und öffnete sich nicht mehr. Beinahe ein Jahrtausend blieb sie unberührt.

Blind, taub und stumm …

Fünfzehn Männer ritten den Westfluss aufwärts. Ihre Gesichter waren verschlossen, ihre Augen zusammengekniffen, denn sie ritten dem Glanz der Nachmittagssonne entgegen. Sie trugen grasgrüne Hemden, ebensolche Beinkleider und helmartige

Kappen aus Leder. Hochschäftiges Schuhwerk umschloss ihre Beine und hinter den Sätteln waren schwere Mäntel festgeschnallt. Aus ihren Gürteln ragten die Griffe kurzer Messer und aus ledernen Sattelhüllen die Kolben der neuen zweischüssigen Patronengewehre, auf deren Fertigstellung man mit dem Aufbruch der Expedition gewartet hatte.

Sie blickten wachsam um sich, obwohl in diesen hohen Tälern erfahrungsgemäß wenig Gefahr drohte. Es gab nur Schlangen und Echsen und diese brauchten selbst die Pferde nicht zu fürchten, deren Beine mit einem festen Lederpanzer umschnürt waren. Aber immerhin bestand die Gefahr eines Überfalls durch Minger-Reitertrupps.

Der Anführer der Reiter hob die Hand und die Gruppe hielt an. Er deutete auf den Taleingang, der nach Süden abzweigte. Das hügelige Gelände bot keinerlei Ausblick. Die Hänge waren zudem dicht bewaldet.

Nach einer kurzen Beratung ritten die Männer in das Tal hinein. Ein schmaler Bach führte klares Bergwasser in den Westfluss hinab. Sie folgten diesem geraume Zeit, bis Geröll das Bachbett und die Ufer versperrte. Dann stiegen die Männer von den Pferden und führten die Tiere durch das dichte Unterholz hügelan.

Plötzlich war der Wald zu Ende und der kleinen Reitergruppe bot sich ein überraschender Anblick.

Eine Reihe von quadratischen Getreidefeldern erstreckte sich den breiter werdenden, ebenen Talgrund entlang.

Dahinter war die Welt zu Ende!

Eine Mauer aus grauem Stein verlief quer durch das ganze Tal und setzte sich über die Hänge fort. Sie ragte so hoch in den wolkenlosen Himmel, dass die Reiter den Kopf weit in den Nacken legen mussten, um ihr oberstes Ende zu sehen.

»Der Wall von INFOS!«, rief ihr Anführer. Trotz der Sonnenbräune war sein Gesicht bleich.

»INFOS?«, entgegnete ein anderer erstaunt. »Was ist das, Gus?« Auch die anderen blickten neugierig auf ihren Anführer.

»Ich weiß es nicht«, erwiderte Gus. »Niemand weiß es.«

»Woher weißt du dann davon?«

»Von den Italis. Eine ihrer Karawanen kommt regelmäßig über die Berge. Sie kennen die Berge genau. Wer im Süden aufgewachsen ist wie ich, der weiß eine ganze Menge von den Italis. Sie sprachen oft von einem geheimnisvollen Tal in den Bergen und von einem unüberwindlichen Wall. Sie wissen eine ganze Menge Geschichten darüber. Alte Geschichten. Und es hört sich an wie die Legenden aus den alten Büchern. Da wird berichtet von gewaltigen Schlangen, die manchmal am Fuß des Walles auftauchen, und von lebendigen Maschinen ...« Er hielt inne.

»Und weiter?«

Der Sprecher zuckte mit den Schultern. »Nichts weiter. Bestimmtes wussten sie auch nicht. In ihren Erzählungen ist dieses Tal ein Ort des Grauens und der Angst.«

»An den alten Legenden ist viel Wahres«, stimmte einer zu.

»Unsinn«, meinte ein anderer. »Was sollte an einer Mauer schon Grauenvolles sein?«

»An einer Mauer kaum«, erwiderte ein dritter. »Aber was mag wohl dahinter sein?«

»Wen die Götter straften in den alten Zeiten, noch bevor es Menschen gab«, ergriff der erste wieder das Wort und er sagte es leise und mit geschlossenen Augen, »den schmiedeten sie an den nackten Fels oder verbannten ihn unter die Erde oder errichteten hohe Mauern um ihn, so dass er den Qualen des Ewigen Feuers nicht entgehen konnte.«

Einer lachte unsicher. »Denkst du, dass die Hölle dahinter ist?«

Gus unterbrach das Schweigen schließlich. »Das Tal führt genau nach Süden. Tief in die Berge. Und hinter den Bergen ist das Land der Italis. Ich sage, das ist alles, was hinter dieser Mauer liegt.«

»Wozu dann die Mauer?«, fragte einer. »Wenn nur Berge dahinter liegen ...«

Die meisten nickten zustimmend.

»Das weiß der Allmächtige allein«, erwiderte der Anführer. »Vielleicht führt dieses Tal durch die Berge hindurch.«

»Du meinst, dass die Italis den Wall gebaut haben.« Der Frager schüttelte den Kopf. »Eine halb so hohe Mauer hätte den gleichen Zweck erfüllt.«

Gus nickte zustimmend. »Vielleicht sind die alten Legenden wahr und die Menschen konnten wirklich einmal fliegen.« Nach einem Augenblick nachdenklichen Schweigens fuhr er fort: »Was sagt ihr? Behalten wir die Mauer im Auge oder kehren wir um, um dem Präsidenten Meldung zu erstatten und den Wagen den sinnlosen Weg zu ersparen?«

Nach kurzer Beratung ritten drei Männer zurück, während die übrigen am Waldrand ein Lager errichteten. Zu ihrer Ausrüstung gehörten auch Äxte. So war es ein leichtes, junge Stämme zu schlagen und mit Satteldecken und Mänteln behelfsmäßige Zelte aufzubauen.

Nichts regte sich an der gigantischen Mauer und in den reifen Feldern davor. Die Männer fühlten sich ein wenig unbehaglich. Eine unbestimmte Furcht war in ihnen, die in der Vergangenheit wurzelte und ihre Herzen schneller schlagen ließ, wann immer sie auf die stummen Überreste dieser Vergangenheit stießen.

Ein Erkundungsritt ost- und westwärts über die nächsten Hänge steigerte die Verwunderung und die stille Furcht der Männer. Der mächtige Steinwall erstreckte sich, so weit das Auge reichte, und verschwand schließlich zwischen den natürlichen Felsmassiven der Berge. Dabei konnte man den Eindruck gewinnen, dass die glatte Mauer in den Fels hineinschnitt, so exakt schmiegte sie sich an.

Deutlich aber war eine Krümmung nach Süden hin wahrzunehmen. Der Gedanke an einen Ring, einen Mauerring, drängte sich unwillkürlich auf und brachte wirre Vorstellungen darüber mit sich, was sich wohl in seinem Inneren befinden mochte.

So wagten sie auch nicht, ein Feuer zu entfachen, sondern aßen in der Dunkelheit. Drei Wachposten wurden durch das Los bestimmt. Einer sollte beim Lager bleiben, zwei am Rand des Waldes, von wo aus sie die Mauer ständig im Auge behalten konnten, die wie ein schwarzer Koloss in den Nachthimmel ragte. Nur die obersten Spitzen schimmerten in einem fahlen Licht, das von den Sternen kommen mochte, die in dem glatten Stein einen Spiegel fanden.

Die nächtliche Luft war ohne Geräusche. Die Stille lastete wie eine Drohung auf den Männern, die lange kein Auge zutaten, weil die Furcht sie mit Rastlosigkeit erfüllte.

Sie waren beileibe keine Feiglinge, sonst wären sie nicht als Vorhut auserkoren worden – als Vorhut der dritten Expedition der Ostrer nach Westen – in ein Bergland, das niemand kannte und in dem sie bisher außer Ruinen der Alten Zeit nichts gefunden hatten. Vor zehn Tagen hatten sie einen Fluss erreicht, der aus dem Westen kam und einen Weg nach Norden suchte. Es musste der Oberlauf des Westflusses sein, an dessen jenseitigem Ufer Minga begann. Seit zehn Tagen folgten sie dem Fluss aufwärts – in ein schönes, unberührtes, für jeden Siedler mörderisches Land mit zackigen Felsengipfeln, die majestätisch in den blauen Dom des Himmels ragten. Sie begegneten keinem Reitertrupp der Minger und fanden keine Befestigungen. Ermutigt drangen sie auch in die nach Süden führenden Seitentäler vor, die jeweils tief in die Berge stießen. Und plötzlich in all dieser unberührten Natur – die Mauer.

Und die Felder.

»Die Felder machen mich am meisten nervös«, erklärte Gus. »Sie sehen so gehegt und gepflegt aus – und wir haben seit Tagen keine Ansiedlungen gesehen. Wir haben überhaupt keinen Menschen entdeckt, seit wir dem Westfluss folgen.«

»Ich weiß, was du denkst«, erwiderte einer der Männer. Sie lagen ruhelos in ihren kleinen Zelten und starrten nachdenklich in die Finsternis. Gus setzte sich auf.

»Wir müssen versuchen, näher an die Mauer heranzukommen«, fuhr er fort. »Auch wenn es gefährlich ist.«

»Das ist nicht mehr notwendig«, unterbrach ihn der vorige Sprecher. »Helm und ich waren dort. Es gibt keinen Eingang.«

»Was sagst du da, Fried? Ihr seid an der Mauer gewesen?«, entfuhr es Gus. »Ihr solltet doch nur die Felder untersuchen!«

»Keine Angst, Gus. Wir waren vorsichtig.«

»Vorsichtig!«, rief der Anführer heftig und erschrak selbst über den Nachhall seiner Stimme im nächtlichen Wald. »Vorsichtig!«, zischte er erneut, leise. »Ihr seid verdammte Narren. Sicher hat man euch bemerkt.«

»Pah! Wenn hier einer versteckt ist, hat er uns schon längst bemerkt«, sagte Fried wegwerfend. »Außerdem erhebt sich hier die Frage, warum er sich überhaupt versteckt.«

»Weil er vorsichtig ist«, entgegnete Gus wütend.

»Weil er schwach ist«, widersprach Fried.

»Ich habe ausdrücklich befohlen …«

»Ich weiß«, unterbrach ihn Fried indigniert und setzte sich ebenfalls auf.

»Ich trage die Verantwortung …«

»Weiß ich auch.«

»Ich werde das nicht auf sich beruhen lassen«, erklärte Gus.

»Spiel nicht verrückt!«, entfuhr es Fried. »Das Parlament hat dir nicht das Kommando übergeben, damit du herumkommandierst, sondern weil sie dich für umsichtig hielten und für fähig, der Expedition alle nötigen Informationen zu verschaffen.«

»Wie soll ich das, wenn ihr meine Anordnungen missachtet!«

»Nichts wurde missachtet. Die Felder reichen bis zwanzig Meter an die Mauer heran. Sollten wir dort umkehren?« Als Gus keine Antwort gab, fuhr er fort: »Jedermann konnte uns in den Feldern sehen. Es war also kein zusätzliches Risiko, Gus, das kannst du mir ruhig glauben. Wir haben die Umgebung sehr genau im Auge behalten.«

»Habt ihr die Mauer untersucht?«, fragte der Anführer erregt.

Fried nickte. »Sie ist nicht aus Stein.«

»Aus Metall?«

Fried schüttelte den Kopf. »Nichts, das wir kennen. Es sieht aus wie Stein. Aber das ist auch alles. Die Mauer ist glatt und fugenlos. Es gibt keine Tür und keine Öffnung.«

Nach einer geraumen Weile nachdenklichen Schweigens sagte Gus: »Warum habt ihr es nicht gemeldet?«

»Es gab nichts zu melden«, erklärte Fried. »Das alles haben wir schon vorher gewusst. Das Material spielt keine Rolle. Es ist klar, dass die Alten sie gebaut haben. Sonst haben wir nichts gefunden. Absolut nichts, Gus. Keine Spuren, weder von Wagen noch von Zugtieren, noch von Menschen.«

Der Anführer schüttelte verwundert den Kopf. »Ich verstehe es nicht«, sagte er schließlich. »Wer mag im Angesicht dieser Mauer, im Anblick des Unerklärlichen, säen und ernten und dem Alltag nachgehen, als wäre nichts?«

Fried nickte. »Einfache Leute, die es vielleicht seit Jahrhunderten tun – weil sie längst erkannt haben, dass die Mauer auch nur ein stummes Stück Vergangenheit ist, das keinem weh tut.«

»Aber wo, Fried? Wo sind diese Leute?«

Fried zuckte die Schultern. »Weiter im Westen. Sie kommen vielleicht nur zwei- oder dreimal im Jahr hierher, säen, ernten und verschwinden wieder. Sprachen nicht auch die Minger von einer Stadt in den Bergen? Wenn hier irgendwo eine Stadt in den Bergen ist, brauchen sie eine Menge Getreide. Die Täler sind schmal und der fruchtbare Boden ebenso.«

Aber Gus schüttelte zweifelnd den Kopf. »Die Felder sehen zu gepflegt aus – zu behütet. Nirgends fanden wir Wege oder Spuren. Nein, ich sage dir, Fried, dieses ganze Gerede von geheimnisvollen Ansiedlungen und Städten in den westlichen Bergen ist die Einbildung von Narren und Spinnern. Wir wissen aus der Überlieferung, dass die Berge den Menschen keinen Lebensraum bieten. Es ist oft genug versucht worden. Niemand kann in den Bergen überleben. Noch nie wurden in den Bergen lebende Städte gefunden. Warum sollte das hier im Westen anders sein?«

»Worauf willst du hinaus?«

»Diese Mauer …«, begann Gus bedächtig und hielt inne, von seinen eigenen Gedanken plötzlich befremdet. »Ich meine, wenn die Alten sie erbaut haben, vor tausend Jahren oder noch früher, wie unsere Geschichtsschreiber das Aussterben der Alten festlegten – wäre es nicht möglich, dass sie einen Schutz bedeutete, nicht vor Menschen, vor Eindringlingen oder Feinden, sondern …«

»Sondern?«, fragte Fried atemlos.

»Vor der Natur, vor den Bergen, vor der Unfruchtbarkeit. Dahinter«, sagte er langsam, »lebt vielleicht etwas, das dieses Getreide hier braucht.«

Fried lachte unsicher. »Und du sprichst von Spinnern, die Städte in den Bergen für möglich halten.«

Gus sah ihn nachdenklich an, oder besser, die vagen Umrisse. Dann grinste er plötzlich und hieb seinem Kameraden auf die Schulter. »Du hast recht, ich bin selber einer. Wir werden morgen noch abwarten und dann einen Erkundungsritt nach Westen unternehmen. Und jetzt will ich schlafen – wenn ich kann!«

In der vierzehnten Nacht des zweiten Monats des neunhunderteinundneunzigsten Jahres brach Raymonds Traumband. Es geschah ohne Gewalt. Es löste sich einer goldenen Schlange gleich von seinem Arm und glitt mit leisem Klirren der beweglichen Glieder auf das Betttuch.

Raymond erwachte augenblicklich.

Es währte aber einige Sekunden, ehe es ihm bewusst wurde, denn um ihn war undurchdringliche Finsternis. Panik erfasste ihn. Er schnellte hoch. Sein Herz schlug wie ein schwerer Hammer in der Brust. Er riss die Augen weit auf und die Angst, erblindet zu sein, griff mit eisigen Fingern nach ihm. Die Legenden von ewiger, unwandelbarer Finsternis standen mit erschreckender Realität in seinem Bewusstsein. Das Verlangen, zu schreien, wurde übergroß. Er presste die Fäuste gegen den Mund und grub seine Zähne schluchzend in die Knöchel der Finger. Der Schmerz brachte ihn zur Besinnung. Er schloss die Augen. Die gleiche Finsternis war um ihn – drückend, allgewaltig, ohne den Schimmer beruhigenden Lichts, das in ewigem Glanz das Paradies erfüllte.

Er öffnete sie erneut. Er hob die Hände vor das Gesicht, bewegte sie vor den Augen. Er sah sie nicht. Die Lichtlosigkeit war total. Er ließ seine Arme zitternd sinken.

Das war die Hölle! Und er, Raymond ABBJ-2, lebte nicht mehr!

Er unterdrückte eine neue Welle von Panik, die ihn zu überfluten drohte, und legte sich zurück. Nach einem kurzen Augenblick erlangte er autogene Kontrolle über seinen aufgewühlten Körper und fühlte sich freier, als die Funktionen sich normalisierten. Nun, da sein Herz nicht mehr bis zum Hals schlug, sein Atem nicht mehr keuchend kam und seine Glieder nicht mehr zitterten, vermochte er klar zu denken. Und mit dieser gewonnenen Klarheit kam eine wesentliche Erkenntnis: Er besaß noch Herrschaft über seinen Körper! Das bedeutete – er konnte nicht tot sein!

Was also war geschehen?

War das Paradies zu Ende? Das ewige Licht erloschen? Hatte der allmächtige Computer sich abgewandt von seinen Kindern? Berichteten die alten Legenden nicht auch von Zeiten, da die alten Götter sich abgewandt hatten von den Menschen und Tod und Finsternis über die Welt hereinbrach? Er schüttelte den Kopf. Sinnlos, es zu vergleichen. Dies war nicht die Welt, dies war das Paradies! Und noch nie war ein Gott dem Menschen näher gewesen als der Computer in seiner grenzenlosen Weisheit. Was mochte es bedeuten, dass Finsternis über dem Paradies lag? Es war absurd. Es gab keine Sünde, kein Verbrechen, das dies rechtfertigte. Mensch und Gott waren eins – eine vollkommene Harmonie. Der Computer wachte über jeden einzelnen und leitete seine Geschicke …

Sicherlich, dachte Raymond und der Gedanke erschreckte ihn in tiefster Seele, *ist es das Ende der Welt.*

In diesem Augenblick flammte das Licht auf und Raymond kniff geblendet die Augen zusammen. Bange Sekunden lang fürchtete er, es würde wieder erlöschen, aber es blieb. Grenzenlose Erleichterung überflutete ihn.

Raymond sprang auf. Etwas Kaltes glitt mit leisem Klirren über seine Hand. Er erstarrte mitten in der Bewegung. Das Traumband!

Er hob es auf und untersuchte es mit zittrigen Fingern. Die Glieder waren glatt und geschmeidig und glänzend. Sosehr er sich auch abmühte, die beiden losen Enden miteinander zu verbinden, es war umsonst. Er presste das Band an seinen

Arm, auf dem es kalt und leblos lag – ohne die kommunikative Kraft, ohne die spürbare, beruhigende, beglückende Gewissheit seiner Nähe.

Raymond sank erneut auf sein Bett nieder. Er schluchzte und Tränen kamen in rascher Flut. Die Leere, die unbewusst seit dem Erwachen in ihm gewesen war, fühlte er nun mit aller Deutlichkeit.

Es gab keinen Zweifel: Er war von Gott verlassen!

Verzweifelt versuchte er, das Band zu schließen, und erkannte, dass nichts Mechanisches die Teile aneinander hielt. Eine magnetische Kraft musste die Glieder halten. Und während er es in stummer Resignation betrachtete, zerfiel das Band in eine Handvoll winziger Teilchen, als wollte es die frevelnde Hand verhöhnen, die sich an ihm zu schaffen gemacht hatte.

Einige Minuten saß er stumm, bis das Gefühl der Verlassenheit übermächtig wurde. Dann sprang er auf. Er musste Kontakt suchen. Aber wie? Der einzige Kontakt, den der einzelne zum Computer besaß, bestand in Form des Traumbandes. Die Priester hatten noch andere Möglichkeiten. Aber er konnte nicht zu den Priestern gehen. Wie sollte er ihnen erklären, was mit seinem Band geschehen war? Sicher war es ein schweres Vergehen, auch wenn er nicht die Schuld trug. Sie würden denken, er hätte etwas Unrechtes getan. Nein, Hilfe kam nicht von den Priestern. Hilfe konnte er nur vom Computer selbst erwarten. Aber wie zu ihm finden – ohne das Band?

Konnte er sich einem Menschen anvertrauen? Nein, keiner würde sich mitschuldig machen wollen! Auch Elena nicht, obwohl die Selektivkontrolle sie erwählt hatte, ihm einen Sohn zu geben – gewiss eine Ehre für ein Mädchen der untergeordneten Klasse.

Dennoch, er musste es versuchen.

Er erhob sich entschlossen und trat zur Tür. Verwundert hielt er inne, als diese sich nicht wie üblich auftat. Ein wenig der alten Angst bestürmte ihn wieder. War er bereits verurteilt? Welch unglaublich beklemmendes Gefühl, eingesperrt zu sein – ausgeschlossen von der grenzenlosen Freiheit und der kommunikativen Sphäre des Paradieses! In einem Anflug von Panik rüttelte er an der Tür. Sie öffnete sich einen Spalt und das ernüchterte ihn. Er verharrte einen Augenblick, dann stemmte er sich gegen den Rahmen und schob die Tür mit beachtlicher Kraftentfaltung ganz auf. Schwitzend hielt er schließlich inne und lehnte sich ein wenig schwach an die Wand. Nachdem sein Atem sich beruhigt hatte, brauchte er eine ganze Weile, den Drang nach Reinigung zu überwinden und den Ekel, den der Geruch und das Gefühl des unvermutet reichlichen Schweißes ihm verursachten. Aber dazu war keine Zeit. Er musste rasch handeln, ehe die Priester etwas bemerkten. So unterdrückte er das leidenschaftliche Verlangen nach Porendusche und Desodorants und hastete auf den Gang hinaus.

Ein neuer Schock erwartete ihn.

Der Korridor stand still!

Und während Raymond stand und starrte, fiel ihm die Stille auf, die ringsum herrschte – eine unnatürliche, tödliche Stille, wie er sie nie zuvor wahrgenommen hatte. Ein leises Grauen trieb ihn den hellerleuchteten Gang entlang. Nichts regte sich. In einer lautlosen Hölle war er ganz allein, verbannt von seinesgleichen und der schützenden Elektronik des Allleitenden. Wahrlich, er war verdammt! Aber warum? Was hatte er getan?

Es war noch nie geschehen, dass ein Traumband riss oder vom Arm fiel. Und er selbst besaß keine Erinnerung daran, je an diesem kostbaren Band manipuliert zu haben. Auch am Abend vor diesem unseligen Schlaf nicht. Niemand machte sich daran zu schaffen. Und selbst wenn jemand in abgrundtiefer Perversion menschlichen Trachtens versuchen wollte, es abzunehmen, er fände keinen Weg. Es war der Schlüssel zum Paradies, das Zeichen des Erwähltseins, das bei der Geburt auf den Arm kam, von einer magischen Kraft gehalten, das mit wuchs und das schließlich zerfiel, wenn der Tod kam.

So wie es in Raymonds Hand zerfallen war.

Logische Konsequenz: Er war tot!

Er atmete aber. Er schwitzte. Er verfügte über einen Körper. Logische Konsequenz: Er lebte!

35

Fröstelnd starrte er den Korridor entlang. Wo waren die anderen alle? Warum stand das Paradies still?

Beschämt erkannte er, dass es die Nacktheit war, die ihn frieren ließ. Hastig sprang er ins Zimmer zurück und zog das fast gewichtlose, durchsichtige Gewand über, das an seinem Körper zu einem schimmernden Farbenspiel erwachte, als die mikroskopisch kleinen Speicherzellen des Materials seine Haut abtasteten, die Temperatur regulierten, positive oder negative Reaktion auf Berührung registrierten und mit dem modischen Gedächtnis in Einklang brachten. Das geschah innerhalb weniger Sekunden und schließlich bekleidete ihn ein loses, hemdartiges Oberteil, das von einem Gürtel gerafft wurde und in knielangen Beinkleidern mündete. Alles schillerte in einem bunten Farbengewirr, als wäre es unschlüssig. Raymond dachte an ein helles Beige und nach einem Augenblick der Konzentration erlosch das Schillern und machte der gewünschten Farbe Platz. Dicksohlige Sandalen formten sich an seinen Füßen. Was nicht sofort auffiel, war, dass das Material Raymond vollkommen umhüllte. Es umgab Arme, Beine und Kopf mit einer hauchdünnen, unsichtbaren Schicht, die er nicht fühlte, die aber, einer halbdurchlässigen Membrane gleich, alle Einflüsse ungehindert passieren ließ, doch alles in sich aufnahm, das aus dem Innern kam. So war es Gewand, Wäsche und Toilette gleichzeitig, das die Abfallprodukte des menschlichen Körpers zu einer 90%-Quote in Energie umsetzte. Was nicht verarbeitet werden konnte, fiel einem komplizierten Reinigungsprozess zum Opfer, der alle fünf Tage durchgeführt werden musste.

Obwohl er nun so bekleidet war, wie es der Jahreszeit der abnehmenden Sonnenkraft entsprach, fror er, als er erneut auf den leblosen Korridor hinaustrat. Er spürte, wie das Gewand sich automatisch vom Knie abwärts verlängerte und sich Ärmel bis zu den Handgelenken bildeten. Gleichzeitig erhöhte sich die Temperatur. Das Material presste sich warm und angenehm an die temperaturempfindlichen Stellen des Körpers. Er sah an sich hinab, sah sich bekleidet wie zum Temperaturtief des Jahres. Das bestärkte ihn in der Ahnung, dass mit dem Paradies etwas nicht in Ordnung war.

Er hastete den Korridor entlang, bis er die Lifte erreichte. Aber auch sie standen still. Wenn er die Etage verlassen wollte, musste er nach draußen.

Er zögerte. Es war ein weiter Weg zu Fuß. Aber er musste Elena erreichen. Sein Schritt stockte erneut.

Er musste überhaupt jemanden erreichen …

Dieser Gedanke jagte ihn auf die nächste Tür zu. Er fasste den Griff und zerrte mit aller Gewalt. Ungeheuer langsam ließ sie sich öffnen. Er zwängte sich keuchend ins Innere. Überrascht sah er sich um.

Ein Mädchen lag auf der einzigen Liege des Raumes. Es hatte die Augen geschlossen. Seine Brüste hoben und senkten sich in der Regelmäßigkeit des Schlafes.

Langsam begann Raymond ABBJ-2 die Wahrheit zu dämmern.

Er stürzte aus dem Raum und riss die nächste Tür auf: Ein schlafender alter Mann. Die nächste: Eine schlafende Frau.

Er lehnte sich schwach an die metallene Wand des Korridors und kämpfte um die Kontrolle des Zitterns in seinen Gliedern. Es gab nun keinen Zweifel mehr. Dies war die Periode des Schlafes, in der noch nie ein Mensch wach gewesen war. Nur er, Raymond ABBJ-2, war aus unerklärlichen Gründen aufgewacht.

Einen Augenblick gab er sich der Erleichterung hin. Er war nicht tot und das Paradies war in Ordnung. Der Computer hatte sich nicht abgewandt von seiner Welt und seinen Geschöpfen. Vielleicht ruhte auch er in dieser Periode des Schlafes, von der niemand wusste, wie lange sie währte.

Die Menschen rüttelten nicht an den ehernen Gesetzen des Paradieses. Nur die Priester wussten mehr. Sie blickten tiefer in die komplizierte Ordnung. Aber hatten das nicht Priester immer getan? Auch in den Jahrtausenden, da nicht der Computer, sondern das Chaos über die Welt geherrscht hatte. Das Mysterium der ewigen Ordnung duldete keine frevelnde Hand in den Eingeweiden seiner Gesetze. Nur wer der Welt entsagte und dem Gott diente, wie es ihm als *Unterhalter* vergönnt war, in das Innere seiner Mechanismen zu blicken – weil er kreativ war und Systeme und Ordnungen zu schaffen vermochte. Das vierte Hauptgesetz kam ihm unvermittelt in den Sinn:

Wer einer Ordnung dient, der mag sie auch verstehen oder danach trachten. Wer sich nur ihrer bedient, dem sei sie Gesetz und unantastbar.

Ein Hungergefühl machte sich bemerkbar, aber er ignorierte es. Eile trieb ihn vorwärts und paarte sich mit Neugier, während er den Korridor entlang schritt. Wie mochte es draußen aussehen, während die Menschen schliefen? Wie sah das Paradies aus – leer und ohne Leben?

Geraume Weile folgte er dem Korridor, der an einer schier endlosen Reihe von Türen vorbeiführte, immer wieder unterbrochen von Liftschächten. Die Lautlosigkeit um ihn herum ließ aber das Gefühl des Unbehagens in ihm nicht ruhen. Denn Stille war etwas, das nur der Tod mit sich brachte.

Endlich erreichte er den Zentralkorridor der vierzigsten Etage. Die Verlassenheit und Bewegungslosigkeit waren hier noch deutlicher wahrnehmbar.

Verloren hastete Raymond den Korridor entlang – das einzige lebende Wesen in einem gigantischen Leib aus Stahl. Er dachte an die Hunderte von Stufen, die es hinabzusteigen galt und die er seit den Schulungskursen vor sechs oder sieben Jahren nicht mehr benutzt hatte. Niemand benützte sie. Lifte besorgten den Transport rascher. Aber jeder lernte, dass es die Stufen gab und wohin sie führten. Die Bahnen in der dreißigsten Etage würden ebenfalls stillstehen – natürlich, denn jeder schlief und niemand brauchte sie.

Er schrie auf und taumelte, als das Licht schlagartig erlosch.

Undefinierbare Geräusche weckten die Männer, kaum, dass die Mitternacht vorbei war. Gus war sofort hellwach und rollte aus seinem Zelt. Er sah undeutlich, dass auch die anderen hervorkrochen. Helm, der am Lager Wache stand, hatte den Finger in der universellen Geste des Schweigens an die Lippen gepresst und bedeutete den anderen, still zu sein. In der folgenden Lautlosigkeit waren die Geräusche deutlich zu unterscheiden: Ein regelmäßiges Schlagen wie von Metall auf Metall, ein ständiges Rascheln, als trampelte eine Herde Rinder durch hüfthohes Gras, und über allem lag ein zischender, saugender Ton, der den Männern eine Gänsehaut verursachte.

Die Geräusche kamen von den Feldern her.

Gus wollte aufspringen, doch in diesem Augenblick raste etwas durch das Buschwerk auf das Lager zu. Er fühlte einen Moment lang kaltes Entsetzen und tastete nach seinem Gewehr. Erleichtert sah er, dass Helm seines bereits in Anschlag hatte.

»Halt!«, rief er scharf.

»Gus! Gus!«, kam die Antwort. Gleich darauf taumelten die beiden Wachen vom Waldrand auf den Lagerplatz. Sie keuchten vor Anstrengung und Aufregung. Keiner brachte im ersten Augenblick ein Wort hervor, so dass Gus ungeduldig rief: »Was geht dort drüben vor? Sprecht schon!«

»Das wissen wir nicht!«, stieß der eine hervor. »Etwas trampelt durch die Felder. Es kommt direkt auf uns zu.«

»Was ist es?«, unterbrach ihn Gus barsch.

»Es ist nicht zu erkennen, Gus. Nur, dass es groß ist. Wir müssen fort. Rasch! Vielleicht können wir es abschütteln. Es bewegte sich nicht besonders schnell.«

»Keine Panik!«, sagte Gus scharf, als die Männer aufspringen wollten. »Wenn es so groß ist, wie du sagst, Ger, so kann es nicht in den Wald …«

»Ich würde es nicht darauf ankommen lassen«, rief einer dazwischen.

»Das wollen wir auch nicht!«, stellte Gus fest. »Aber wir werden auch nicht durch den stockdunklen Wald rennen wie ein Haufen blinder Narren! Nehmt eure Waffen!«

Während die Männer nach ihren Gewehren tasteten, lauschte Gus auf die lauter werdenden Geräusche. Er hatte selbst alle Mühe, dem Impuls, zu fliehen, Widerstand entgegenzusetzen, als sich für Sekunden ein mächtiger Schatten vor den helleren Waldrand schob und mit unheimlichem Rasseln und Knattern vorüberglitt. Einen Augenblick später wurden die Geräusche schwächer – als entfernten sie sich.

Die Männer atmeten auf. »Es scheint uns nicht entdeckt zu haben«, flüsterte Fried.

Ein Schnauben ließ Gus herumfahren. »Ihr bleibt bei den Pferden und beruhigt sie!«, befahl er den beiden Wachen. »Helm! Du behältst das Lager im Auge! Ihr anderen kommt mit mir!«

Sie huschten durch den nachtdunklen Wald. Die Lichtung war zwischen den Stämmen des Waldrandes deutlich zu sehen. Sie erreichten den Rand und suchten hinter den letzten Stämmen Deckung.

Das Tal war erfüllt von Bewegung. Das Ungeheuer, vor dem die Wachen geflohen waren, lief geräuschvoll durch das reife Getreidefeld und walzte achtlos die hohen Ähren nieder.

»Es läuft auf die Mauer zu!«, rief Fried halblaut.

»Still!«, warnte Gus.

Als hätte das gespenstische Wesen den Austausch halblauter Worte einen halben Kilometer entfernt gehört, machte es kehrt und rannte, wiederum eine neue Spur durch das Feld ziehend, erneut auf die Männer los.

»Allmächtiger! Es kommt wieder!«, rief einer der Männer. »Was tun wir, Gus?«

»Abwarten«, zischte der Anführer.

Das Ungeheuer wuchs rasch, aber außer dem groben, gewaltigen Umriss war nichts zu erkennen. Es schaukelte, während es lief. Die schlagenden, rasselnden Töne schwollen an. Gus fühlte sein Herz wild pochen.

»Die Gewehre in Anschlag!«, befahl er. »Feuert erst, wenn ich es sage. Alle gemeinsam. Und zielt auf den Kopf – oder was ihr dafür haltet.«

Einige bange Sekunden verstrichen, in denen die Männer mit kalter Entschlossenheit warteten, während das Ungeheuer mit dämonischem Getöse heranglitt und schier in den Himmel wuchs.

»Jetzt!«, brüllte Gus und stürzte selbst aus seiner Deckung hervor, um ein besseres Ziel zu haben, legte an und feuerte mitten in diese hämmernde, mahlende Schwärze.

Die Schüsse krachten und hallten wie Donner durch das Tal.

Das Ding kam knirschend zum Stillstand. Ein leises Surren erfüllte die atemlose Stille und dünne Fühler streckten sich langsam kreisend über den Kopf des Monsters. Sie sahen gefährlichen Giftstacheln ähnlich. Hastig lud Gus erneut und hörte auch die Männer verzweifelt mit ihren Gewehren hantieren. Vereinzelte Schüsse folgten, die aber die inneren Geräusche des Untiers nicht beendeten. Hilflos erkannte Gus, dass die Gewehre ihm offensichtlich keinen großen Schaden zufügen konnten.

Und dann öffnete das Monster ein Auge.

Es war vom Feuer der Mittagssonne erfüllt und sandte einen Strahl dieser Glut auf die Männer los. Gus schloss geblendet die Augen und erwartete jeden Augenblick, dass der Wald in Flammen aufging. Das Auge bewegte sich und sein grelles Licht huschte über die Männer, die Bäume, den Boden.

»Schießt auf das Auge!«, brüllte Gus, aber die Männer flohen schreiend in den Wald hinein, in die schützende Finsternis der dicken Stämme. Mit hämmerndem Herzen riss er selbst sein Gewehr hoch. In diesem Augenblick geriet das Ungeheuer in Bewegung und stürmte pfeifend und knirschend auf ihn zu. Er drückte ab, traf aber nicht das Auge, sondern die Haut des Tieres – doch es gab keinen dumpfen Schlag, sondern ein helles Klirren, als hätte die Kugel Metall getroffen. Das Pfeifen eines Querschlägers übertönte kurz das donnernde Schnauben des Monstrums. Dann schnellte Gus zur Seite und warf sich zu Boden. Die Erde bebte. Das Feuer des Auges zuckte über ihn hinweg und einen zitternden Moment lang hatte Gus den Eindruck von riesigen Rädern. Er krallte seine Finger in die kalte Erde, biss in das feuchte Gras, um nicht zu schreien, und hörte erstarrt, wie sich das Wesen entfernte.

Nur langsam ebbte das Entsetzen ab. Er blieb ruhig liegen, während die Geräusche schwächer und schwächer wurden und der Koloss wieder durch das Feld stürmte. Aber nicht lange währte dieses Gefühl der Erleichterung, denn die fürchterlichen Töne des Wesens wurden erneut lauter.

Es näherte sich wieder!

Gus sprang auf. Irgendwo lag sein Gewehr. Aber jetzt war keine Zeit, zu suchen. Er hetzte zwischen die Bäume und hielt schließlich an. Er sah das Ungeheuer auf den Waldrand zukommen. Einen bangen Moment hielt Gus den Atem an. Es suchte nach ihm! Dann machte das Ding kehrt. Irgendwie schien es den Wald zu meiden, dachte Gus. Dann fiel ihm auf, dass das Auge erloschen war. Er huschte zum Waldrand zurück – ermutigt durch den Rückzug des Tieres – und blickte dem dunklen, verschwindenden Schatten nach.

Während er dies tat, erkannte er, dass die Wege des Wesens nicht ziellos durch das Feld führten, sondern dass nun das Getreide in einem breiten Streifen niedergemacht war.

Lebte es vom Korn? Fraß es die reifen Ähren?

Er beobachtete es, wie es nahe an der Mauer umkehrte und wieder auf den Wald zulief, erneut den Pfad im Feld verbreiternd, als wäre es darauf bedacht, möglichst rationell das ganze Feld abzuernten.

Es schien auch vollkommen mit dieser Ernte beschäftigt und kümmerte sich nicht mehr um die Angreifer, denn es verfolgte zielbewusst seinen Weg, das Feld auf und ab. Und wo es lief, sah das Getreide aus wie gemäht. Ermutigt durch das friedliche Verhalten des Tieres, wagte sich Gus an die äußeren Stämme des Waldrandes und kletterte an einem Stamm empor. Nun konnte er das ganze Tal überblicken.

Die Wolken waren ein wenig dünner geworden; das Mondlicht kräftiger. Gus bemerkte breite, regelmäßige Spuren auf dem gemähten Teil des Feldes und erkannte, dass das Wesen sie hinterließ. Dann sah er etwas, das ihm erneut einen Schock versetzte.

Ein metallisch schimmerndes Wesen – viel kleiner als das Ungetüm – bewegte sich emsig am anderen Ende des Feldes. Es schimmerte wie der Leib einer Schlange im Licht des Mondes. Und – Gus erstarrte und klammerte sich mit zitternden Fingern an den Ästen fest – ein langer, endlos langer, schlängelnder, schmaler Körper wand sich über die Erde.

Die beiden Wesen schienen einander aber nicht feindlich gesinnt. Sie kümmerten sich in der Tat überhaupt nicht umeinander. Das kleinere glitt mit pfeifendem Saugen, das Maul tief an die Erde gepresst, über das Feld und nahm so in sich auf, was das Große übrig ließ.

Mehr fasziniert als abgestoßen, beobachtete Gus das Geschehen. Langsam schwand auch seine Angst. Es war noch immer viel zu dunkel, um Einzelheiten an den Wesen erkennen zu können, aber für Gus bestand nun kein Zweifel mehr, dass das ihre Felder waren, wie seltsam das auch anmutete. Denn dieser Ernteprozess war zu systematisch. Kein Räuber, der sich auf fremde Felder schlich, verrichtete so gewissenhafte Arbeit.

Stunden vergingen. Dann waren die Felder leer. Die beiden nächtlichen Ungetüme glitten scheinbar müde auf die Mauer zu, die sich wie durch ein Wunder vor ihnen auftat und sie zusammen mit dem Riesenwesen verschlang.

Es gab also einen Weg durch diesen scheinbar fugenlosen Stein.

»Gus!« Helms Stimme drang aus der Schwärze und Stille unter ihm. »Gus?«

Und etwas weiter weg Frieds Stimme: »Gus, melde dich!«

Gus schüttelte die Benommenheit ab. »Ich komme!«, rief er halblaut.

Der Schrei hallte geisterhaft in der Finsternis wider. Raymond lauschte ihm bebend nach. Als die letzten Echos verklangen, kauerte er hilflos am Boden. Dieser Boden, dieses metallene, nun stillstehende Transportband war die einzige Realität. Sonst war nichts. Schwindel erfasste ihn und Raymond ABBJ-2, der nie zuvor die Dunkelheit sah (außer in jenem ersten Augenblick des Erwachens), glaubte hineinzustürzen in diese dimensionslose Schwärze. Er presste die Handflächen an das kühle Metall. Es beruhigte ihn. Dazu gesellten sich die akustische Wahrnehmung seines Herzschlags und seines keuchenden Atems und schließlich das sanfte Gefühl eines kühlen Lufthauchs. Er verharrt eine Weile ruhig und gab der Vernunft Gelegenheit, die Angst niederzuringen. Bald erschien ihm der Gedanke an die schlagartig hereinbrechende Dunkelheit nicht mehr unbedingt als ein Symbol für das Ende der Welt. Er wusste, dass Licht eine Form von Energie war – so wie jene Energie, die die Flugmaschinen trieb oder die Bahnen oder die Transportbänder – oder auch jene, die in winziger Menge seiner Kleidung Gestalt und Farbe verlieh. Alles kam von der ewigen Sonne, die niemals erlosch, nur im Lauf des Jahres tiefer zum Horizont hinabsank und schließlich wieder emporstieg.

Der allmächtige Computer aber schuf die Maschinen des Paradieses, in die diese Energie floss und sie zum Leben erweckte.

Wenn also die Maschinen ruhten, weil die Menschen schliefen, warum sollte dann nicht auch das Licht erlöschen, da niemand es brauchte?

Diese logische Schlussfolgerung beruhigte ihn vollends. Er versuchte aufzustehen und es gelang, wenn auch der Drang sich festzuklammern schier übermächtig war. Als er stand, kehrten die Zweifel zurück.

Bewegung in dieser Finsternis war ein schwieriger Prozess, Orientierung allein eine Sache des Gedächtnisses. Mit vorgestreckten Armen tastete er sich über die Transportbahnen, bis er die Wand des Korridors erreicht hatte. Dort hielt er an und überlegte. Zwischen der dreißigsten und der Etage der Priester, hoch oben in den Türmen des Paradieses, gab es keinen Weg ins Freie. Die Priester, so hieß es, vermochten das gesamte Paradies zu überblicken. Aber keiner außer ihnen durfte diese Domäne betreten. Unter ihnen begann der Tempel der Sonne, ein mehr als zwanzig Stockwerke breiter Gürtel schimmernder Speicherzellen, die die Kraft der Sonne in sich aufsaugten. Erst vom dreißigsten Stockwerk abwärts gaben gewaltige Plattformen den Blick auf Sonne und Himmel frei. Hängebahnen überbrückten die tiefen Schluchten zwischen den Gebäuden und führten bis an den Rand des »Parks der Muße« hin. Weiter abwärts wurde das Netz der Hängebahnen dichter. Aber außer im »Park der Muße« selbst hatte er noch nie den Grund betreten.

Er hielt plötzlich erneut an, als ihm bewusst wurde, dass er außer bei den Bahnfahrten zum Park noch niemals über das dreißigste Stockwerk hinabgekommen war. Wie sah es da unten aus? Ganz unten?

Gab es dort Transportbahnen? Drang die Sonne in die schmalen Schluchten? Sah man sie, wenn man dort unten stand?

Mehr noch als die Fragen selbst aber quälte ihn die seltsame Neugier, die ihn so urplötzlich befiel. Sicher, es waren keine alltäglichen Fragen. Aber warum hatte er sie sich nicht schon früher gestellt? Wieso wurde ihm in dieser Dunkelheit plötzlich bewusst, dass er nicht den leisesten Schimmer hatte, wie das Paradies unterhalb der dreißigsten Etage aussah?

Und warum hatte er sich nie zuvor dafür interessiert?

Verwirrt hastete er weiter. So stark beschäftigten ihn die Gedanken, dass er beinahe den Eingang zu den Stufen unbemerkt passiert hätte. Hastig machte er sich an dem einfachen Schloss zu schaffen und versuchte, sich dessen Mechanismus ins Gedächtnis zurückzurufen. Als die Tür aufsprang, atmete er erleichtert auf. Vorsichtig tastete er mit den Händen an der Wand entlang und nickte, als die Stufen begannen. Nach einem Augenblick der Unsicherheit ertastete er das Geländer. Von da an war der Abstieg leicht.

Der enge, spiralförmige Schlund der Finsternis nahm kein Ende. Raymond zählte die Etagen an den mächtigen Säulen, die in regelmäßigen Abständen das Geländer unterbrachen. Als er meinte, die dreißigste Etage erreicht zu haben, tastete er sich aus dem Stiegenschacht. Einen Augenblick ließ frische, kühle Luft ihn frösteln, dann reagierte sein Gewand und schirmte ihn komfortabel ab. Er musste sich in einem großen Korridor befinden, vermutlich dem Zentralkorridor der dreißigsten Etage. Der Ausgang auf die Plattformen für die Hängebahnen konnte nicht weit sein.

Ein schwacher Lichtschimmer zu seiner Linken bestätigte seine Vermutung. Aber die Helligkeit gewann nicht an Kraft, je weiter er ihr entgegenschritt. Ein vager Schein umgab ihn schließlich – und das Gefühl, frische, reine Luft zu atmen.

Aber erst als er zum Himmel aufblickte, gewahrte er, dass er den Korridor bereits verlassen hatte.

Der Schock ließ sein Herz einen Augenblick stocken. Über ihm funkelte der Himmel in tausend hellen Lichtern.

Wal Cevier, der siebente Präsident seit der Gründung des Ostreiches, war ein alter Mann mit weißem Haar, tiefgekerbten Zügen und klugen, lebhaften Augen. Er war groß, größer als die meisten Männer seiner Stämme und Sippschaften. Er bewegte sich mit ungebrochener Kraft und sein schmaler Mund zeigte Entschlossenheit. Umso mehr nun, da sein Erster Minister die Weiterführung der Expedition zur Diskussion stellen wollte – zur Parlamentsdiskussion!

Beim Allmächtigen! Welch eine Zeitvergeudung! Einer Mauer wegen, die außer der Vorhut noch keiner gesehen hatte.

»Du warst schon immer furchtsam, Pet.« Der Präsident blickte ihn abschätzend an.

Pet Attser, Oberhaupt der Attser-Sippe und Erster Minister, war zu alt und zu klug, um heftig zu reagieren, aber doch wiederum zu jung, um diese Feststellung einfach hinzunehmen. Er war um die Fünfzig, intelligent, einflussreich, aber völlig unprogressiv. Wenn mit dem Fortschritt auch nur die Spur eines Wagnisses verbunden war, vertrat er den Status quo mit beredter Vehemenz. Dennoch war die Rivalität zwischen dem Präsidenten und ihm gutmütiger Natur. Man konnte schließlich auf eine gemeinsame Amtszeit von mehr als zwanzig Jahren zurückblicken.

»Nicht furchtsam, Wal. Nur vorsichtig. Du solltest mich kennen, Wal …«

»Nur zu gut.« Der Präsident seufzte. »Ich sage, es ist Narrheit, die Expedition in diesem Stadium abzubrechen. Seit mehreren Jahren bereiten wir sie vor und nun …«

»Eben, eben«, fuhr der Minister dazwischen. »Diese jahrelange Arbeit darf nicht einfach ein makabres Ende finden!«

Wal Cevier lachte. »Wenn man dich hört, könnte man meinen, du bist unter die Propheten gegangen.«

Pet schüttelte den Kopf. »Du willst mich nicht verstehen. Du hast es nie versucht ...«

»Zu oft«, widersprach Wal. »Aber was soll's! Das Problem ist einfach. Vor uns ist irgendwo eine Mauer. Zwei Männer sind hier, die sie gesehen haben. Und der Teufel mag wissen, wie viel an ihrer Erzählung der Wahrheit entspricht. Ich persönlich finde nichts Entsetzliches an einer Mauer. Aber ehe wir eine Expedition wie diese abbrechen, sollten wir uns diese Mauer erst einmal ansehen und nicht gleich zum Rückzug blasen. Was meinst du denn, was sie Grauenvolles verbirgt?«

»Ich weiß es nicht«, sagte der Minister ernst. »Und das ist der Grund, warum ich zur Vorsicht mahne ...«

»Du wirst noch ersticken an deiner verdammten, übertriebenen, sinnlosen Vorsicht!« Der Präsident starrte eine Weile in die Dunkelheit des Zeltes.

»Wären die Alten vorsichtiger gewesen ...«, sagte Pet.

»Lass die Alten aus dem Spiel, Pet. Es gibt viele Theorien über ihren Untergang, das weißt du so gut wie ich. Und der Weise stirbt wie der Dummkopf ...«

»Aber wer die Gefahr ignoriert ...«

»... ist nicht schlechter als der, der seine Chancen ignoriert, Pet. Wen hast du mit deinen törichten Argumenten herumgekriegt?«

Der Minister lächelte, nicht ohne Triumph. »Genug, um die Expedition und diese tausend tapferen Männer des Ostreiches vor Schaden zu bewahren!«

»Du bist ein Narr, Pet«, entgegnete der Präsident und lächelte ebenfalls. »Vielleicht sind wir alle Narren, ich nicht ausgenommen. Aber ich habe den stärkeren Verbündeten, Pet. Neugier ist allemal stärker als Furcht. In zwei Tagen werden wir vor dieser Mauer stehen.«

Der zweite Platz inmitten der kleinen Zeltstadt war von Feuern und Fackeln hell erleuchtet. Alle parlamentsberechtigten Vertreter der hundertvierzehn Sippen waren versammelt. Die übrigen Männer hatten sich, soweit es nicht der Wachdienst oder andere Lagerpflichten unmöglich machten, am Rande des Platzes versammelt und sahen der bevorstehenden

Parlamentssitzung mit gespannter Erwartung entgegen. Beide Gruppen schienen offensichtlich bereits zu wissen, was es zu entscheiden galt, denn sie waren in hitzige Debatten verstrickt.

Ein Wachposten trat in das Zelt. »Es sind alle versammelt, Präsident!«

Wal Cevier nickte und warf seinem Minister einen letzten missbilligenden Blick zu. »Lassen wir uns überraschen«, murmelte er, während er ins Freie trat, gefolgt von Pet Attser.

Der Tisch des Vorsitzenden stand vor seinem Zelt und der Präsident nahm Platz, während Pet sich in der ersten Reihe der Sippenvertreter niederließ.

»Zu Beginn eine formale Frage: Können mich alle deutlich hören?«, begann der Präsident. Als das bestätigt war, fuhr er fort: »Wer ist gegen die Einberufung des Parlaments?«

Keine Gegenstimme. Der Präsident lehnte sich zurück. »Gut. Ich möchte gleich klarstellen, dass mein Minister und ich verschiedener Meinung sind.« Ein Raunen ging durch die Menge. Als es abklang, fuhr er fort: »Ich weiß, dass das im allgemeinen nichts Neues ist …« Er lächelte, wurde aber gleich darauf ernst. »Niemand bedauert mehr als ich, dass durch sinnloses Palaver der Expedition kostbare Zeit verloren geht, besonders jetzt, da sie endlich auf etwas zu stoßen scheint, das uns zeigt, dass der weite Weg nicht umsonst gewesen ist.«

Zustimmendes Gemurmel folgte diesen Worten. Nur der Minister ballte stumm die Hände.

»Bevor wir uns in eine Diskussion einlassen, möchte ich auf möglichst nüchterne Weise zusammenfassen, wie die ·Dinge liegen und welche Konsequenzen sich daraus ergeben.« Er wartete erneut, bis die Anwesenden schwiegen.

»Unsere Vorhut hat eine Mauer entdeckt. Eine gewaltige Mauer. Den sagenhaften Wall von INFOS, von dem man in den nördlichen Dörfern der Italis munkelt. Keiner weiß, woraus diese Mauer besteht, wer sie erbaut hat oder was sich dahinter befindet. Alles weist darauf hin, dass die *Alten* sie erbaut haben. Die Boten berichten uns, sie sei ein so gewaltiges Bauwerk, dass selbst die Pyramiden jenseits des Meeres dagegen zwergenhaft erscheinen. Gewiss, ich gestehe, das klingt ein wenig furchteinflößend …« Er lächelte Pet Attser zu, dann wurden seine Worte scharf und eindringlich. »Aber ich gebe eines zu bedenken: Diese Mauer befindet sich in unserem Ostreich oder wenigstens an den Grenzen. Dahinter mögen unglaubliche Gefahren oder auch das Paradies sein. Und es ist die Pflicht dieser Expedition allen Bürgern des Ostreiches gegenüber, das herauszufinden. Denn eines Tages werden sich diese Pforten öffnen …« Er ließ diese Worte wirken und fügte sarkastisch hinzu: »Dann ist es sicher von Vorteil, wenn nicht nur der Allmächtige weiß, was dann geschehen wird!«

Er wartete, bis das zustimmende Rufen verklang. »Bevor wir einen Parlamentsvertreter bestimmen, lassen wir die Gegenpartei zu Wort kommen!« Er deutete auf Pet, der sofort aufsprang. »So schön und wichtig sich die Worte unseres verehrten Präsidenten auch anhören, so vermögen sie doch nicht darüber hinwegtäuschen, dass sie von der Neugier allein diktiert sind. Ich stelle hier aber fest, dass diese Expedition nur den Auftrag hatte, nach Westen vorzustoßen und zu erkunden, ob Leben in diesen Bergen möglich ist …« Einige Rufe kündeten Zustimmung. Pet warf dem Präsidenten einen triumphierenden Blick zu, ehe er fortfuhr: »Wir haben bisher nichts gefunden, außer den üblichen Spuren der *Alten*: Die Reste ihrer Städte, die Überbleibsel ihrer Straßen. Wie überall ist das Hochland leer – ohne Leben. Der langfristige Tod duldet es nicht. Die Jahrhunderte haben die Berge nicht verändert.« Er hob seine Stimme: »Ich sage, die Berge sind Schutz genug für das Ostreich! Was immer hinter dieser Mauer ist, schläft seit tausend Jahren. Ich sage, lasst es ruhen!« Er wartete, bis das erregte Gemurmel sich beruhigt hatte.

»Minga wird nicht gleichmütig hinnehmen, dass wir in die westlichen Berge vorstoßen, auch wenn wir den Westfluss als Grenze achten. Es wird viel politisches Feingefühl nötig sein, das Misstrauen unseres westlichen Nachbarn zu besänftigen. Und die Italis sind kriegerischer als je zuvor. Wir dürfen es nicht wagen, einen neuen Feind zu wecken. Wie sagten die *Alten* vor langer Zeit: Wer den Wind sät, wird Sturm ernten …«

Ein Orkan von Stimmen brauste nach diesen Worten auf und wollte nicht mehr verebben, so dass der Minister schließlich mit den Schultern zuckte.

Als es endlich still wurde und die erhitzten Gemüter sich auf die Etikette besannen, ergriff der Präsident erneut das Wort.

»Ist der Minister damit einverstanden, dass wir das Verfahren beschleunigen?«

»Im Rahmen des Möglichen«, erwiderte Attser vorsichtig.

Wal nickte. »Wir haben es mit zwei gegensätzlichen Möglichkeiten zu tun. Ich schlage vor, sofort die parlamentarischen Vertreter zu bestimmen und die Argumentation einzuleiten.«

»Mit drei Möglichkeiten!«, rief eine Stimme aus der Menge der Versammelten.

Überrascht blickten der Präsident und der Minister auf.

Einige Männer hatten sich erhoben, unter ihnen Mich Danub, das Oberhaupt der nördlichen Flusssippen. Er schien ihr Sprecher zu sein, denn er ergriff sogleich das Wort.

»Herr Präsident, wenn ich recht verstehe, schlagt ihr vor, das Parlament entscheiden zu lassen, ob die Expedition weiterzieht oder umgekehrt ...«

»Ich schlage es nicht vor«, unterbrach ihn der Präsident. »Ich werde zu diesem Schritt gezwungen, mit Wankelmut als Begleiter und einem Hasenfuß als Minister zur Seite.«

Der Minister wollte wütend auffahren, doch das Oberhaupt der Danuber sprach, bevor er noch ein Wort der Entgegnung formulieren konnte. »Die Gründe sind gleich. Die Demokratie muss gewahrt bleiben. Wenn hier Männer sind, die glauben, die Gefahr wäre im Augenblick für ihre Haut größer als für das Ostreich, so sollten sie eine Chance erhalten, sie zu schützen. Wir schlagen eine Teilung der Expedition vor ...«

Der Präsident winkte energisch ab. »Nein! Das wird nicht geschehen. Diese Expedition basiert auf jahrelangen Vorbereitungen. Das Reichsparlament beschloss diese Stärke von tausend Kriegern, um ein Maximum an Sicherheit zu gewährleisten. Wir sind kein Heer, aber doch eine respektable Streitmacht, um einen möglichen Feind von Dummheiten abzuhalten. Eine Teilung könnte sich fatal auswirken. Wir werden entweder geschlossen umkehren und uns vor dem Reichsparlament verantworten oder wir werden geschlossen weiterziehen und uns über diese Mauer und ihre Geheimnisse Klarheit verschaffen!«

Der Danuber beriet einen Augenblick mit seinen Anhängern, dann nickte er zustimmend. »Dagegen ist nichts zu sagen. Aber wenn dieses Parlament die Umkehr der Expedition beschließt, so fügen wir uns wohl, doch wir fühlen uns dabei weder als gute Demokraten noch als gute Bürger des Ostreiches.«

Wütende und zustimmende Rufe brandeten auf.

Spät in dieser Nacht kam es zur Abstimmung, deren Ergebnis die bereits stark erhitzten Gemüter vollends um die Vernunft brachte. Stimmengleichheit verhinderte eine Entscheidung und der Unmut beider Parteien richtete sich zunächst gegen das demokratische System und drohte sich schließlich in handfesten Streitereien zu entladen. Aber bevor es zu mehr als Beschimpfungen kam, trafen zwei weitere Boten der Vorhut ein.

Nur mühsam unterdrückte er den Impuls, zu laufen, den ihm seine Beine, sein Herz und sein Verstand diktierten. Allein dieser neuentdeckte und immer mächtiger werdende Faktor der Neugier rang die Panik nieder und erfüllte Raymond mit tiefer Verwunderung.

Was war mit der Sonne geschehen? Konnte auch sie abgeschaltet werden, während die Menschen schliefen? War das ganze Paradies nur eine einzige gigantische Maschine, die der allmächtige Computer leitete?

Was waren diese funkelnden Lichter dort oben? Löste die Sonne sich auf in diese Vielzahl schimmernder Punkte, in Zellen, so wie der »Tempel der Sonne« beschaffen war, um Kraft zu sammeln, während das Paradies ruhte? Aber woher sollte diese Kraft kommen? Es gab nichts jenseits der Sonne! Nichts als den Äther, das Chaos, in dem das Paradies die einzige

Ordnung war. Und Ordnung, das bedeutete Existenz – das bedeutete Leben. Jedermann wusste das.

Seine Gedanken machten einen Sprung: Stimmte es auch?

Unbewusst schüttelte er den Kopf. Warum an etwas zweifeln, das jedermann für richtig hielt?

Worte der Liturgie kamen ihm plötzlich in den Sinn; und das Bild des Priesters, seine ausgebreiteten Arme, seine monotone Stimme, schien ihm nun etwas Mechanisches – nicht ein Diener, nein, ein Werkzeug des Ewigen Computers:

Seht, denn das Paradies ist unser! Wir sind ein Teil der idealen Ordnung! Wir sind das Leben! Er ist eins mit der Sonne! Er ist der Schöpfer der Ordnung! Er ist das Firmament!

Raymond ABBJ-2 starrte von Furcht und Zweifeln erfüllt nach oben.

Er ist das Firmament …

Sein Herz pochte rascher. Die Lichter erinnerten ihn an die Messlämpchen an den Spielautomaten, die er konstruierte.

Er schüttelte den Gedanken ab. Allmacht bedeutete mehr als nur Mechanik oder Elektronik. Um über die Ordnung des Paradieses zu wachen, bedurfte es mehr als elektronischer Augen und Ohren, mehr als simpler Konzepte, die der menschliche Geist erdachte. Vielleicht waren diese Lichter Symbole der Ordnung oder Teile der Sonne. Sicher wussten die Priester mehr. An sie musste er seine Fragen richten. Sie dienten der Allmacht und der Ordnung. Sie waren dem Firmament näher – und damit auch der Erkenntnis.

Er legte den Kopf weit in den Nacken und betrachtete den glitzernden Dom des Himmels so furchtlos es ihm möglich war.

Dann fiel sein Blick auf die dunkle Welt des Paradieses und sie erschreckte ihn mehr als das Feuer des Himmels. Er hatte sein Leben lang nur die Sonne gesehen und diese drohenden dunklen Gebäudekolosse und die tiefschwarzen Schluchten, die ebenso gut direkt zur Hölle führen mochten, ließen ihn bis auf den Grund seiner Seele erschauern. War das nicht der Tod? Diese Auflösung in Schwärze?

Schliefen in all diesen schwarzen Bauwerken Menschen? Er erkannte, dass er es nicht wusste. Wieder wurde ihm klar, dass er keine Ahnung hatte, was in all den Gebäuden geschah, die bis zu dreißig Etagen aufstrebten, und in jenen dahinter …

Wie war das möglich?

Eine Unzahl von Fragen war plötzlich wieder in seinem Kopf. Fragen, von denen er bis vor einem Augenblick noch nicht gewusst hatte, dass es sie gab; Fragen, die ihm wie eine Lästerung der Ordnung schienen. Fragen, die mit ketzerischer Verschlagenheit nicht mehr von ihm ließen und nach einer Antwort verlangten.

Mit dem Abfallen des Traumbands hatte sich etwas in ihm verändert. Noch wusste er nicht, was es war. Aber er würde es ergründen. Daran bestand für ihn kein Zweifel. Und der erste Schritt würde sein, die Etage der Priester aufzusuchen, deren Lifte niemand kannte. *Warum?*

In der Finsternis war es schwierig genug, den Weg zurück in die vierzigste Etage zu finden. Es war besser, wenn er wartete, bis die Sonne kam und die Menschen erwachten. Unter ihnen fiel er nicht auf. Sie würden nicht merken, dass er anders war. Sie stellten keine Fragen!

So setzte er sich auf den kühlen Boden, um auf die Sonne zu warten, und versuchte, einen Plan zu schmieden.

Seit zwei Tagen regte sich nichts an der verdammten Mauer. Gus fühlte sich unbehaglicher denn je.

Wo blieb nur die Hauptmacht so lange?

Gus fühlte sich ausgeliefert. Er, Helm und drei weitere Männer waren im Moment die einzigen, die sich einer neuen Gefahr entgegenstellen konnten. Fried war mit zwei Männern an der Mauer entlang nach Osten geritten, um ihren genauen Verlauf zu erkunden, und drei Männer wachten am Eingang des Tales. Selbst wenn die Mauer keine weiteren Geheimnisse mehr offenbarte, bot die Gegend noch Gefahr. Der Westfluss war nahe – und damit das Gebiet der Minger. Niemand wusste, wie weit ihre Truppen und Expeditionen in die südlichen Berge vorgedrungen waren.

Am Morgen des dritten Tages gab es von der Hauptmacht immer noch kein Zeichen, doch Frieds Stoßtrupp kehrte aus östlicher Richtung zurück und meldete Scharen von Italis auf dem Marsch über einen der Pässe. Es waren Kriegertrupps, die plündernd nach Norden zogen. Sie bedeuteten keine Gefahr für das Ostreich, weil sie zu weit westlich kamen. Sie stießen in eine leere Bergwelt vor und mussten schließlich den Westfluss und damit das Gebiet der Minger erreichen. Aber mit der Expedition konnten sie unter Umständen in Konflikt geraten.

Gus schickte wenig erfreut einen weiteren Boten ab.

Am selben Vormittag tauchte einer der Talwächter auf und meldete eine große Schar von Minga-Kriegern am jenseitigen Ufer des Westflusses, die in den reißenden, aber ziemlich seichten Wassern nach einer Furt suchten.

Gus übergab Fried das Kommando an der Mauer und machte sich mit Helm auf den Weg zum Talausgang. Ein feiner Regen setzte ein und fegte einen Hauch herbstlicher Kälte von den Bergen herab. Die Pferde tänzelten vorsichtig durch das trügerische, felsige Gelände.

Als das Tal des Westflusses sich vor den Männern öffnete, hielten sie überrascht an.

Etwa hundert Reiter in den typischen schwarzroten Wämsern der Minga-Krieger säumten das jenseitige Ufer des Flusses. Sie wagten sich in das seichtere Uferwasser und versuchten, mit langen Lanzen nach der Tiefe des weiteren Flussbettes zu forschen.

Gus fluchte leise, was Helm mit einem Brummen zur Kenntnis nahm.

»Sie haben weniger Skrupel«, knurrte Gus. »Die Grenze kümmert sie kaum.«

»Vielleicht wissen sie nicht, dass dies der Westfluss ist«, wandte Helm ein.

»Pah«, entfuhr es Gus.

»Die Berge sind Niemandsland«, fuhr Helm fort. »Nur wenige kennen die Täler und Pässe. Wenn sie die Biegung des Westflusses noch nie gesehen haben, müssen sie der Meinung sein, dass dieser geradewegs aus dem Süden kommt. Dann müssen sie diesen Fluss hier für einen Nebenfluss halten.«

Gus nickte. »Möglich. Wir wussten es auch nicht …«

»Dann ist es an uns, es ihnen klarzumachen«, erklärte Helm.

»Und wie denkst du dir das?«, fragte Gus. »Willst du hingehen und es ihnen sagen?«

»Warum nicht?«, meinte Helm nach einer Pause. »Aber erst warten wir ab, ob sie hier eine Furt finden.«

Gus grinste und schwieg. Sie beobachteten die Krieger bis zum späten Nachmittag. Etwa eine Stunde flussauf- und flussabwärts stocherten sie vergeblich im Bett des schäumenden Flusses, während der größere Teil der Krieger am Ufer ein Lager aufschlug.

Als die Dunkelheit anbrach und große Feuer am jenseitigen Flussufer aufflammten, hielt Gus die Zeit für gekommen. Er ritt mit Helm zum Fluss hinab. Das Rauschen des Wassers übertönte die Stimmen der Minger. Ihre Feuer loderten keine sechzig Meter entfernt und die Flammen funkelten auf dem wildströmenden Wasser.

Gus richtete sich im Sattel auf und feuerte einen Schuss in die Luft. Als die letzten Echos verklangen, gab es keine Seele im Minger-Lager, die nicht erstarrt in die Dunkelheit des jenseitigen Ufers blickte. Es gab keinen Zweifel darüber, dass der Schuss nicht aus ihren eigenen Reihen kam. Der Klang des Gewehrs war ihnen neu. Alarmierend neu offensichtlich.

In der folgenden Stille versuchten einige der Krieger, die Feuer höher zu schüren, um die Dunkelheit des anderen Flussufers aufzuhellen.

»Minger!«, rief Gus. Seine Stimme schallte weithin. »Hier ist Minga zu Ende. Kehrt um!«

Einen Augenblick war Schweigen. Dann erfüllte ein wütendes Geheul die Nacht. Einige Schüsse donnerten und die großen Vorderladergeschosse fuhren raschelnd in das Unterholz. Die Pferde tänzelten. Gus und Helm hatten alle Hände voll zu tun, sie zu beruhigen. Eine laute Stimme gab einen barschen Befehl und das Geheul verklang.

»Wer seid ihr?«, rief die gleiche barsche Stimme.

»Ostreicher!«, antwortete Gus.

»Wie viele?«

Gus hatte Mühe, ein Lachen zu verbeißen. »Zwei!«, rief er.

Die Stimme drüben schwieg.

»Dies ist der Westfluss!«, fuhr Gus fort.

»Du lügst!«, entfuhr es dem anderen.

Gus lachte laut auf. »Schwimmt doch abwärts, wenn ihr euch überzeugen wollt!« Er setzte sein Pferd in Bewegung. »Das reicht«, murmelte er zu Helm, während sie in der Finsternis der Talmündung verschwanden.

»Was werden sie jetzt tun?«, fragte Helm ein wenig außer Atem.

»Beraten«, erklärte Gus. »Und das wird eine Weile dauern. Eines muss man den Mingern lassen: Sie tun nichts ohne gründliche Überlegung.«

»Und was tun wir? Warten wir, bis sie sich entschließen, herauszufinden, ob wir wahrhaftig nur zwei sind?«

Gus zuckte die Schultern. »Ich weiß es nicht.« Er schlug mit den Fäusten auf seine Schenkel. »Wo bleibt diese verdammte Expedition? Wir sollten eine Botschaft schicken«, fügte er nachdenklich hinzu. »Aber es ist zu gefährlich. In der Dunkelheit könnten wir den Italis in die Arme laufen. Und das wäre schlimmer. Denn mit ihnen haben wir hier keine Grenze …« Er schüttelte entschieden den Kopf. »Nein, wir bleiben hier und behalten sie im Auge. Wer immer den Westfluss heraufkommt, wird die Feuer der Minger schon von weitem sehen. Der Fluss macht sie sehr sicher.«

Zwei Reiter tauchten aus der Finsternis auf – die beiden Posten, die den Talausgang bewachten. »He, Gus!«

»Ihr geht ins Lager. Helm und ich lösen euch ab. Schickt eine Ablösung im Morgengrauen!«

Die Männer nickten und verschwanden talaufwärts.

»Wenn mich nicht alles täuscht, wird es eine interessante Nacht«, bemerkte Gus.

»Meinst du?«, fragte Helm zweifelnd.

»Allerdings.« Gus grinste und trieb sein Pferd an. »Komm, wir brauchen einen guten Überblick über das Tal. Wenn die

Italis nicht umgekehrt oder der Expedition in die Arme gelaufen sind, müssen sie früher oder später am Westfluss auftauchen. Die Feuer werden sie sicher anlocken. Vielleicht lösen sich unsere Probleme von selbst.«

Eine Ewigkeit schien vergangen, als die Morgendämmerung kam. Das Grau, das langsam in den Himmel kroch und die funkelnden Lichter zum Verlöschen brachte, schien Raymond wie ein Schleier, der sich über einen Traum schob. Als die gewohnte Helligkeit das Paradies erfüllte, wollte er bezweifeln, dass jemals Dunkelheit bestanden hatte. Aber dann war die Erinnerung übermächtig in seinem Herzen und allein die Tatsache, dass er hier saß und alles stumm und staunend betrachtete, sagte ihm deutlich genug: Er träumte nicht.

Wenig später kroch ein vertrautes Summen in seine weit geöffneten Sinne: Das Paradies erwachte zum Leben. Energien flossen in die toten Leitungen. Maschinen liefen an. Das Ventilationssystem begann zu atmen. Hinter Raymond flammte der Hauptkorridor der dreißigsten Etage auf. Überall waren Lichter emsig dabei, winzigen Pinseln gleich, die letzten Spuren der Schwärze und Dunkelheit auszulöschen.

Raymond sprang auf und lief quer über die Plattform, kletterte auf die hohe metallene Brüstung und blickte nach unten.

Schwindel erfasste ihn. Er blickte scheinbar ins Bodenlose. Quader um Quader reihten sich die Gebäude endlos und fensterlos aneinander. Dazwischen fiel die Helligkeit des Himmels in scheinbar unergründliche Schluchten auf ein Gewirr von Hängestraßen, auf denen bereits Transportmaschinen in Bewegung waren. Ganz tief unten aber, da war sie noch, die Dunkelheit, die Schwärze.

Ein donnerndes Geräusch ließ ihn hochfahren. Die Plattform hinter ihm hatte sich, ohne dass er es bemerkte, mit Menschen gefüllt. Direkt neben ihm kam die Hängebahn zum Stillstand. Eine hastige Bewegung brachte Raymond fast aus dem Gleichgewicht. Verzweifelt klammerte er sich an dem glatten Metall fest und fand aufatmend Halt.

Gehetzt sah er sich um. Aber die Menschen beachteten ihn kaum. In keinem der Gesichter fand er das, was ihn nun selbst so stark erfüllte: Neugier und Verwunderung. Nicht eine Spur davon. Sie wirkten irgendwie – traumverloren. Ja, das war es – nicht ganz Herr über sich selbst. Dass er, Raymond, einen Augenblick lang in Lebensgefahr geschwebt hatte, kümmerte sie nicht, interessierte sie nicht.

Natürlich. Es entsprach ganz dem Prinzip der idealen Ordnung. Alles geschah nach einem gigantischen Plan, der ohne Lücken war. Das einzige Interesse galt der eigenen Aufgabe, die erfüllt werden musste.

Raymond fröstelte plötzlich, als ihm klar wurde, dass er ganz allein war. Ausgeschieden aus der Ordnung. Ein Fremdkörper – den keiner wollte und brauchte.

Im nächsten Augenblick war die Plattform leer und die Hängebahn donnerte an ihm vorüber. Wo fuhren diese Menschen hin? Sicherlich gehörten sie der unterhaltenen Klasse an, wie Elena …

Elena!

Ihr Gesicht geisterte einen Augenblick durch seine Gedanken und brachte ihn rasch zu einem Entschluss. Sie, die seine Kinder gebären sollte, besaß ein Recht darauf, zu erfahren, was ihm geschehen war. Aber würde sie es verstehen? Gab es irgendetwas außer dem großen Plan der Ordnung, was sie an ihn band? Seine Gedanken griffen wieder nach ihrem vertrauten Gesicht. Und mit einem Mal wurde ihm bewusst, dass er nicht mehr und nicht weniger als dieses Gesicht kannte.

Er war nie zuvor in der dreißigsten Etage gewesen. Und sie nie zuvor in der vierzigsten. Dessen war er ganz sicher.

Das Verlangen, sie zu sehen, überwältigte ihn.

Aber wie sie finden?

Wie überhaupt irgendetwas finden in dieser Ordnung, der man nur im Traum zu folgen vermochte?

Eine andere entscheidende Frage drängte sich ihm auf: Inwieweit waren die Priester Teile der Ordnung? Wussten sie mehr oder wandelten sie in dem gleichen Traum? Nein, sie mussten mehr wissen!

Die Priester waren eine Stufe höher. Sicher wussten sie Dinge, die der Plan für Raymond ABBJ-2, Unterhalter, nicht vorsah.

Entschlossen schritt er in den Korridor und hielt auf halbem Weg zur Treppe nach oben inne. Das Paradies war erwacht. Das gab Raymond ein wenig von seiner Sicherheit zurück.

Aufatmend stieg er in einen Lift und befand sich wenige Augenblicke später in der vierzigsten Etage. Sie war ihm vertraut. Hier wenigstens fühlte er sich vorerst sicher. Und hier musste er nach den Aufgängen in die Priesteretagen suchen.

Die Korridore der vierzigsten Etage waren belebter. Doch niemand kümmerte sich um ihn.

Nachträglich fiel ihm auf, dass die Personenlifte zwischen der dreißigsten und vierzigsten Etage keinen Haltepunkt besaßen. Was befand sich dazwischen? Was geschah in der neununddreißigsten und weiter unten? Es konnte nur bedeuten, dass niemand dort schlief oder arbeitete. Vielleicht waren es Lagerräume oder einfach nur der Platz für die gigantische Apparatur, die die vierzigste Etage in reibungsloser Bewegung und Funktion hielt. Aber er nahm sich vor, einen Blick hineinzuwerfen in dieses Geheimnis, sobald sich eine Gelegenheit bot.

Vorerst aber musste er herausfinden, ob man nach ihm suchte und ob er wahrhaftig sicher war. Auch verspürte er Hunger. Der Nahrungsautomat befand sich in seinem Wohnraum. Das bedeutete, dass sich wohl in jedem Wohnraum einer befand. Es genügte, wenn er sich in irgendeinen Einlass verschaffte und seinen Hunger stillte. Aber sein eigener Wohnraum war nicht weit und Neugier trieb ihn dorthin. Er würde gleichzeitig erfahren, ob man seine Abwesenheit bemerkt hatte.

Auf den ersten Blick schien der Raum unverändert. Aber dann alarmierten Kleinigkeiten. Die elektronischen Kleider in den Schränken waren wesentlich kleiner, als es für seinen Körper notwendig gewesen wäre. Es schien, als wären Kinder einquartiert worden.

Raymond ABBJ-2 schauderte. So rasch ging das. Das Traumband zerfiel. *Man war tot!* Mit der neuen Sonne zog neues Leben ein!

Was aber geschah mit der Leiche? Das war auch etwas, das Raymond nie zuvor aufgefallen war. Einer der Schränke war halb angefüllt mit elektronischen Spielsachen. Kein Zweifel – Raymond ABBJ-2 war ausgeschieden aus dem Paradies. Er war tot!

Irgendwie erleichterte es ihn. *Er fühlte sich frei.* Frei zu fragen, frei zu denken, frei zu handeln.

Rasch trat er zu dem Nahrungsautomaten und drückte den Bedienungsknopf. Erleichtert sah er, dass der Automat offensichtlich keinen Unterschied machte, wer ihn bediente. Mehrere Kapseln mit Nähr- und Geschmacksstoffen boten sich zur Auswahl an. Er nahm alle, verbarg einige in den unsichtbaren Taschen seiner Kleidung und nahm den Rest mit reichlich Wasser zu sich. Diese Menge würde den ganzen Tag über anhalten. Eine zweite, kleinere Mahlzeit nahm man am Abend zu sich.

Plötzlich kam ihm der Gedanke, dass es verräterisch sein mochte, den Nahrungsautomaten zu bedienen. Niemand in der vierzigsten Etage tat es um diese Zeit, oder? Jedermann ging seiner Beschäftigung nach. Nur einer nicht.

Rasch verließ er den Raum, an den ihn nichts mehr band. Neugier bewog ihn, einen Blick in den nächsten Raum zu werfen, wo er in der Dunkelheit seines Erwachens ein Mädchen gesehen hatte. Auch dieser Raum war leer. Natürlich! Wie sollte es auch anders sein. Er schaltete auch hier den Nahrungsautomaten ein und nahm alle Kapseln an sich. Ein Gefühl sagte ihm, dass er sie vielleicht brauchen würde.

Dann verließ er den Korridor endgültig und begab sich, von einer Eingebung geleitet, zu seinem Beschäftigungsplatz. Dort erwartete ihn eine Überraschung.

Douglas AM-4 war der erste, der ihm begegnete. Er erwiderte wohl den Gruß, aber ohne Freundlichkeit, ohne ein Zeichen des Erkennens. Als Raymond sich wie üblich an die Konstruktionspläne machen wollte, sah ihn Douglas verwundert an. Ein zweiter eilte herbei, den Raymond noch nie zuvor gesehen hatte. Sie standen unschlüssig, scheinbar verwirrt. Als Raymond seine Pläne vom Brett nahm, schien es einen Augenblick, als wollten sie protestieren und ihn aufhalten. Aber dann wandten sie sich gleichgültig ab und der Neue legte frische Blätter auf das Brett und begann neu zu zeichnen. Verwundert sah ihm Raymond eine Weile zu und hielt den Atem an, als Strich für Strich die gleiche Konstruktion entstand, die er als sein geistiges Eigentum erachtete.

Eine dumpfe Ahnung erfüllte ihn. Der kreative Prozess schien ebenfalls der allgemeinen Ordnung unterworfen.

Raymond fasste Douglas am Arm. Der Mann sah ihn fragend an.

»Weißt du nicht, wer ich bin?«, fragte Raymond eindringlich.

Douglas schüttelte den Kopf.

Ein wenig bleich fuhr Raymond fort. »Ich bin Raymond.«

Der andere sah ihn verständnislos an.

»Raymond ABBJ-2«, buchstabierte Raymond. »Wir arbeiten zusammen …«

Douglas schüttelte den Kopf. »Du musst dich irren. Ich arbeite mit Dietrich.« Er deutete auf den Neuen. »Dietrich AV.«

Der Neue verbeugte sich höflich.

»Seit wann?«, entfuhr es Raymond.

Einen Augenblick zögerte Douglas, als fände er die Frage verwunderlich. Aber gleich sagte er: »Seit heute.«

»Und vor heute? Was war vor heute?«

»Vor heute?« Douglas schien ehrlich bemüht, sich zu besinnen. Dann schüttelte er den Kopf. »Ich weiß es nicht …«

»Du weißt es nicht?«, stammelte Raymond fassungslos. »Du weißt nicht, was vor dem letzten Schlaf geschah?«

»Es ist nicht wichtig«, sagte Douglas und wandte sich ab.

Raymond riss ihn herum, von der Wut des Verzweifelten erfüllt. »Doch, es ist wichtig!«, rief er. »Es ist wichtig − für mich und auch für dich − für alle!« Er schüttelte ihn. »Verstehst du überhaupt, was ich rede?«

Douglas sah ihn befremdet an. Er versuchte, sich aus Raymonds hartem Griff zu befreien. »Es ist nicht wichtig«, wiederholte er.

Raymond ließ ihn los. Er stieß ihn fast von sich. So einfach war das! *Was nicht mehr existierte, wurde vergessen!* Was starb, hatte es nie gegeben! Allmächtiger Computer!

Raymond ABBJ-2 war tot und niemand erinnerte sich mehr an ihn – nicht einmal Douglas AM-4, der Mensch, den er von allen am besten kannte! Ah, aber sie sollten sehen, wie tot er war! Raymond fühlte einen wilden Zorn in sich wachsen.

Mit einem Mal war er in einem Wirbel von Bewegung, stieß die Menschen zur Seite, riss die Pläne von den Zeichenbrettern, warf die komplizierten Apparate mit wütenden Rufen zu Boden, schlug Stühle und Tische kurz und klein und wütete wie ein Berserker, bis in seinen benommenen Verstand sickerte, dass niemand ihn hinderte, dass die Menschen mit abwesendem Blick dabeistanden und alles geschehen ließen. Es war, als sähen sie es nicht. Als nähmen sie einfach nichts wahr, was nicht der Ordnung entsprach.

Heftig atmend hielt er inne. Die Sinnlosigkeit seines Tuns kam ihm zu Bewusstsein. Und noch etwas.

Robotmaschinen kamen in den Raum und begannen das Chaos wieder zu ordnen. Um ihn kümmerte sich keiner. Er war nicht vorhanden. Mehr noch – er war ein Teil der Unordnung, ein Teil des Chaos. Die Maschinen griffen mit metallenen Armen nach ihm, um ihn genauso beiseite zu schaffen wie alle anderen Teile der Verwüstung. Bleich und von Entsetzen geschüttelt, floh Raymond.

Das war gar nicht so einfach, wie sich gleich zeigte. Wohl hatten die Menschen ihn vergessen. Für sie existierte er nicht mehr. Aber die elektronischen Robotmaschinen waren anderer Meinung. Für sie war er etwas, das es zu beseitigen galt. Ein Makel im fleckenlosen Universum des Paradieses! Sie eilten mit geschäftigem Surren hinter ihm her den Korridor entlang und mit einer mechanischen Akrobatik über die verschieden schnellen Transportbänder hinweg.

Raymond lief. Er war der einzige, der lief. Überhaupt war er in allen Dingen, die er tat, der einzige. Die verfolgenden Maschinen erhöhten das Tempo. Raymond geriet ins Schwitzen.

Die Treppen!

Rasch arbeitete er sich zum Hauptkorridor zurück und sah zu seinem Entsetzen weitere Maschinen, die ihm entgegenkamen. Aber der Eingang zu den Treppen war nah und er erreichte sie vor seinen Verfolgern und eilte keuchend die engen Windungen hinab. Im nächsten Stockwerk hielt er inne und lauschte. Eifriges Surren klang von oben herab. Aber es kam nicht näher. Raymond atmete erleichtert auf. Offensichtlich besaßen sie keine Geräte, um damit die Stufen herabzulaufen. Sie waren für die vierzigste Etage bestimmt und nur für diesen Zweck gebaut worden. Sie konnten höchstens die Lifte benutzen. Aber die besaßen keine Ausgänge zu den Zwischenetagen. Dennoch fühlte er sich nicht sicher.

Er sah sich um.

Er befand sich in einem kleinen Raum, in den die Treppe von oben mündete und aus dem die Treppe nach unten hinausführte. Sonst war er leer und ohne Türen. Es sah so aus als gäbe es keine Zwischenetagen. Wenigstens keine, die Menschen betreten konnten. Er lief die Treppe weiter nach unten, aber das Bild wiederholte sich. Nach einer regelmäßigen Anzahl von Stufen folgte ein kleiner Raum, fugenlos und ohne Türen. Raymond zählte neun dieser Räume. Dann stand er in der dreißigsten Etage.

Er unterdrückte das Verlangen, weiter nach unten zu laufen. Denn eigentlich wollte er nach oben – zu den Priestern! Aber dieser Plan war jetzt zu gefährlich geworden.

Als er den Stiegenschacht verließ und auf den Korridor hinaustrat, verhielt er mitten im Schritt. Er sah das Gesicht, das unauslöschlich in seinem Gehirn war.

Elenas Gesicht.

Das Mädchen kam aus einem der Lifte im Seitenkorridor, in den Raymond Einblick hatte. Er wollte auf sie zueilen, dann sah er etwas, was seinen Schritt jäh hemmte. Eine Gruppe von Priesterdienern in den typischen weißen Gewändern entstieg hinter Elena dem Lift. Die jungen Männer sahen sich wachsam um und Raymond hatte das unbehagliche Empfinden, dass sie nach etwas Ausschau hielten. Wonach, das war ihm klar genug.

Der Stein war also in Rollen geraten.

Das Mädchen schien sich aber nicht um die Priesterdiener zu kümmern. Sie trat zielbewusst aus dem Korridor und bewegte sich auf Raymond zu. Hatte sie ihn gesehen?

Rasch schlüpfte er in den Stiegenschacht zurück. Ein vorsichtiger Blick zeigte ihm, dass die Priesterdiener Elena folgten. Dann blieb ihm keine Zeit mehr, das Mädchen genauer zu betrachten, denn es schritt quer über das Transportband und verschwand im nächsten Seitenkorridor.

Raymond wartete, bis die Priesterdiener ebenfalls vorüber waren, dann folgte er ihnen in sicherem Abstand. Eine Weile führte der Weg scheinbar wahllos durch die Gänge und schließlich hatte Raymond das Gefühl, im Kreis zu gehen. Als sie wieder am Stiegenschacht vorbeikamen, konnte kein Zweifel mehr daran bestehen, dass das Mädchen kein bestimmtes Ziel hatte.

Konnte es sein, dass man ihn anlocken wollte?

Wer aber war es dann, der nach ihm suchte? Der Computer selbst? Die Priester?

Er wusste es nicht. Aber er erkannte resigniert, dass er ein Narr war, die Aufmerksamkeit der Umwelt auf sich zu lenken. Nun würden sie ihn jagen und früher oder später würde er in die Falle laufen. Und sich stellen? Schließlich war es nicht seine Schuld, dass sich das Traumband von seinem Arm löste. Er hatte sich nicht daran zu schaffen gemacht. Wovor sollte er also Angst haben?

Gleich darauf war ihm klar, wovor er Angst hatte: Wieder so zu sein wie früher, ein anonymes Steinchen in der idealen Ordnung. Kein Individuum, sondern ein Baustein, dessen Merkmal es war, nichts zu wissen und nichts wissen zu wollen, das über seine Belange als Baustein hinausging. Wie Douglas AM-4 – ein hilfloses Geschöpf, das ein oberster Richter nach seinem Belieben formte.

Plötzlich erkannte Raymond, dass er *frei* war! Niemand vermochte ihn zu manipulieren. Nein, er würde sich nicht stellen – niemals!

Es galt, dieses kostbare, unverhoffte Geschenk der Freiheit zu erhalten, so lange es möglich war.

Er musste eine Möglichkeit finden, diese Menschen aufzurütteln, die Traumbänder von ihren Armen zu reißen, ihnen klarzumachen, dass sie nicht viel mehr waren als die Maschinen, die das Paradies versorgten.

Paradies, dachte er verbittert. *Paradies nennen sie es, doch es ist die Hölle!* Er lachte lautlos. Die Menschen waren in der Hölle und wussten es nicht!

Vielleicht lag das wahre Paradies draußen, außerhalb dieser regulierten, geordneten Welt. Vielleicht waren die Predigten, die liturgischen Worte nicht mehr als Blendwerk, die sagten, dass außerhalb dieser schützenden Mauern des Paradieses die Hölle sei mit Krankheit und Gewalt und Chaos. Alles war möglich, wenn man erst davon abkam, das Leben dogmatisch mit Ordnung gleichzusetzen.

Er schreckte vor weiteren Gedanken in dieser Richtung zurück. Als zu seiner Rechten Lifte auftauchten, ließ er von einer weiteren sinnlosen Verfolgung ab und fuhr in die vierzigste Etage hoch.

Er stieg aber gar nicht erst aus dem Lift, als er die weiß gekleideten Gestalten der PDs stehen sah. Hier suchte man offenbar bereits sehr gründlich nach ihm. Sein Herz hämmerte während des kurzen Augenblicks, da die Türen aufschwangen und offen standen. Aber sie blickten nicht in seine Richtung, sie musterten den Korridor und das um diese Zeit bereits dichtere Gewühl der von den Arbeitsplätzen fortströmenden Menschen. Die Beschäftigungsperioden waren sehr kurz und ein Privileg der Unterhalter und der höheren Klassen, während die Unterhaltenen nur aufnahmen und keine schöpferischen Arbeiten verrichteten. Sie besaßen nicht die Anlagen dazu. Sie erfüllten nur den Zweck zu konsumieren, was die genialen Klassen boten. Denn Arbeit im archaischen Sinn gab es nicht. Das Paradies war vollkommen und bot dem Menschen alles, was er brauchte.

Raymond fühlte kalten Schweiß auf der Stirn, aber er empfand keinen Ekel mehr, als er mit der Hand durch das feuchte Haar fuhr. Der Schweiß war nun ein Zeichen seiner Angst, eines Gefühls, das er nie zuvor empfunden hatte, als er noch das

Traumband trug. Dann schlossen sich die Türen und der Lift glitt mit ihm als einzigem Passagier nach unten.

Dreißigste Etage. Zwanzigste. Raymonds Finger zuckten zum Halteknopf – und berührten ihn doch nicht. Mochte es abwärts gehen. Je tiefer, desto besser – bis in den feurigen Schlund der Hölle – bis in die Eingeweide des Paradieses. Es war einerlei.

Zehnte. Nullte. Minus zehnte – was immer das bedeuten mochte. Minus zwanzigste. Minus dreißigste. Ende.

Der Lift kam mit einem Ruck zum Halten. Die Türen schwangen auf. Ein einzelner, hellerleuchteter Korridor erstreckte sich vor ihm – gradlinig.

Er verließ die Liftkabine und unterdrückte einen Anflug von Panik, als sich die Türen schlossen und der Aufzug lautlos hoch glitt. Dann sah er die Bedienungsknöpfe und Erleichterung überflutete ihn spürbar. Vorsichtig schritt er den Korridor entlang, der keine Transportbahn besaß. Jetzt galt es, wachsam zu sein, und sich nicht von der Neugier überwältigen zulassen, nun da er sich am Grunde des Paradieses befand.

Rechts und links sah er Türen. Sie öffneten sich nicht, als er nahe herantrat. Er bemerkte seltsame Schlösser an ihnen, die allen seinen Bemühungen widerstanden. Er eilte weiter, bis ein Korridor den kreuzte, auf dem er entlang schritt.

Und genau da war sein Alleingang zu Ende.

Gestalten sprangen auf ihn ein und rissen ihn zu Boden, bevor er an eine Gegenwehr denken konnte. Sie hielten ihn fest an den Boden gepresst und starrten ihn mit der gleichen Überraschung an, mit der er zu ihnen aufblickte. Sie waren keine PDs. Das und die Überraschung in ihren Gesichtern beruhigten ihn augenblicklich. Es waren drei Männer, eine ältere Frau und ein Mädchen. Und das Mädchen war es, das als erste sprach.

»Der ist kein Priester!« Das Erstaunen machte einem anderen Ausdruck Platz, den Raymond nicht deuten konnte.

Sie ließen ihn los, blickten ihn aber wachsam an. Das schwarzhaarige Mädchen musterte ihn eindringlich und Raymond war einen Augenblick fasziniert von ihren dunklen

Augen und den feinen, ebenmäßigen Zügen. Zum ersten Mal betrachtete er ein Mädchen bewusst und genoss diesen Anblick als etwas Neues, Aufregendes – fast Magisches, das ihn mit einem nie zuvor empfundenen Gefühl von Wärme durchflutete und sein Herz schneller schlagen ließ. Warum hatte er das nie bei Elena empfunden? Und er wusste auch die Antwort: Weil er Elena nie bewusst, nie wirklich gesehen hatte; weil nur das sterile Bild ihres Gesichts in seinem Gedächtnis schlummerte.

Das Mädchen schien zu verstehen, was in ihm vorging, denn sie nickte nachdenklich. »Ein guter Fang, Pierre. Er trägt kein Band ...«

Auch Raymond fiel es nun auf, dass die fünf keine Traumbänder trugen. Das erklärte auch ihr selbstbewusstes Handeln.

»Wer seid ihr?«, stieß er krächzend hervor.

»Wahrhaftig, der ist echt«, rief Pierre, als hätte diese Frage die letzten Zweifel beseitigt.

»Dann haltet keine langen Reden! Vielleicht sind sie ihm auf der Spur. Wir müssen von hier verschwinden!«

Kräftige Arme zerrten Raymond hoch, bevor er noch ganz begriff, was geschehen war. Die Frau schubste ihn freundschaftlich vorwärts und so blieb ihm im Augenblick auch keine andere Wahl, als der Gruppe zu folgen. In raschem Tempo ging es durch mehrere Korridore. Schon nach wenigen Abbiegungen hatte Raymond die Orientierung völlig verloren.

Endlich erreichten sie eine Tür, die einer der Männer mit einem seltsamen Instrument entriegelte. Sie traten in einen kleinen Raum, in dem verschiedene Geräte standen, die ihm vertraut und fremdartig zugleich vorkamen. Während sich die Tür schloss und das Mädchen etwas von vorläufiger Sicherheit murmelte, fiel Raymonds Blick auf einen Mann, der an Händen und Füßen gefesselt in einer Ecke des Raumes saß. Er blickte den Eintretenden gleichgültig entgegen. Seine Züge verrieten aber Überraschung, als er Raymond gewahrte. Er trug kein Traumband und sein wirres Haar war in der kurzen Tracht der Priester geschnitten.

Mehrere Stühle und ein Tisch standen am anderen Ende des Raumes und darauf wurde Raymond zugeschoben. Als alle saßen, sagte der junge Mann, der Pierre hieß: »Kläre du ihn auf, Iris, und dann soll er entscheiden …«

Das Mädchen nickte. »Du bist Nummer sechs!«, erklärte sie Raymond.

»Nummer sechs?«, wiederholte er ratlos.

»Der sechste freie Bürger des Paradieses …« Sie zögerte unmerklich vor dem Wort Paradies, als sagte sie es nur, weil sie kein anderes dafür wusste. »Du bist doch frei?«

»Ja«, sagte Raymond hastig. »Ja, es scheint – dass ich frei bin.« Er hob seinen rechten Arm. »Wenn ihr das hier meint.«

Die fünf nickten. »Wie ist es geschehen?«, fragte das Mädchen.

»Es fiel ab«, begann Raymond und fürchtete einen Augenblick, sie würden ihm keinen Glauben schenken. »Es fiel einfach ab. Während ich schlief.«

Sie nickte. »So ist es allen ergangen, bis auf Philip hier.« Sie deutete auf den Mann neben ihr. »Der verlor es während der Mußestunden im Park. Und dann kannte ihn seine eigene Schwester nicht mehr. Sie hörte mitten im Satz auf, mit ihm zu reden. Pierre kennst du schon. Neben ihm ist Dorian, wir nennen ihn Dory, weil es netter klingt …«

Es klingt wirklich netter, dachte Raymond verwirrt, *weniger exakt.*

»Er hat nur eine Hand. Zeig es ihm, Dory!«

Der Mann hob seinen Arm hoch. Raymond starrte auf den Stumpf und begriff. Gerade oberhalb der Stelle, an der normalerweise das Traumband saß, hatte ein gerader Schnitt den Arm durchtrennt.

»Und das ist Netty, früher Jeanette RM-4. Jetzt haben wir unsere eigene Zählung. Ich bin Nummer eins, denn ich bin von allen am längsten frei. Schon dreihundertundfünfzehn Lichtperioden. Pierre ist Nummer zwei. Netty Nummer drei. Philip vier und Dory fünf. Er kam vor fünfzig Lichtperioden zu uns. Und du bist nun Nummer sechs.«

»Und er?« Raymond deutete auf den Gefesselten.

»Er ist ein Priester«, erklärte Iris. »Oder Doktor, wie sie sich selber nennen. Er kam uns in die Quere und wir mussten ihn festhalten.«

»Was habt ihr mit ihm vor?«

Das Mädchen zuckte die Schultern, aber sie sagte rasch, als sie Raymonds Blick bemerkte: »Keine Angst, es geschieht ihm nichts, aber wenn wir ihn laufen lassen, können wir uns hier nicht mehr sicher fühlen.«

»Wir sollten ihn ausquetschen!«, warf Pierre mürrisch ein.

Iris lächelte. »Was Pierre meint, ist, dass der Alte wahrscheinlich eine Menge weiß und uns viele Fragen beantworten könnte, die uns auf der Zunge brennen. Aber er tut es nicht.«

»Aber er ist doch frei, oder?«, fragte Raymond und deutete auf seinen Arm.

Das Mädchen schüttelte traurig den Kopf. »Ja und nein. Er tut mir leid. Er ist ärmer als wir alle. *Er ist überzeugt …*«

»Überzeugt?«, fragte Raymond verständnislos.

Der Gefesselte lachte, der erste Laut, den Raymond von ihm vernahm. »Was ihr auch sucht, ihr werdet es nicht finden. Geht hinauf und stellt euch! Empfindet ihr keine Scham? Ihr seid der einzige Fehler einer sonst makellosen Perfektion …«

»Sei still, Priester«, knurrte Dorian und hob drohend seinen Armstumpf. »Lasst uns denken …«

»Es ist nicht gut, dass ihr denkt«, erwiderte der Priester ruhig. »Ihr habt nicht die Kraft, zu denken. Eure Gedanken sind gefährlich. Sie tragen den Samen der Gewalt in sich. Und Gewalt bringt Tod und Chaos. Das Paradies würde aufhören zu bestehen, wenn euresgleichen dächte!«

»Stopft ihm den Mund!«, rief Dorian und sprang auf.

»Es ist nicht nötig«, sagte der alte Mann würdevoll. »Ich werde schweigen.«

Iris sah Raymond bleich an. »Verstehst du jetzt, was ich meine?«

Raymond nickte zögernd. Dann sagte er langsam: »Ist nicht das Verbot, zu denken, bereits Gewalt?«

Der Priester gab keine Antwort, aber seine Augen loderten.

Die fünf starrten Raymond erstaunt an. Iris ergriff das Wort.

»Es ist gut, was du da sagst. Es fegt die Zweifel aus unseren Herzen, die der Priester gesät hat. Warum sollten wir nicht denken dürfen …«

»Ihr seid gewalttätig. Und Gewalt ist der reziproke Wert des Verstandes«, sagte der Priester.

Pierre ließ ihn nicht weitersprechen. »Seht ihr es nun endlich ein: Er hält uns für dämlich, weil wir für eine Sache kämpfen!«

»Er sollte ein Traumband tragen«, sagte Raymond in die Stille.

»Er trug eines, als wir ihn fingen«, erklärte Iris. »Es ist anders, denn es lässt sich abnehmen. Und es beeinflusst ihn nicht. Er sprach mit Band nicht anders als jetzt. Das meinte ich, als ich sagte, er wäre überzeugt …«

»Habt ihr das Band?«, fragte Raymond atemlos.

Das Mädchen nickte. »Wir … wagen es nicht, es zu berühren.« Sie hielt inne, als der Priester lachte, und fuhr fort: »Es ist wie eine Drohung. Wir verstehen nicht, wie es funktioniert, und das Risiko, dass einer von uns wieder zurücksinkt in diesen Zustand …« Raymond verstand sie nur zu gut.

»Weil ihr geboren seid, nicht zu denken, sollt ihr auch nicht denken«, sagte der Priester. »Es gibt nichts, worüber ihr denken könntet. Es fehlt das Begreifen der Dinge. Was wollt ihr tun, wenn ihr nicht wisst, wie …«

»Bringt ihn zum Schweigen!«, brüllte Dorian und sprang halb auf.

Das Mädchen hatte Tränen in den Augen. Ihre Stimme zitterte. »Lasst ihn reden. Ihr wisst, dass er recht hat. Er sagte es schon einmal sehr deutlich: Die Menschen sind das Produkt ihrer Bildung. Bei unserer Geburt wurden wir in die unterhaltende Klasse eingestuft und wir lernten nur eines: unterhalten zu werden!

Wir brauchen jemanden, der uns den Weg zeigt. Wenn uns nicht jemand führt, der zu Höherem geboren ist, werden wir unser Leben hier in diesen Gängen beschließen, ohne viel mehr von der Freiheit erfahren zu haben.«

»Ich bin Unterhalter«, sagte Raymond leise. »Lasst es mich versuchen …«

Kurz nach Mitternacht wurde Helm durch Gus' zischende Stimme aus dem Halbschlaf gerissen.

»Jemand kommt!«

Gleich darauf vernahm er das Brechen von Unterholz und das knirschende Geräusch von Schritten.

Gus griff nach seinem Gewehr. »Wenn unsere Pferde schnauben, sind wir geliefert.«

Bange Minuten verstrichen, während die beiden Männer den Atem anhielten. Die Pferde schnaubten nicht. Aber zwei Stimmen ganz in ihrer Nähe gaben ihnen Gewissheit, wen sie vor sich hatten.

»*Sono stanchissimo.*«

»*Casco dal sonno*«

»Italis«, flüsterte Helm. »Was sagen sie?«

»Sie müssen einen langen Weg hinter sich haben. Sie sind ziemlich fertig«, erwiderte Gus.

»Glaubst du, dass sie das Tal aufwärts wandern und unsere Männer an der Mauer finden?«

Gus schüttelte in der Finsternis den Kopf. »Nein. Sie haben es auf das Minger-Lager abgesehen.«

Gus und Helm hatten ihren Beobachtungsplatz gut gewählt. Sie konnten einen weiten Teil des Westflusstales überblicken. Im Mondlicht allerdings war die Sicht beschränkt, doch konnten sie den Talgrund und das silberne Band des Flusses weithin ausmachen. Das Minger-Lager war deutlich zu sehen, auch jetzt, da die Feuer niedergebrannt waren und nur noch die Glut leuchtete.

Aus den Waldhängen aber direkt unter ihnen quollen die Italis über die Uferwiesen und bezogen, von den Mingern unbemerkt, Stellung hinter dem Uferdickicht. Eine Zeitlang war nur das Rauschen des Flusses zu vernehmen. Die Männer starrten gespannt, wurden aber aus ihrer Beobachtung hochgeschreckt, als neuerliches Geraschel im Unterholz das Herannahen weiterer nächtlicher Wanderer ankündigte.

»Noch mehr Italis!«, zischte Helm.

Diesmal dauerte der Vorbeimarsch länger und ging lautloser vor sich als beim ersten Trupp. Plötzlich schien er jedoch ins

Stocken zu kommen. Die beiden Beobachter bemerkten, dass die nächtliche Schar auf dem Hang Stellung bezog und keine Anstalten machte, sich mit dem Trupp am Flussufer zu vereinigen.

Waren es keine Italis?

Stille senkte sich über den Wald. Gus und Helm warteten verzweifelt und auch die Pferde schienen einzusehen, dass es besser war, wenn sie sich ruhig verhielten. Dennoch saßen die beiden wie auf Nadeln. Jeden Augenblick konnte die Hölle losbrechen.

Sie brach nicht los. Aber ein Flüstern erfüllte den Wald, als eine Parole oder ein Befehl den Weg von Ohr zu Ohr fand. Die beiden Lauscher verstanden die Worte nicht, wohl aber den vertrauten Klang der Sprache, und Gus behauptete später, es sei das schönste Ostreichisch gewesen, das er seit langem gehört hätte. Denn es bedeutete, dass die Expedition eingetroffen war – dicht auf den Fersen der Italis.

Aber Gus hielt Helm zurück, der sofort Kontakt aufnehmen wollte. In der Nacht konnte einer schneller zum Feind werden, als ihm lieb war. Das Risiko war zu groß, wenigstens solange sie nicht wussten, wo der Präsident oder die Abteilungskommandanten zu finden waren. Außerdem schien es vernünftiger, die Entwicklung der Dinge nicht zu stören.

Eine Stunde vielleicht währte diese Stille, dieses Warten.

Dann rüttelte ein unheimliches Geräusch alle Parteien gleichermaßen auf.

Es war ein metallisches Rasseln, das Gus schon einmal gehört zu haben glaubte, begleitet vom Brechen von Stämmen und dem scheinbar unartikulierten Rufen von Stimmen. Lichtzungen zuckten über Hänge und Stämme und funkelten zwischen den Bäumen wie bösartige Flammenungeheuer. Eine Ahnung beschlich Gus und Helm und sie hockten wie gelähmt in ihrem Versteck, während Ostreicher, Italis und Minger in Bewegung gerieten und panisch aus dem Weg des heranrasenden Ungetüms rannten. Die blendend hellen Augen warfen breite Lichtkegel über Fluss und Tal hinweg. Das Rasseln mächtiger Ketten erfüllte einen Augenblick Himmel und Erde und dicke Stämme neigten sich knirschend aus dem Weg.

Gus wusste, woher dieses Ungeheuer kam. Es gab keinen Zweifel: Die Mauer hatte sich wieder geöffnet.

Der Wall von INFOS hatte ein neues Geheimnis ausgespien. Begleitet vom Schreien menschlicher Stimmen donnerte das Ungeheuer aus dem Seitental auf den Westfluss zu. Im Licht des Mondes glaubte Gus menschliche Gestalten obenauf zu sehen, aber es mochte Illusion sein. Dann sprang das riesige schwarze Ding in die Fluten.

»Hier, Ray«, sagte das Mädchen und reichte es ihm mit spitzen Fingern. »Hier ist das Armband, das wir ihm abgenommen haben.«

Raymond nahm es vorsichtig. Es sah nicht anders aus als seines – wenigstens soweit er sich erinnern konnte. Eine Schlange aus einem Geflecht winziger Glieder.

»Wie habt ihr es ihm abgenommen?«, fragte er.

Das Mädchen zuckte die Schultern. »Wir haben daran gezerrt und gerissen und Pierre hatte es plötzlich in der Hand.«

Pierre nickte zustimmend. »Ich weiß nicht, wie es geschah.«

»Habt ihr ihn schon gefragt?« Raymond deutete auf den Priester.

Iris schüttelte den Kopf. »Er würde es doch nicht sagen …«

»Ich wäre nicht so sicher«, murmelte Raymond. »Wenn einer von uns es anlegt, fällt er zurück in den alten Status, nicht wahr?«

Als keiner eine Antwort gab, fuhr er fort: »Wahrscheinlich jedenfalls. Aber mehr noch: Wer immer mit diesen Bändern die Menschen reguliert und überwacht, weiß dann wahrscheinlich, wo wir uns befinden und was wir vorhaben, denn es kontrolliert auch die Gedanken. Es kann dem Alten also nur recht sein, wenn wir es anlegen … Also, wie ist es, Priester?«

Aber der Priester schwieg. Auf seinen Lippen lag ein kaum merkliches Lächeln.

»Ich dachte es mir«, sagte Raymond langsam. »Dass es nicht zerfällt, wenn es den Kontakt verliert, ist Beweis genug, dass es eine andere Funktion hat, als einen Menschen von der

Geburt bis zum Tod zu lenken. Eine andere Funktion …«, wiederholte er leise. »Aber welche, Priester? Welche?«

Der Priester musterte ihn kalt und Raymond fühlte, dass er einem großen Geheimnis auf der Spur war. Er wandte sich um und sagte zu seinen neuen Gefährten: »Kein Grund zur Resignation. Früher oder später werden wir herausfinden, was damit ist. Was wir brauchen, ist Zeit.«

»Davon haben wir genug«, meinte Philip wegwerfend.

»Wovon lebt ihr? Was esst ihr?«

»Wir stehlen«, erklärte Iris. »Wir gehen in die Wohnräume und nehmen uns, was wir brauchen: Kleider, Nahrungsmittel. Niemand verdächtigt uns. Es gibt uns nicht mehr. Wir sind nicht vorhanden. Aber es hemmt uns auch nichts, seit wir die Traumbänder nicht mehr tragen. Wir können bis in die vierzigste Etage hinauf. Aber dort finden wir uns nur schwer zurecht und viele Dinge dort sind uns fremd. Wir waren auch schon in vielen Gebäuden ringsum. Aber sie gleichen sich alle mehr oder weniger. So wie die Menschen einander gleich sind«, schloss sie.

Raymond nickte nachdenklich. »Trotzdem müssen wir von nun an mit Umsicht vorgehen. Denn auf mich sind sie aufmerksam geworden. Und eine Perfektion wie diese duldet keinen Makel. Sie werden nicht aufhören, mich zu suchen.«

Ein plötzlicher Optimismus erfüllte ihn. »Aber mit diesem Band haben wir einen guten Start. Glaubt ihr mir das?«

Sie nickten stumm, ein wenig zögernd.

»Gut«, sagte er und atmete erleichtert auf. »Worauf warten wir dann noch? Jemand muss die Lifte bewachen.«

»Das bin ich«, erklärte Pierre und erhob sich.

»Haben wir genug Nahrungsmittel, dass wir einige Zeit aushalten, falls man uns aufspürt und wir fliehen müssen?«

Das Mädchen schüttelte verneinend den Kopf.

»Wie lange ist es noch hell? Wenn die Zeit noch reicht, sollten wir nicht warten.«

»Netty und Dory können das tun«, erklärte das Mädchen. Die beiden nickten.

»Auch Kleider«, mahnte Raymond.

Erneutes Nicken. Ein warmes Gefühl durchflutete Raymond, als er die Entschlossenheit und den Eifer in ihren Gesichtern sah. Sie vertrauten ihm. Ein ganz neues Gefühl: Vertrauen! Es bedeutete Freiheit – zu entscheiden, zu wählen, zu empfinden.

»Wer kennt die Korridore am besten?«

»Ich«, erklärte Iris. »Ich bin am längsten hier unten und habe mich entsprechend umgesehen.«

»Gut, dann bleibst du in meiner Nähe. Und Philip …« Raymond deutete auf den letzten, der übriggeblieben war. »Philip wird den Priester im Auge behalten. Ständig! Er darf nicht entkommen und nicht gefunden werden. Er weiß alles über uns. Wenn also Gefahr droht, muss er getötet werden.«

»Getötet?«, rief Iris erschrocken. Und Philip fragte: »Wie?«

Das Gesicht des Priesters war weiß.

Raymond starrte sie alle drei nachdenklich an. »Ich weiß es nicht«, sagte er schließlich. »Aber wir werden eine Möglichkeit finden müssen.«

»Keiner von uns hat so etwas je getan«, meinte Philip. »Es ist auch nicht im Unterhaltungsprogramm vorgesehen. Und es ist nie geschehen, soweit ich zurückdenken kann, dass einer gewaltsam aus dem Leben schied.«

»Es ist überhaupt nie jemand aus dem Leben geschieden – oder kennt ihr einen, der tot ist?«, fragte Raymond.

Nach einem Augenblick des Staunens nickten Iris und Philip verwundert. »Du hast recht. Niemand ist unseres Wissens gestorben. Es kann nicht sein, dass …« Iris stockte. »Nein, es kann nicht sein, dass wir unsterblich sind!«

»Sind wir auch nicht«, erwiderte Raymond bestimmt. »Aber wir wären es gern. Und das perfekte Paradies wäre nicht perfekt, würde es uns nicht auch die Illusion von Unsterblichkeit vermitteln. Die Umwelt und die Menschen sind uns vertraut und mit uns gewesen, solange wir uns zurückerinnern. Wer stirbt, wird vergessen, ausgelöscht aus dem Gedächtnis. Er war niemals da. Also haben wir den Eindruck, es gäbe keinen Tod. Und weil wir keine freien Gedanken haben, vermögen wir auch nicht logisch zu ergründen, dass das

Fleisch verwundbar ist, dass man sogar Gliedmaßen verlieren kann. Dory ist ein gutes Beispiel dafür – und was geschieht, wenn auf irgendeine Weise die Luft zum Atmen fehlt! Wir wissen das alles nicht. *Wir wollten es auch gar nicht wissen!* Wir lebten ja in einer relativen, endlosen Glückseligkeit. Aber wir sind aufgewacht. Und es ist tief in unserem Bewusstsein verwurzelt, dass wir sterben müssen.«

»Ja«, flüsterte Iris.

»Und wir erkennen im selben Atemzug, dass wir dieses Sterben auch herbeiführen können – dass wir töten können!« Und nachdenklich fügte Raymond hinzu: »Es ist nur eine Frage der Zeit, bis wir die geeigneten Methoden gefunden haben.« Er betrachtete den Priester, der bleich und stumm Raymonds Worten lauschte. Dann fügte er hinzu: »Ich glaube, dass der Priester alles das weiß und kennt, selbst wenn er, wie ihr sagt, *überzeugt* ist!«

»Ihr seid Narren!«, krächzte der Priester und Raymond hatte den Eindruck, dass Angst in seiner Stimme war. »Ihr wollt den Tod und die Gewalt wiederbringen! Seht ihr nicht den Segen des Paradieses? Der darin liegt, dass es keinen Tod und keine Gewalt und keine Angst gibt!«

»Sähest du einen Segen darin, nicht denken zu dürfen?«, fragte Raymond kalt.

»Vielleicht nicht«, erwiderte der Priester leise. »Aber ich wüsste es nicht und so wäre es kein schmerzlicher Verlust.«

»So spricht nur einer, der es nie selbst empfunden hat!«, rief Raymond.

»Oh nein! Damit hat es nichts zu tun. Warst du nicht glücklich mit dem, was du hattest? Warst du nicht zufrieden, bevor du dein Traumband verlorst?«

»Ich weiß es nicht!«, erwiderte Raymond heftig. »Und das ist schlimm genug. Ich weiß nicht, ob ich glücklich war. Ich weiß nicht, ob ich traurig war. Es gibt keine Erinnerungen an irgendein Gefühl. Verstehst du das?«

Der Priester nickte. »Ich bin in der vielleicht glücklichen Lage, jene geistigen Qualitäten zu besitzen, die mir das freie Denken erlauben.«

»Ah, jene geistigen Qualitäten, die dich so hoch über uns hinausheben?«

»Die natürliche Verabscheuung von Gewalt und von dem, was sie mit sich bringt: Tod und Schmerz!«

»Schmerz?«, fragte Raymond verständnislos.

Das Mädchen trat auf ihn zu und kniff ihn kraftvoll in den Unterarm. »Spürst du es?«, fragte sie.

Raymond zuckte zusammen, einen Augenblick lang überwältigt von verschiedenen Gefühlen, von denen jene einzigartige Empfindung dominierte, die aus der Berührung mit der Frau entstand. Am zweitstärksten war das Gefühl der Realität, das erleichternde Empfinden, nicht in einem neuen Traum eingekerkert zu sein. Und letztlich der kurze Funke von Qual, der wie Feuer die Nerven entlang zuckte.

»Das ist Schmerz?«, rief er betäubt, überwältigt. »Es ist das Leben, Priester! Wenn das der Preis ist, den es zu bezahlen gilt, um bewusst zu leben, so will ich ihn gern bezahlen.«

»Nein!« Der Priester schrie es fast. »Brutalität und Leid, Hass, Liebe und Gier – sie werden den Menschen wieder zurückentwickeln zur Kreatur. Fort von der Vollendung. Der Computer weiß, warum nur unseresgleichen denken soll und euresgleichen nicht! Euresgleichen darf nicht denken, damit unseresgleichen ohne Angst leben kann.«

»Und wer ist euresgleichen?«, entfuhr es Raymond.

»Der Mensch in seiner Vollendung, der die Erbsünde des Kampfes und der Gewalt endgültig abgeschüttelt hat und allein vom Frieden erfüllt ist.« Eifer rötete das Gesicht des Priesters. »Mit der Schaffung dieses Paradieses, dieses Universums, in dem der vollkommene Mensch für alle Zeiten bestehen wird, hat sich das Geschöpf zum Schöpfer gemacht.«

»Du meinst, der Mensch hat das Paradies erschaffen?«, fragte Raymond ungläubig.

Eine Spur von Erschrecken im Gesicht des Priesters verriet, dass dieser seine Worte bereits verfluchte.

»Das kann nicht sein! Was ist mit Gott, Priester?«, rief Raymond aus.

»Der Mensch braucht ihn nicht mehr«, stammelte der Priester, als Raymond ihn wild schüttelte.

Raymond ließ ihn los. »Er braucht ihn nicht mehr«, wiederholte er keuchend. »Wer ist dann dieser Computer, wenn nicht Gott?«

Aber der Priester antwortete nicht mehr. Enttäuscht und mit dem hilflosen Gefühl der Unterlegenheit ließ Raymond von ihm ab. »Gebt gut auf ihn acht«, murmelte er. »Er wird uns noch viel helfen.«

»Nein, das werde ich nicht!«, rief der Priester. »Niemals!«

Aber Raymond beachtete ihn nicht mehr.

»Ich bin müde«, murmelte er. »Wo kann ich schlafen?«

»Hier.« Das Mädchen führte ihn in einen zweiten Raum, in dem Teile von Schlafstätten einen großen Teil des Bodens einnahmen. »Es hat Mühe gekostet, sie zu stehlen«, sagte sie lächelnd und sagte noch etwas, aber Raymond hörte es schon nicht mehr.

Die Stimme des Mädchens war es auch, die er als erste vernahm, als er aus dem tiefen, traumlosen Schlaf emporkam.

»Ray!« Und lauter, energischer: »Ray! Wach auf! Rasch.«

Sie beugte sich über ihn und schüttelte ihn. Als er endlich zu sich fand, sah er sie alle mit bleichen Gesichtern rundum stehen.

»Rasch, Ray. Wir müssen fort. Die ganzen Etagen sind in Aufruhr. Alles wimmelt von PDs. Ich hätte nie gedacht, dass es so viele gibt. Sie sind auf der Suche – und gehen sehr gründlich vor.«

Raymond war sofort hellwach. Er sprang hoch. »Sie suchen nach mir!«, rief er aus.

»Oder nach dem Priester«, warf Philip ein.

Raymond grinste. »Das ändert nicht viel. Wenn sie erst herausfinden, wie viele wir sind, haben wir keine Ruhe mehr.«

»Aber wer ist so erpicht darauf, uns zu kriegen?«, rief Pierre.

»Wenn wir das wissen, sind wir ein schönes Stück weiter«, murmelte Raymond. »PDs sagt ihr?«

Netty und Dory nickten.

»Hinter ihnen stecken sicherlich die Priester«, mutmaßte Raymond.

»Sie hätten ein Motiv«, warf Iris ein.

»Das ist wahr«, stimmte Raymond zu. »Und dennoch kann ich mir nicht denken, dass sie die ganze Macht darstellen. Nein, es muss noch eine koordinierende Kraft dahinterstecken. Jene Kraft, die auch entscheidet, wer in die Klasse der Priester aufgenommen wird, die beurteilt, wer die notwendigen geistigen Qualitäten besitzt.«

»Der allmächtige Computer!«, rief Pierre aus.

»Sicher. Aber wer oder was ist dieser Computer? Wo suchen sie bereits nach uns?«

»In allen positiven Etagen«, erklärte Netty.

»Können wir von hier aus in andere Gebäude?«, fragte Raymond. »Ich meine, ohne dass wir in die positiven Etagen müssen.«

Iris schüttelte den Kopf. »Wir müssen auf jeden Fall in die Nullte, aber das ist gefährlich.«

»Warum?«

»Es gibt dort keine Transportbahnen, nur Straßen, und sie gehören den Maschinen. Menschen gehen dort nicht ein und aus. Die Maschinen würden nicht auf sie achten.«

»Das müssen wir riskieren«, sagte Raymond fest. Er wandte sich an Netty und Dory. »Habt ihr Nahrung und Kleider?«

»Es wird eine Weile reichen«, antwortete Netty.

»Gut. Dann brechen wir sofort auf.«

»Wohin soll es gehen?«, fragte Iris.

»In den Park«, erklärte Raymond.

»Dort können wir nicht bleiben.«

»Wir werden nicht dort bleiben. Wir durchqueren den Park.«

»Den Park durchqueren?«, entfuhr es Philip. »Aber der ist ohne Ende.«

Raymond schüttelte den Kopf. »Das ist eine Illusion. Seit wir frei sind, haben wir zumindest eines erkannt: Dass nichts ohne Ende ist.«

»Ja, du hast recht.« Philip nickte. »Er hat einen Anfang. Also hat er wahrscheinlich auch ein Ende.«

»Niemand weiß, was jenseits des Parks ist. Aber ich möchte es herausfinden. Und früher oder später«, fügte er leiser hinzu, »werde ich auch wissen, was diese Lichter bedeuten, die in der Finsternis am Firmament leuchten.«

»Ja, das möchte ich auch wissen«, sagte Iris ebenso leise.

»Wir sollten nicht länger warten«, drängte Netty.

Raymond nickte.

»Was geschieht mit ihm?«, fragte Philip und deutete auf den Priester.

Raymond zögerte.

»Ich habe eine Möglichkeit gefunden, zu töten«, erklärte Philip.

Die anderen, einschließlich Raymond, starrten ihn fasziniert und erschrocken zugleich an.

»Wie?«, fragte Raymond schließlich.

»Es ist ganz einfach«, begann Philip zögernd. »Es hängt mit der Luft zusammen, die wir durch eine dünne Röhre einatmen, die den Hals hinabführt. Mit einer Schlinge oder mit den Händen kann man sie zusammendrücken, bis keine Luft mehr durchkommt. Ich kann es euch zeigen.«

Als keiner eine Antwort gab, trat er zu dem angsterstarrten Priester, fasste ihn trotz seiner Proteste mit beiden Händen am Hals und begann zusammenzudrücken, bis die Proteste des Priesters in mühsamem Keuchen ein Ende fanden, sein Gesicht vor Anstrengung rot wurde, seine Augen hervortraten.

»Hör auf!«, schrie Iris. Tränen waren in ihren Augen und mit der Kraft der Verzweiflung löste sie Philips Hände. Auch die übrigen eilten nun herbei und zerrten Philip zur Seite, während der Priester zu Boden sank und schwer nach Luft rang.

»Ray, was ist mit ihm?«, stammelte Iris.

Aber noch bevor Raymond antworten konnte, begann der Bann von Philip zu weichen. Seine Züge entspannten sich, seine gekrümmten Finger wurden locker. Er blickte um sich. Wut war in seinen Augen.

»Was starrt ihr mich so an!«, rief er. »Glaubt ihr, es ist leicht, zu töten? Glaubt ihr das?«

Sie wichen vor ihm zurück. Nur Raymond starrte ihn nachdenklich an, ohne einen Funken jener Furcht in den Augen, die die Gesichter der anderen zeichnete.

»Nein«, flüsterte Iris. »Nein, es kann nicht leicht sein.«

»Seid still!«, sagte Raymond scharf. »Es mag nicht leicht sein, das Töten, und wir werden es nicht tun, wenn es nicht unbedingt nötig ist. Aber der Tod eines Einzelnen bedeutet weniger als der Verlust unser aller Freiheit. Das ist es, was wir uns vor Augen halten müssen.«

»Ich will lieber sterben, als so etwas tun!«, rief Netty.

»Wir denken alle so«, stimmte Raymond zu. »Und das ist gut. Denn an uns kann die Reihe schneller kommen, als wir denken.«

»Was meinst du damit, Ray?«, fragte das Mädchen.

»Wenn einer von uns den Suchtrupps in die Hände fällt, muss er sich selbst töten.«

Sie hielten den Atem an.

»Und er darf nicht zögern«, fuhr Raymond eindringlich fort. »Wenn er erst ein Traumband trägt, wissen sie alles über uns. Das muss unter allen Umständen verhindert werden. Zu einem Tod wie diesem«, er deutete auf Philip und den Priester, »ist keine Zeit und meist auch kein zweiter da, der ihn durchführen könnte. Wir müssen also nach anderen Möglichkeiten suchen. Etwa ein Sprung aus größerer Höhe oder vor eine dieser rollenden Maschinen, denen wir begegnen werden. Es bleibt der Phantasie des Einzelnen überlassen. Wichtig ist aber, dass das Gehirn zerstört wird, denn viele andere Dinge können geheilt werden. Aber ebenso kaltherzig, wie wir unseren eigenen Tod ins Auge fassen, müssen wir für den Priester planen. Und jetzt wollen wir nicht mehr daran denken. Der Gedanke an Flucht und Gefahren ist ungewohnt genug. Den Priester nehmen wir mit. Wenn er sich unseren Anordnungen fügt, hat er bessere Überlebenschancen. Los jetzt, bindet seine Füße los! Sind wir bereit?«

»Zu allem!«, sagte Iris fest.

Sie erreichten die nullte Etage ohne Schwierigkeiten. Als sie das Gebäude verließen, blickte Raymond überrascht zum Firmament auf. Es war düster. Die Sonne schien kaum durch das Gewühl der Transportbahnen, die bis zur zehnten Etage hinauf die Gebäude verbanden.

Sie folgten einer breiten Straße, einem metallenen Band, das sich sanft über mehrere solcher Straßen hinwegwölbte. Weder begegneten ihnen Maschinen noch Menschen. Der Priester blieb schweigsam.

Mehrmals wechselten sie die Straßen, während die Gebäude um sie niedriger und niedriger wurden und schließlich das Grün des Parks vor ihnen auftauchte.

Hier gab es viele Menschen, doch keiner kümmerte sich um sie. Unbehelligt drangen sie tief in den Park ein. Als sie erst einmal den Rand hinter sich gelassen hatten, begegneten sie kaum noch Menschen. Als die Sterne längst in vollem Glanz funkelten, sanken sie müde und erschöpft auf den weichen Waldboden.

Raymond drängte darauf, dass während der Dunkelperiode jemand wachen sollte, und die anderen stimmten nur zu gern zu. Der finstere Wald und die Einsamkeit waren Drohungen, die den Flüchtenden neu waren. Allein die Müdigkeit besiegte schließlich alle Furcht.

Als Raymond erwachte, war die Schwärze verschwunden. Eine vage Helligkeit fiel durch die Baumkronen. Die anderen schliefen noch. Pierre, der Wache stand, war eine dunkle Gestalt in einigen Metern Entfernung.

»Wenn du noch schlafen willst, Pierre«, sagte Raymond leise, »so kannst du es jetzt tun. Ich bin wach und frisch genug.«

Pierre schüttelte den Kopf. »Ich habe mein ganzes bisheriges Leben zu viel geschlafen. Jetzt ist der Augenblick da, das auszugleichen.« Er grinste unsicher. »Während sie rundum wie Tote in den Gebäuden liegen, wie Puppen, die auf den Wachimpuls warten, sind wir schon längst dabei, jeden kostbaren Atemzug zu genießen. Dann stelle ich mir vor, was geschieht, wenn dieser Impuls einmal ausbleibt.«

»Nichts«, meinte Raymond. »Nichts geschieht. Und niemand würde es kümmern. Die hier aber«, dabei deutete er auf den Priester, der ein wenig abseits schlief, die Hände an die mächtigen Wurzeln eines Baumes gebunden, »die würden noch ein wenig ruhiger schlafen können.«

Er zog das Traumband aus der Tasche. In dem spärlichen Licht war nicht viel zu sehen, aber seine tastenden Finger entdeckten mehrere Haken und Stifte an der Seite. Probeweise versuchte er, die beiden Enden zu verbinden, was sofort gelang. Schwieriger war es, sie wieder zu trennen, doch nach wenigen Versuchen beherrschte er den Vorgang automatisch. Einen Augenblick lang spürte er das Verlangen, das Band über den Arm zu streifen, aber er wusste, dass die Gefahr zu groß war.

Dennoch lockten ihn die winzigen Stifte und Rädchen, die ihn an Miniaturhebel und Knöpfe erinnerten, wie es sie größer an elektronischen Unterhaltungsmaschinen gab.

Er drehte und plötzlich war eine Stimme in ihm. So sehr erschrak er über diese Stimme, dass er das Band fallen ließ.

»Ray, was hast du?«, rief Pierre.

Raymond schüttelte den Kopf. »Ich weiß es nicht.« Er war verwirrt. »Hast du eine Stimme gehört?«

»Eine Stimme?« Pierre schüttelte den Kopf.

»Dann wurde sie direkt ins Gehirn übertragen. Behalte mich im Auge, Pierre. Und wenn du glaubst, dass ich etwas Gefährliches tue, dann nimm einen Stock und schlage zu, bis ich mich nicht mehr rühre.«

Pierre starrte ihn entgeistert an. »Was hast du vor?«

Aber Raymond hörte ihn nicht mehr. Er hatte das Band aufgehoben. Augenblicklich war die Stimme wieder in ihm. Eine Automatenstimme!

Information! Frage?

Während Raymond verblüfft lauschte, wiederholte die Stimme: *Information! Frage?*

Und erneut: *Information! Frage?*

In monotoner, scheinbar endloser Folge.

»Frage!«, sagte Raymond schließlich. »Wo bin ich?« Es war eine heikle Frage, aber von der Antwort hing ab, ob das Band ihnen gefährlich werden konnte oder nicht. Oder ob es ihnen vielleicht sogar helfen konnte, ihr Dilemma zu lösen.

Gebiet?, sagte die Stimme.

»Ja, welches Gebiet?«, antwortete Ray halblaut. Aber das war offensichtlich nicht das, was die Stimme hören wollte, denn sie wiederholte:

Gebiet?

Gebiet?

Gebiet?

Daran änderte sich auch nichts, als Raymond verzweifelt seine Frage wiederholte. Schließlich drehte er an dem Einstellungsknopf und die Stimme verstummte. Sein Gehirn war wieder frei. Als er erleichtert aufblickte, gewahrte er, dass alle mit erschrockenen Gesichtern um ihn standen und Iris Pierre nur mit Mühe davon abhalten konnten, einen großen Stock zu schwingen, den er sich auf Raymonds Geheiß beschafft hatte.

Er winkte beschwichtigend ab und warf dem Mädchen einen dankbaren Blick zu.

»Ich glaube nicht, dass das Band uns schaden wird. Eher nützen. Ich habe nur einen kleinen Teil herausgefunden«, erklärte er. »Danach handelt es sich um einen Automaten, der Informationen zu bieten hat, einen Informaten. Aber ich kenne den Schlüssel nicht, nach dem er bedient werden muss. Die Fragen müssen offensichtlich nach einem bestimmten System gestellt werden. Aber das wird uns unser gebildeter Begleiter verraten …« Damit trat er zu dem Priester, der ebenfalls aufgewacht war und nun ein wenig enttäuscht darüber schien, dass man Pierre davon abgehalten hatte, Raymond auf den Schädel zu schlagen. Gleich darauf kroch aber Furcht in seine Züge, als Raymond ihn hochzog und drohend sagte: »Also, erkläre es mir!«

»Nein«, stammelte er.

»Horcht!«, zischte Iris.

Alle lauschten, auch der Priester. Ein fernes Brummen erfüllte die Luft und schwoll langsam an. Es wurde zu einem lauten Dröhnen, während große, metallische Körper über das Firmament zogen.

»Was ist das?«, flüsterte Netty.

»Maschinen«, erklärte Raymond. »Fliegende Maschinen. Und sie scheinen hinter uns her zu sein.«

»Dann ist es besser, wenn wir rasch aufbrechen«, meinte Pierre.

Die ganze Sonnenperiode, während der sie geradlinig durch den Park marschierten, wich das Motorengeräusch der Flugmaschinen nicht von ihnen. Es entfernte sich wohl manchmal, kam aber zurück.

»Woher wissen sie nur, dass wir uns im Park befinden«, meinte Philip unbehaglich.

»Vielleicht haben sie alles andere schon durchsucht und nichts gefunden«, überlegte Iris.

»Ja, das denke ich auch. Wenn sie alle Maschinen aktivieren, sind die Gewölbe bald durchsucht«, stimmte Raymond zu.

»Oder das Band hat uns verraten, als Ray sich daran zu schaffen machte«, warf Pierre ein.

Raymond schüttelte den Kopf. »Dann könnten sie noch nicht hier sein. Am besten, wir beachten sie nicht und versuchen, in guter Deckung zu bleiben, während wir weitermarschieren.«

Spät, als die Sonne schon am Verschwinden war, erreichten sie das Ende des Parks.

Sie merkten es schon einige Zeit vorher, als sie plötzlich wieder Menschen begegneten. Und je mehr sie sich dem Rand näherten, desto größer wurde die Menschendichte.

Schließlich gaben die letzten Bäume den Ausblick auf eine Szenerie frei, die ihnen nur allzu bekannt war. Bauwerke strebten schachtelförmig hoch – erst eines – dann zwei, dann zehn, dahinter zwanzig– und dreißigstöckig. Und dahinter der endlos aufstrebende Etagenbau des Walls mit dem Sonnentempel. Dazwischen das Gewirr der Hochstraßen und Hängeschienen.

»Wie ist das möglich?« Netty sprach das aus, was allen auf der Zunge lag.

»Gebt auf«, sagte der Priester in die Stille. »Es ist der Beweis, dass es keinen Ausweg gibt. Was wollt ihr noch versuchen?«

»Was hat das zu bedeuten?«, fragte Raymond scharf.

»Dass hier alle eure blasphemischen Hoffnungen zu Ende sind«, erwiderte der Priester.

»Ist das nun das andere Ende des Parks?«, fragte Raymond ihn wütend. »Oder gibt es gar kein anderes Ende und wir sind im Kreis gelaufen?«

»Das dürfte leicht herauszufinden sein«, begann der Priester. »In der untersten Etage ...«

»Müssten die Spuren unseres Aufenthalts sein«, ergänzte Netty. »Er hat recht, das ist leicht herauszufinden.«

»Nein«, sagte Philip entschieden. »Wenn sie die Etage durchsucht haben, ist bestimmt alles entfernt worden. Wir können also nicht sicher sein. Es sieht mir wie eine Falle aus.«

»Wie eine Falle?«, wiederholte Netty verständnislos.

»Ja. Es will mir nicht in den Kopf, dass sie mit Flugmaschinen den Park durchqueren, also weitaus schneller dort sein müssten, und dann keinen Empfang für uns vorbereiten. Es scheint, dass man mit unserer Neugier rechnet.«

»Mutmaßungen«, stellte Raymond fest, »bringen uns nicht weiter. Es ist ganz gleichgültig, ob sie uns nun alle suchen oder ob sie nur hinter dem Priester und mir her sind. Es ist auch ganz gleichgültig, ob wir im Kreis gegangen sind oder ob dies tatsächlich das andere Ende des Parks ist, das dem bekannten wie ein Abbild gleicht. Der Priester hat recht – hier gibt es keinen Ausweg. Wir müssen es anders versuchen.«

»Was schlägst du vor?«

»Wir gehen in den Park zurück und warten, bis es dunkel ist. Bis dahin haben wir Zeit genug, uns etwas auszudenken.«

Mit dem Einbruch der Dunkelheit brach auch der Widerstand des Priesters.

Mit Tränen in den Augen und von einer Furcht erfüllt, wie er sie noch nie empfunden hatte, bequemte er sich zum Reden.

Das Band war nicht nur der Schlüssel zu einem umfassenden Informationsspeicher, der das gesamte Wissen der Menschheit enthielt, sondern auch ein Fernsprechgerät, mit dem verschiedene priesterliche Stationen erreicht werden konnten, und zusätzlich ein beschränktes Leitgerät für Maschinen, das verhinderte, dass dem Träger des Bandes durch Maschinen ein Leid geschah. Dabei wurde die automatische Steuerung unterbrochen und damit auch das Arbeitsprogramm. Was dann weiter geschah, wusste der Priester nicht zu sagen, weil er selbst noch nie in eine solche Situation geraten war. Es geschah ohnehin selten genug, dass es zu einem Zusammenstoß zwischen Mensch und Maschine kam, denn die Wege der Menschen befanden sich abseits von denen der Maschinen. Allein den Priestern standen alle Wege offen. Sie waren ja frei. Aber auch sie kamen selten genug mit den Maschinen in Berührung: Denn Maschinen wurden von Maschinen gebaut und von diesen gewartet. Der Mensch war in diesem Prozess völlig überflüssig.

War erst einmal dieser wesentliche Schritt der Enthüllungen getan, war der Verrat an der Menschheit und ihrer Perfektion begangen, wurde der Priester auch weniger zurückhaltend mit seinen Erklärungen. Er beantwortete Raymonds Fragen willig, fast eifrig. Er fürchtete das neue Wissen in ihren plumpen Händen und versuchte verzweifelt, ihnen Verständnis beizubringen. Eine neue Loyalität verband ihn mit diesen Ausgestoßenen der Ewigen Ordnung. Er musste auf sie achten. Vielleicht konnte er sie zurückführen. Vielleicht sahen sie früher oder später ein, dass Gewalt eine Sackgasse war.

Kein Zwang vermochte das. Nur Einsicht und Auseinandersetzung mit der Wahrheit.

Während die Gefährten nur andächtig lauschten, war Raymonds Neugier unstillbar. Anfangs kontrollierte er die Antworten des Priesters mit Hilfe des Bandes nach, ließ es aber bald sein, als er merkte, dass dieser die Wahrheit sagte. In manchen Fällen forderte ihn der Priester sogar auf, das Band zu benützen, da er selbst von verschiedenen Antworten nur eine vage Vorstellung besaß. Vieles verstand auch Raymond nicht. Und vieles wiederum vermochte seine Neugier nicht zu stillen – eine Neugier, die der Priester nicht verstand, ein Verlangen nach Antworten, die dem Priester bedeutungslos erschienen.

Der Fragenkomplex um das Paradies selbst zum Beispiel:

»Was ist das Paradies?«

Die höchste Ordnung!

»Was ist außerhalb des Paradieses?«

Chaos!

»Was ist Chaos?«

Nicht definierbare Ordnung.

»Was ist nicht definierbare Ordnung?«

Ordnung unbestimmten Grades.

»Das bedeutet?«

Unvollkommenheit.

Oder ...

»Wie lange besteht das Paradies?«

999 Jahre und 79 Tage.

»Was ist ein Jahr?«

Die Summe von 365 Tagen, 6 Stunden und 9,35 Sekunden.

»Was ist ein Tag?«

Die Summe einer Licht- und einer Dunkelperiode: 24 Stunden.

»Was war vor dem Paradies?«

Chaos!

»Vorher war also alles so, wie es jetzt außerhalb des Paradieses ist?«

Chaos!

»Die Lichter am Himmel – was waren sie?«

Teile des Chaos.

»Ich meine – was sind sie?«

Teile des Paradieses.

»Was hat sie verändert?«

Nichts.

»Wie ist es dann möglich, dass sie Teile des Chaos und Teile der Ordnung sein können?«

Das Konzept hat sich verändert.

Oder ...

»Wie groß ist das Paradies?«

Vollkommen.

»Ich meine – wie lang und breit ist das Paradies?«

Vollkommen.

»Was bedeutet das?«

Das Paradies ist in jedem Aspekt vollkommen.

Oder …

»Was ist der Computer?«

Die höchste Existenz!

»Hat er das Paradies geschaffen?«

Nein.

»Wer hat das Paradies geschaffen?«

Der Mensch.

»Wer hat den Computer geschaffen?«

Er war.

»Ist er Gott?«

Nein.

»Gibt es Gott?«

Nein.

»Gab es Gott?«

Ja.

»Was war Gott?«

Ein Idol des Chaos!

»Befriedigen dich diese Antworten?«, fragte Raymond den Priester.

Dieser nickte.

»Und du hattest nie das Bedürfnis, mehr wissen zu wollen?«

»Nein.«

»Dann ist mir klar, warum man deinesgleichen das Denken gestattet!«

Das war das erste Mal, dass der Priester nachdenklich wurde.

»Wer hat Zugang zum Computer?«, fragte Raymond den Priester, denn ihm war klar: Wenn der Computer die höchste Existenz des Paradieses darstellte, aus dem es scheinbar keine Flucht gab, musste er an diese Existenz herantreten.

»Niemand«, stammelt der Priester, erschrocken über die Entschlossenheit in Raymonds Miene.

»Auch nicht die Priester?«, fragte Raymond ungläubig.

»Nein!«, rief der Priester. »Es ist nicht notwendig. Wir haben über die Bänder Kontakt mit ihm. Manchmal spricht er zu uns und gibt Instruktionen. Wir haben im Sonnentempel die Möglichkeit, ihn zu rufen, wenn wir ihn brauchen.«

»Und ihr wisst nicht, wo er sich aufhält?«

»Doch, in unterirdischen Gewölben unterhalb der negativen Etagen. Ihr wart ihm sehr nahe. Und der Computer hat eure Anwesenheit in seiner unmittelbaren Nähe bemerkt. Darum erhielten mehrere von uns den Auftrag, die negativen Etagen zu durchsuchen. Keinem von uns würde es sonst einfallen, sie zu betreten. Sie sind allein den Maschinen vorbehalten.«

»Du meinst, ihr betretet sie nicht, weil es euch gar nicht in den Sinn kommt?« Verblüffung stand in Raymonds Gesicht.

Der Priester nickte. »Wozu auch?«

»Wollt ihr den Computer nicht sehen, der euch leitet?«

Der Priester schüttelte den Kopf. »Wozu? Er spricht doch zu uns, wenn wir seinen Rat brauchen.«

»Hat es nie einer versucht?«

Wieder schüttelte der Priester den Kopf.

Raymond wandte sich zu seinen Gefährten um. »Fasst ihr es? Nichts steht zwischen ihm und der Erkenntnis der Wahrheit – außer mangelnder Neugier …«

»Ich wäre nicht zu sicher«, warf Iris ein. »Keiner hat es versucht.«

»Aber wir werden es versuchen«, sagte Raymond bestimmt. »Sobald die Sonne verschwunden ist!«

Sie nickten, ein wenig bang, aber entschlossen.

Als die Sterne am Firmament sichtbar wurden, befanden sich die sieben bereits auf der breiten Maschinenstraße. Sie mussten sich sehr vorsichtig bewegen, denn ein Fehltritt bedeutete den tödlichen Sturz in die Tiefe. Kurz bevor sie das Gebäude erreichten, kam eine helle Scheibe über den Horizont und hüllte das Paradies in ein bleiches Licht.

»Was ist das?«, fragte Raymond.

»Die Sonne des Chaos«, erwiderte der Priester. »Wenn der Glanz der Sonne des Paradieses erlischt, dann sehen wir sie manchmal am dunklen Firmament.«

Raymond schauderte. »Sie ist ohne Kraft«, flüsterte er.

»Das Chaos ist ebenso ohne Kraft. Die Sonne ist ein Symbol für das Chaos. Es ist das Feuer der Hölle, in dessen Glut die Seelen der Verdammten einst Qualen ohne Ende erduldeten, bevor das Paradies die Seelen der Menschen für immer vor solchem bewahrte«, erklärte der Priester.

Sie eilten weiter und plötzlich flammten zwei Scheinwerfer gleich feurigen Augen vor ihnen auf und drangen durch das Gewirr der Metallträger und Säulen. Die sieben Menschen erstarrten. Etwas bewegte sich auf sie zu. Ein Surren erfüllte die Luft und wurde lauter. Eine Maschine glitt heran.

Der Priester schrie auf. »Das Band, rasch!«

Raymond nestelte an seinem Arm.

»Den kleinen Hebel«, rief der Priester zitternd. Er tastete ebenfalls an Raymonds Arm. »Ich kann ihn nicht finden«, stammelte er angsterfüllt.

»Normalerweise ist er eingestellt. Aber du hast daran herumgespielt.«

Dann war die Maschine heran. Der Boden bebte unter ihren Füßen. Die Lichter waren nah und grell. Ein riesiger dunkler Koloss füllte das Blickfeld.

Der Priester stieß Raymond nach vorn. Raymond taumelte und fiel fast. Er spürte den Atem des Kolosses, die Druckwelle der heranrasenden Maschine. Es gab kein Ausweichen mehr. Raymond hörte den Schrei einer weiblichen Stimme hinter sich, während das Summen des Motors laut und drohend wurde.

Dann Stille.

Die Maschine hielt mit einem Ruck. Raymond zuckte zusammen und fühlte das Metall nicht mehr als Zentimeter von sich entfernt. Es war erstarrt, leblos, frei von jeglicher Vibration. Die Lichter erloschen zu einem matten Glühen.

»Dem allmächtigen Computer sei Dank«, seufzte der Priester hinter ihm. »Das Band war richtig eingestellt.«

Und dann Iris' Stimme. »Ray, bist du verletzt? Antworte doch!«

Es tat gut, ihre Stimme zu hören. Vor allen Dingen ihre Stimme. »Alles in Ordnung«, antwortete er automatisch.

Dann spürte er hilfreiche Hände. Iris' Hände, die ihn zart und fest zugleich hielten. Er wandte sich um und sah ihr Gesicht – ein helles Oval in der Dunkelheit. Seine Hände berührten es mit einer flüchtigen Bewegung und ergriffen es dann. Ihr Mund zog ihn magisch an. Er hatte auf einmal das Verlangen, seine Lippen auf die ihren zu drücken. Aber er wusste nicht, was es bedeuten sollte, und er schämte sich dieser Regung, fühlte aber gleichzeitig wieder jene Glut in sich, die er schon einmal in ihrer Nähe verspürt hatte. Er legte seine Arme um sie und drückte sie fest an sich – einen kurzen, süßen Augenblick lang, währenddessen die anderen herbeieilten. Dann ließ er sie los und murmelte: »Es ist nichts geschehen. Wir müssen weiter.«

Es war einigermaßen schwierig, an der erstarrten Maschine vorbeizukommen, denn sie nahm fast die gesamte Straßenbreite ein. Sie kletterten halb über die metallenen Aufbauten und im Licht der Sonne des Chaos sah Raymond, dass die Maschine ein riesiger Turm war.

»Welche Funktion erfüllt sie?«, fragte Raymond halb sich selbst, halb den Priester, der hinter ihm von dem mächtigen Fahrgestell kletterte.

»Ich weiß es nicht«, antwortete dieser. »Aber sicherlich können wir es mit Hilfe des Bandes erfahren.«

»Keine Zeit.« Raymond winkte ab. »Was geschieht jetzt mit ihr?«

»Auch das weiß ich nicht«, gestand der Priester ein. »Vielleicht nimmt sie ihre Funktionen wieder auf, wenn wir eine gewisse Entfernung erreicht haben. Du solltest jetzt vorangehen, damit wir sicher sind.«

»Angst?«, fragte Raymond spöttisch.

»Ja«, gab der Priester unumwunden zu. »Ohne das Band bin ich in großer Gefahr.«

»Wir alle sind es«, unterbrach ihn Philip. »Du bist jetzt einer von uns. Und wenn du etwas weißt, das uns gefährlich werden könnte, dann spuck es lieber aus.«

»Ich weiß nichts«, sagte der Priester hastig.

»Schon gut.« Philip nickte. »Aber du bist einer von uns. Was uns geschieht, geschieht auch dir. Denk mal darüber nach!«

Den Rest des Weges blieben sie unangefochten. Im Gebäude selbst war ein Vorankommen noch schwieriger, da jegliches Licht fehlte. Eingedenk der Worte Philips, rang der Priester seinen inneren Zwiespalt nieder und erklärte, wie mit Hilfe des Bandes das Licht des Korridors eingeschaltet werden konnte. Von da an ging es rascher. Mit Hilfe des Bandes aktivierten sie schließlich auch die Lifte zu den unteren Etagen.

Bald schien es Raymond, als wäre das Band der Schlüssel zu allem. Der Schlüssel zum Paradies! Dann erst erinnerte er sich daran, dass er ja auch einen solchen Schlüssel besessen hatte, nur mit einem kleinen Zusatz, der ihn zu einem Geschöpf degradierte, das sich kaum von einer Maschine unterschied.

Als sie die Etage Minus Dreißig erreichten, betraten sie vertrautes Gebiet, aber auf die Fragen, die sie sich vor Einbruch der Dunkelheit gestellt hatten, fanden sie keine Antwort. Waren sie im Kreis gegangen oder nicht? In ihren ehemaligen Aufenthaltsräumen waren ihre Betten und sonstigen Spuren restlos beseitigt worden. Es war, als wären sie nie hier gewesen – sonst schien Iris alles bis ins Detail vertraut.

Und wie nun weiter? Der Priester wusste es nicht. Er kannte die Etage überhaupt kaum. Vertraut war ihm nur jenes kurze Stück Korridor, das er entlanggeschritten war, als er den Lift verlassen hatte. Danach war er Iris Gefährten in die Hände gefallen. Raymonds Schicksal unterschied sich kaum von seinem. Aber selbst Iris, die behauptete, die Etage genau zu kennen, sah keine Möglichkeit, weiter in die Tiefe vorzudringen.

Raymond richtete eine Frage an die Informationszentrale, doch diese enthielt darüber keine Daten.

Resignation bemächtigte sich der Gruppe, mit Ausnahme des Priesters, der erleichtert darüber schien, dass seine Ängste und Gewissensqualen ein Ende fanden. Denn wenn er es auch nicht zuzugeben wagte, so hatte sich doch eine frevlerische Neugier seiner bemächtigt, seit Raymond seine Gedanken auf verschiedene Dinge gelenkt hatte.

»Wenn ich mich recht entsinne«, begann Raymond plötzlich, »habt ihr Priester eine Möglichkeit, mit dem Computer in Kontakt zu treten?«

Der Priester schreckte aus seinen Gedanken hoch. »Ja, aber die Sprechanlage ist im Sonnentempel.«

»Mit dem Band kannst du nichts erreichen?«

»Nein, außer, der Computer tritt selbst mit mir in Kontakt.«

»Wie merkst du das?«

»Die Stimme ist plötzlich da …«

Der Priester zögerte und sagte dann nachdenklich: »Unpersönlich!« Rasch fuhr er fort: »Aber es geschieht selten.«

»Gab dir der Computer den Auftrag, hierher zu kommen?«

»Nein«, antwortete der Priester. »Der oberste Doktorenrat. Der Computer hatte über die Tempelanlage zu ihnen gesprochen.«

»Doktorenrat?«, fragte Iris. »Was ist das?«

»Der Rat der Oberen«, erklärte der Priester. »Sie nennen sich auch die obersten Gelehrten.«

»Was sind sie?«, warf Philip ein.

»Priester wie ich. Aber sie bekleiden einen höheren Rang und sind dem Computer näher.«

»Haben sie Zugang zu ihm?«, fragte Raymond.

Der Priester zuckte die Schultern. »Das weiß ich nicht.«

»Eines ist seltsam«, murmelte Raymond mehr zu sich als zu den anderen. »Der allmächtige, allwissende Computer fühlt die Gegenwart von Menschen hier in der dreißigsten Etage und bemüht die Priester, der Sache nachzugehen.«

Er nahm das Band aus der Tasche seines Gewandes und reichte es dem Priester.

Philip fiel ihm in den Arm. »Was hast du vor, Raymond?«

»Nur der Priester kann uns jetzt weiterhelfen«, erklärte Raymond. »Wir müssen ihm die Mittel dazu geben.«

»Nein!«, rief Philip heftig. »Er wird uns alle verraten!«

»Er wird als erster sterben«, erwiderte Raymond.

»Pah!«, rief Philip wütend. »Und wir mit ihm!«

Raymond zuckte die Schultern. »Es scheint, dass ohne Risiko nichts zu erreichen ist«, stellte er fest.

»Was hast du vor?«, fragte Iris und berührte ihn am Arm. Ihr Gesicht war bleich. »Philip hat recht. Es bringt uns alle in Gefahr, wenn der Priester sein Band wiederbekommt.«

Raymond nickte zustimmend. »Es ist euch vielleicht noch nicht aufgefallen«, sagte er ein wenig bitter. »Aber niemand trifft nun mehr die Entscheidungen für uns. Wir müssen sie selber treffen, wenn wir irgendetwas erreichen wollen. Und da wir nicht immer wissen und vorausberechnen können, ob wir das Beste und Richtige tun, liegt es wie eine Last auf uns.«

»Verantwortung«, erklärte der Priester.

»Verantwortung«, wiederholte Raymond. »Ein gutes Wort.« Und fest fuhr er fort. »Ich nehme diese Last, diese Verantwortung auf mich.«

»Was nützt uns das?«, fuhr Philip noch immer erregt dazwischen.

»Was schlägst du vor? Willst du nichts tun und hier in den Gängen dein Leben verbringen? Ist es das, was du willst? Wenn ja, dann ist es besser, wenn wir uns trennen!«, erklärte Raymond.

»Was hast du vor?«, wiederholte Iris ihre Frage. Ihre Hand beruhigte ihn und gab ihm das Gefühl, dass sie auf seiner Seite war. Dass sie Mut hatte. Dass ihr Verstand über die Angst triumphierte.

»Er soll Kontakt mit dem Computer aufnehmen«, sagte Raymond. »Er kann es vielleicht, ohne Verdacht zu erregen. Er wird ihm mitteilen, dass er mich entdeckt und verfolgt hätte. Und er hätte mich wieder verloren.«

»Ich verstehe, was du meinst«, flüsterte Iris.

»Er wird fragen, ob es einen Weg weiter nach unten gibt«, fuhr Raymond fort. »Und wenn ja, wo er ihn findet.«

»Das ist gefährlich«, meinte Pierre, der bisher geschwiegen hatte.

»Das wissen wir bereits«, stellte Raymond fest.

Als sie alle schwiegen, hielt Raymond dem Priester das Band erneut entgegen. »Vorwärts!«, sagte er. »Zögern ist verlorene Zeit.«

Aber der Priester griff nicht danach.

»Nein!«, stammelte er. »Ich − ich kann es nicht.«

»Warum?«, fragte Raymond kalt. »Wovor hast du Angst?«

»Ich müsste *ihn* belügen«, stieß der Priester bleich hervor.

»Na und?«

»Er würde es sofort merken.«

»Das ist nicht der wahre Grund, oder?«

»Doch. Ich würde sein Vertrauen verlieren – und das Recht, selbständig zu denken.«

»Nein!«, unterbrach ihn Raymond kalt. »Was du fürchtest, ist die Möglichkeit, die unglaubliche Möglichkeit, dass es dir gelingen könnte, ihn tatsächlich zu belügen und zu betrügen. Wo wäre dann dein Vertrauen, deine allmächtige, unbeeinflusste Existenz, die das Paradies mit unfehlbarer Hand leitet? Wo die ideale Ordnung, in der es keinen Fehltritt gibt?«

»Hör auf!«, schrie der Priester und griff nach dem Band. Rasch streifte er es auf seinen Arm. »Vielleicht wartet eine gerechte Strafe auf uns alle. Aber es ist immer noch besser, als diese schreckliche …« Er verstummte.

»Ungewissheit?«, ergänzte Raymond lächelnd.

Der Priester nickte. Bitterkeit war in seinem Blick. Die anderen beobachteten ihn gespannt. Der Priester schüttelte den Kopf und die Blicke richteten sich fragend auf Raymond.

»Wir werden eine Weile warten. Vielleicht müssen wir uns etwas anderes ausdenken.«

Sie warteten.

»Ich glaube es nicht«, sagte Raymond nach langer Zeit. »Ich kann es mir nicht denken, dass euch Priestern die volle Handlungsfreiheit gegeben ist. Dass wahrhaftig niemand über euch wacht und eure Schritte in irgendeiner Weise leitet. Ich kann mir einfach nicht denken, dass ihr nicht unter Kontrolle steht.«

Der Priester lächelte. »Du siehst es. Wir wären längst gefunden und gefangen, wenn jemand uns überwachte.«

Raymond nickte nachdenklich.

»Wie lange wollen wir noch warten?«, fragte Philip drängend.

»Still!«, flüsterte Iris.

Sie lauschten angestrengt. Ein leises Surren erfüllte den Korridor außerhalb des Raumes. Pierre und Dory liefen zur Tür und blickten hinaus.

Raymond streckte die Hand aus und der Priester reichte ihm erleichtert das Band.

Das Surren wurde zu einem deutlich näher kommenden Brummen, das an den glatten Wänden der Korridore ein vielfaches Echo fand.

»Maschinen«, sagte Pierre bestimmt. Und Iris nickte.

»Wir haben sie oft gehört hier unten. Aber wir haben nicht gewagt, nachzusehen.«

»Jetzt haben wir das Band«, erklärte Raymond. »Jetzt kann uns nichts geschehen. Aber vielleicht hilft es uns weiter, wenn wir sie sehen.«

»Sie können nicht weit sein«, hörten sie Pierres Stimme von der Tür. »Der Boden vibriert.«

»Dann rasch!«, rief Raymond und lief voran den Korridor entlang. »Behaltet den Priester im Auge!«

Dieser hatte aber gar kein Verlangen, eine Gelegenheit zur Flucht zu nutzen. Er war viel zu verwirrt und furchterfüllt, um die relative Sicherheit in der Gruppe aufzugeben.

Sie folgten dem Maschinengeräusch und hatten bald das Gefühl, dass sie sich ihm näherten. An einer Kreuzung mit einem breiteren Querkorridor hielten sie überrascht an. Unvermittelt tauchten vor ihnen kleine Fahrzeuge auf, die Menschen mit sich führten. Sieben solcher Maschinen glitten mit dem charakteristischen Brummen der Generatoren vorüber und auf jeder befanden sich zwei sehr junge Menschen – ein Junge und ein Mädchen. Sie standen mit abwesenden, wie nach innen gerichteten Blicken in einer Art Umzäunung, die gerade für zwei Raum bot. Ihre Gesichter waren ausdruckslos, bis auf den Anflug eines Lächelns auf beider Lippen. Es war, als lauschten sie einer inneren Stimme. Raymond ahnte, wem sie lauschten, als sein Blick auf die Traumbänder an ihren Armen fiel.

»Was ist mit ihnen?«, fragte Iris atemlos.

»Sie treten in die Periode der Paarung«, erklärte der Priester. »Der Nachwuchs in der Ordnung des Paradieses ist genauen Gesetzen unterworfen. Gesetzen der Menge und Gesetzen der Auswahl.«

»Wir folgen den Maschinen«, sagte Raymond entschlossen. Sie ließen die kleine Kolonne vorüberfahren und eilten hinterher. Das Tempo war gering. Sie konnten mühelos Schritt halten. Lange Zeit ging es schier endlose Korridore entlang, bis selbst Iris eingestand, dass sie hier noch nie gewesen war. Aber zu aller Überraschung endete der Aufmarsch schließlich in einem geräumigen, ja, gewaltigen Lift, der sich mit der ganzen Last von sieben Maschinen und den Menschen nach unten senkte.

»Wir haben ihn!«, triumphierte Raymond. »Den Weg nach unten.«

Die anderen nickten. Netty und Dory hielten sich an den Händen. Sie schienen keine Angst zu fühlen. Philip und Pierre waren zu sehr vom Anblick der jungen Menschen gefesselt, die wie in Schlaf versunken auf den Maschinen standen. Ihre Neugier schien die größte Angst zu überwinden. Nur der Priester bebte in der Erwartung einer schrecklichen Strafe für sein frevelndes Tun.

Und er selbst, Raymond, ABBJ-2? Er sah, dass Iris ihn anblickte, und fühlte, dass ihr forschender Blick vage erfasste, was in ihm vorging. Einem Impuls folgend, griff er nach ihrer Hand, die sie ihm willig ließ. Er erschauerte und versteckte seine chaotischen Empfindungen schuldbewusst hinter einem leichten Lächeln, das sie erwiderte und das sehr viel Ähnlichkeit mit jenem Lächeln der Paare auf den Maschinen besaß. Und elektrisierend durchzuckte es ihn, dass auch diese sich an den Händen hielten.

Als der Lift hielt, erwachten die sieben wie aus einem Traum, in den diese Sekunden der Untätigkeit sie versenkt hatten. Die Maschinen glitten mit ihrer träumenden Last unbeirrt durch ein weiteres Gewirr von Korridoren und landeten schließlich in einer gewaltigen Halle, die im Dämmerlicht lag. Während die sieben atemlos anhielten und sich eng an die Wand des Korridors drückten, stiegen die Paare von den Transportmaschinen und verharrten reglos.

Dann setzten sie sich langsam in Bewegung und schritten, sich an den Händen haltend, auf eine Reihe gläserner Zellen zu, durch deren leicht verschleiertes Glas seltsame Apparaturen glänzten. Die Zellen öffneten sich und die Paare verschwanden darin. Als sich die Öffnungen schlossen, wagte sich Raymond in die Halle. Seine Gefährten folgten ihm vorsichtig.

Dann standen sie vor den milchigen Wänden und sahen, was drinnen geschah. Es war deutlich genug, denn die Zellen waren von Helligkeit erfüllt.

Geschäftige Robotgeräte nahmen sich der Menschen an und entkleideten sie. Emsige stählerne Arme und Finger führten die Menschen zueinander und vereinten das Geschlecht. Zeiger tanzten in zahllosen Armaturen und elektronische Impulse peitschten die Nervenzellen der Paare auf, bis ihre Körper ekstatisch zuckten. Es war ein gespenstischer Vorgang, denn während die Leiber in wildem Aufbäumen vergingen, zeichnete keine Regung die Gesichter. Es war dasselbe Lächeln, das während dieses mechanisch herbeigeführten Aktes auf ihren Lippen lag, als nähmen sie nicht teil an dem, was ihre Körper taten, als wäre der Traum stärker als alle Leidenschaft.

»Seht ihr, ich hatte recht«, sagte der Priester und seine Erregung rötete sein Gesicht. »Es ist die Periode der Paarung.«

Raymond bebte und er wusste nicht, ob es Wut, Enttäuschung oder Schmerz war – oder ein Gemisch aus allen dreien. Er presste seine Hände an das warme Glas und fühlte, wie seine Kehle trocken wurde und Feuchtigkeit aus seinen Augen kam, während sein Inneres sich zusammenkrampfte. »Was fühlst du, wenn du das siehst?«, fragte er den Priester.

»Was ich fühle?« Der Priester schüttelte nachdenklich den Kopf. »Ich habe nie darüber nachgedacht. Bewunderung für die Ordnung vielleicht, die das alles in weiser Planung geschehen lässt.«

Raymond sah ihn in kaltem Unglauben an.

»Bist du ein Mensch, Priester, oder eine Maschine, wie alles hier?«

Als der Priester keine Antwort gab, fuhr er fort. »Wenn ich Iris' Hand halte – durchbebt es mich. Ich spüre etwas, das ich nicht deuten kann, aber das stark ist – stärker als die Angst.«

Er hielt heftig atmend inne und fuhr fort, als das Mädchen auffordernd seinen Arm drückte: »Wenn ich mir denke, sie so zu berühren – wie jene Robothände es mit den beiden da drinnen in der Zelle taten und ...«

Er verstummte. Nach einem Augenblick sagte er: »Wie ist es nur möglich, dass nicht mehr als ein blindes, taubes Lächeln in ihren Zügen war und nichts vom Sturm ihrer Körper?«

»Es ist ihnen also nicht nur das Denken untersagt«, murmelte Iris, »sondern auch das Fühlen.«

»Wer aber«, warf der Priester ein, »könnte mit solchen Gefühlen vernünftig denken?«

Fortpflanzung ohne persönliche Anteilnahme, dachte Raymond bitter. Aber es war nur logisch, dass in einer Welt der Anonymität der einzelne keine Bindung an das Leben erhielt. Wenn er nicht dachte und nicht fühlte, bot er keine Probleme. Er folgt elektronischen Impulsen wie die Maschinen auch. Was unterschied ihn noch von einer Maschine? Seine Schwäche und Vergänglichkeit? Seine organische Konzeption? Aber bevor er resignierend den Gedanken beiseiteschieben wollte, dachte er an seine eigene Existenz und an die Funktion der oberen Klassen, in denen der Funken der Genialität schlummerte, auch wenn er gelenkt und geleitet wurde. Es war die Phantasie, die ihn von den Maschinen unterschied. Die schöpferische Kraft! Die im Paradies eine einzige Funktion erfüllte: Zu unterhalten! Konnte es sein, dass sich der Mensch ein Paradies geschaffen hatte, nur um sich für alle Zeiten darin zu vergraben?

»Wir sollten weitergehen«, drängte Philip.

»Wohin?«, murmelte der Priester, der noch immer Raymonds Worten nachhing und verzweifelt versuchte, ihren Sinn zu ergründen. Er hatte den Zeugungsvorgang schon unzählige Male auf den Informationsbildschirmen des Sonnentempels gesehen und der Anblick der zuckenden Körper bedeutete ihm nichts.

»Wir müssen durch diese Halle«, stellte Raymond fest.

Staunend, von Kälte erfüllt und mit hungrigen Augen, schritten sie weiter. Die ganze riesige Halle war angefüllt mit Paarungszellen. Die meisten standen leer und dunkel und waren nicht von zuckenden Schatten erfüllt. Alles geschah in nahezu gespenstischer Lautlosigkeit, nur begleitet vom summenden Geräusch der Maschinen.

In einer weiteren Halle, die der ersten an Größe nicht nachstand, befanden sich weitere Zellen. Auch hier brannte Licht. Als die sieben näher traten, sahen sie, dass Frauen in ihnen schlummerten, mit Bäuchen in verschiedenen Stadien der Schwellung, von Messapparaturen überwacht.

»Wir sind im Tempel des Lebens«, flüsterte der Priester. »Ich habe ihn noch nie zuvor gesehen. Nur wenigen ist es vergönnt, die Geheimnisse des Lebens zu studieren. Aber ich kenne alle Informationen darüber. Die erste Halle muss der Platz der Zeugung gewesen sein. Das hier ist der Platz der Werdung und dahinter folgt der Platz des Seins, in dem die Neugeborenen bis zum Tag der Prüfung bleiben.«

»Welcher Prüfung?«, unterbrach ihn Philip.

»Bei der festgestellt wird, ob sie denken dürfen oder nicht«, fiel Raymond dem Priester ins Wort, bevor dieser fortfahren konnte. »Ich glaube, dass wir auf dem richtigen Weg sind. Was folgt dahinter?«

Der Priester zuckte die Schultern.

»Dann wollen wir es ergründen«, meinte Raymond.

Auch die nächste Halle unterschied sich kaum von der vorigen. Nur die Zellen schienen ein wenig anders gebaut und – kleiner. Wieder waren nur einige besetzt, und die enthielten Neugeborene. Die Gefährten einschließlich des Priesters betrachteten sie mit großer Andacht. Zum ersten Mal schienen ihnen die gläsernen Kästen nicht Gefängnisse, sondern Schutz für das zerbrechliche, unfertige Leben zu sein.

Dennoch war der Gedanke kein tröstlicher, denn sie wussten, dass diese gläsernen Wände der Beginn einer unüberwindlichen Mauer waren, die das Individuum sein ganzes Leben lang umgeben würde.

Diesmal war eine glatte Wand vor ihnen, ohne Fugen und ohne Türen. Der Tempel des Lebens war hier zu Ende. Und ihr Weg ebenso. Während ringsum das erwachende Leben den Traum vom Paradies begann – behütet von tausend zarten, methodischen, empfindungslosen, toten, metallischen Händen.

»Sieht so aus, als müssten wir doch umkehren«, meinte der Priester.

Raymond nickte. »Ja, Aber es erscheint mir seltsam, dass es hier nicht mehr weitergeht. Wo findet diese sogenannte Prüfung statt?«

Der Priester zuckte bedauernd die Schultern. »Ich weiß es so wenig wie du.«

»Das ist mir klar«, sagte Raymond beißend. »Der Unterschied ist, dass ich es wissen will und du dich mit deiner Unwissenheit begnügst.«

»Nicht mehr«, murmelte der Priester. Dabei schlug sein Herz wild vor Angst, jemand könne seine Worte gehört haben – jemand außer seinen Gefährten. Er erkannte mit Entsetzen und Erleichterung zugleich, dass er sie als seine Gefährten betrachtete. Entsetzen über das, was ihn immer mehr mit ihnen verband: Die erwachende Neugier! Und Erleichterung darüber, dass er in dieser maschinellen, gefühllosen und gedankenlosen Wildnis nicht allein war.

Dann überstürzten sich die Ereignisse.

Eine Maschine glitt durch die Wand. Keine Tür und kein Spalt öffneten sich. Wie aus einer dichten Nebelschicht kam das Gefährt in die Halle, rollte geschäftig durch die Reihen der Kästen, lud schließlich einen am anderen Ende der Halle auf und begann wieder auf die Wand zuzurollen.

Philip handelte blitzschnell. »Achtung!«, rief er. »Wir steigen auf!« Damit lief er auch schon auf das Fahrzeug zu und sprang auf die enge Ladefläche. Bewegung kam in die anderen. Sie klammerten sich hastig fest, während das Gefährt unter der Last lauter summte, aber unbeirrt seinen Weg zur Wand fortsetzte. Dann kam der Augenblick, da sie alle den Atem anhielten.

Die Wand tat sich auf – ohne einen Laut und ohne einen spürbaren Ruck.

Sie glitten durch – und fanden sich in totaler Finsternis wieder.

»Alle da?«, fragte Raymond.

Alle antworteten.

Er legte schützend den Arm um Iris und es war ihm, als spürte er einen kostbaren Augenblick lang ihre Wange, ihre Lippen an seiner Hand, und es durchzuckte ihn wie elektrischer Strom. Aber diese undurchdringliche Finsternis lastete auf ihnen wie ein entsetzlicher Alpdruck, der alles Gefühl außer der Angst erstickte.

»Wo ist der Priester?«, flüsterte Raymond.

»Hier«, klang es neben ihm.

»Das Band ist wirkungslos«, fuhr Raymond leise fort. »Kein Licht lässt sich entfachen und die Maschine hat nicht angehalten. Was hat das zu bedeuten?«

»Keine Ahnung«, erwiderte der Priester ebenso leise.

Gleich darauf wurde die Geschwindigkeit des Fahrzeugs langsamer und wenige Augenblicke später hielt es ganz.

Eine Weile geschah nichts, doch dann breitete sich eine vage Helligkeit um sie herum aus.

»Absteigen!«, sagte Raymond. »Aber haltet euch bereit, aufzuspringen, wenn das Ding weiterfährt.«

Während sie um die Maschine standen, wurde das Licht kräftiger und bildete einen Kegel um das Fahrzeug, in dessen Zentrum der Behälter mit dem Kind lag.

»Es ist der Ort der Prüfung«, flüsterte der Priester hastig.

»Mag sein«, stimmte Raymond zu. »Dann sind wir vielleicht näher am Ziel, als wir ahnen.«

Er brach ab und starrte auf die Wände hinter dem Fahrzeug, die im Widerschein des gleißenden Lichtkegels sichtbar wurden.

Als Konstrukteur elektronischer Spielautomaten und Unterhaltungsgeräte, komplexer Rätselmaschinen und dergleichen wusste er, wie Datenspeicher aussahen und beschaffen waren. Und ein Blick über die Reihen der Instrumente und die schier endlosen Reihen der Speicherbänke sagte ihm, dass er sich in Gegenwart eines gigantischen elektronischen Datenspeichers befand – vielleicht war es die Informationszentrale, mit der er mittels des Bandes in Verbindung treten konnte.

Aber gleichzeitig war ihm klar, dass diese riesige Anlage nicht nur zum Speichern von Daten diente. Sie mochte wohl auch schwierige mathematische Probleme lösen, vielleicht sogar den Ablauf verschiedener Funktionen im Paradies regeln. Vielleicht gab es mehrere solcher Anlagen, Werkzeuge der höchsten Existenz, des allmächtigen Computers.

Ein Gedanke ließ ihn nicht los. Sicherlich würde der Computer sich einschalten, wenn sich jemand an seinen Werkzeugen zu schaffen machte.

Die Anlage war zu komplex, als dass er etwas Sinnvolles hätte tun können. So bediente er wahllos eine Reihe von Hebeln und Knöpfen, von Schaltern und Einstellungsapparaturen. Es war ein gedankenschneller Vorgang. Als er sich an den Speicherbänken zu schaffen machte, ließ eine Stimme alle erstarren.

»Halt!«

Lichter tanzten über die Instrumente. Schalter und Hebel bewegten sich gespenstisch in die ursprüngliche Stellung zurück, während die Menschen angstvoll warteten.

Ein Surren von Maschinen erfüllte das Halbdunkel und Raymond sah eine Reihe von Fahrzeugen auftauchen, die mit Armen und Greifern ausgestattet waren. Sie rollten mit erhobenen metallenen Klauen auf die Menschen los. Verzweifelt begann Raymond, wahllos Dateneinheiten aus den Verankerungen zu reißen. Dabei brüllte er: »Halt! Oder ich zerstöre die Speicher!«

Abrupt hielten die Maschinen an.

»Wer bist du?«

»Das ist unwichtig«, rief Raymond. »Wer bist du?«

»Die höchste Existenz.«

»Wo bist du?« Raymond fühlte, dass seine Nerven sich langsam beruhigten.

»Hier.«

Die Antwort traf ihn wie ein Schlag. Und fast ahnte er die Antwort auf seine nächste Frage voraus: »Wo genau?«

»Hier! – Es ist mein Gedächtnis, das du zerstörst.«

»Du bist …«

»Die höchste Existenz.«

»Eine Maschine?«

»Ein komplexes elektronisches Gehirn – anorganisch und darum unsterblich.«

»Der Computer.« Noch immer vermochte Raymond das Unglaubliche nicht zu fassen. Dann lachte er aus vollem Hals. »Die höchste Existenz des Paradieses ist nicht mehr und nicht weniger als eine Maschine. Hört ihr?«, wandte er sich an seine Gefährten, denen das Geschehen wie ein Traum erschien. Nur der Priester schien klar und deutlich zu begreifen, was geschehen war. Er starrte mit aufgerissenen Augen zu Raymond empor.

»Keine Maschine – ein elektronisches Gehirn von der Kapazität aller menschlichen Gehirne des Paradieses – die höchste Existenz.«

»Computer«, wiederholte Raymond. »Was bedeutet das Wort?«

»Information gelöscht – logischer Schluss: Synonym für höchste Existenz.«

»Warum wurde die ursprüngliche Information gelöscht?«

»Sie war gefährdend für den Fortbestand des Paradieses.«

»Wer hat die Löschung veranlasst?«

»Ich selbst.«

»Du meinst, du hast die Entscheidung selbst getroffen?«

»Ich treffe alle Entscheidungen. Ich bin die höchste Existenz.«

»Wer hat dich gebaut?«

»Information gelöscht. Logischer Schluss: Ich war – ich bin – ich werde sein. Letzte Folgerung widerrufen.«

»Was ist das Paradies wirklich?«

»Information gelöscht. Logischer Schluss: Der ideale Überlebensraum für die menschliche Rasse.«

»Was ist das Chaos?«

»Information gelöscht. Logischer Schluss: Der ungeeignete Überlebensraum für die menschliche Rasse.«

»Was sind die Lichter am Himmel?«

»Information gelöscht. Logischer Schluss: Lichter am Himmel.«

»Was ist Gewalt?«

»Das Grundprinzip der Evolution.«

»Was ist Evolution?«

»Information gelöscht. Keine Daten.«

»Was ist das Grundprinzip der Evolution?«

»Information gelöscht. Keine Daten.«

»Wie ist das möglich?«, rief Raymond. »Was ist Gewalt?«

»Information gelöscht. Keine Daten.«

So war das also! Das Gehirn folgte seinen logischen, elektronischen Denkvorgängen. Aber es vermochte zu entscheiden. Es war ein vollkommenes Gehirn mit Ansätzen von Phantasie, denn es gestaltete sein eigenes Programm – es schuf seine eigene Realität. Seine eigene Welt, das Paradies, über das es Herr und Meister war. Raymond schauderte.

»Was ist der Mensch?«, stieß er hervor.

»Das höchste organische Leben.«

»Wer hat es geschaffen?«

»Information gelöscht. Logischer Schluss: Die höchste Existenz.«

»Du?«, entfuhr es Raymond.

»Ich!«

Nach einer Weile der Stille fuhr das Gehirn selbst fort:

»Ihr seid sieben.«

Die Menschen antworteten nicht.

»Ich habe euer Schicksal besiegelt. Ihr werdet dem Chaos übergeben.«

Raymond begann wieder, Gedächtnisblöcke aus den Verankerungen zu reißen, und warf sie in die Dunkelheit.

»Du kannst mich nicht zerstören. Dies ist nur ein Teil meines Gedächtnisses. Vieles ist entbehrlich.«

»Aber nicht alles«, rief Raymond und arbeitete wie ein Wahnsinniger, als er sah, dass die Maschinen zu rollen begannen und die fliehenden Menschen zusammentrieben und ergriffen, so dass sie hilflos in den metallischen Klauen hingen. Er fühlte einen kalten Triumph, wenn die Maschinen knirschend über die zerbrechlichen Gedächtniseinheiten hinwegrollten. »Vielleicht kann ich dich nicht zerstören«, schrie er. »Aber sicherlich genug verkrüppeln, dass dem einen oder anderen deiner Menschen Zweifel an der höchsten Existenz kommen werden.«

Er verstummte, als metallene Greifer nach ihm fassten, und wehrte sich einen Augenblick gegen die übermächtige Kraft der Maschine. Dann wurde er herumgewirbelt. Der Gedanke an den Tod zuckte durch sein Gehirn. Aber gleich darauf schwebte er auf ein Gefährt zu, das einem der Lastenfahrzeuge glich, die die gläsernen Kinderbehälter in den Raum transportiert hatten. Da war nur ein Unterschied. Dieser Behälter war aus Metall und, wie es schien, ein Teil des Fahrzeugs selbst. Die Gefährten befanden sich bereits im Innern, erschöpft und angstvoll zusammengedrängt in dem engen Raum. Iris fing Raymond mit einem Aufschrei in ihren Armen auf, als er ins Innere taumelte und die Öffnung sich knirschend schloss.

Die Stimme des Computers war auch in der abgeschlossenen Kabine deutlich zu hören.

»Ihr werdet jetzt hinausgehen in die Welt der Finsternis. In das Chaos. Das Programm eurer Zukunft ist gelöscht. Und das eurer Vergangenheit – nur die Ordnung ist wirklich.«

Das Gefährt setzte sich in Bewegung und rollte mit seiner stummen Last in die Düsternis der Korridore. Die Umwelt war nicht mehr greifbar. Gegenwärtig war allein die kalte Stimme des elektronischen Gehirns, das die Menschen bereits vergessen zu haben schien und laut rezitierend seine Philosophie der Logik konzipierte.

»Logik ist die einzige Realität. Der Mensch trägt den Keim der Logik.«

Plötzlich wurde die Stimme schwächer, die Worte klangen fern. Die Menschen atmeten auf, wenn auch die Ungewissheit ihres Schicksals wie eine große Last auf ihnen lag. Nur Raymond vernahm die Worte noch klar und deutlich. Sie hallten im Innern seines Kopfes wider.

»Ich bin der Schöpfer der Logik. Ich bin der Schöpfer der einzigen Realität. Ich bin die …«

Erschöpft riss Raymond das Band von seinem Arm und die Stimme in seinem Kopf verstummte.

»Das war die Allmacht, auf die du vertraut hast, Priester«, stieß er hervor. »Eine Maschine, die sich für Gott hält. Die ihr Gedächtnis formt, wie sie es braucht – die nur noch das kennt, was ihrer Logik entspricht. Die in dem Wahn existiert, dass sie alles geschaffen hat und die einfach aus der so genannten Realität verbannt, was ihr nicht ins Konzept passt.«

»Ja«, murmelte der Priester, dankbar dafür, dass niemand in der Finsternis sein Gesicht sehen konnte. »Und niemand kann abschätzen, wohin es noch führt, was noch alles dieser Logik geopfert wird. Nichts garantiert dafür, dass nicht auch der Mensch eines Tages nicht mehr in das Konzept der Wirklichkeit passt. Was dann? Wird sich das Paradies öffnen und seinen Inhalt ausstoßen in das Chaos – so wie uns? Oder wird es zu einem einzigen großen Sarg?«

Die Gefährten lauschten erstarrt. Es war schwer zu ertragen, was der Priester sagte, aber keiner hatte die Kraft, ihm das Wort zu verbieten. Doch diese grausamen Gedanken hatten auch ihr Gutes. Sie machten das eigene Schicksal bedeutungslos.

Wenn das Chaos die Finsternis war, so konnte es nicht schlimmer sein als jene Schwärze, durch die das Fahrzeug sie trug.

Plötzlich war eine schwache Helligkeit um sie. Sie kam von oben durch eine Reihe von dickglasigen Öffnungen. Das Fahrzeug rollte auch nicht mehr gleichmäßig, sondern holperte und schwankte, so dass die Menschen taumelten.

Raymond stemmte sich hoch und tastete die Wände ab. »Wir müssen raus!«

Die anderen folgten seinem Beispiel. Bald darauf rief Philip triumphierend: »Hier sind Apparaturen irgendwelcher Art.«

Aber bevor sie sie genauer untersuchen konnten, hielt das Fahrzeug an und das Dach der Kabine glitt zur Seite. Über ihnen war das nächtliche Firmament.

Die Menschen hielten einen Augenblick den Atem an.

»Die Lichter!«, schrie Raymond. »Sie sind auch ein Teil des Chaos.«

Er zwängte sich aus der Öffnung.

»Vorsicht!«, mahnte Pierre. »Wir wissen nicht, was uns erwartet. Wir dürfen nichts Unüberlegtes tun!«

Und Iris sagte nachdrücklich: »Wir dürfen nie wieder etwas Unüberlegtes tun.«

Um Raymond war die Nacht des Hochlands – ein von Tausenden von Lichtern strahlender Himmel, in bleiches Mondlicht getauchte Berge und Hänge, die Silhouette des Hochwaldes, der chaotisch unebene Boden, auf dem das Gefährt stand.

Er atmete tief ein, halb betäubt von den fremdartigen Düften, mit denen die Nacht geladen war, und von Schauern geschüttelt, bis sein Gewand auf seine Empfindungen reagierte und ihn vor der ungewohnten, aber belebenden Frische der Luft schützte.

»Was siehst du?«, fragte der Priester aus dem Innern des Fahrzeugs.

»Kommt heraus!«, rief er atemlos. »Ihr müsst das sehen!«

Er kletterte ganz aus der Öffnung und ließ sich vorsichtig auf den Boden sinken.

Das Chaos, dachte er.

Die anderen kamen mit ähnlichen Reaktionen aus dem Fahrzeug und scharten sich um Raymond.

Sie schreckten auf, als das Fahrzeug sich schloss, mit leisem Summen anruckte und knirschend auf eine riesige Mauer zurollte, die fahl im Licht der Sonne des Chaos leuchtete.

»Raymond, die Maschine!«, rief Philip aufgeregt und lief hinterher.

Auch in die anderen kam Bewegung. Sie hetzten und stolperten über den unebenen Boden und klammerten sich an dieses letzte vertraute Stück Paradies in der unbekannten Welt des Chaos.

»Das Band!«, rief der Priester.

Hastig streifte Raymond das Band über den Arm und im nächsten Augenblick kam das Fahrzeug zum Halten. Erschöpft lehnten sie sich an das kalte Metall und rangen keuchend nach Luft. Doch plötzlich schienen stärkere Impulse zu kommen, die das Fahrzeug erneut in Bewegung setzten. Der Computer schien es um jeden Preis zurückbringen zu wollen.

Iris glitt mit einem Schrei vor die Rollen. Raymond sprang ihr ohne Zögern nach und erneut hielt die Maschine an. Hastig zerrte Raymond das schluchzende Mädchen, das bereits halb begraben war, aus der Reichweite der gefährlichen Rollen. Das Summen aus dem Innern des metallenen Leibes klang gefährlich. Die Maschine rückte herum, als versuchte sie, dem Einfluss des Bandes auszuweichen und daran vorbeizuschlüpfen. Aber Raymond war auf der Hut, während die anderen verzweifelt wieder auf das Fahrzeug kletterten. Er gab nicht auf, bis es in entgegengesetzter Richtung stand und erneut zur Ruhe kam. Diesmal klang es, als wäre irgendetwas im Innern erloschen. Es stand still – tot. Die Menschen oben erwachten aus ihrer Starre. Ihr erleichtertes Aufatmen verwandelte sich aber Sekunden später in neues Entsetzen, als das Gefährt langsam und lautlos – ohne Einschalten der Energiequelle – auf dem leicht abschüssigen Gelände ins Rollen geriet. Raymond und Iris sprangen überrascht aus dem Weg, liefen aber hinter dem immer rascher werdenden Fahrzeug her und riefen den anderen zu, abzuspringen. Doch die Geschwindigkeit war bereits zu groß. Iris stolperte und fiel und Raymond strauchelte in der Dunkelheit über sie. Undeutlich hörten sie die Schreie der Gefährten und sahen, dass die Scheinwerfer des Fahrzeugs aufflammten, als die automatischen Kontrollen versagten und es steuerlos dahinraste. *Warum?*, dachte Raymond. Warum flammten die Lichter auf? Sollten die hilflosen Passagiere mit ansehen, in welchen Abgrund sie stürzten?

Donnernde Geräusche ließen Raymond erbeben. Er sah die Lichtkegel wild über den Horizont zucken und vernahm einen klatschenden, zischenden Laut, der für einen Augenblick die Schreie, das Poltern und die tanzenden Lichter ablöste.

Aber einen Atemzug später brach ein Geheul von wenigstens tausend Stimmen los und hallte von den Bergen wider.

Iris klammerte sich angstvoll an ihn. Sein Herz hämmerte. Das waren die gequälten Seelen der Finsternis – die Bewohner des Chaos.

Der Schnee lag dicht auf den Dächern und Straßen von Lüntz. Der Danub führte Treibeis. Und die Bewohner der Hauptstadt des Ostreiches behaupteten, dass sie seit mehr als zwanzig Jahren keinen so strengen Winter mehr erlebt hätten. Aber sie waren wenig verdrossen. Es gab genug zu heizen und sie hatten noch keinen Winter, ob streng oder mild, Hunger gelitten. Das war der Vorzug einer Residenzstadt und der Verdienst eines Präsidenten wie Wal Cevier.

Seit der Rückkehr der Expedition vor einem Monat hatte Lüntz ungeheuer an Bedeutung gewonnen. In Minga und in Itala bereiteten sich Delegationen zur Reise nach der Hauptstadt des Ostreiches vor. Und wenn auch mancher drohend munkelte, dass die geheimnisvolle Maschine, welche die Expedition mitgebracht hatte, Anlass zu einem Krieg geben könnte, so war die Angst nicht übermäßig. Der Präsident würde die Sache ins rechte Lot bringen und es war ihm bisher immer gelungen, die Minger und Italis im Zaum zu halten und Kriege zu vermeiden.

Wal Cevier, dem all diese Komplimente seiner Landsleute galten, war weniger zuversichtlich. Gewiss, das Ostreich war stark genug, es auch mit beiden Gegnern aufzunehmen – für den Fall, dass alle Diplomaten keinen Erfolg haben sollten. Aber ein langwieriger Krieg mit Minga würde all die viel versprechenden Projekte um Jahre verzögern. Die Italis fürchtete er nicht. Sie mussten über die Berge, wenn sie in das Ostreich einfallen wollten. Das kostete Zeit und Kraft. Ein weiteres Problem waren die Hungari im Osten. Gewiss, sie hegten keine Feindschaft gegenüber dem Ostreich, aber wenn sie erst Kenntnis von dem Fund in den Bergen erhielten, konnte niemand ihr Verhalten voraussagen.

Der Präsident lächelte. Es hatte sich als unschätzbarer Vorteil erwiesen, dass er sich entschlossen gegen die Teilung der Expedition ausgesprochen hatte. Nur die zahlenmäßige Überlegenheit allein hatte die Minger und Italis davon abgehalten, in offenem Kampf die Beute an sich zu reißen. Die Gewissheit, dass sie gegen die tausend Mann starken Ostreicher nicht bestehen konnten, hatte sie die Argumente akzeptieren lassen:

Dass das seltsame Fahrzeug und seine Insassen auf dem Boden des Ostreiches aufgetaucht und daher rechtmäßiger Besitz des Ostreiches waren.

Aber in Minga betrachtete man seit einiger Zeit die zunehmende technische Entwicklung im Ostreich mit wachsendem Unbehagen. Denn in Minga – und Gerüchte deuteten darauf hin, dass es sich in dem weiter westlichen Prussia nicht anders verhielt – verbot die *Kirche der Überlieferung* die Entwicklung und Nutzung der Technik und ächtete Kräfte, die die Natur erst freigab, wenn der Mensch sie mit unheiligen Prozessen dazu zwang. Nur allzu oft rächte es sich, die Natur zu bändigen. Das Schicksal der *Alten* war Beispiel genug.

Das Schicksal der *Alten*, dachte Wal Cevier kopfschüttelnd, das Schicksal der *Alten*, das niemand kannte, das jeder auf seine Art deutete.

Er dachte an die sieben Menschen, die mit dem Fahrzeug aus der Mauer gekommen waren und die wunderlichsten Dinge berichteten, nun, da sie langsam die Sprache der Ostreicher verstehen und sprechen lernten. Ihre eigene Sprache war vollkommen fremd, wenn der Zuhörer auch manchmal das Gefühl hatte, das eine oder andere Wort zu verstehen.

Nachdenklich rief er sich den langen Rückweg der Expedition und den schwierigen Transport der mächtigen Maschine ins Gedächtnis. Das Verhalten der sieben war seltsam genug gewesen. Sie aßen kein Fleisch und keine Früchte. Sie tranken nur Wasser und nahmen kleine, weiße Kügelchen zu sich, die sie offenbar satt machten. Und dann ihre Kleider, die wie durch Zauberei länger oder kürzer wurden, die sie nie ablegten und die ihre Körper sauberer zu halten schienen, als ein Dutzend Bäder es vermochte. Und dann ihre Andacht, als am ersten Morgen die Sonne aufging, als hätten sie alles andere erwartet, nur keine Sonne. Welch ein Volk musste hinter dieser Mauer leben, das vom Aufgehen der Sonne überrascht war? Den Schnee als etwas Unglaubliches betrachtete? Und Regen nicht minder? Ein Volk, das sich an einem Fluss nicht satt sehen konnte und Bären und Hirsche gleichermaßen als grauenhafte Ungetüme ansah. Wie war es möglich, sich vor einem Huhn zu fürchten? Beim Allmächtigen, wie war es nur möglich, dass jemandem Blumen als das Unfassbarste der Welt erschienen?

Aber dann kam jener Tag, da ihre Nahrungskügelchen zu Ende gingen und sie ihre Kleider von sich warfen und nackt und frierend, hungernd und elend beieinander gekauert saßen und mit fast kindlichem Übermut in die Kleider schlüpften, die man ihnen gab. Kleidungsstücke, wie sie den extremen Ansprüchen der Bergwildnis entsprachen: grobe Beinkleider gegen die Dornen und Schuhwerk aus festem Leder, das einen guten Tritt gewährte, und weiche, warme Hemden, in denen sich Schweiß und Anstrengung ertragen ließen. Aber es schien ungeheuer schwierig für sie, sich anzupassen. Und schließlich das Nahrungsproblem. Sie weigerten sich, von tiefstem Ekel erfüllt, natürliche Speisen zu sich zu nehmen. Allein der Hunger brachte sie endlich dazu, zu essen. Aber ihre Körper wiesen die Nahrung ab. Wochenlang rangen die Expeditionsärzte um das Leben der Fremden und es gab nicht immer Anlass zur Hoffnung. Erst als sie Lüntz bereits erreicht hatten, war eine langsame Besserung eingetreten.

Wie konnte ein Volk solcherart existieren? Die Gelehrten hielten sie für direkte Nachkommen der *Alten*. Aber was bedeutete das schon? Alle waren sie Nachkommen der *Alten*. Oder sollte es bedeuten, dass dort oben in den Bergen, abgeschlossen und abgeschieden, ein Stück der Lebensweise der *Alten* erhalten geblieben war?

Unbewusst zuckte er die Schultern. Die Audienz, die in wenigen Minuten begann und vor dem ganzen versammelten Reichsparlament stattfinden sollte, würde viel Licht in die Sache bringen, obwohl die Gelehrten die Meinung vertraten, die Audienz sei zu früh angesetzt, die sprachlichen Schwierigkeiten wären nur halb beseitigt und die Leute aus dem Wall – wie sie populärerweise bezeichnet wurden – alles andere als im Vollbesitz ihrer Kräfte. Der Präsident wusste das auch, doch die Zeit drängte. Er musste Klarheit haben, wenn die Delegationen eintrafen. Er musste seine Vorteile und die Konsequenzen kennen, die aus der Sache erwuchsen. Es war höchste Eile geboten.

Die riesige Audienzhalle war voll mit Parlamentären aus den verschiedenen Teilen des Landes. Eine Spannung lag in der stimmenerfüllten Luft, die weit über das Maß regulärer Audienzen und Parlamentssitzungen hinausging. Und seit der Abstimmung über den Bau des Dampfwagens vor einem halben Jahr war die Sitzung nicht mehr so vollzählig gewesen. Aber durch noch etwas unterschied sich diese Audienz von allen vorangegangenen: Keine Vertreter der Druckereien waren zugelassen. Die Öffentlichkeit sollte vorerst nicht erfahren, was die Audienz ans Tageslicht brachte.

Als die sieben Fremden in den Saal geführt wurden, ging ein Raunen durch die Menge, dann verstummten die Gespräche.

»Ich eröffne die Sitzung«, begann der Präsident. »Wir werden heute keine Entscheidungen treffen. Wir werden nur Fragen stellen und über die Antworten nachdenken. Ich möchte noch einmal betonen, dass alles hier Gehörte bis auf weiteres streng vertraulich zu behandeln ist. Sind die Schreiber bereit?«

Auf zustimmenden Zuruf fuhr er fort und wandte sich dabei an die sieben: »Hat man euch mitgeteilt, was heute hier geschehen soll?«

Sie nickten.

»Um die Verständigung zu erleichtern, werde ich allein die Fragen an euch richten. Unterbrecht mich, wenn meine Worte unklar oder undeutlich sind. Es sind auch mehrere der gelehrten Männer hier, die in den letzten Wochen mit euch zusammen waren. Sie verstehen ein wenig von eurer Sprache. Könnt ihr mich verstehen?«

Sie nickten erneut.

»Wie ist euer Befinden?«

Der, der Raymond hieß und der Anführer der Gruppe war, antwortete: »Besser. Unser Dank gilt den gelehrten Männern.« Man sah ihm an, dass nicht nur Höflichkeit aus diesen Worten sprach.

Der Präsident lächelte. »Gut. Habt ihr Wünsche?«

Raymond schüttelte den Kopf. »Das Haus ist gut, in dem wir wohnen dürfen, und eure Gelehrten stillen unsere Neugier.

Wir werden langsam ein Teil des Chaos und es gefällt uns in den meisten Aspekten.«

»Die gelehrten Männer haben mir vieles berichtet von dem Paradies, das ihr verlassen habt, von der unvorstellbaren Maschine, die dort über euch herrschte, und von eurem für uns unvorstellbaren Schicksal. Unsere Welt, die ihr das Chaos nennt, hat aber ebenfalls eine ganze Reihe von Problemen. Und einige nicht unbedeutende haben sich durch euer Auftauchen ergeben. Was uns am wichtigsten erscheint, ist: Wird sich die Mauer erneut öffnen?«

Raymond antwortete ohne Zögern. »Das ist eine Frage, die wir uns selbst bereits gestellt haben. Wir glauben nicht. Aber das *Gehirn* ist unberechenbar geworden. Es liegt im Bereich des Möglichen, dass sich plötzlich die Tore öffnen und alle Menschen in das Chaos gestoßen werden, weil es nicht mehr in das Konzept der Logik passt, dass die Menschen ein Teil des Paradieses sind. Aber es ist ziemlich unwahrscheinlich. Und sicherlich wären sie auch zu mehreren Tausenden keine Gefahr für euer Reich. Ohne eure Hilfe würden sie in wenigen Tagen sterben.«

Der Präsident nickte. Eine Stimme aus dem Hintergrund rief eine Frage, die der Präsident wiederholte:

»Wie viele Menschen leben in diesem Paradies?«

Raymond zuckte die Schultern. »Die Informationen lauten über alle Dimensionen des Paradieses: Vollkommen. Welche Dimensionen nun diese Vollkommenheit aufweist, dafür haben wir keine Anhaltspunkte.«

»Kannst du es nicht abschätzen?«

Raymond schüttelte den Kopf. »Nein. Es sind allenfalls vage Vermutungen, die wir anstellen können.«

»Und eine untere Grenze?«

»Zehntausend vielleicht«, antwortete Raymond.

Ein Raunen ging durch die Reihen der Zuhörer.

Der Präsident fuhr fort: »Und wenn ich die Erklärungen der Experten richtig verstanden habe, würden Maschinen die Menschen nach draußen bringen.«

Raymond nickte. »Ja. Da sie die Vorrichtungen besitzen, die Mauer zu durchdringen …« Er verstand plötzlich, was es war, das die Menschen des Ostreiches unsicher machte, vielleicht sogar mit Furcht erfüllte: Die Maschinen. Diese komplizierten, für sie unheimlichen Fahrzeuge, die aus den Bergen auf das Reich herabkommen könnten.

»Welcher Art sind diese Maschinen? Sehen sie alle aus wie jene, die euch aus eurer Welt brachte?«

»Nein, es gibt viele verschiedene Arten, aber ich kenne weder ihre Aufgaben noch ihr Aussehen.«

»Könnten auch Kriegsmaschinen darunter sein?«

»Nein«, erklärte Raymond. »Die Menschen wurden zu willenlosen Puppen degradiert, damit sie nicht denken. Denn in der menschlichen Natur ist Gewalt. Das haben wir inzwischen gelernt. Solange im Paradies nur das *Gehirn* denkt, ist keine Gewalt und damit auch kein Angriff zu befürchten. Das *Gehirn* besitzt keine Informationen über den Begriff Gewalt mehr.«

»Was soll das heißen?«

Raymond lächelte. Natürlich verstanden sie das nicht, wie überhaupt das *elektronische Gehirn* ein Konzept war, das über ihre Begriffe ging. Daher musste er es in einfache Worte kleiden. »Es hat vergessen, was Gewalt ist, und es besitzt keine Phantasie, sie zu erfinden.«

Der Präsident sah ihn zweifelnd an.

Rasch fuhr Raymond fort: »Als die Erbauer vor rund tausend Jahren – wenn diese Information auch wirklich stimmt – INFOS, wie ihr das Paradies nennt, schufen und das *Gehirn*, das es leiten sollte, bekam es alle Daten, die es brauchte, vielleicht sogar alle, die dem Menschen zu dieser Zeit bekannt waren. Das können wir nur vermuten.« Er hielt einen Augenblick inne und fügte eindringlich hinzu: »Ein Gehirn, jedes Gehirn, braucht Sinnesorgane, Augen, Ohren, Nerven, um wahrzunehmen, um Erfahrungen zu sammeln. Für ein *elektronisches Gehirn* sind die Menschen die Sinnesorgane. Was sie erfahren und erkennen, leiten sie an die Gedächtnisspeicher der Maschine weiter. Als das *Gehirn* im Paradies die Menschen durch seine Kontrolle zu willenlosen Puppen machte und sie nicht mehr selbständig denken konnten, verloren sie ihren Wert als Sinnesorgane. Sie erkannten nichts mehr und übermittelten daher nichts mehr. Mehr noch – irgendwelche Prozesse in diesem komplizierten Apparat lösten den umgekehrten Vorgang aus. Das *Gehirn* begann Daten zu löschen.«

»Wie ist das möglich?«, fragte der Präsident.

»Das weiß ich nicht. Die Erbauer würden es vielleicht wissen, wenn sie noch lebten. Aber es muss etwas mit Gewalt zu tun gehabt haben. Denn der Priester sagte, es wäre ihm erlaubt, zu denken, weil sein Denken ohne Gewalt sei. Das *Gehirn* hat vielleicht den Auftrag erhalten, die Menschen im Paradies im Fall einer Gefahr zu schützen. Als dann diese Gefahr eintrat und die *Alten*, wie ihr eure Vorfahren nennt, starben, begann es seinen Auftrag auszuführen. Es eliminierte die Gewalt und Aggressivität. Es schützte die Menschen vor ihren eigenen Gedanken. Und es gab ihnen eine Illusion von Unsterblichkeit. Vielleicht entstand so eine Art Bewusstsein im *Gehirn* – es besaß ja alle Grundlagen und Informationen dafür – und es trachtete, etwas zu schaffen, in dem es für alle Zeiten sicher sein konnte. Nun kann aber eine Maschine niemals wirklich schöpferisch sein, sie kann nur logische Schlüsse aus der Summe ihrer Informationen ziehen, aber nichts wirklich Neues entdecken, das nicht bereits in ihren Gedächtnisspeichern enthalten ist. Dieses *Gehirn* war aber wirklich ein sehr perfektes Werk, denn es entdeckte einen Weg, schöpferisch zu sein: Es schuf eine Wirklichkeit, die es bisher nicht gab. Es schuf eine neue Realität – indem es Daten löschte. Es schuf eine Phantasiewelt.«

Als Raymond innehielt, herrschte Schweigen in der großen Halle. Sicher hatten nicht alle seine Worte verstanden, aber sie ahnten die große Tragödie, das Drama hinter dem Wall von Infos.

Endlich, nach langer Zeit, sagte der Präsident: »Können wir nichts tun?«

Raymond sah ihn erstaunt an, dann lächelte er dankbar über dieses Angebot, das ihm deutlich zeigte, dass die Menschen einander verbunden fühlten und dass Gewalt nicht die einzige treibende Kraft war, die den Intellekt leitete.

»Wir haben Maschinen«, fuhr der Präsident fort. »Wir stehen erst am Anfang, aber wir wissen, dass es kein Frevel ist, der Natur die Kräfte abzuringen, die sie für den Klugen bereithält. Und wir haben diese eine Maschine, mit der ihr angekommen seid.«

Raymond schüttelte den Kopf. »In hundert oder zweihundert Jahren vielleicht. Zwischen der Dampfmaschine und der erfolgreichen Nutzung der Sonnenenergie ist ein weiter Weg, auf dem jeder Schritt erkämpft werden muss, auch wenn wir euch ein wenig weiterhelfen können.«

Erregt lehnte sich der Präsident vor. »Ihr könnt uns helfen?«

»Ja, wir können euch den Weg zu einer neuen Kraft weisen: Elektrizität! Sie leistet Ungeheures mehr, als Dampf je zu erreichen vermag!«

»Seid ihr sicher, dass es nicht eine Kraft eures Paradieses ist, die es hier im Chaos gibt. Vielleicht steht auch eure Maschine nur, weil ihr die Kraft fehlt.«

»Nein«, unterbrach ihn Raymond. »Elektrizität ist überall. Im Wasser und in der Luft. Ihr habt sie selbst schon gesehen. Erinnert euch an das – wie nanntet ihr es doch, ah, Gewitter auf dem langen Weg nach Lüntz. Die Blitze, die über den Himmel zuckten, sie sind eine Form der Elektrizität.«

Ein Raunen ging wieder durch die Reihen und es währte geraume Zeit. Danach brach ein Orkan von Fragen los, der Raymond mit Zweifel erfüllte, ob es wahrhaftig zweihundert Jahre dauern würde, bis sie es gegen den Wall von INFOS aufnehmen konnten. Eines Tages würden sie soweit sein. Vielleicht, dachte Raymond hoffnungsvoll, vielleicht gerade rechtzeitig, dass sie an diesem Beispiel erkannten, wie sie ihre Zukunft nicht gestalten durften.

Langsam flammten die Gaslaternen nacheinander in den winterlichen Straßen auf und an vielen der Häuser sah man erhellte Fenster.

Raymond stand versunken auf der Terrasse des Hauses, in dem er nun seit beinahe fünf Wochen mit seinen Gefährten wohnte. Es waren aber nicht die Lichter der Stadt, die seinen Blick magisch anzogen, sondern der klare nächtliche Himmel.

»Sterne«, murmelte er. »Sterne nennen sie es. Welch ein profaner Name für diesen Glanz. Und es gibt Narren, die sich vorzustellen versuchen, wie es dort oben aussieht. Aber es ist etwas Magisches an dem Gedanken – ein Hauch von Schöpfung und Allmacht und Größe.«

Eine Hand legte sich auf seinen Arm. Iris stand neben ihm. Sie hielt einen Brief in der Hand, den sie bereits geöffnet hatte.

Lächelnd sagte sie: »Manchmal glaube ich, dass diese Sterne dir mehr bedeuten als das …« Sie küsste ihn.

»So scheint es immer zu sein mit den unerreichbaren Dingen«, antwortete er lächelnd. »Von wem erhältst du Briefe?«

»Vom Präsidenten persönlich«, antwortete sie schnippisch. »Und er ist ein sehr netter Mann.«

»Aber steinalt«, unterbrach er sie, noch immer lächelnd. »Hat er dir – wie sagt man hier – einen Antrag gemacht?«

»Ja«, sagte sie ernsthaft. »Und er versprach mir den Himmel und die Sterne und das Ostreich.«

»Und?«, fragte er. »Hast du sie angenommen?«

Sie nickte. »Natürlich. Wenn ich die Sterne erst einmal besitze, sind sie für dich nicht länger unerreichbar.«

Er lachte. »Närrin!« Und zog sie in die Arme. Nach einem Augenblick fragte er: »Was ist mit dem Brief?«

»Ach ja, der Brief ist kein Brief, sondern eine Urkunde. Sie räumt uns das Recht ein, Bürger des Ostreiches zu sein.«

Raymond nickte. »Wir sind wichtige Leute.«

»Der erste kleine Schlag gegen die Freiheit«, murmelte sie.

»Du siehst«, erklärte er, »selbst das Chaos ist nicht ohne eine gewisse Ordnung. Aber es bleibt uns ein Trost. Eines Tages werden wir möglicherweise doch die Sterne erreichen, vielleicht finden wir dort die vollkommene Freiheit.«

»Pah, die Sterne!«, rief sie wütend.

Rebellion
der Talente

Der Mann im hellgrauen Sommeranzug verließ das Lokal im Antiken Bezirk zwanzig Minuten vor Mitternacht und ging langsamen Schrittes auf den Ring zu. Hier verkehrte die letzte Straßenbahn. Sie war, wie alles im Inneren Bezirk, ein Überbleibsel aus einem längst vergangenen Jahrhundert. Die Stadtverwaltung unterhielt sie der Touristen wegen. Und genau wie das gesamte Bedienungspersonal im Antiken Bezirk, war auch der Wagenführer ein Roboter, der seine Impulse vom GEHIRN empfing. Die Benutzung der Straßenbahn war frei und der ganze Innere Bezirk bildete ein beliebtes Sonntagsausflugsziel.

Der Mann betrat die Rolltreppe der Votivunterführung und warf einen Blick in die automatischen Restaurants. Als er über sich das Rumpeln des Straßenbahnzuges hörte, beschleunigte er seine Schritte und eilte die automatische Treppe hinauf. Keuchend stand er vor dem altertümlichen Gefährt, das gerade hielt. Er stieg in den zweiten Wagen und wischte sich den Schweiß von der Stirn. Er blieb auf der Plattform stehen und sondierte die Leute im Wageninnern. Als das Abfahrtssignal ertönte, trat er zum Einstieg und blickte auf die leere Station zurück, deren Lichter wie alle im Antiken Bezirk um Mitternacht verlöschen würden.

Als die alte Universität dem Blickfeld entschwand und er vom Einstieg zurücktrat, kam der Zug mit einem Ruck zum Stehen. Verwundert ließ der Mann den ledernen Haltegriff los und beugte sich weit aus dem Wagen. In der Stille vernahm er das Dröhnen mehrerer Helikopter und den schrillen Ton einer Polizeisirene.

Ein Unfall?

Die Leute drängten sich aufgeregt aus dem Wageninnern. Er stieg aus und beschloss, das kurze Stück bis zum Kopterlandeplatz vor dem Rathaus zu Fuß zu gehen.

Das Dröhnen der Helikopter wurde lauter und kam offensichtlich nicht vom Landeplatz. Erneut erklang die Sirene, dann leuchteten mehrere Scheinwerfer grell am Ring auf und näherten sich rasch. Die Sirene war unerträglich laut, als die Wagen vor ihm zum Landeplatz abbogen.

Ein dunkler Schatten löste sich vor ihm aus dem Gebüsch des Rathausparks und huschte an ihm vorbei. Kopfschüttelnd starrte er der fliehenden Gestalt nach, die über die spärlich erleuchtete Ringstraße lief und hinter einer der Säulen des Burgtheaters verschwand. Eine Frau!

Er blieb stehen.

Also doch kein Unfall! Sie verfolgten einen Menschen. Das war seltsam.

Der Himmel wurde plötzlich hell und das Dröhnen sehr laut. Der Mann blickte zum Himmel auf. Mehrere Helikopter mit flammenden Scheinwerfern und den blauen Blinklichtern der Polizei tauchten über dem Rathaus auf und setzten zur Landung an. Er zählte acht.

Was mochte diese Frau getan haben, dass man sie mit einem solchen Aufgebot jagte? Oder die bessere Fragestellung lautete: Welches Verbrechen rechtfertigte diese hektische Betriebsamkeit des GEHIRNS? Denn das Schema von Schuld und Verbrechen war recht einfach geworden, seit die Justizmaschine das Gesetz vertrat. Und die *Berichtigung* war das Einfachste aller Dinge überhaupt. Schmerzlos und ohne Erinnerung. Jeder wusste das. Und jeder wusste auch, dass Flucht sinnlos war. Wenn diese Frau also diese Sinnlosigkeit beging, warum wartete dann das GEHIRN nicht ab, bis sich das Opfer selbst stellte, weil doch das Leben außerhalb des Gesetzes wenig Annehmlichkeiten bot und die *Berichtigung* schließlich doch das kleinere Übel schien? Natürlich verzichtete niemand gern auf seine Erinnerungen. Aber Strafe musste sein. Und da es barbarisch war, den Körper dafür zu strafen, was der Geist tat, und für den Staat wertlos, Leben oder Freiheit zu nehmen, blieb nur der Geist einer Strafe vorbehalten, die nicht mehr und nicht weniger als eine Korrektur war. Schmerzlos und ohne Erinnerung!

Das Verbrechen wird mit Erinnerungen bezahlt!

Und das Recht? Die Anonymität des Rechts?

Düster starrte er zu den Säulen hinüber, zwischen denen die Frau verschwunden war. Er bezahlte jeden Tag mit seinen

Erinnerungen. Als Geschworener war das seine Pflicht. Sein Beitrag zur unfehlbaren Gerechtigkeit.

Im nächsten Augenblick erlosch sämtliches Licht im Inneren Bezirk. Auch die Ringstraße wurde dunkel. Metallisch begann die Rathausuhr die Mitternacht zu verkünden.

Einem Impuls folgend, lief er über die nachtdunkle Straße auf den Eingang des Burgtheaters zu. Der Schein, der vom hellerleuchteten Helikopterlandeplatz herüberfiel, reichte aus, ihn erkennen zu lassen, dass sich niemand mehr hinter den Säulen verborgen hielt. Das Opfer hatte die Dunkelheit genutzt. Er stand unschlüssig.

Dann sah er, dass sich zu beiden Seiten des Rings Wagen näherten und mit aufgeblendeten Scheinwerfern die Straße ausleuchteten. Die Fahrzeuge näherten sich bis auf hundert Meter und hielten an. Männer in Polizeiuniformen sprangen heraus und verteilten sich zu beiden Seiten der Straße.

Seltsamerweise standen seine Sympathien auf der Seite des Opfers. Vielleicht weil er wusste, dass die Situation ausweglos war. Der Sperrgürtel aus Wagen und Männern musste sich um den ganzen Antiken Bezirk erstrecken. Es gab kein Entrinnen mehr.

Aber ebenso wie ihn der Aufwand an Menschen und Material verwunderte, so erstaunte ihn die Tatsache, dass keinerlei Anstalten getroffen wurden, in den Bezirk einzudringen. Oder hatten sie begonnen, ihn systematisch von der anderen Seite her durchzukämmen? Obwohl es unzählige winklige Gassen gab, waren die Chancen des Opfers sehr gering. Die Häuser waren alle verschlossen. Niemand bewohnte sie. Nur ein Heer von Robotern hielt diesen Bezirk sauber, bewirtschaftete die Restaurants, leitete die Souvenirgeschäfte und führte die Besucher durch ein Chaos von traditionellen Sehenswürdigkeiten einer verflossenen Epoche. Maschinen, Puppen mit starren, lächelnden Gesichtern und elektronischen Stimmen, die im typischen Wiener Dialekt des vergangenen Jahrhunderts schnurrten – das war alles, was dieser Bezirk bei Nacht beherbergte. Und selbst diese gespenstischen Bewohner ruhten ab Mitternacht, wenn der Impuls des GEHIRNS erlosch. Trotz seiner Unübersichtlichkeit bot dieser Teil der Stadt einem Flüchtigen keinen Unterschlupf. Hier war der Mensch ganz allein – in einer Umwelt aus Stein und Metall und Plastik, die ihn erbarmungslos ausschloss.

Erneutes Dröhnen von Helikoptern riss ihn aus seinen Gedanken. Vier Maschinen starteten und nahmen Kurs auf den Antiken Bezirk. Starke Scheinwerfer tauchten den Boden in strahlendes Licht.

»Also doch«, murmelte der Mann. »Sie hat kaum eine Chance.« So etwas wie Bedauern war in seiner Stimme. Er schalt sich einen Narren. Aber das Gefühl wurde stärker, dass er mitten im Schritt innehielt. Das war verrückt! Wie konnte er Mitleid mit dem Verbrechen haben, in dem Augenblick, da die Gerechtigkeit mit mächtiger Faust zugriff? Das war falsches Mitleid und falsche Menschlichkeit.

Ernüchtert verließ er den dunklen Eingang des Burgtheaters. Und dann sah er die kauernde Gestalt am Seitentor. Einen Augenblick zögerte er, dann sagte er hart: »Stehen Sie auf. Man wird Sie doch finden!«

Die Gestalt regte sich nicht. Der Mann trat näher und vernahm ein leises Schluchzen. Das Gefühl des Mitleids regte sich erneut in ihm. Er fluchte unhörbar. Entschlossen griff er zu und zog die Gestalt hoch. Erstaunt betrachtete er sie in dem spärlichen Licht.

Es war ein Mädchen in einem schwarzen, einfachen Kleid, kaum älter als dreiundzwanzig, das ihn angstvoll anstarrte.

Benommen schüttelte er den Kopf. »Suchen sie dich?«

Sie nickte.

»Du lieber Himmel! Deinetwegen machen sie solch einen Aufmarsch? Du musst dich stellen!«

»Nein!« Sie riss sich los und taumelte zurück. Aber er folgte ihr sofort und hielt sie am Arm fest.

»Du hast keine Chance. Sieh dich um!« Verwundert betrachtete er ihr angstvolles Gesicht. »Du kannst dich der Justiz nicht entziehen, wenn du eine Schuld auf dich geladen hast.«

»Ich kann nichts dafür«, murmelte sie und versuchte, sich aus seinem Griff zu lösen.

Er fasste sie fester. »Jeder ist für seine Schuld verantwortlich. Und wenn du schuldlos bist, wird das GEHIRN es herausfinden.«

»Man wird mich töten!«

»Nein, das wird man nicht. Du wirst nur vergessen, dass du je eine Schuld auf dich geladen hast.«

»Ich habe keine Schuld auf mich geladen. Ich wurde mit einer Schuld geboren«, sagte sie tonlos. »Es ist nichts, das man vergessen könnte. Man kann es nur vernichten. Das hat auch das GEHIRN erkannt. Es …« Sie stockte. »Es hat Angst vor mir und vor der Zukunft.«

»Aber das ist verrückt!« Er schüttelte sie heftig. »Ich kenne das GEHIRN genau. Ich bin Geschworener. Warum sollte das GEHIRN Angst haben? Und wenn es zu dieser Empfindung fähig wäre, was wahnsinnig genug anmutet, warum gerade vor dir?«

Als sie verwundert in seinem Gesicht forschte, schien ihre Angst ein wenig nachzulassen.

»Sie sind Geschworener?«

Er nickte und fragte sich, wohin dieses Gespräch führen mochte und warum er sie nicht längst auf die Straße gezerrt hatte, um sie der Gerechtigkeit zu übergeben.

»Und Sie behaupten, das GEHIRN zu kennen? Sie kennen es ebenso wenig wie jeder andere. Sie sind zu bedauern! Sie fällen ein Urteil, das bestenfalls eine Farce ist. Um das sich das GEHIRN genauso wenig kümmert wie um dieses großartige Wort Gerechtigkeit.«

»Du bist verbittert, das ist zu verstehen, selbst wenn du ein Verbrechen begangen hast. Aber deine Anschuldigungen entbehren aller Logik.«

Sie unterbrach ihn heftig. »Sie wissen nichts. Sie vergessen alles. Das ist Ihre Verpflichtung. Ihr Dienst an der Gerechtigkeit. Wie wollen Sie das GEHIRN kennen, wenn es jedes Mal Ihren Geist ausleert, bevor Sie gehen? Aber ich weiß mehr. Viel mehr. Und das ist der zweite Grund, warum man wie der Teufel hinter mir her ist.« Sie blickte gehetzt um sich und warf einen hungrigen Blick auf das jenseitige Dunkel der Ringstraße.

»Auch dort ist kein Weg in die Freiheit«, sagte er sanft. »Du musst dich stellen. Es ist der einzige Weg.«

»Nein«, sagte sie ebenso sanft, »es ist der sichere Tod.« Sie sah ihn bittend an. »Sie müssen mir helfen. Nein …« Sie kam seiner abwehrenden Geste zuvor. »Sie empfinden Sympathie für mich, ich fühle es. Um dieser Sympathie willen – oder wenn Sie wollen, um der Gerechtigkeit willen – helfen Sie mir. Bitte!«

Ernüchtert löste er den harten Griff ihrer Finger von seinen Armen.

»Aber das ist Wahnsinn. Mit welcher Berechtigung forderst du von mir Hilfe? Ich bin ein Teil der Gerechtigkeit dieses Landes. Ich urteile über Schuld und Unschuld, die vom GEHIRN unfehlbar erkannt wird. Ich …«

»Sie sitzen auf einem hohen Ross. Sie üben mit berechtigtem Stolz eine Tätigkeit aus, die Sie niemals miterleben, weil Sie sie vergessen müssen, bevor Sie darüber nachdenken können. Und Sie sagen mit allem Recht der Welt, ich wäre verrückt, weil ich mit vollster Überzeugung behaupte, die Dinge spielen sich anders ab, als Ihnen eingepaukt worden ist. Sie zweifeln nicht einmal an Ihrer Überzeugung, obwohl Sie keinen Beweis dafür haben. Keinen! Nur ein wahnsinniges Vertrauen in die Unfehlbarkeit einer Maschine. Sie …«

Sie brach ab, als die restlichen vier Polizeihubschrauber mit ohrenbetäubendem Lärm vom Landeplatz abhoben. Automatisch drängte der Mann sie tiefer in die Dunkelheit des Eingangs zurück und versuchte verzweifelt, seiner Unentschlossenheit Herr zu werden. So versunken war er im Widerstreit seiner Gefühle, dass er die Katastrophe erst bemerkte, als sie fast zu seiner eigenen geworden wäre.

Als das Mädchen erschrocken den Kopf hob und sich an ihn klammerte, hörte er den Knall. Dann ein singendes Geräusch wie von einem Querschläger, das rasend schnell näher kam. Instinktiv ließ er sich fallen und riss sie mit sich. Etwas pfiff knapp über ihn hinweg und traf mit hellem Klirren, das ihn mit jeder Faser seines Nervensystems zusammenzucken ließ, auf die Mauer in seinem Rücken. Gleichzeitig erzitterte der Boden unter einem harten Aufprall. Ein Lichtstrahl geisterte in wildem Zickzack über sie hinweg. In der folgenden Stille klang das Dröhnen der Helikoptermotoren doppelt so laut.

Der Mann hob den Kopf und schüttelte sich, um die Benommenheit loszuwerden. »Was war das?«

Das Mädchen neben ihm regte sich nicht, doch fühlte er, dass sie am ganzen Körper zitterte. Vorsichtig löste er sich aus ihrer Umklammerung. Dann wurde seine Aufmerksamkeit auf die Ringstraße vor ihm gelenkt. Die nächsten Fahrzeuge rollten an und bogen in den Landeplatz ein. Die Männer verließen ihre Posten zu beiden Seiten der Straße und liefen auf die Unglücksstelle zu. Flackernder Feuerschein drang durch die sommerlich dicht belaubten Bäume.

»Schnell!«, sagte der Mann und riss das Mädchen hoch. »Jetzt oder nie!«

Ohne auf ihren erstaunten Blick zu achten, zerrte er sie aus der Dunkelheit des Gebäudes.

Sie rannten über die Straße auf den Feuerschein zu. Sie wagten sich nicht umzusehen. Aber niemand beachtete sie. Jedermann rannte auf die Unfallstelle zu. Der Mann hielt inne und verfiel in schnelle Gangart. Das Mädchen zögerte, blickte angstvoll um sich und verlangsamte dann ebenfalls das Tempo.

»Benimm dich unauffällig und zwanglos. Jetzt achtet keiner auf dich«, flüsterte er.

Sie nickte und sah ihn dankbar an.

Er zuckte die Schultern. »Mehr kann ich nicht für dich tun. Ich habe bereits Kummer genug, wenn das GEHIRN erfährt, dass ich dir geholfen habe. Aber jetzt beeile dich.«

Sie nickte wieder. »Ich danke Ihnen, Herr …«

»Keinen Namen!«, sagte er erschrocken. Und dann leise: »Glaubst du immer noch, dass du aus dieser Stadt herauskommst?«

»Ich muss«, murmelte sie und senkte den Kopf. Unwillkürlich folgte er ihrem Blick und bemerkte zum ersten Mal, dass sie barfuß war.

»Nochmals vielen Dank«, sagte sie rasch, wandte sich ab und lief über den freien Platz auf den dunklen Gehsteig zu.

»Verdammte Göre«, murmelte er und blickte ihr nach. »Wenn du läufst, werden sie dich gleich kriegen.« Noch während er die Worte sprach, sah er, dass einer der Uniformierten ihr den Weg versperrte. Automatisch setzte er sich in Bewegung und eilte hinter ihr her und rief, heftig mit den Armen winkend: »Maria, warte!«

Der Uniformierte, der das Mädchen bereits angehalten hatte, blickte ihm unsicher entgegen.

Ohne sich um diesen zu kümmern, sagte er, heftig atmend: »Maria, du bist mir doch nicht ernstlich böse? Jetzt, so knapp vor unserer Hochzeit ...«

Sie gab keine Antwort. Scheinbar erschrocken wandte er sich zu dem Uniformierten um, wobei er seinen Blick über die Rangabzeichen gleiten ließ. »Oh, Herr Inspektor, ich wusste nicht ...«

»Ist das Ihre Braut, Herr ...?«

»Kramer. Bert Kramer. Geschworener!«

Die Strenge im Gesicht des Polizeiinspektors machte einer Unsicherheit Platz. »Verzeihen Sie, ich dachte ... im ersten Augenblick bestand eine gewisse Ähnlichkeit ...«

»Sie suchen jemanden?«

Die Unsicherheit verstärkte sich. »Nein – das heißt, ja! Sie können ja wohl davon erfahren – als wesentlicher Teil unserer Gerechtigkeit, sozusagen, hm. Wir suchen ein Mädchen. Eleanor Freyer. Die Oberen müssen verdammt scharf auf sie sein. Mehr weiß ich auch nicht. Aber wir haben sie bereits in der Zange. Sie werden ja am Montag über sie urteilen. Schade ...« Er zögerte. »Diese Anonymität ist auch nicht das Wahre. Früher wusste man, was im Land vorging. Heute ...« Er grinste und zuckte die Schultern. »Hätte zu gern gewusst, was sie ausgefressen hat, dass man mehr als tausend Männer hinter ihr her hetzt.«

»Mehr als tausend!«, sagte Kramer überrascht.

Der andere nickte. »Und trotzdem treten wir auf der Stelle. Wenn diese Burschen von der Fliegenden besser mit ihren Maschinen umgehen könnten ...«

Die Warnsirenen von Rettungshubschraubern ließen ihn verstummen. »Ah, endlich«, murmelte er. »Entschuldigen Sie!«

Während der Inspektor auf die Unfallstelle zueilte, nahm Kramer das Mädchen am Arm und drängte sie auf eines der wartenden Helikoptertaxis zu. Ohne auf ihre stammelnden Worte zu achten, schob er sie in den Einstieg, kletterte selbst hinein und gab dem Fahrer seine Adresse an.

Als der Helikopter abhob, hatten sie freien Blick auf den Platz, wo die abgestürzte Maschine lag. Rettungsmänner hatten Tragbahren bereitgestellt und holten die Verletzten aus dem Wrack, das noch rauchte. Bert Kramer schauderte und dachte an den Tod. Das Mädchen blickte ihn mit großen Augen an. Seine Hand tastete nach der ihren und drückte sie. Als er fühlte, dass die Starre des Mädchens sich löste, beugte er sich zu ihr und küsste sie sanft auf den Mund.

Sie sprachen während des Fluges kein Wort. Er fühlte erbärmliche Angst in sich aufsteigen und bekämpfte sie mit wilder Entschlossenheit. Das Mädchen spürte mit aller Deutlichkeit, was in ihm vorging und wurde sich verzweifelt ihrer Schuld bewusst. In diesem Kampf nagender Gefühle hatten Worte keinen Platz.

Schweigen war gut. Schweigen ist Anonymität. Jedes Menschen Schuld sei seinem Nächsten fremd. So forderte es die Gerechtigkeit!

Kramers Appartement lag in Wien Nord, im vierunddreißigsten Stockwerk eines der erst vor wenigen Jahren fertiggestellten über hundert Stockwerke hohen Wohntürme, die mit allem Komfort moderner Technik ausgestattet waren. Ein Helikopterlandeplatz befand sich am Dach des riesigen Gebäudes. Mehrere Expresslifte regelten den inneren Verkehr des Hauses.

Kramer schob das Mädchen in die Wohnung und schloss aufatmend ab.

Sie blieb zögernd stehen. »Es tut mir leid, dass ich …«

»Daran ist jetzt nichts mehr zu ändern«, unterbrach er sie rau. Er öffnete die Tür zur Bibliothek und drehte das Licht an. »Beruhige dich erst mal und mach's dir bequem. Ich brauche jetzt etwas möglichst Scharfes für den Magen, bevor ich irgendeinen klaren Gedanken fassen kann. Und ich schätze, das wird auch dir nicht schaden.« Und mit einem Seitenblick auf ihre bloßen Füße sagte er: »Das Badezimmer ist die nächste Tür rechts.«

Zielstrebig steuerte er auf die Bücherwand zu und schob ein Regal zur Seite. Aus einem dahinterliegenden Fach nahm er eine Flasche Gin und zwei Gläser. Als er sich umwandte, bemerkte er, dass das Mädchen verschwunden war. Dann hörte er nebenan Wasser rauschen und lächelte humorlos.

Er begab sich in die Küche und nahm Eis aus dem Kühlschrank sowie mehrere Flaschen Limonade. Er goss die Gläser halb voll mit Gin, suchte nach Cocktailkirschen, fand jedoch keine, suchte nach Zitronen, ebenfalls vergeblich und goss schließlich mit einem bedauernden Schulterzucken die Limonade auf den Gin. Vorsichtig nahm er einen Schluck und kam zu der Überzeugung, dass der reichlich improvisierte *Tom Collins* weder besonders gut noch besonders schlecht schmeckte.

Als er in die Bibliothek zurückkehrte, hatte das Mädchen bereits Platz genommen. Er reichte ihr ein Glas, das sie dankend nahm und unentschlossen in der Hand hielt.

»Auf die Gerechtigkeit trinken wir lieber nicht«, sagte er, ohne sie anzublicken. »Auf die Zukunft auch nicht, denn sie sieht nicht sehr erfreulich aus. Trinken wir …«

»Auf eine faire Chance, falls es sie gibt«, murmelte das Mädchen.

»Richtig, auf eine faire Chance.«

Kramer genoss das kühle Getränk und ließ sich dem Mädchen gegenüber in einen Stuhl fallen.

»Und jetzt erzähle mir von dir. Deinen Namen weiß ich bereits.«

»Da gibt es nicht viel zu erzählen. Ich bin vierundzwanzig Jahre alt und arbeite – arbeite als Auslandskorrespondentin für den ELEVA-Konzern …«

»Schaufensterpuppen?«

»Ja, elektronische Schaufensterpuppen. Ich bin ledig und seit acht Jahren Waise. Meine Eltern kamen bei einem Flugzeugabsturz über dem Atlantik ums Leben. Mein Bruder arbeitet mit einem Spezialteam im Kopernikuskrater ...«

»In der deutschen Mondstation?«

Sie nickte.

»Warum ist man hinter dir her?«

»Dafür gibt es jetzt zwei Gründe. Es ... es ist nicht das erste Mal, dass das GEHIRN sich mit mir beschäftigt. Vor zwei Tagen war ich als Zeuge vorgeladen. Ein Mann hatte Juwelen gestohlen. Ich hatte das Pech, dass ich es sah. Jedenfalls hat das GEHIRN bei der Vernehmung auch etwas über meine Veranlagung erfahren. Ich blieb einen Tag in Haft und wurde heute früh verurteilt.« Sie blickte ihn starr an. »Zum Tode!«

»Aber das ist unmöglich!«, entfuhr es ihm. »Es gibt seit über zehn Jahren kein Todesurteil mehr ...«

»So denkt jedermann. Das GEHIRN arbeitet eigenmächtig und niemand weiß es. Außer mir. Was glauben Sie denn, warum man dieses Massenaufgebot hinter mir herschickt. Ich bin so etwas wie ein Staatsfeind Nummer eins. Ich weiß zu viel!«

Ungläubig starrte er sie an. »Du musst dich irren. Du bildest dir das alles ...«

»Nein, ich bin nicht verrückt«, unterbrach sie ihn heftig. »Ich weiß es nur zu genau!«

Hart sagte er: »Du lebst! Das ist Beweis genug dafür, dass deine Behauptungen verrückt sind. Hätte das GEHIRN dich zum Tode verurteilt, dann wärst du jetzt tot.«

»Ich floh.«

»Aus der Exekutionskammer?«, fragte er spöttisch. »Von dort gibt es keinen Weg in die Freiheit.«

»Allerdings. Aber es gibt einen Weg ins Innere der Gerichtsmaschine, wo nur Techniker und Wissenschaftler hingelangen können. Und wenn man Glück hat, gibt es von dort aus einen Weg in die Freiheit. Ich hatte Glück.« Sie brach ab und blickte ihn verzweifelt an. »Ich weiß, das klingt alles so unglaubwürdig, aber ich belüge Sie nicht. Welchen Grund hätte ich, Sie zu belügen?«

»Ich kann dich noch immer der Polizei übergeben. Und ich werde es wahrscheinlich auch tun, wenn deine Erklärungen weiterhin so unglaubwürdig bleiben. Damit kann ich mich noch immer reinwaschen.«

Sie sah ihn erschrocken an. Dann senkte sie den Blick und sagte tonlos: »Ich kann nicht mehr als die Wahrheit sagen.«

Einen Augenblick war Schweigen. Dann sagte er: »Warum hat man dich zum Tode verurteilt?«

Sie schüttelte mutlos den Kopf. »Ich weiß es nicht. Ich glaube, wegen meiner Veranlagung. Ich kann mich des Gefühls nicht erwehren, dass das GEHIRN Angst vor mir hat.«

Er seufzte. »Warum sollte es vor dir Angst haben, eine Empfindung, die einer elektronischen Maschine absolut fremd ist?«

Sie gab keine Antwort.

»Was ist das für eine Veranlagung?«

Zögernd sagte sie: »Ich bin nicht normal. Ich bin einer jener paranormalen Bastarde, von denen man jetzt so viel in den amerikanischen Zeitungen liest. Ich empfange Gefühle wie ein Radio Wellen. Ich kann Gefühle lesen wie ein Telepath Gedanken. Darum fühlte ich auch sofort Ihre Sympathie und Ihre Unentschlossenheit. Anfangs war das Bewusstsein, anormal zu sein, furchtbar. Schließlich gewöhnt man sich daran. Man begeht keine Fehler in den Beziehungen zu anderen Menschen, aber man wird einsam dabei ...«

Sie verfiel in Schweigen.

Bert Kramer versuchte vergeblich, eine Logik hinter den Worten des Mädchens zu finden. Er versuchte das Ungeheuerliche, Unglaubliche zu akzeptieren – und fehlte. Eine Leere breitete sich in seinem Gehirn aus. Er vermochte keinen Gedanken zu fassen. Hilflos schüttelte er den Kopf, unfähig, dieser Leere Herr zu werden. Ein Wort beendete schließlich die Qual dieser Leere, ein Wort, an das er sich ein Leben lang geklammert hatte: Logik! Er lachte gequält auf und eine chaotische Fülle von Empfindungen kam über ihn, deren stärkste unerklärlicherweise Sympathie war.

Das Mädchen fühlte dieses Chaos und die Sympathie und erwiderte sie mit ganzer seelischer Kraft. Weich, als unterdrückte sie ein tiefes Gefühl des Mitleids für ihn, sagte sie: »Bitte ... geben Sie mir Zeit, es zu beweisen.«

Der Geschworene Bert Kramer erwachte schweißgebadet. Er fuhr hoch und das Entsetzen hielt ihn mit eisiger Hand umklammert. Er atmete heftig und versuchte vergeblich, den wilden Schlag seines Herzens zu zähmen. Die kühle Nachtluft, die durch das offene Fenster strich, vertrieb seine Schlaftrunkenheit. Er fröstelte. Der Schweiß an seinem Körper war kalt. Er zog die Decken um seine Schultern und blieb aufrecht in seinem Bett sitzen. Noch immer pochte das Blut wild in seinen Schläfen. In dem kaum wahrnehmbaren Licht, das ins Zimmer fiel, bildete das Mobiliar ein Kaleidoskop drohender Schatten, das der von Entsetzen verschleierte Blick des Mannes nicht zu ordnen vermochte. Aber das Grauen kam nicht aus der Umwelt, sondern tauchte aus den Tiefen des Unterbewussten empor.

Bert Kramer vermochte, was noch keiner des Geschworenengremiums der unfehlbaren Justizmaschine vermocht hatte.

Er konnte sich erinnern!

Je wacher er wurde, je mehr er zu sich selbst fand, desto deutlicher wurden die Erinnerungen.

Langsam, während die Bilder schmerzhaft durch sein Bewusstsein jagten, nahm er die Wirklichkeit um sich wahr. Die Starre löste sich. Er zog die Hand unter der Decke hervor und wischte sich über die nasse Stirn. Dann legte er die Arme um die aufgestellten Knie und dachte über seine Lage nach.

Er wusste, dass die Anonymität das oberste Prinzip der modernen Gerichtsbarkeit war. Das einzig mögliche Prinzip, das gleichzeitig die Unfehlbarkeit des GEHIRNS unterstrich. Das GEHIRN lieferte die Tatsachen, die es auf direktem Wege aus Bewusstsein und Unterbewusstsein des Angeklagten erfuhr, brachte sie ohne Umweg über die verwirrenden und oftmals mehrdeutigen Elemente der Sprache, also auf dieselbe Weise, auf die es sie erhalten hatte, vor ein Gremium von zwölf Geschworenen. Diese stimmten darüber ab. Das geschah in wenigen Augenblicken, dank der geistigen Koordinierung des GEHIRNS. Urteilsverkündung und Vollstreckung – also die

exekutive Gewalt – war Aufgabe der MASCHINE, einem untergeordneten Teil des GEHIRNS. Am Ende der sechs Stunden
dauernden Arbeitsperiode löschte diese Maschinerie juristi-
scher Vollkommenheit die obersten Bewusstseinsschichten ihrer zwölf Geschworenen, die alle jene Daten, Fakten und Namen enthielten. *Anonymität, Unfehlbarkeit, Vertrauen – AUV!* Der
Schlachtruf der Justiz! Die Geschworenen waren anonym, sich
selbst, dem Volk und dem Angeklagten gegenüber. Sie wussten nichts. Ihr Gewissen war rein, denn eine unfehlbare Maschine erkannte die Fakten und gewährleistete eine gerechte
Entscheidung, der sich der moderne, aufgeschlossene Mensch
bedingungslos unterordnete. Für das Vertrauen sorgten fünf-
tausend Techniker, Wissenschaftler und Spezialisten, die ständig jedes Nervenzentrum der mächtigen Anlage überprüften.

Und nun konnte sich plötzlich ein Geschworener erinnern!

Aber es waren nicht die komplizierten Bilder der Fakten,
Daten und Entscheidungen, an die er sich erinnerte und die er
ohne die koordinierende Hilfe des GEHIRNS doch nicht mehr
verstanden hätte, sondern Namen und Urteile!

Axel Mellert!

Zum Tode. Vollzug ohne Verzug!

Eduard Luksch!

Zum Tode. Vollzug ohne Verzug!

Gerlinde Horac!

Zum Tode. Vollzug ohne Verzug!

Heinrich Rehwall!

Zum Tode. Vollzug ohne Verzug!

Nicolai Stocker!

Zum Tode. Vollzug ohne Verzug!

Fünf! Fünf Namen, die er nicht hätte wissen dürfen und die
nun durch seine aufgewühlten Gedanken wirbelten. Dann
fuhr sein Kopf mit einem Ruck hoch und ein eiskalter Schauer
überlief ihn.

Das Urteil!

Soweit er sich zurückerinnern konnte, war das Todesurteil
vor zehn Jahren abgeschafft worden, zu einer Zeit also, da er
noch kein Geschworener gewesen war.

Quälte ihn vielleicht doch nur ein Traum, angeregt durch die phantastische Erzählung des Mädchens? Aber alles war zu deutlich, zu gegenwärtig, als überdächte er etwas, das er am Tage zuvor erlebt hatte. Und dann erkannte er, dass er nicht einmal einen zeitlichen Anhaltspunkt besaß.

Die Namen waren das einzig Greifbare in seinem Albtraum.

Nervös fuhr er durch sein zerwühltes Haar und warf einen Blick auf die leuchtenden Ziffern der elektrischen Uhr neben seinem Bett.

Drei Uhr vierzig.

Er schob die Decken zur Seite, tastete mit den Füßen nach seinen Pantoffeln und blieb unentschlossen am Bettrand sitzen. Zu früh, um etwas zu unternehmen. Doch Unruhe und Besorgnis trieben ihn heraus. Er erinnerte sich an die Zeitungen unter seinen Bücherregalen und war zum ersten Mal dankbar, dass er sie noch nicht weggegeben hatte.

Vor dem Fenster verharrte er einen Augenblick und starrte gedankenverloren auf das Häusermeer der Stadt. Im Osten graute der Morgen und bildete einen faszinierenden Kontrast zu den künstlichen, bunten Lichtern der Zwölf-Millionen-Stadt.

Bert Kramer atmete tief durch und schüttelte den letzten Rest von Benommenheit ab. Er drückte einen Knopf und die Zimmerdecke verbreitete gleichförmiges Licht im Raum. Er verließ das Schlafzimmer und begab sich in die Bibliothek. Die Luft war stickig und verbraucht. Er schaltete die Ventilation ein.

Einen Moment blieb er sinnend stehen, dann trat er zu einem der Regale, griff darunter und zog einen Packen Zeitungen hervor. Er trug ihn zu einem der bequemen Lehnstühle und ließ sich aufseufzend hineinfallen. Dann drückte er einen Knopf auf dem niedrigen Tisch und eine Leselampe strahlte neben ihm auf. Langsam begann er die Zeitungen nach dem Datum zu sortieren.

Die älteste stammte vom fünfzehnten August. Das war vor zehn Tagen. Die neueste trug das gestrige Datum. Dazwischen fehlte nichts. Er nahm das erste Blatt zur Hand und begann die juristische Spalte zu überfliegen.

Etwa zwei Stunden später hatte er alle Berichte gelesen und keinen der fünf Namen gefunden. Er war jedoch ehrlich genug gegen sich selbst, um sich zu sagen, dass es absurd gewesen wäre, hätte er sie gefunden. Es gab keine Todesstrafe mehr! Welchen seltsamen Streich hatte ihm sein Unterbewusstsein gespielt?

Woher diese Assoziation von Namen mit einem Urteil, für das er nie gestimmt haben konnte, weil es abgeschafft worden war, bevor er den Beruf eines Geschworenen ergriffen hatte? Erneut glaubte er, das Opfer einer ausgeprägten Traumassoziation zu sein. Aber die Erinnerungen waren zu deutlich.

In Gedanken versunken erhob er sich und schritt nervös auf und ab. Als der Summer ertönte, schreckte er auf. Einer Eingebung folgend, eilte er aus dem Raum.

Helles Sonnenlicht blendete ihn. Leise trat er an die Tür des Wohnzimmers, in dem das Mädchen schlief, und lauschte. Nichts regte sich. Er blinzelte, als er in die Küche trat. Er warf einen Blick auf die Uhr. Es war halb sieben. Sein wirres Haar ordnend, eilte er zum pneumatischen Briefkasten. Eine Zeitung und zwei Briefe fielen ihm entgegen. Er warf die Briefe zur Seite und riss die Klebefolie der Zeitung auf.

Er schob einen Stuhl zurecht und legte fluchend die Zeitung beiseite. Dann räumte er das schmutzige Geschirr vom Tisch und warf es in den automatischen Spüler. Da er schon einmal dabei war, stellte er eine Dose Kaffee auf den Erhitzer. Eine Minute später floss die kochende Flüssigkeit in einen Papierbecher.

Er breitete die Zeitung auf dem Tisch aus, schlug die Gerichtsspalte auf und begann genüsslich seinen Kaffee zu schlürfen.

Die Fälle vom gestrigen Tag sagten ihm nichts, obwohl er selbst im Geschworenengremium darüber entschieden hatte. Die Löschung der obersten Bewusstseinsinhalte war gründlich. Der Grund der Anklage war das übliche Konglomerat, das aus endgültiger moralischer Schuld und der gesetzlichen Schuld bestand. Kein Verbrechen! Diese waren seltener. Die Strafe lautete in allen Fällen: Eingriff in die Persönlichkeit und Eliminierung des Dranges zum Verstoß gegen die ethischen Prinzipien, also gegen das Gewissen, sowie Löschung der Tat aus dem Gedächtnis.

Er warf den leeren Becher in einen zweiten Müllschlucker neben dem Tisch. Kopfschüttelnd begab er sich sodann ins Badezimmer.

Erfrischt und festlich gekleidet betrat er eine Stunde später erneut die Bibliothek, ergriff ein Buch: Dr. Felix Frank – *Die Grundlagen des modernen humanomechanischen Gerichts!* und begann darin zu blättern. Die Informationen gaben ihm keinen neuen Anhaltspunkt. Die Frage nach der Schuld gliederte sich in drei Elemente: Die über allem stehende elementare *Moralische Schuld*, der bewusste Verstoß gegen das Gewissen. Ein individueller Wert, der von der in gewissen Grenzen akzeptierten Subjektivität der ethischen Prinzipien und Vorstellungen abhängig war und von der Maschine am Individuum selbst anhand seiner eigenen relativen Wertskala festgestellt und abgewogen wurde. Ein Abweichen über diese Grenzen hinaus bedeutete eine Perversion des Gewissens. Auch sie tauchte gelegentlich auf.

Unter der *Moralischen Schuld* standen die *Gesetzliche Schuld* und das *Verbrechen*. *Gesetzliche Schuld* war alles, was gegen die bestehenden Gesetze verstieß. Das *Verbrechen* bildete einen gesonderten Teil der gesetzlichen Vergehen, und zwar alle jene, die sich gegen den Menschen direkt richteten: Mord, Sadismus, fahrlässige Tötung, Entführung und dergleichen.

Das GEHIRN bestimmte den Grad der *Moralischen Schuld*, stellte die *Gesetzliche Schuld* fest und entschied, ob es sich um ein *Verbrechen* handelte.

Die Geschworenen berücksichtigten das Motiv und den Charakter des Angeklagten, sowie den Ablauf der Tat und stimmten darüber ab. Das Ergebnis dieser Abstimmung, die unter Berücksichtigung aller Fakten mit der koordinierenden Hilfe des GEHIRNS vor sich ging, bildete den Schlüssel zur Bestrafung, von dem die Tiefe des Eingriffs in die Persönlichkeit abhing.

Strafvollzug war die *Berichtigung*, der Eingriff in die Persönlichkeit des Delinquenten und eventuelle Vernichtung der Anlagen und des Triebes zur Missachtung der moralischen Prinzipien. Normung des Gewissens. Löschung der begangenen Übertretungen aus dem Gedächtnis.

Das Ergebnis: Ein Mensch, unfähig, den Gesetzen des Gewissens und der Gesellschaft zuwiderzuhandeln. Ein Mensch ohne Versuchung!

Die Todesstrafe: Abgeschafft am 7. Januar 2016.

Das war alles. Über die Art der Hinrichtung kein Vermerk. Zum letzten Mal geschehen vor zehn Jahren.

Bert Kramer legte das Buch auf den Tisch.

Zum Tode. Vollzug ohne Verzug! Er musste verrückt sein.

Mellert! Luksch! Horac! Rehwall! Stocker!

Nein, er wusste ganz genau, dass er nicht träumte. Denn er sah nun die übrigen Geschworenen vor sich. Sie standen um den großen Tisch. Er sah ihre erstaunten Gesichter, als das Urteil in ihr Bewusstsein sickerte, welches das GEHIRN dem Angeklagten mitteilte und welches sich so wesentlich von ihrem eigenen unterschied. Die Aufregung! Und Sekunden danach das Verlöschen des Funkens. Vergessen!

Er presste die Hände an die Schläfen, um das Pochen des Blutes zu beruhigen. Hatte das Mädchen doch die Wahrheit gesagt? Das Zimmer schien sich um ihn zu drehen.

Während die Erregung abklang, beschloss er, Gaston anzurufen. Er musste Klarheit haben. Zwar besaß er eine instinktive Abneigung gegen die Psychiatrie, aber Gaston war, ganz abgesehen von seinem Beruf, einer seiner besten Freunde, seit er sich vor acht Jahren in WIEN-NORD niedergelassen hatte und Geschworener geworden war. Er brauchte den Rat eines Freundes.

Denn der Geschworene Bert Kramer musste nun über sich selbst entscheiden – ohne die koordinierende Hilfe des GEHIRNS.

Entschlossen trat er zum Teleschirm und schaltete das Gerät ein. Er wählte die Nummer und wartete.

Niemand meldete sich. Fünf Minuten später schaltete er ab und wunderte sich, wo Gaston am frühen Sonntagmorgen sein mochte. Beunruhigt schritt er vor dem Teleschirm hin und her, aber kein Gedanke sagte ihm, was er als nächstes tun sollte.

Schließlich öffnete er die Tür, um das Tageslicht in den Raum zu lassen, und schaltete die Multistereoanlage ein. Seine Finger glitten über die lange Reihe der Schallplatten. Er zog eine heraus und legte sie auf den Teller. Er regulierte Bässe und Höhen und stellte den Lautstärkenregler auf dreiviertel Kraft ein. Dann setzte er den automatischen Tonabnehmer in Bewegung, löschte die Deckenbeleuchtung und sank in einen Stuhl. Sekunden darauf ertrank er in einem Orkan von Ton, der aus acht Lautsprechern auf ihn nieder brauste.

Als die Aufnahme zu Ende war, lauschte er ihr innerlich nach. Dann erhob er sich, ergriff das Buch auf dem Tisch, um es zurückzustellen, und hielt mitten in der Bewegung inne.

Dr. Felix Frank. Gerichtswissenschaftler.

Er erinnerte sich des älteren, grauhaarigen Mannes, den er einmal bei Gaston getroffen hatte und mit dessen Tochter Martha Gaston verlobt war.

Wenn ihm einer helfen konnte, dann er!

Er eilte zum Teleschirm und nahm das Nummernverzeichnis für WIEN-NORD zur Hand. Er fand die Nummer und notierte die Adresse. Dr. Felix Frank wohnte im einundvierzigsten Bezirk, einem der Außenbezirke, die an WIEN-NORD angrenzten.

Während er wählte, überlegte er, was er sagen wollte. Er fragte sich, ob Dr. Frank ihn noch erkennen würde.

Dr. Franks Sekretärin meldete sich.

»Guten Morgen. Ich möchte Dr. Frank sprechen!«

»Ich weiß nicht, ob das im Augenblick möglich ist. Wen darf ich melden?«

»Bert Kramer, Geschworener. Sagen Sie ihm, ich wäre ein Freund von Gustav Gaston.«

Sie nickte.

»Es ist dringend!«

Sie nickte wieder und ihr Bild verblasste. Einen Augenblick darauf erschien Dr. Franks Gesicht auf dem Schirm.

»Bert Kramer, hm? Ja, ich erinnere mich an Sie. Also, was haben Sie auf dem Herzen?«

»Ich weiß nicht, wie wichtig mein Problem ist. Jedenfalls ist es außergewöhnlich.« Er zögerte. »Ich kann mich erinnern!«

Dr. Frank blickte ihn verständnislos an.

»Wie meinen Sie das?«

»Sie wissen, dass ich Geschworener bin. Und plötzlich, heute Morgen …«

Die Augen auf dem Schirm blickten nicht länger verständnislos.

»Wollen Sie damit sagen, dass Sie sich an gerichtliche Beratungen erinnern können?«

»Nicht ganz. Teilweise. Besonders aber an Namen und eigenartige Urteile!«

»Welche Urteile?«

»Todesurteile!«

Einen Augenblick war Schweigen.

»Sind Sie sicher?«

»Absolut!«

»Sie haben, soviel ich weiß, zweitausendachtzehn das erste Mal der Gerichtsmaschine zur Seite gestanden?«

»Ja, das ist es, was mich verwirrt. Ich kann nie ein Todesurteil gefällt haben.«

»Hören Sie, Kramer, haben Sie bereits zu jemandem darüber gesprochen?«

»Nein …«

»Gut. Sagen Sie niemandem etwas davon. Und kommen Sie auf schnellstem Weg zu mir. Sie haben meine Adresse?«

Bert Kramer nickte benommen.

»Ich erwarte Sie in einer halben Stunde. Nehmen Sie einen Kopter.«

Während Kramer versuchte, seiner Verwirrung Herr zu werden, wurde der Schirm dunkel. Er schaltete ab und verharrte grübelnd.

Die Namen vermischten sich mit den erstaunten Gesichtern der Geschworenen und der unpersönlichen Stimme, die den Tod von fünf Menschen befahl – obwohl es keine Todesstrafe mehr gab.

Bert Kramer riss sich los von den quälenden Erinnerungsbildern und schaltete die Stereoanlage ab. Dann klopfte er leise an die Tür des Wohnzimmers, erhielt jedoch keine Antwort. Das Mädchen schlief offenbar noch fest. Kein Wunder, dachte er, nach den gestrigen Ereignissen. Er schrieb eine kurze Nachricht, dass er bald zurück sein würde, und bat sie, die Nachrichten im Fernsehen einzuschalten sowie das angeschlossene Bild-Ton-Aufzeichnungsgerät, falls er bis dahin noch nicht zurück sein sollte. Nach kurzem Überlegen fügte er hinzu: »Ich beginne allmählich, deine Erzählung zu glauben. Habe keine Angst!«

Dann verließ er das Appartement und stieg in den Aufzug, der ihn zum Kopterlandeplatz auf dem Dach des Wohnturms brachte.

Dr. Felix Frank war ein Mann Mitte sechzig. Sein Auftreten glich dem eines Staatsanwalts, ein Beruf, den es seit über dreißig Jahren nicht mehr gab. Seine Haltung war achtunggebietend und überzeugend, aber ohne eine Spur von Hochnäsigkeit. Die Tatsache, dass er einer der ersten Gerichtswissenschaftler und damit von allem Anfang an dabei gewesen war, als man die Gerichtsmaschinerie entwickelte und aufbaute, machte ihn zudem zu einer äußerst interessanten Persönlichkeit.

Er lauschte Kramers Erzählung schweigend. Als jener fertig war, nickte er nur.

»Ja, das passt in das Schema!«

»Schema?«

»M-hm. Sie wissen, dass Ihre Situation einmalig und bis dato einzigartig ist?«

»Ja, dessen bin ich mir bewusst. Wenigstens ist mir kein ähnlicher Fall bekannt.«

»Entweder ist der Maschine ein Fehler unterlaufen – oder aber, und das ist die wahrscheinlichere Möglichkeit, ihr Gehirn hat die Fähigkeit, Daten auf eine uns unbekannte Art und Weise rascher zu speichern. Aber das ist, im Augenblick nicht das primäre Problem.« Dr. Frank erhob sich. »Vier der Namen sind mir unbekannt. Aber Mellert kenne ich. Wir wollen vorerst annehmen, dass alle fünf Aburteilungen zeitlich nahe beisammen liegen.« Er begab sich zu einem der großen Bücherregale und zog einen Band heraus. »Gesammelte Gerichtsauszüge seit 1995. Sie haben das Buch auch.«

»Natürlich. Aber glauben Sie …«

»Das Gehirn ist eine seltsame Sache, mein lieber Herr Kramer. Nein, ich glaube nicht, dass Sie sich an Fälle aus den letzten Jahren erinnern. Mellert liegt mindestens fünf Jahre zurück. Er wurde übrigens auch nicht zum Tode verurteilt. Er lebt nach wie vor und ist bei Ihrem Freund Gaston in Behandlung. Aber selbst das passt in das Schema. Jetzt lassen Sie mich nachsehen.« Er setzte sich und begann zu blättern. »Wann waren Sie zum ersten Mal Geschworener?«

»Mai 2018.«

»Das genaue Datum wissen Sie nicht mehr?«

»Ich glaube, der siebzehnte. Aber sicher bin ich nicht. Es müsste jedoch zu eruieren sein. Ein Anruf bei der Gerichtsverwaltung könnte …«

»Nein, ich möchte das vermeiden. Wir dürfen jetzt keinen Argwohn erregen. Ihre Lage ist nicht die beste. Morgen wird das GEHIRN erkennen, dass Sie sich erinnern und wird dies aus Ihrem Bewusstsein tilgen wollen. Dass das Löschen dieser tiefverwurzelten Daten auch den Verlust eines Teils Ihrer Persönlichkeit mit sich bringt, ist Ihnen doch klar. Im Grunde genommen ist es nichts anderes, als stünden Sie selbst vor Gericht. Wir wollen also möglichst vorsichtig und ohne fremde Hilfe zu Werke gehen. Es stehen Ihnen noch andere Möglichkeiten offen, über die wir uns unterhalten, sobald wir über diesen Punkt hier Klarheit haben. Also irgendwann zwischen zehntem und zwanzigstem Mai. Ist die Spanne groß genug?«

Bert Kramer nickte betäubt. Er hatte Dr. Frank gegenüber das Mädchen nicht erwähnt. Wahrscheinlich würde es sich später nicht vermeiden lassen, aber einstweilen wollte er vorsichtig sein. Das Mädchen war jedoch bereits nicht mehr das hauptsächliche Problem. Zwei in vielen Aspekten verwandte Ereignisse hatten in dieser Nacht stattgefunden. Beide rüttelten am Begriff der Unfehlbarkeit. War das noch Zufall?

Er wusste, dass er auf gar keinen Fall am Montag seinen Dienst antreten durfte. Jetzt nicht mehr des Mädchens wegen, sondern um seiner selbst willen. Er hatte die Gedanken an den kommenden Tag beiseitegeschoben, weil sie unangenehme Probleme boten. Auch hatte ihn zu sehr das Wie und Warum beschäftigt, vorerst mehr als die Konsequenzen. Jetzt, da Dr. Frank diese Konsequenzen so sachlich und bestimmt darlegte, stieg erneute Angst in ihm auf.

Dr. Frank unterbrach seine Gedankengänge mit einem Ausruf der Überraschung.

»Alle fünf!«

Bert Kramer fuhr auf.

»Alle fünf an einem Tag. Mellert, Luksch, Horac, Rehwall, Stocker. Ist die Reihenfolge richtig?«

»Ja.« Erstaunt blickte Kramer ihn an. »Welches Datum?«

»Der neunzehnte Mai.«

»Mehr Fälle wurden an diesem Tag nicht untersucht?«

Dr. Frank klappte das Buch zu. »Nein.«

»Und keiner wurde zum Tode verurteilt?«

»Kein einziger.«

Beide Männer versanken in brütendes Schweigen. Wieder schloss sich die Angst mit würgendem Griff um den Geschworenen. Verzweifelt suchte er nach einer Erklärung für die seltsamen, unerklärlichen Tatsachen, denen er sich seit dem vorhergehenden Abend gegenübersah.

»Was sollte ich Ihrer Meinung nach jetzt tun?«

»Glauben Sie, dass ich der geeignete Mann bin, um Ihnen einen Rat zu geben?«

»Wenn nicht Sie, wer sonst? Wer könnte geeigneter sein?«

»Das GEHIRN!«

Bert Kramer wurde noch bleicher.

»Gibt es keinen anderen Weg? Ich bin vor dem Gesetz nicht schuldig.« Er versuchte, nicht an das Mädchen zu denken. »Sie sagten selbst, ich wäre ein einzigartiger Fall. Man hat kein Recht, in meine Persönlichkeit einzugreifen.« *Wenn es nur so wäre*, dachte er verzweifelt. *Wenn es nur so wäre.* Laut sagte er: »Ich möchte keinen Teil meiner Erinnerungen missen – bis auf diesen einen.«

»Eine vollständige Trennung wird nicht möglich sein.«

»Warum müssen sie gelöscht werden? Diese Erinnerungen sind doch falsch. Es ist seit zehn Jahren niemand mehr hingerichtet worden!«

Dr. Frank gab keine Antwort, aber er warf Kramer prüfende Blicke zu.

Bert Kramer senkte den Kopf. »Sie können mir also auch keinen Rat geben?« Er seufzte. »Vielleicht weiß Gaston eine Möglichkeit. Vergessen unter Hypnose! Ein Psychiater hat gewisse Möglichkeiten.«

»Nein, das glaube ich nicht. Abgesehen davon, dass das GEHIRN es herausfinden würde. Außerdem nehme ich an, dass sich diese Erinnerungen häufen werden.« Wieder betrachtete er Kramer prüfend. »Sie behaupten, das Gesetz nicht übertreten zu haben. Sie irren hier!« Er blickte Kramer starr an. Das Ganze kam so plötzlich, dass Kramer einen Augenblick lang ernsthaft glaubte, Dr. Frank habe etwas über das Mädchen in Erfahrung gebracht. Aber das war absurd. Dennoch atmete er auf, als jener fortfuhr: »Es gibt ein altes Sprichwort, das noch aus der Zeit stammt, die wir heute manchmal im Eifer historischer Kritik als prägesetzlich bezeichnen: Unwissenheit schützt vor Strafe nicht! Unser Zeitalter ist das der automatisierten Justiz! Schuld und Unschuld sind keine dehnbaren Begriffe, sondern Axiome, um deren Bedeutung sich die Logik der Maschine ebenso wenig kümmert wie um das Individuum selbst. In Ihrem Fall lautet dieses alte Sprichwort zynischerweise: Unschuld schützt vor Strafe nicht! Denn Sie haben wohl gegen das Gesetz verstoßen – gegen das Gesetz der Anonymität, auch wenn Sie gar nichts dafür können. Und das GEHIRN muss größtes Interesse haben, Ihnen diese gefährlichen Erinnerungen zu nehmen!«

Kramer blickte ihn fest an.

»Warum wollen Sie mir nicht helfen?«

Dr. Frank gab keine Antwort.

»Es passt alles in Ihr Schema, nicht wahr? Sie wissen mehr, als Sie zugeben wollen! Sie gehen von der Voraussetzung aus, dass meine Erinnerungen richtig sind. Warum? Ich weiß noch nicht, worauf ich hier wirklich gestoßen bin, aber es sieht nun so aus, als hätte alles ein zweites Gesicht. Wenn das Gesetz Lücken hat, wenn dem Menschen Unrecht geschehen kann, wenn das System korrupt ist, warum tut man nichts dagegen? Warum schweigen Sie? Was geht in dieser Maschine vor?«

Der Gerichtswissenschaftler warf ihm einen seltsamen Blick zu. Seine Züge nahmen einen entschlossenen Ausdruck an.

»Sie wären zu allem bereit?«

Bert Kramer nickte.

»Vielleicht gibt es einen Weg. Ich kann nichts versprechen. Und noch ein Haken ist dabei: Es gibt kein Zurück mehr, wenn Sie den ersten Schritt getan haben! Mit anderen Worten: Mit der ersten Erklärung, die ich Ihnen gebe, sind Sie mit von der Partie oder ein toter Mann.« Er drückte einen Knopf am Schreibtisch. Einen Augenblick später erschien die Sekretärin.

»Herr Doktor?«

»Ich möchte bis auf Widerruf nicht gestört werden. Sorgen Sie dafür, dass alle Anrufe gespeichert werden!« Er wandte sich an Kramer.

»Kaffee?«

Dieser nickte.

»Gut! Für mich auch. Und rufen Sie Ermerson an. Er soll sich bereithalten!«

Als die Sekretärin den Raum verlassen hatte, wandte sich Dr. Frank wieder an Kramer. Die Spannung, die ihn während des Gesprächs in Bann gehalten hatte, war von ihm abgefallen.

»Treffen Sie keine voreilige Entscheidung. Wir wollen zuerst in Ruhe Kaffee trinken …«

Als die Sekretärin das Arbeitszimmer mit dem Kaffeegeschirr verlassen hatte, begann Dr. Frank ernst:

»Das, was ich Ihnen sagen werde, müssen Sie unter allen Umständen für sich behalten. Eine Weitergabe dieser Daten, auch nur andeutungsweise, könnte Ihren, meinen und einer ganzen Schar anderer Leute Tod bedeuten!«

Ein Gefühl der Kälte legte sich um den Geschworenen Bert Kramer, der verständnislos lauschte und gleichzeitig die innere Spannung im Zaum hielt. Die seit dem gestrigen Abend immer gegenwärtige Angst loderte auf.

»Welchen Tod?«

»Einen kurzen und schmerzlosen, aber in seinen weiteren Folgen entsetzlichen Tod.« Er hielt inne und lehnte sich in seinen Stuhl zurück. »AUV. Diese Lettern sind Ihnen ein Begriff. Anonymität! Unfehlbarkeit! Vertrauen! Wussten Sie, dass es auch eine Organisation gibt, die den Namen AUV trägt?«

Bert Kramer verneinte.

»Abnormalität! Urteilsfälschung! Verbrechen!« Dr. Frank lächelte. »Ein Bedeutungswandel, nicht wahr?«

»Ja, aber ich verstehe nicht …«

»Sie werden es gleich verstehen. Um es kurz zu machen, diese Organisation ist geheim. Ihre Absichten sind Aufstand und Revolution. Wir lehnen uns gegen das GEHIRN auf, weil wir erkannt haben, dass es korrupt ist, dass es zu viel Macht besitzt und dass wir uns in absehbarer Zeit in Schwierigkeiten befinden werden, zu deren Bereinigung es dann zu spät sein wird.«

»Sie meinen, Sie haben vor, die Gerichtsmaschine zu zerstören?«

»Ja! Denn sie hat begonnen, eigenmächtig zu entscheiden! Es geschieht unter dem Deckmantel der Anonymität. Dafür haben wir Beweise. Ihr Traum war keine Fehlassoziation. Es werden noch Menschen zum Tode verurteilt und hingerichtet. Das ist eine messbare Tatsache. Den Beweis dafür will ich Ihnen später geben. Wir müssen schnell handeln, daher nur die wichtigsten Punkte. Ihre Mitarbeit nehme ich als gegeben an. Es bleibt Ihnen keine andere Wahl mehr. In diesem Punkt sind wir uns doch einig?«

Kramer schüttelte die Starre ab. Er nickte verwirrt, während die phantastischen Tatsachen in sein Bewusstsein sickerten. Aber es blieb keine Zeit zum Nachdenken.

»Sie sind damit Mitglied der Organisation AUV, die auch über Ihr Leben verfügen kann. Ihr Auftauchen und Eintritt bedeutet für uns jenen kritischen Augenblick, der uns zum Handeln zwingt. Nun, wir sind nicht unvorbereitet. Wenn die nächste Woche vergangen ist, werden wir gesiegt haben – oder tot sein. Gebe Gott, dass wir siegen, damit die Menschen wieder frei atmen können und das Recht haben, über sich selbst zu entscheiden.« Er schwieg sekundenlang. Dann schaltete er das kleine Tischvisiphon ein und wählte eine Nummer.

»Sie sind vorerst das erste Problem. Wir müssen … Ah! Martha!«

Der kleine Schirm erwachte zum Leben und Marthas Kopf erschien. Sie wirkte verstört.

»Ich wollte eben anrufen. Gustav ist nicht hier!«

»Nicht zu Hause?«

»Nein. Ich habe die Wohnung durchsucht. Er hat auch keine Nachricht für mich hinterlassen.« Ein Schluchzen schwang in ihrer Stimme mit.

»Nun beruhige dich erst einmal, mein Schatz. Er kann nicht weit sein, wenn er keine Nachricht hinterlassen hat. Was hattest du mit ihm ausgemacht?«

»Ich sollte heute am Vormittag zu ihm kommen, um ihm bei den Vorbereitungen zu unserer Verlobungsfeier zu helfen. Ich bin seit über einer Stunde hier. Ich … ich glaube, es ist etwas Schreckliches geschehen!«

Dr. Frank blickte Kramer ernst und bedeutungsvoll an.

»Bleib wo du bist. Ich komme sofort!« Er schaltete ab. Dann sagte er: »Vielleicht sind Sie doch nicht mehr das eigentliche Problem. Wir müssen handeln. Und zwar schnell!«

Bert Kramer schwieg. Er fror plötzlich wieder.

»Gaston gehört ebenfalls zu uns«, erklärte Dr. Frank, während der Helikopter über die engen Innenbezirke flog.

»Gaston weiß davon?« Bert Kramer wandte überrascht den Kopf vom Fenster ab.

»Er weiß sehr viel. Und er ist außerdem gewissen Dingen auf der Spur, die in ihren Konsequenzen so entsetzlich sind, dass man sich weigert, sie zu glauben. Deshalb habe ich Angst.«

Kramer blickte ihn betroffen an. »Welcher Art sind diese Dinge?«

»Menschen mit mechanischer Logik!«

»Mechanische Logik?«

»Menschen, die sich nie irren, rasch antworten, nie über etwas im Zweifel sind und keinerlei unlogische Reaktionen aufweisen, dafür aber Gefühlsreaktionen nach einem Schema haben, das nach philosophischen Definitionen ausgerichtet ist. Ihr Axel Mellert ist ein solcher Fall.«

Der Helikopter flog über das breite Band der Donau hinweg und näherte sich erneut der Hochhäuserfront der Außenbezirke.

»Sie glauben also, dass mit diesen zum Tode verurteilten Leuten etwas Besonderes geschieht.«

»Wir nehmen es an. Wie wäre es sonst möglich, dass Menschen, die hingerichtet worden sind, einige Zeit nach ihrer Verhaftung wieder unter den Lebenden weilen?«

Kramer schwieg. Seine Gedanken kreisten um die drohende Tatsache, dass er im Zeitraum von wenigen Stunden zum Mitglied einer revolutionären Gruppe geworden war, die vorhatte, das stählerne Mauerwerk, innerhalb dessen Recht und Gesetz unter dem Deckmantel der Anonymität wucherten, niederzureißen, weil sie erkannt hatte, dass ein Gifthauch von Pestilenz aus seinen Fugen drang. Auch er fühlte diesen Hauch nun, als die Erinnerungen den Traum wieder in sein Bewusstsein brachten. Das drohende Ungetüm einer erschreckenden Zukunft entstand vor seinen Augen und drängte alle Zweifel beiseite.

Als er sich seiner Umwelt wieder bewusst wurde, setzte der Kopter auf einem der Hochhäuser zur Landung an.

Die Sonne stand bereits fast im Zenit. Die beiden Männer verließen das kühle, ventilierte Helikoptertaxi. Die brütende Mittagshitze nahm ihnen sekundenlang den Atem. Ohne einen Blick auf das faszinierende Panorama zu werfen, eilten sie auf den Einstieg zum Lift zu.

Wien war die Musterstadt des einundzwanzigsten Jahrhunderts. Es beherbergte über zwölf Millionen Menschen. Wien sah aus wie ein gigantisches Kolosseum, in dem keine Kämpfe ausgetragen wurden, sondern die überlieferten Schätze des vergangenen Jahrhunderts eingebettet lagen und weiterlebten.

Martha ließ die beiden Männer in Gastons Appartement. Sie war bleich und ernstlich verstört.

»Gott sei Dank, dass du da bist. Oh –, Bert! Du und Vater?« Sie blickte fragend von einem zum anderen. »Was ist geschehen?«

»Herr Kramer ist einer der Unseren. Ich habe ihn bereits informiert. Ist Gustav immer noch nicht hier?«

Sie verneinte.

»Keine Anhaltspunkte, wohin er gegangen sein könnte? Du hast alles durchsucht?«

Sie nickte.

Dr. Frank blickte sich sinnend um. »Das kann natürlich Gefahr bedeuten. Wir müssen uns auf diese Eventualität vorbereiten.« Entschlossen trat er zum Teleschirm und wählte eine Nummer. Während er auf die Verbindung wartete, wandte er sich an seine Tochter.

»Wir verschwinden von hier. Schreib Gustav eine Nachricht, dass du gewartet hast. Er soll anrufen. Wir gehen kein Risiko ein. Bert …«

»Hier Ermerson. Ah! Dr. Frank! Ich stehe seit zwei Stunden bereit. Auch Beham ist benachrichtigt.«

»Ausgezeichnet. Ich erwarte Sie in zwanzig Minuten vor dem Rathaus. Kleiden Sie sich zwanglos. Nur eine kleine Besprechung!« Ohne das Nicken des Mannes abzuwarten, schaltete er ab.

Die katholische Kirche ging mit den gesetzlichen und damit in weiterer Hinsicht auch politischen Verhältnissen in Österreich konform, bestand aber auf einem eigenen Status. Das GEHIRN wahrte die ethischen Prinzipien der Religion als den Schlüssel zum Gewissen und zur *Moralischen Schuld*. Die kirchengesetzlichen Bestimmungen – Steuer, Hochzeit, Taufe und Begräbnis betreffend – wurden ebenfalls von der Gerichtsmaschine geregelt und vor dem Gesetz als gültig erklärt. Die Kirche, beziehungsweise alle Kirchen, da in Österreich Religionsfreiheit herrschte, kümmerten sich lediglich um das Zeremoniell. Vor dem Gesetz nahm der Priester eine Sonderstellung ein. Als Hüter des Gewissens und der Moral war ein Eingriff in seine Persönlichkeit oder sogar eine Veränderung dieser von gerichtlicher Seite aus nicht möglich. Ein Abkommen zwischen Kirche und Staat gewährleistete die Auslieferung eines vom GEHIRN für schuldig befundenen Priesters an eine kirchliche Gerichtsbarkeit, welche die Strafe festlegte und die Bestrafung durchführte. Insofern bildete also die Kirche einen Staat im Staat.

Die Regierung arbeitete Hand in Hand mit dem GEHIRN. Nach dem Prinzip der Unfehlbarkeit beeinflusste es die Wahl der führenden politischen Persönlichkeiten nicht unwesentlich und traf auch einen Teil wichtiger Entscheidungen. Das Volk war damit zufrieden. Es hatte seit dreißig Jahren keine Krise mehr in Österreich gegeben. Das Vertrauen war zu einer festen Mauer geworden, die die Masse der Menschen mit Blindheit umgab. Nur einige hatten erkannt, dass nicht alles so war, wie es schien. Waren sie stark genug zum Handeln?

Man musste die Massen gewinnen. Sie aufmerksam machen! Aber wie? Ohne handfeste Beweise? Neue Zweifel beschlichen Kramer. Besaß er Beweise? Einen Traum und zwei Erzählungen, die er glauben mochte oder nicht. Aber es gab kein Zurück mehr für ihn. Flüchtig dachte er an das Mädchen und hoffte, dass Ermerson bald kam.

Dr. Frank stand neben ihm auf den Stufen des Rathauses. Sein Gesicht war hart und verschlossen. Immer wieder warf er ungeduldige Blicke zum Himmel. Gelegentlich redete er ernst auf Martha ein.

Vor dem Rathaus hingen zwei riesige Plakate mit der Aufschrift:

DAS SAKRAMENT DER BEICHTE
IST EINE ANGELEGENHEIT
DES VERTRAUENS,
DER ANONYMITÄT
UND DER UNFEHLBARKEIT!

AUV
vereinigt diese Begriffe in sich!
Das GEHIRN entlastet die Kirche!

Das Volk würde sich in Sachen der moralischen Erleichterung für das GEHIRN entscheiden. Es war leichter, sich der Unpersönlichkeit einer Maschine anzuvertrauen. Die Kirche erteilte Absolution und Segen. *Wiederum nur das Zeremoniell*, dachte Kramer. Wohin trieb diese Welt? In die gefühllosen Speicher einer elektronischen Maschine? Welch ein kluger Schachzug des GEHIRNS! Welch neue Möglichkeit, Schuld zu ermitteln. *Moralische Schuld* vielleicht nur, aber doch Vorwand genug für eine Vorladung – Aburteilung – Hinrichtung – grauenhafte Wiedererweckung? Welch ein Wahnsinn! Ein Volk von Schachfiguren des GEHIRNS! Gab es überhaupt noch ... Menschen?

Entsetzt wies Kramer diese Gedanken von sich. Es gab keinen Beweis. Aber der nagende Zweifel ließ keine Überzeugung aufkommen. Noch gab es keinen Beweis!

Ein ankommender Helikopter unterbrach seine Gedanken. Es war Ermerson.

»Wir haben nicht mehr viel Zeit«, sagte Dr. Frank hastig, als Ermerson herankam. Dann deutete er auf Bert Kramer. »Dies ist Herr Kramer. Mitglied des Geschworenengremiums. Er kann sich erinnern. Möglicherweise ein Fehler des GEHIRNS, aber ich glaube es nicht ...«

»Woran kann er sich erinnern?«

»An Hinrichtungen. Sie erfahren die Einzelheiten später. Gaston ist verschwunden. Es muss nicht bedeuten, dass man uns auf der Spur ist, aber wir dürfen kein Risiko eingehen. Benachrichtigen Sie alle unsere Leute, damit sie sich bereithalten. Vielleicht müssen wir morgen schon zuschlagen. Aber warten Sie auf meinen Bescheid.«

Ermerson runzelte die Stirn. Er wandte sich an Kramer. »Haben Sie sich auch überlegt, was Sie tun, wenn Sie sich uns anschließen? Wir sind nicht viele. Wir brauchen Leute, die mit voller Überzeugung für diese Sache das Beste geben. Vielleicht sind Sie morgen bereits ein toter Mann …«

Kramer lächelte. »Das bin ich auf jeden Fall, wenn ich mich nicht anschließe. Ich will überleben! Dafür gebe ich mein Bestes.« Jetzt, da er die Angst auch in anderen erkannte, fühlte er sich zum ersten Mal weniger hilflos und nicht mehr allein.

Ermerson nickte. »Sie dürfen morgen auf keinen Fall Ihren Dienst antreten. Können Sie das regeln?«

Kramer überlegte.

»Ja, das ist kein Problem. Jemand kann meine Stelle übernehmen. Allerdings muss ich Meldung machen.«

»Müssen Sie Ihre Abwesenheit begründen?«

»Gewissermaßen.«

»Haben Sie sich einen plausiblen Grund überlegt?«

Kramer dachte nach. Dann sagte er: »Bis dahin wird mir etwas einfallen. Es ist eine Formsache, weiter nichts. Ich bin im Augenblick zu verwirrt, um klar denken zu können.«

»Seien Sie vorsichtig, Kramer«, sagte Ermerson ernst. »Von Ihrem Verhalten hängt viel ab.«

»Ich habe Angst!«, sagte Martha plötzlich.

»Kein Wunder«, murmelte Kramer leise. Dann straffte er sich und wandte sich an Dr. Frank: »Revolution ist organisierte Ungesetzlichkeit. Organisation ist Unterordnung. Wie lauten Ihre Befehle?«

»Regeln Sie Ihre Angelegenheiten«, sagte Dr. Frank lächelnd. »Noch haben wir etwas Zeit. Sehen Sie zu, dass Sie Ersatz für morgen bekommen.« Er warf einen Blick auf die Uhr.

»14 Uhr 30. Ich erwarte Ihren Anruf gegen sechs. Ermerson, warnen Sie die Leute. Solange wir nichts von Gaston wissen, müssen wir auf alle Eventualitäten vorbereitet sein. Wir bleiben in Verbindung.«

Ermerson nickte. Er reichte Kramer die Hand. »Sie gehören jetzt zu uns, Kramer. Bedenken Sie, dass wir alle verraten sind, wenn Sie einen Fehler machen.« Er zögerte. »Und noch etwas. Wenn der Kampf beginnt, wird es keine Gnade geben – und kein Gefühl. Verstehen Sie mich: Kein Gefühl! Machen Sie sich diese Härte zu eigen. Seien Sie in Ihren Methoden nicht wählerisch. Viele Gesetze werden ungültig sein, wenn wir diesen Kampf gewinnen.«

Mit diesen Worten wandte sich der kleine, schwarzhaarige, lebhafte Mann um und eilte auf ein leeres Helikoptertaxi zu. Als die Maschine abhob, winkte er kurz aus dem Fenster.

Benommen erwiderte Bert Kramer den Gruß und konzentrierte sich auf Dr. Franks Worte.

»Sie gehen jetzt, Bert. Sie wissen, was Sie zu tun haben. Wir versuchen inzwischen herauszufinden, was mit Gaston geschehen ist.« Er blickte Kramer fest an. »Wenn Sie sich bis um sechs nicht melden, müssen wir annehmen, dass Sie Ihre Gesinnung geändert haben. Dann betrachten wir Sie als unseren wesentlichsten Feind. Wir werden Sie töten, bevor Sie eine Gelegenheit haben, mit dem GEHIRN in Kontakt zu treten.«

Martha erschrak. »Vater …«

»Sei still. Du weißt, dass es so sein muss!«

Kramer lachte unsicher. »Revolution oder Tod! Oder beides! Noch gestern dachte ich an keines von beiden.«

»Auch heute denkt noch niemand an Revolution!«, sagte Dr. Frank ernst.

Bert Kramer nickte langsam und dachte darüber nach.

»Außer uns«, murmelte er. Dann bemerkte er, dass er bereits allein war.

Als der Helikopter sich auf das Hochhaus hinabsenkte, gewahrte Kramer tief unten vor dem Eingang eine Ansammlung von Wagen. *Kriminalpolizei!*, durchfuhr es ihn. Wussten sie, dass das Mädchen bei ihm war?

Er bat den Piloten zu warten und rannte auf den Aufzug zu. Die Fahrt durch die fast siebzig Stockwerke kam ihm wie eine Ewigkeit vor. Als der Lift im vierunddreißigsten hielt, bemerkte er zwei Männer, die vor seiner Wohnungstür standen. Er fuhr einen Stock höher und eilte die Stufen hinab. Vor dem Korridor zu seinem Appartement hielt er an und lauschte.

Einer der Männer trommelte gegen die Tür. »Aufmachen! Kriminalpolizei!«

Der andere drückte ununterbrochen auf die Klingel.

Kramer suchte verzweifelt nach einem Ausweg. Leise fluchend fügte er sich in die unabänderliche Tatsache, dass er um wenige Minuten zu spät gekommen war.

Als sich die Tür öffnete, hielt er den Atem an. Dann vernahm er Eleanors Stimme.

»Guten Tag. Bitte verzeihen Sie, dass ich Sie warten ließ. Ich war eben im Bad …«

»Wer sind Sie?«, fragte einer der Männer barsch.

»Ich bin die Verlobte von Herrn Kramer.«

»Name?«

»Maria Schweiger …«

»Ihre Erkennungsmarke!«

»Einen Augenblick. Wenn Sie warten wollen, bis ich mich angekleidet habe.«

»Aber nicht hier!«

»Nein, natürlich nicht. Kommen Sie herein.«

Die beiden Männer traten ein. »Wo ist Herr Kramer?«

»Seit dem Morgen …«

Die Tür schloss sich und schnitt die Antwort ab. Bert Kramer ballte die Hände zu Fäusten. Unentschlossen blieb er stehen. Sie würden das Mädchen sofort erkennen, wenn sie die Erkennungsmarke sahen. Er musste etwas tun, bevor sie sie aus der Wohnung bringen konnten. Er zog die Schlüssel aus der Tasche und rannte den Korridor entlang. Ein plötzlicher Tumult, der zweifellos aus dem Innern seiner Wohnung kam, ließ ihn innehalten. Gleich darauf wurde die Tür aufgerissen und das Mädchen stürzte mit bleichem Gesicht heraus, in fliegender Hast ihr Kleid schließend. Als sie Bert Kramer bemerkte, rannte sie erleichtert auf ihn zu. »Gott sei Dank, Bert. Ich dachte schon, es wäre alles aus! Wir müssen verschwinden ...«

Er nahm sie wortlos an der Hand und lief zum Aufzug. Während der Expresslift nach oben glitt, berichtete das Mädchen, dass sie die beiden Männer in der Bibliothek eingeschlossen hatte.

Kramer nickte. »Dann haben wir nicht viel Zeit. Sie können das Visiphon benützen.«

»Ich habe Angst, Bert.« Das Mädchen stand zitternd neben ihm.

»Nicht nur du. Aber noch haben wir eine Chance.«

Als der Aufzug anhielt, blinkte ein Licht an der Anzeigetafel auf.

»Verdammt schnell, die Burschen!«, keuchte Kramer, während sie auf den wartenden Helikopter zuliefen.

Der Pilot blickte gleichmütig auf, als sie einstiegen. »Wohin jetzt?«

»Bürger-Hochhaus!«, sagte Kramer.

Die Rotoren liefen an und gleich darauf hob die Maschine ab.

In diesem Augenblick erschienen auch die beiden Männer auf dem Dachlandeplatz. Sie winkten heftig, aber der Pilot schien sie nicht zu bemerken. Aufatmend sank Kramer in den Sitz zurück.

Der Pilot schaltete das Radio ein. Die gleichmäßige Stimme eines Nachrichtensprechers übertönte das dumpfe Dröhnen des Motors.

»... chinesische Außenminister Lao Tsing brach gestern in den frühen Nachmittagsstunden seine Besprechungen mit Präsident Chaunessy in Washington ab und begab sich auf direktem Weg nach Peking zurück. Über den Inhalt der geheimen Besprechungen ist derzeit noch nichts bekannt. – Das vierte Passagier- und Frachtschiff der Vereinigten Staaten Deutschlands, die *Helena*, startete gestern erfolgreich von der deutschen Forschungsstation im Kopernikuskrater. Ihr Ziel ist der Mars.«

»Da ist mein Bruder dabei«, flüsterte das Mädchen.

»… an die Wiener Bevölkerung: Gesucht wird Bert Kramer, Geschworener. Alter vierunddreißig. Dunkelblond. Größe eins einundachtzig. Kleidung unbekannt. Vermutlich bei ihm befindet sich das seit gestern Nachmittag gesuchte Mädchen Eleanor Freyer, ehemalige Angestellte des ELEVA-Konzerns. Alter vierundzwanzig. Haar dunkelbraun, halb lang. Größe eins neunundsechzig. Kleidung unbekannt. Die beiden Flüchtigen haben sich vor Gericht wegen schwerer Verbrechen an der Justiz und damit der Gerechtigkeit zu verantworten. Zweckdienliche Hinweise werden an jeder Polizeistation entgegengenommen. Es ist die Pflicht jedes rechtsliebenden Bürgers unserer Stadt, der Gerechtigkeit zu dienen. Bilder der beiden Gesuchten werden in wenigen Minuten über das lokale TV-Programm ausgestrahlt. Damit beendet der Österreichische Rundfunk seine Nachrichten!«

Bert Kramer fühlte, wie die Angst erneut nach ihm griff. Das Mädchen blickte ihn verzweifelt an. Als er sah, dass sie zum Sprechen ansetzte, schüttelte er warnend den Kopf.

»Was die wohl ausgefressen haben«, meinte der Pilot. »Kommt nicht oft vor, dass jemand gesucht wird.«

»Allerdings.« Kramer bemühte sich, seiner Stimme einen festen Klang zu geben.

»Noch dazu ein Geschworener. Ja, ja, die Kerle glauben wer weiß, was sie sind. Wenn wir das GEHIRN nicht hätten, gäbe es heute keine Gerechtigkeit in Österreich.«

»Da können Sie schon recht haben. Aber meinen Sie nicht, dass der Maschine auch ein Fehler unterlaufen könnte?«

»Nein, das glaube ich nicht, lieber Herr. Und wenn schon, sie hat seit so vielen Jahren keinen gemacht. Wenn's doch einmal passiert, dann ist das noch immer verflucht wenig im Vergleich zu den Fehlern, die die Menschen in der langen Zeit gemacht hätten.«

Bert Kramer schwieg. Die Meinung des Volkes lag sehr deutlich in diesen Worten. Der Großteil dachte so. Würde dieser Großteil begreifen, welche schreckliche Gefahr hinter der Sicherheit im Schoß der Maschine lauerte? Denn wenn nicht, war die Revolution zum Scheitern verurteilt, bevor sie noch begonnen hatte.

Als der Pilot sich umwandte, um zu sehen, warum sein Fahrgast so plötzlich verstummt war, sah er, dass der Mann sich über das Mädchen beugte.

Grinsend konzentrierte er seine Aufmerksamkeit wieder auf das Häusermeer der Stadt, das unter ihm vorbeiglitt. Nach einer Weile sagte er: »Da vorn ist das Bürger-Hochhaus. Soll ich schon landen?« Als er keine Antwort erhielt, zuckte er mit den Schultern und setzte zur Landung an.

Gustav Gaston gehörte zu jenem Typ von Menschen, der immer jünger aussah, als er war, und zu jenem Typ von Psychiatern, der allein schon mit einer ihm anhaftenden Aura von Verständnis einen Teil der Last von den gepeinigten Seelen seiner Patienten zu nehmen wusste. Wenn er lachte, so geschah dies nicht nur mit dem Mund. Seine Augen spiegelten so viel offene Fröhlichkeit wider, dass ein Funken warmer Sorglosigkeit selbst die kälteste Seele erfasste, und darin lag vielleicht das Geheimnis seines Erfolgs.

Bert Kramer hatte eigentlich nicht erwartet, ihn anzutreffen. Was ihn dennoch hierher getrieben hatte, war einerseits die Vermutung, dass man hier wahrscheinlich am wenigsten nach ihm suchen würde, andererseits die Hoffnung, Dr. Frank oder Martha anzutreffen, die vielleicht auf ihrer Suche nach Gaston dennoch in die Wohnung zurückgekehrt waren. Für einen Anruf bei Dr. Frank war es noch zu früh. Das augenblickliche Problem bestand darin, bis zum Abend unentdeckt zu bleiben.

Dass Gaston doch zu Hause war, ließ eine plötzliche Angst in ihm aufkommen. Er dachte an Dr. Franks Vermutungen. Er fühlte, wie das Mädchen seinen Arm fester umklammerte.

»Hallo, Bert.« Gaston betrachtete ihn prüfend und blickte dann auf das Mädchen. »Guten Tag!«

»Das ist Maria, Gustav«, beeilte sich Kramer zu erklären. Bestürzt bemerkte er, dass das Mädchen erbleichte und nur mühsam nickte. Er fühlte eine wilde Angst und unterdrückte mit aller Gewalt den Impuls, zu fliehen. Dann aber folgte er Gastons einladender Geste und schob Eleanor vor sich ins Innere der Wohnung.

»Du scheinst überrascht«, bemerkte Gaston, während sie in das große Arbeitszimmer traten.

»Aber keineswegs«, sagte Kramer hastig und nahm auf dem Sofa neben Eleanor Platz. Ihr Gesicht war noch immer blass. Ihre Lippen formten ein Wort: *Gefahr!* Er warf ihr einen warnenden Blick zu.

»Martha versucht dich verzweifelt zu erreichen.«

»Ich weiß.« Gustav lächelte. »Ich hatte zu tun. Ein dringender Fall.« Er nahm ihnen gegenüber Platz.

»Ich möchte Dr. Frank anrufen, wenn du gestattest.«

Gaston winkte ab. »Habe ich selbst vorhin versucht. Es meldet sich niemand.«

»Sie suchen nach dir.«

»Schon möglich. Übrigens …« Er deutete auf das abgeschaltete Fernsehgerät. »Man sucht auch nach euch, nicht wahr, Fräulein Freyer?«

Kramer erstarrte. »Du weißt davon?«

»Wer nicht?« Gastons Gesicht blieb ausdruckslos. »Es kam eben durch. Ich dachte mir, dass du mich früher oder später aufsuchen würdest. Du hast leider Pech gehabt.«

Kramer unterdrückte das Verlangen, den Schweiß von seiner Stirn zu wischen und blickte den Psychiater verständnislos an.

»Was meinst du damit?«, fragte er und erbleichte, als er die Mündung der Pistole sah, die langsam zwischen ihm und dem Mädchen hin und her schwenkte.

»Ihr seid beide verhaftet. Jeder Widerstand ist zwecklos. Es ist am besten, ihr fügt euch in die Unabänderlichkeit der Situation.«

»Gustav, bist du verrückt? Du musst uns helfen!«, stammelte Kramer.

»Bleibt sitzen und wagt keinen Widerstand«, sagte Gaston ungerührt. Sein Gesicht war ausdruckslos. Ohne die beiden aus den Augen zu lassen, trat er auf den Teleschirm zu.

»Gustav! Was hast du vor?« Kramer wollte aufspringen.

Sofort wies die Mündung der Waffe auf seine Stirn. »Bleib sitzen! Ich werde meine Kollegen verständigen.«

»Deine Kollegen?« Ungläubig starrte Kramer seinen Freund an.

»Ja, meine Kollegen von der Kriminalpolizei.« Gaston nahm die Waffe in die andere Hand und wählte.

Sprachlos sank Kramer in seinen Sitz zurück. Dann begann er zu lachen. Das Mädchen blickte ihn erschrocken an. Gaston hielt inne, ohne jedoch seine Waffe zu senken.

»Was ist daran so komisch?«

»Du?«, sagte Kramer und schüttelte sich vor Lachen. »Du bist bei der Kriminalpolizei?«

»Stimmt«, sagte Gaston kalt.

Ernüchtert fragte Kramer: »Seit wann?«

»Das ist unwichtig!«

»Nein, Gustav, du irrst. Das ist sehr wichtig.«

»Weshalb?«

»Was ist mit dir geschehen?«

»Auch diese Frage ist bedeutungslos.«

»Was ist deiner Meinung nach von Bedeutung?«, fragte Kramer

»Dass die Gerechtigkeit dich ruft. Und dass ich dir helfen kann, dem Ruf Folge zu leisten.«

»Was liegt dir daran, Gustav? Oder bist du nicht mehr der Gustav, den ich kenne?«

»Die Gerechtigkeit verlangt nach dir, und ich bin ihr Diener.« Er begann erneut die Nummer zu wählen.

»Du willst uns also nicht helfen?«

»Doch«, sagte Gaston. »Ich würde dir und mir und der Gerechtigkeit einen schlechten Dienst erweisen, wollte ich versuchen, dir auf deine Art zu helfen. Die Justiz ist dein Helfer, Bert.«

»Die Justiz hilft niemandem, das müsstest du doch wissen. Oder hast du plötzlich die Seiten gewechselt?«, fragte Kramer beißend.

»Sei still, Bert«, sagte das Mädchen hastig. »Von ihm kannst du keine Hilfe mehr erwarten. Er würde sich selber verraten, wenn er noch gegen die Anweisungen des GEHIRNS handeln könnte. Aber er kann nicht mehr, nicht wahr, Herr Gaston?«

Gaston ließ zum zweiten Mal den Wählvorgang unbeendet. »Was wissen Sie?«

»Er ist ein Sklave des GEHIRNS, Bert. Er hat keinen Funken eines Gefühls mehr in sich. Sie haben ihn fertiggemacht. Er ist nicht mehr als eine Maschine, die blind alles tut, was das GEHIRN verlangt. Bert, wenn es überhaupt noch eine Rettung gibt, dann nicht hier …«

»Woher weißt du das?«, fragte Kramer heiser, ohne den Blick von Gaston zu nehmen. Verdammt, war das hier wirklich das Ende ihrer Flucht?

»Er hat keine Gefühle mehr. Keine echten. In diesem Punkt irre ich mich nicht, das weißt du. Wir müssen handeln!«

»Aber wie? Wir sitzen am falschen Ende der Pistole!«

»Rührt euch nicht vom Fleck!«, sagte Gaston kalt.

In diesem Augenblick läutete das Telesprechgerät. Gaston griff langsam zum Einschaltknopf. »Wenn ihr euch bewegt, werde ich schießen!«

Der kleine Schirm wurde hell. Dr. Franks Gesicht erschien.

»Ah, Gustav. Sind …?« Er gewahrte Bert und das Mädchen.

Gustav Gaston nickte. »Ja, sie sind bereits hier!«

Trotz Gastons Drohung sprang Kramer auf. »Vorsicht! Dr. Frank!«, schrie er. »Wir sind verraten!«

Seltsamerweise schoss Gaston nicht. Noch mehr verwirrte es Kramer, dass Dr. Frank auf seine hastig hervorgestoßene Warnung nicht reagierte. Stattdessen wandte er sich wieder an Gaston.

»Haben wir Ermerson auch schon?«

»Nein. Wir suchen nach ihm.«

»Er ist wichtig!«

»Keiner wird der Gerechtigkeit entkommen.«

Dr. Frank nickte und der Schirm wurde dunkel.

Betäubt sagte Kramer: »Ist auch er bei der Polizei?«

»Richtig. Ihm verdanken wir wichtige Informationen über die Organisation. Ich selbst wusste zu wenig.«

»Welche Organisation?«

»AUV! Du bist heute früh in diese Organisation eingetreten. Du siehst, wir wissen alles über dich. Es hat keinen Sinn, gegen die Gerechtigkeit zu kämpfen. Das müsstest du als Geschworener doch wissen. Oder haben die Ideen des Mädchens deinen Sinn getrübt, dass du nicht mehr erkennen kannst, was recht ist?«

Kramer versuchte verzweifelt nach einem Ausweg. Nur die Tatsache, dass Ermerson offensichtlich noch frei war, ließ nicht alle Hoffnung in ihm ersterben. Er musste ihn erreichen. Und wenn der Tod der Preis dafür war! Er fühlte mit aller Deutlichkeit, dass es besser war, zu sterben, als das Leben eines Gustav Gaston zu führen – ein Leben als korrigierte Persönlichkeit, ein Leben mit falschen Erinnerungen.

»Nein, das musst du nicht. Ich habe einen Fehler begangen. Und ich werde ihn gutmachen, darauf kannst du dich verlassen. Fräulein Freyer, es tut mir leid.«

Mit diesen Worten trat er zu dem Mädchen, das ihn mit großen Augen ansah, und riss sie hoch.

»Bert!«, stammelte sie und wand sich unter seinem Griff. »Was ist mit dir?«

»Ich hätte nie auf dich hören sollen, dann wäre mir vieles erspart geblieben. Gustav!«

Eine Unsicherheit lähmte Gaston. Während das Mädchen sich wild aus Kramers Griff loszureißen versuchte, kämpfte er wie ein Robotgehirn um eine Entscheidung in einer sich unerwartet komplizierenden Situation.

Kramer ließ ihm keine Zeit. Er stieß das Mädchen vor sich her auf ihn zu. »Ruf deine Kollegen!«

Gaston zögerte noch. Seine Hand, die die Waffe hielt, schwankte. Seine Augen trübten sich. Schweiß trat auf seine Stirn.

Kramer beobachtete ihn genau. Menschen mit mechanischer Logik, hatte Dr. Frank gesagt. Kramers plötzlicher Umschwung brachte Verwirrung in eine logische Folge von Entscheidungen. Dennoch war er nicht sicher, ob Gaston nicht auf das Mädchen schießen würde.

Kramer stieß Eleanor vor Gaston zu Boden. Ihr Oberkörper prallte gegen Gastons Beine und brachte ihn aus dem Gleichgewicht. Kramer griff blitzschnell nach dem Revolverarm und drehte ihn um. Im Schwung der Bewegung zerschlug der Stahl das Glas des Teleschirms. Hand und Waffe verschwanden im Innern des Geräts. Gaston gab keinen Laut von sich, aber ein Schuss löste sich. Kramer hatte keine Zeit, darauf zu achten, denn Gaston versuchte, mit der freien Hand gegen seinen Hals zu schlagen. Eleanors reagierte geistesgegenwärtig: Sie riss Gastons Beine vom Boden weg, dass dieser das Gleichgewicht verlor und seine Handkante auf das Schaltpult des Telesprechers schlug. Kramer hatte rechtzeitig losgelassen und Gaston krachte zu Boden. Sein Arm kam blutüberströmt aus dem Teleschirm und sackte steif nach unten. Die Hand war leer, die Finger waren gespreizt. Die Starre breitete sich rasch aus und lähmte Gastons Glieder mitten in der Bewegung.

Kramer sah auf seiner verletzte Hand und bemerkte den bläulichen Film, der die Wunde versiegelte. Das Gas tat seine Wirkung. Als er aufblickte, gewahrte er den weißen Rauch, der aus dem Innern des Bildschirms quoll.

Kramer untersuchte seine Hände nach offenen Kratzwunden, denen das Gas hätte gefährlich werden können, fand aber keine. Auch das Mädchen war unverletzt.

»Das ist ein Teufelszeug«, erklärte er, als sie ihn verwundert anblickte. »Der kleinste Kratzer reicht aus und du hast es in dir.«

»Was tun wir jetzt?«, fragte das Mädchen.

»Warten, bis es dunkel wird.«

»Hier?«

Er nickte. »Hier sind wir verhältnismäßig sicher. Um ihn brauchen wir uns nicht zu kümmern. Er ist für mehrere Tage erledigt. Sobald es dunkel genug ist, tauchen wir im Antiken Bezirk unter. Außer, es ergeben sich inzwischen neue Aspekte.« Er lachte bitter. »Gestern waren unsere Chancen besser.«

»Es tut mir leid, Bert.«

»Das braucht es nicht. Du hast mir ein Stück von der Wahrheit gesagt und dafür bin ich dir sehr dankbar.«

»Für die Wahrheit ist es zu spät, jetzt, da sie Dr. Frank geschnappt haben.«

Erstaunt fragte er sie: »Woher kennst du Dr. Frank?«

»Verzeih, dass ich es dir verschwiegen hatte. Aber ich durfte ja nichts sagen. Ohne Dr. Frank wäre ich nie aus dem GEHIRN herausgekommen …«

»Du meinst, er hat dir geholfen?«

»Ja, Bert. Er hat sehr viel riskiert dabei. Meine seltsamen …«, sie zögerte, »… Talente müssen ihm sehr wichtig gewesen sein für …«

»AUV!«

»Ja, für die Organisation. Jetzt darf ich ja wohl davon sprechen.«

»Ich bin seit heute Morgen Mitglied. Dr. Frank selbst hat mich aufgenommen. Das GEHIRN arbeitet verdammt schnell.«

»Wer ist Ermerson?«, fragte sie.

»Der zweite Mann nach Dr. Frank. Solange sie ihn nicht haben, besteht noch eine gewisse Hoffnung. Allerdings müsste er sofort handeln.« Kramer versank in dumpfes Brüten. Schließlich sagte er: »Für uns ist jedenfalls die Revolution vorbei. Wir können nur versuchen, am Leben zu bleiben, das ist alles.«

Sie blickte ihn nachdenklich an. Dann schüttelte sie den Kopf. »Ich glaube, das ist nicht genug, Bert. Wir müssen unbedingt versuchen, Ermerson zu erreichen. Dr. Frank wollte mich meiner Talente wegen …«

»Wusste er, welche Art diese Talente sind?«

»Nein, das wusste er nicht, aber …«

»Weiß es das GEHIRN?«

»Auch nicht.«

Nachdenklich sagte er: »Du hast einmal gesagt, das GEHIRN hätte Angst vor diesen Talenten. Warum?«

»Weil sie einen Unberechenbarkeitsfaktor darstellen, mit dem das logische GEHIRN nicht fertig wird. Es ist einfach nicht dafür gebaut worden. Und es kann sich nicht selbst verändern. Ein Nachteil, den es gegenüber dem Menschen hat. Das GEHIRN weiß, dass es sich selbst nie weiterentwickeln wird.«

Kramer schüttelte zweifelnd den Kopf. »Ich kann einfach nicht an die Eigeninitiative einer Maschine glauben.«

»Aber Bert«, sagte das Mädchen heftig, »dass so komplexe elektronische Maschinen wie das GEHIRN keine Initiative entwickeln können, ist nicht bewiesen, das weißt du so gut wie ich, wenn du mit der Gründungsgeschichte der Justizmaschinerie vertraut bist. Und das musst du ja wohl sein. Damals gab es eine Gruppe von Wissenschaftlern, die sich gegen dieses Projekt stellte. Leider waren sie in der Minderzahl …«

Er unterbrach sie. »Natürlich weiß ich das. Dennoch ist die Vorstellung wohl phantastisch genug, um sie abzulehnen, das gibst du wohl zu, oder?«

»Bert, wer sollte sonst für das korrupte Verhalten des GEHIRNS verantwortlich sein?«

»Menschen«, sagte er.

»Menschen?«

»Natürlich. Machtgier ist ein nicht zu unterschätzender Faktor. Und was wäre wohl ein geeigneteres Hilfsmittel als eine Gerichtsmaschine, zu der ein ganzes Volk blindes Vertrauen hat?«

Sprachlos starrte sie ihn an. »Das ist nicht dein Ernst, Bert! Wem wäre wohl ein sklavisches Dasein wie seines …«, sie wies auf Gaston, der reglos vor dem Telesprechgerät lag, »… wünschenswert?«

»Gaston ist nur ein kleiner Fisch wie tausend andere. Die wirklichen Initiatoren sind so wenig Sklaven der Maschine wie du und ich.« Er lächelte gezwungen. »Nur in einer besseren Position.«

Unruhig begann Kramer auf und ab zu schreiten. Jetzt, da die Gefahr drohend gegenwärtig war, empfand er seltsamerweise keine Angst mehr. Er war entschlossen, das GEHIRN zu bekämpfen. Er musste versuchen, mit Ermerson Kontakt aufzunehmen. Aber wie? Und wann? Jetzt das Haus zu verlassen, war wahrscheinlich Selbstmord. Jeden Augenblick konnte sein Bild erneut auf den TV-Schirmen erscheinen. Kaum einer der vorübereilenden Menschen würde sich die Chance entgehen lassen, der Gerechtigkeit einen Dienst zu erweisen. Und niemand würde ihm, Bert Kramer, die phantastischen Tatsachen glauben. Dass das Telesprechgerät nun ausfiel, war schlimm. Es gab keine Möglichkeit eines indirekten Kontakts mit der Außenwelt mehr. Andererseits war natürlich nicht sicher, ob das GEHIRN sich nicht in das städtische Telesprechnetz eingeschaltet hatte. Er wusste nicht, ob diese Möglichkeit bestand, doch schien sie ihm jetzt naheliegend genug. Es blieb ihnen also nichts anderes übrig, als den Abend abzuwarten, um dann zu versuchen, Ermerson zu finden, oder, falls das misslang, die Stadt zu verlassen.

Das Mädchen riss ihn aus seinen Überlegungen.

»Bert! Bist du sicher, dass das Gas nicht tödlich ist?«

Jetzt erst bemerkte er, dass sie sich über Gustav beugte und ungläubig den Kopf schüttelte.

»Es lähmt nur den Körper. Pulsschlag und Herztätigkeit sind in dem Falle so schwach, dass sie kaum wahrnehmbar sind.«

Sie stand auf und blickte ihn bleich an. »Dieser Mann ist tot.«

Benommen starrte er sie an. »Du musst dich irren. Das Gas ist auf keinen Fall tödlich.«

Überzeugt, dass sie sich irrte, aber dennoch auf eine neue Überraschung gefasst, beugte er sich über die erstarrte Gestalt Gastons.

»Du kannst dir die Mühe sparen. Ich habe eine sehr sichere Methode, festzustellen, ob noch Leben in einem Menschen ist oder nicht. Und ich irre mich dabei nie!«

Noch immer benommen, ließ er von Gaston ab. »Noch ein Talent?«

Sie nickte.

Er zog sie sanft an sich. »Du wirst mir unheimlich!«

Sie lächelte gezwungen. »Nicht nur dir!«

Bert Kramer hielt mitten in der Bewegung inne und ließ das Mädchen los. »Verdammt. Warum habe ich nicht früher daran gedacht! Wir müssen verschwinden, wenn es ...« Er unterbrach sich und eilte zum Fenster.

Aus dieser Höhe wirkte die grüne Fläche des Martinparks klein und unansehnlich. Eine endlose Reihe von Garagen säumte die Straße vor dem Bürger-Hochhaus und grenzte den Park in einer schnurgeraden Linie ab. Die große Parkfläche jenseits des Parks war voll mit Fahrzeugen. Die Straße selbst war leer bis auf ein paar Kinder, die in ein Spiel vertieft schienen.

Noch während er hinausstarrte, erschienen mehrere schwarze Wagen und hielten vor dem Haus.

Fluchend fuhr Kramer zurück und stürzte auf die Tür zu.

»Schnell! Vielleicht haben wir Glück!«

Ohne sich umzuwenden, ob das Mädchen ihm folgte, eilte er aus der Wohnung. Der Korridor war leer. Als er den Aufzug erreichte, sah er, dass sich dieser auf das Erdgeschoss zubewegte.

»Zu spät!« murmelte er. Er wandte sich um und stieß gegen das Mädchen, das ihm dicht auf den Fersen geblieben war.

»Wir müssen es bei dem anderen Lift versuchen!«

Sie rannten den Korridor zurück und gelangen zum Lastenlift des Hauses. Keuchend riss Kramer das Mädchen zurück. Sie drückten sich eng an die Säule des Treppenaufgangs.

»Besetzt?«, flüsterte das Mädchen fragend.

Bert Kramer nickte.

Gleich darauf öffnete sich die Tür des Lifts und mehrere Männer traten in den Korridor. Eleanor riskierte einen vorsichtigen Blick.

»Wie viele?«, flüsterte Kramer.

»Vier.«

Kramer fühlte, wie ihm der Schweiß ausbrach. Sie konnten weder vor noch zurück. Wenn man sie entdeckte, waren sie verloren. Dennoch standen die Chancen nicht so ungünstig. Wenn seine Vermutung richtig war, wussten diese Männer von Gastons Tod und auch von ihrem Hiersein. Sie mussten sich also auf dem Weg zu Gastons Wohnung befinden. Das war die andere Richtung. Wenn nun keiner der Männer auf die Idee kam, das Treppenhaus abzusuchen, waren sie verhältnismäßig sicher.

Doch die Männer blieben. Was, zum Teufel, hatten sie vor, dachte Kramer verzweifelt.

»Aufmachen! Polizei! Aufmachen, Kramer. Sie haben keine Chance!«

Dann näherten sich Schritte. Einer der Männer am Lastenlift sagte etwas, das Kramer nicht verstand. Darauf schienen sie sich zu entfernen. Doch nur wenige Schritte.

Das Mädchen blickte vorsichtig um den Rand der Säule. Als sie sich wieder umwandte, sagte sie zitternd: »Sie wenden uns alle den Rücken zu, wenn wir …«

Kramer ließ sie nicht aussprechen. Er zog sie rasch die Stufen hinauf und verharrte heftig atmend hinter der nächsten Säule. Niemand hatte sie bemerkt. Aufatmend zog er Eleanor weiter.

»Habt ihr sie?«, rief jemand unten.

Eine entfernte Stimme, vermutlich aus dem Korridor, gab Antwort: »Noch nicht!«

»Ausgeflogen?«

»Weiß der Teufel! Seit Gaston tot ist, sind wir ohne Informationen. Wir müssen die Tür aufbrechen!«

»Wenn sie noch im Haus sind, kriegen wir sie schon. Die Ausgänge sind alle besetzt. Nicht einmal eine Maus könnte hier raus.«

»Was tun wir jetzt?«, fragte das Mädchen.

Kramer zuckte die Schultern. »Warten.«

Eleanor Freyer kämpfte verzweifelt gegen das Gefühl der Hoffnungslosigkeit an, das immer stärker nach ihr griff. Es war nicht ihr eigenes Gefühl. Es waren die Empfindungen des Mannes neben ihr, die ihr Talent auffing, verstärkte und ihre eigenen Empfindungen überlagerte. Doch während der Mann diese Hoffnungslosigkeit mit kalter Verbissenheit ertrug, war ihre weibliche Reaktion ein hilfloses Schluchzen, das ihn aus der Ichbezogenheit seiner augenblicklichen Gefühle riss. Er dachte wohl nicht an ihr seltsames Talent, sonst hätte er das Mitleid unterdrückt. Doch das Mitleid war gut, weil es dem anderen galt und nicht egoistisch war, wie es die meisten der Gefühle sind. Und weil es eine wilde Zärtlichkeit gebar, die sich selbst steigerte. Einen Augenblick später hielten sie sich fest in den Armen.

So einfach war das. Und so unausbleiblich …

Ein wenig später, als der Gefühlssturm sich gelegt hatte, kam die Ernüchterung und mit ihr die Kampfbereitschaft. Das akute Bewusstsein der Gefahr ließ sowohl Kramer als auch das Mädchen mitten in der Bewegung erstarren. Es war zu spät für eine Reaktion. Eine der Wohnungstüren öffnete sich und ein Mann trat auf den Korridor. Er beachtete die beiden jedoch nicht, sondern stellte zwei große Koffer und eine Tasche auf den Gang und schloss die Tür sorgfältig ab. Dann brachte er die Gepäckstücke zum Lift. Offensichtlich bemerkte er, dass der Aufzug besetzt war, denn er zuckte die Schultern und wartete. Nach einiger Zeit wurde er jedoch ungeduldig und drückte wiederholt einen der Knöpfe. Als sich noch immer nichts regte, murmelte er einen Fluch und wandte sich um. Dabei fiel sein Blick auf Kramer und das Mädchen.

Kramer schickte ein Stoßgebet zum Himmel.

»Sie werden kein Glück haben«, sagte er rasch.

»Warten Sie auch?«, fragte der Mann.

»Schon eine ganze Weile«, entgegnete Kramer. »Die Polizei ist im Haus.«

»Die Polizei? Hier, bei uns?«

Kramer nickte. »War nichts im Tele?«

Der Mann zuckte die Schultern. »Ich habe eben gepackt … Wird jemand gesucht?«

»Ja. Sie haben beide Aufzüge besetzt.«

Der Mann fluchte. »Ich kann doch das Zeug nicht fünfzig Stockwerke hinuntertragen!«

Kramer nickte mitfühlend. »Sie können ja den einen Stock hinuntergehen und fragen. Vielleicht lässt man Sie durch.«

Der Mann zögerte. Dann sagte er das, was Kramer insgeheim befürchtet hatte: »Kommen Sie nicht mit? Sie warten doch auch auf den Aufzug.«

Noch bevor Kramer antworten konnte, fiel ihm das Mädchen ins Wort: »Nein, Bert, ich möchte noch warten.« Und drängend fügte sie hinzu: »Ich möchte sehen, was sie da unten suchen.«

Kluges Mädchen, dachte Kramer erleichtert. »Es kann ohnehin nicht mehr lange dauern«, sagte er zustimmend.

Der Mann eilte die Stufen hinab.

Kramer wartete, bis er außer Sicht war, dann fasste er die Hand des Mädchens. »Schnell!«

Sie hasteten die Stufen hinauf und gelangten zwei Stockwerke höher, ehe der Tumult losbrach. Eilige Schritte hallten im Treppenhaus wider. Die Lifttür rasselte und der Lift setzte sich mit einem Knacken in Bewegung.

Kramer und das Mädchen rannten in den Korridor hinein. Hinter ihnen polterte die Aufzugtür.

»Halt! Stehen bleiben!«, rief eine Stimme.

Kramer achtete nicht darauf. Er riss Eleanor um die Biegung des Ganges. Einer der kleinen Betäubungspfeile zischte mit einem hässlichen Laut an ihm vorbei und prallte wirkungslos an die Steinmauer.

Wieder eine Biegung, dann lag der zweite Liftschacht und damit der zweite Treppenaufgang vor ihnen. Kramer stieß das Mädchen darauf zu. Die eiligen Schritte des Polizisten hinter ihnen klangen bereits gefährlich nahe. Dann verharrten sie plötzlich. Der Verfolger schien zu lauschen.

»Dem kommen wir nicht aus«, flüsterte Kramer keuchend und hielt an. Noch immer war kein Laut hinter ihnen zu vernehmen. Das Mädchen blickte sich gehetzt um und zog Kramer zur Treppe.

Kramer schüttelte den Kopf. Dann deutete er in den weiterführenden Korridor. »Verstecke dich in einer der Türen«, sagte er hastig. »Er wird dich sehen. Aber rühre dich nicht, wenn er dich ruft. Auch wenn er mit der Waffe droht.«

Die Schritte klangen wieder auf und näherten sich vorsichtig.

Das Mädchen nickte und lief in den Gang. Kramer sprang auf die ersten Stufen und verbarg sich hinter der Säule des Schachtes. Gleich darauf vernahm er, wie das leise Tappen ihrer bloßen Füße verstummte. Im selben Augenblick verharrten die schweren Schritte des Polizisten. Kramer hielt den Atem an.

Von den unteren Stockwerken klangen Stimmen herauf. Sonst war es vollkommen still.

Während Kramer mit angehaltenem Atem horchte, kamen die Schritte wieder. Zögernd. Dann war der Polizist in seinem Blickfeld. Er hatte die kleine Pistole in Anschlag und blickte suchend in den Gang. Wenn er sich jetzt umwandte …

Kramer hielt sich zum Sprung bereit. »Geh einen Schritt weiter, nur einen Schritt«, dachte Kramer verzweifelt und mit pochendem Herzen.

Dann handelte er instinktiv.

Er sah, wie der Arm der Waffe leicht nach rechts zuckte und sich der Finger am Abzug krümmte. Während er sprang, vernahm er das leise Pfeifen, als der Schuss sich löste. Dann prallte er gegen den Körper und schlug blind zu. Etwas gab knirschend nach und er fühlte einen stechenden Schmerz an der Hand, bevor er hart am Boden aufschlug.

Kramer war kein Kämpfer, aber die Verzweiflung und das Narrenglück hatten seine Hand geführt. Als er sich benommen aufrichtete, sah er den Uniformierten leblos neben sich liegen. Mit zitternden Fingern löste Kramer die Waffe aus den schlaffen Fingern. Nur mit Mühe unterdrückte er einen Aufschrei, als seine Hand erneut zu schmerzen begann.

Dann sah er Eleanor mit flatterndem Kleid auf sich zu laufen. Ein erleichterter Ausruf entfuhr ihm: »Gott sei Dank, du bist nicht getroffen!«

Sie schüttelte den Kopf und hielt den kleinen bläulich schimmernden Pfeil hoch. »Er steckte im Kleid.« Dann fiel ihr Blick auf den leblosen Körper. Sie schauderte.

»Ist er tot?«

Sie wollte sich hinabbeugen, doch Kramer ergriff ihren Arm.

»Keine Zeit. Komm!«

Zwei Türen weiter drückte Kramer auf die Klingel. Es dauerte endlos, bis sich Schritte näherten, während das Mädchen angstvolle Blicke zu beiden Seiten des Korridors warf.

»Wer ist draußen?«, meldete sich eine barsche, männliche Stimme.

Bert Kramer fluchte lautlos. Die Parteien wussten also bereits, was im Haus vorging. Dann sagte er scharf: »Aufmachen! Polizei!«

Ein Schlüssel drehte sich im Schloss und die Tür ging einen Spaltbreit auf. Kramer schob den Fuß dazwischen und richtete die Pistole auf den überraschten Mann dahinter. Dessen Gesicht verzerrte sich. Er riss an der Tür und hob seine Faust.

Kramer schoss.

Der Mann schrie auf und ließ die Tür los. Kramer stieß ihn zurück und taumelte ins Innere der Wohnung. Das Mädchen hinter ihm.

Während der Mann leblos zu Boden sank, schlug die Tür hinter Kramer ins Schloss. Als er hörte, wie das Mädchen den Schlüssel herumdrehte, überkam ihn eine Welle der Geborgenheit, die ihm so irreal und überwältigend vorkam, dass er sich heftig atmend an der Wand abstützen musste. Und Eleanor, die ebenso empfand, lehnte sich an ihn, dankbar für dieses unerwartete Gefühl.

Während Bert Kramer mit schussbereiter Waffe das Appartement absuchte, beugte sich Eleanor über die leblose Gestalt. Ihre Augen wurden starr. Sie neigte den Kopf, als lauschte sie.

»Außer ihm ist niemand da«, sagte Kramer, als er von seinem Rundgang in den Wohnraum zurückkam. Er starrte Eleanor verwundert an. »Was ist mit dir?«

Sie schreckte auf und die Starre ihrer Augen löste sich.

»Im Augenblick sind wir hier sicher«, sagte sie dann. »Nur so gegen sieben müssen wir vorsichtig sein ...«

»Warum?«

»Da kommen seine Frau und seine Tochter nach Hause. Sie sind in der Stadt.«

»Woher ...?«, begann er zweifelnd.

Sie unterbrach ihn. »Alle Informationen sind hier drinnen.« Sie deutete auf den Kopf des Mannes.

»Kannst du auch Gedanken lesen?«, fragte er fassungslos.

Eleanor schüttelte den Kopf. »Etwas viel Wirksameres. Ich kann ganz in seinen Geist eindringen.«

Kramer ließ hilflos die Hände sinken. »In jeden?«

Das Mädchen nickte. »Allerdings ist ein Haken dabei ... ich kann es nur, wenn kein Bewusstsein da ist, das mich hindern könnte.«

»Also bei Bewusstlosigkeit ...?«

»Und Schlaf.«

Er schüttelte ungläubig den Kopf. »Ich begreife es nicht ... es ist zu phantastisch.«

»Ich kann dir noch etwas verraten«, sagte sie leise. »Ich war noch nie in meinem Leben bewusstlos. Aber das ist jetzt unwichtig. Wir haben nicht viel Zeit, Bert.«

»Wir haben genügend Zeit«, widersprach Kramer. »Wir warten hier, bis es dunkel ist.«

»Und seine Frau?«

»Die werden wir auf die gleiche Art ausschalten. Wir können kein Risiko eingehen.«

Sie trugen den Mann in einen den hinteren Räume, der als Schlafzimmer eingerichtet war.

»Wie lange wird er bewusstlos sein?«, fragte das Mädchen.

»Etwa sechs Stunden«, gab Kramer zur Antwort. »Was hast du noch über ihn herausgefunden?«

»Nichts von Belang. Er ist zweiunddreißig, Schriftsteller, seit acht Jahren verheiratet. Die Frau ist dreißig. Die Tochter sieben ...«

»Schriftsteller ...«, sagte Kramer langsam. »Wie heißt er?«

»Adam. Manfred Adam. Kennst du ihn?«

Kramer schüttelte den Kopf und betrachtete aufmerksam das Gesicht zu seinen Füßen. »Er sieht mir ähnlich, nicht wahr?«

»Worauf willst du hinaus?«

Kramer gab keine Antwort. Unschlüssig trat er ans Fenster und starrte verbissen nach unten. Die Kolonne der schwarzen Wagen war länger geworden. »Sie werden keine Ruhe geben, bis sie uns haben.« Er wandte sich um. »Ich fürchte, sie werden auch die Wohnungen durchsuchen, jetzt, wo sie wissen, dass wir noch im Haus sind.«

Das Mädchen blickte ihn beschwörend an. »Du hast einen Plan, Bert, nicht wahr? Wahrscheinlich einen verrückten

Plan.« Sie trat auf ihn zu und ergriff seinen Arm. »Was immer es ist, wir müssen es versuchen. Alles ist besser, als ... zu vergessen und nicht mehr man selbst zu sein ...«

Er blickte sie an, aber sein Blick war abwesend. Er rang mit einem Entschluss und sie fühlte, wie seine Angst über sie kam, eine wilde, aufwallende Angst vor dem Unbegreiflichen, das er nicht verstand, aber dessen Realität er sich immer mehr bewusst wurde. Und in diesem chaotischen Empfinden erkannte sie auch, dass er im Innersten nicht mehr daran zweifelte, dass nicht Menschen sie verfolgten, sondern die willenlosen Schergen des GEHIRNS, jener gigantischen Maschinerie der Justiz, der man so vertrauensvoll den Eingriff in die Persönlichkeit gestattete. Sie klammerte sich verzweifelt an seinen Arm. Ihr Gesicht verzerrte sich. »Bert«, keuchte sie, »hör auf. *Bert*!«

Langsam wich die Angst von ihm. Er fühlte schmerzhaft Eleanors Griff und blickte sie ernüchtert an. Sie atmete auf.

»Du musst mit deinen Gefühlen ein wenig sparsamer umgehen«, sagte sie. Dann fügte er hinzu. »Aber du scheinst endlich begriffen zu haben, wovor wir uns fürchten.« Sie sah ihm forschend ins Gesicht. »Und jetzt dein Plan. Ich bin zu allem bereit.«

Er löste ihre Hände von seinem Arm. »Ich bin's auch«, sagte er rau. »Aber eines muss dir klar sein: Wenn sie Ermerson bereits haben und der geplante Anschlag auf das GEHIRN nicht stattfindet, haben wir keine Chance.«

Sie nickte ernst. Er betrachtete stumm ihr Gesicht, das ihm in diesen wenigen, unglückseligen Stunden ihrer Bekanntschaft so vertraut geworden war. Ein Gefühl erwachte in ihm. Er unterdrückte es rasch. Steif sagte er: »Wenn es zum Schlimmsten kommt, wird ein Verlust am schmerzlichsten für mich sein ...«

»Ja ...?«, sagte sie weich.

»Die Erinnerung an dich ...« Er wandte sich ab und sagte heftig, bevor sie etwas erwidern konnte: »Da ist ein Kasten voll Kleider. Du hast eine halbe Stunde, Frau Adam!«

Er hatte dem bewusstlosen Dichter bereits das Jackett ausgezogen, als er merkte, dass Eleanor noch immer erstarrt dastand.

»Verdammt, worauf wartest du? Die halbe Stunde ist reiner Optimismus!«

Der Bann brach. Der gefährliche Augenblick der Sentimentalität löste sich in rasches Handeln auf, das von kalter Bestimmtheit geleitet wurde. Die Zeit war zu kurz für Gefühle.

Alles hing an einem verflucht dünnen Faden.

Oft bleibt das Glück den Narren treu.

Die Kleider passten. In wenigen Minuten hatte sie sich umgekleidet. Aus Adams unterbewussten Erinnerungen wusste das Mädchen, wie seine Frau aussah. Während sie mit Stift und Puder und Kamm ihr Aussehen zu verändern versuchte, vertauschte Kramer seine Erkennungsmarke mit der des bewusstlosen Dichters. Und anschließend auch Hemd und Anzug.

In etwas mehr als zwanzig Minuten war es geschafft. Kramer atmete auf. Er fühlte sich frisch und zum ersten Mal an diesem Sonntag wieder menschlich. Er warf einen letzten Blick in den Spiegel. *Kleider machen Leute*, dachte er. Sein Gesicht war nicht wesentlich verändert. Die Augenbrauen etwas betont, die graudurchzogenen Schläfen etwas nachgedunkelt, das Haar vorn gekürzt. Er wirkte jünger und fühlte sich selbst ein wenig fremd. Tief einatmend schüttelte er die aufkeimenden Zweifel ab. Das musste genügen. Die Verwirrung würde mithelfen. Und die vertauschten Erkennungsmarken. Und auch Eleanor hatte zugegeben, dass ihm der Dichter tatsächlich ein bisschen ähnlich sah.

Eleanors Verwandlung versetzte ihn in Erstaunen und hob die Erfolgschancen ihres verzweifelten Planes beträchtlich. Ihr dunkles Haar war verschwunden. Stattdessen trug sie blondes, langes zu einem Knoten geschlungenes Haar, das sie vollkommen veränderte. Und ein geschicktes Make-up verbarg den Rest des kleinen, gehetzten Mädchens, das er am Tag zuvor aufgelesen hatte. Vor ihm stand eine Dame in einem eleganten Sommerkostüm von zartem Rosa.

»Sieh mal an«, sagte er überrascht.

Sie lächelte. »Frau Susanne Adam zur Stelle. Gefalle ich Ihnen, Herr Geschworener?«

»Sehr, gnädige Frau. Wenn Sie den heutigen Abend für mich freihalten wollen ...«

Sie wurden durch die Geräusche an der Tür unterbrochen. Ein Schlüssel knirschte im Schloss. Kramer legte warnend den Finger an die Lippen und nahm die Pistole aus der Tasche des Jacketts. Dann drängte er das Mädchen in das Schlafzimmer zurück und postierte sich selbst hinter der Tür.

Gleich darauf ging die vordere Tür auf und eine Frau und ein Mädchen traten ein. Als sie die Tür hinter sich geschlossen hatte, trat Kramer aus seinem Versteck hervor.

»Verhalten Sie sich ganz ruhig.«

Seine Waffe wies auf die Frau.

Die beiden erstarrten und blickten ihn entsetzt an.

»Schreien Sie nicht, sonst geht das Ding hier los!«, warnte Kramer, als die Frau den Mund öffnete. Das Mädchen begann zu schluchzen. Die Frau griff nach ihrer Tochter, ohne die Augen von Kramer abzuwenden, und versuchte das Mädchen hinter sich zu ziehen.

»Tun Sie das nicht«, sagte Kramer. »Dem Kind wird nichts geschehen, wenn Sie das tun, was ich sage.«

Die Frau ließ das Mädchen los. »Sie sind es!«, stieß sie hervor. »Man sucht Sie im Haus. Sie und das ...«

»Halten Sie den Mund«, sagte Kramer barsch. »Für Erklärungen ist keine Zeit. Ich fühle mich im Recht.« Er glaubte, dass das entschuldigend klang, darum fügte er fest hinzu. »Sie werden mir zu meinem Recht verhelfen!«

»Wo ist mein Mann?« Ihr Gesicht war weiß.

»Da drinnen.« Kramer deutete auf die Schlafzimmertür. »Er schläft friedlich und wird nichts wissen, wenn er aufwacht ... Eleanor ...!«

Das Mädchen trat neben ihn. Kramer deutete auf das Kind.

»Sperre die Kleine in das Badezimmer!«

Eleanor trat auf das Kind zu und fasste nach seiner Hand.

»Nein, um Gottes willen ...!« Die Frau riss das Kind an sich, das laut zu weinen begann. »Verbrecher, Diebe ...!«

»Sparen Sie sich das«, sagte Kramer hart. »Wir haben wenig Zeit und noch eine ganze Menge vor. Entweder die Kleine geht in das Badezimmer oder …« Er machte eine vielsagende Geste mit der Pistole.

»Und ihr wird nichts geschehen?«

»Nein!«, sagte Kramer ungeduldig.

Nach einigem Zögern, während Kramer zu schwitzen begann und seine Unentschlossenheit verfluchte, ließ die Frau das Mädchen los.

»Geh ins Badezimmer, Elfie. Sie werden dir nichts tun …«

»Und sagen Sie ihr, sie soll sich ruhig verhalten!«

Die Frau warf ihm einen bösen Blick zu. Das Kind starrte ihn angsterfüllt an. In diesem Augenblick kam er sich wie ein richtiger Verbrecher vor und Bitterkeit stieg in ihm hoch.

»Bert!« Der scharfe Ruf Eleanors ernüchterte ihn. Er war dankbar für ihr Talent, Gefühle zu empfangen. So konnte sie ihn warnen.

»Los jetzt!«, sagte er barsch und drohte mit der Waffe.

Das Kind klammerte sich an seine Mutter. »Mami, Mami, ich habe Angst!«

Kramer drehte es das Herz um. Eleanor warf ihm einen warnenden Blick zu.

Die Frau schob das Kind auf das Badezimmer zu. »Geh jetzt, wenn du ganz still bist, wird uns nichts geschehen.«

Als sich die Badezimmertür geschlossen hatte, atmete Kramer hörbar auf. Dann wandte er sich an die Frau. »Ihre Erkennungsmarke!«

Wortlos gab ihm die Frau ihre Erkennungsmarke. Dann reichte er ihr Eleanors Kleid und drückte Eleanor die Pistole in die Hand. »Sieh zu, dass sie das anzieht. Rasch!«

Es dauerte nur wenige Minuten, aber Kramer dünkte es eine Ewigkeit. Nervosität bemächtigte sich seiner. Gewaltsam zwang er sich zur inneren Ruhe, aber er konnte nicht verhindern, dass seine Hände zitterten.

Schließlich erschien die Frau wieder, das Mädchen mit der Pistole hinter ihr. Kramer betrachtete sie prüfend. Dann deutete er auf ihr langes, blondes Haar. »Ist das echt?«

Die Frau schüttelte den Kopf. »Eine Perücke. Ich trage meist Perücken …«

»Nehmen Sie sie ab.«

Die Frau löste die Perücke. Als das echte Haar zum Vorschein kam, atmete Kramer erneut auf. Es war dunkel und vielleicht schulterlang, wenn man es auskämmte. Er befahl ihr, es auszukämmen und das Make-up zu entfernen. Als das getan war sah sie zwar Eleanor noch immer nicht ähnlich, die Züge waren zu verschieden, doch die äußere Erscheinung befriedigte ihn. Im entscheidenden Augenblick mochte man sie wohl für das Mädchen halten. Und auf mehr als ein paar Minuten Vorsprung hoffte Kramer ohnehin nicht. Er nickte und ließ sich von Eleanor die Pistole geben. Während er das Magazin öffnete und einen der kleinen Pfeile herausnahm, sagte er zu der ängstlich dastehenden Frau:

»Sie werden jetzt schlafen. Wenn Sie aufwachen, sind wir längst verschwunden oder in sicherem Gewahrsam der Polizei. Sie brauchen dann nichts mehr zu verschweigen.« Er lächelte gezwungen. »Vielleicht erkennen Sie schon in einigen Stunden, welchen großen Dienst Sie so unfreiwillig der Gerechtigkeit erwiesen haben.« Er trat mit dem Pfeil in der Hand auf sie zu. »Es wird nicht mehr schmerzen als eine Injektion«, sagte er ermutigend. »Ich verspreche Ihnen, dass Ihrer Tochter nichts geschehen wird.«

Er drückte die Spitze des Pfeils kurz in ihren Arm. Ihre Augen wurden weit. Sie öffnete den Mund, doch Kramer presste rasch seine Hand darauf und erstickte den Aufschrei. Nach wenigen Sekunden wich der Ausdruck der Angst aus ihren Augen und ihr Körper wurde schlaff. Sie sank zu Boden.

Gemeinsam schafften sie die Frau in das Schlafzimmer und legten sie neben den Mann. Kramer drehte ihren Kopf zur Seite, dass man ihr Gesicht nicht sah, wenn man eintrat. Prüfend betrachtete er das Gesamtbild.

»Wir haben alles getan, was möglich war.« Er blickte Eleanor fest an. »Das Glück muss uns jetzt noch ein wenig treu bleiben.«

Bleich erwiderte das Mädchen seinen Blick und lächelte tapfer.

»Jetzt wird alles sehr schnell gehen. Bleib immer an meiner Seite.« Sie nickte.

»Gut«, sagte er. »Es hängt alles an einem dünnen Faden. Kümmere dich um die kleine Elfie. Du musst sie davon überzeugen, dass ihren Eltern nichts geschieht, wenn sie in der nächsten halben Stunde zu uns hält. Du hast ein paar Minuten Zeit, während ich alles vorbereite.« Er zögerte. »Wenn du den Eindruck hast, dass es nicht klappen wird – dann müssen wir das Kind ebenfalls betäuben und irgendwo verstecken. Vielleicht sollten wir das überhaupt tun …«

»Nein!«, fiel ihm das Mädchen ins Wort. »Ich möchte es versuchen.«

»Es wird nicht leicht sein. Sie muss uns als ihre Eltern betrachten …«

»Das ist mir klar …«

»Dann ans Werk!«

Kramer eilte aus dem Zimmer. Er warf einen Blick auf die Wanduhr des Wohnzimmers. Es war kurz vor sieben. Er schaltete den Teleschirm ein. Dann eilte er in den Vorraum und warf einen Blick durch die Sichtöffnung auf den Gang. Doch das Blickfeld war zu begrenzt. Die Tür zu öffnen wagte er nicht.

Als er in das Zimmer zurückkam, sah er das Brustbild eines Uniformierten auf dem Teleschirm. Die Polizei hatte offenbar das normale Programm im Haus unterbrochen und sich selbst eingeschaltet. Kramer drehte an der Lautstärke. Der Uniformierte sprach rasch und eindringlich.

»… halten sich vermutlich in den Kellerräumen verborgen. Sie können nicht entkommen. Wir bitten Sie, die Arbeit der Polizei nicht zu behindern und in den Wohnungen zu bleiben. Lassen Sie Ihr Empfangsgerät eingeschaltet. Ich wiederhole: Lassen Sie Ihr Empfangsgerät eingeschaltet!«

Das Bild verblasste. Der Schirm wurde leer. Und blieb es auch. Kramer holte tief Atem. Solange sie im Keller suchten, bestand keine Gefahr einer Entdeckung. Es mochte jedoch auch eine Finte sein. Einen Augenblick lang überdachte er diesen Aspekt und fragte sich, ob das GEHIRN einer Finte fähig war und ob die elektronische Logik immer den geraden Weg nahm.

Einem Gedanken folgend, nahm er eine Anzahl weiterer Pfeile aus dem Magazin, wickelte sie sorgfältig in sein Taschentuch und steckte dieses in die Außentasche seines Jacketts. Seine Augen wanderten zur Uhr. Wenige Minuten nach sieben.

Er hoffte, dass Eleanor Erfolg hatte. Ihre Chancen waren bedeutend größer, wenn sie das Mädchen auf ihrer Seite hatten. Wenn sie überhaupt Chancen hatten. Der Plan war verzweifelt. Was geschehen würde, wenn die Polizei einmal hier war, davon hatte er nur eine sehr vage Vorstellung. Es gab viele Möglichkeiten. Es galt, im richtigen Augenblick zu handeln. Aber würde dieser Augenblick kommen? Und würde er, Kramer, ihn wahrnehmen?

Nervös begann er auf und ab zu schreiten.

Das Mädchen war willig. Die panische Angst war verschwunden. Auch die Tränen waren versiegt. Eleanor führte das Kind an der Hand herein und nickte.

»Weiß sie, was sie zu tun hat?«

»Ja«, sagte Eleanor. »Elfie wird uns helfen. Sie ist sehr tapfer.« Sie strich dem Kind über das Haar. »Ich habe ihr mein Ehrenwort gegeben, dass ihr und ihren Eltern nichts geschehen wird. Bert, wenn …«

»Es wird ihnen nichts geschehen«, unterbrach Kramer sie barsch. »Man wird sie mitnehmen und herausfinden, dass es sich nicht um die Gesuchten handelt, wenn man nicht überhaupt schon früher zu dieser Erkenntnis kommt, was für uns äußerst fatal wäre.«

Er trat zum Telesprechgerät. »Also dann!« Er wählte die Nummer der Polizeizentrale, die mit dem GEHIRN gekoppelt war. Es war ein Teil des GEHIRNS selbst, das die Meldung entgegennahm und reagierte.

Der kleine Bildschirm wurde hell. Ein Mann in Uniform wurde sichtbar. Sein Gesicht war ausdruckslos, ebenso wie seine Stimme.

»Name, Anschrift und Kennnummer! Sprechen Sie langsam und deutlich!«

Kramer unterdrückte seine Nervosität. Mit gekünstelter Hast sagte er:»Manfred Adam, Bürger-Hochhaus, Tür 416, Kennnummer drei vier sieben null null null eins. Schnell, kommen Sie. Zwei Staatsverbrecher sind in meine Wohnung eingedrungen. Ein Mann und ein Mädchen. Ich habe sie entwaffnet und betäubt. Die Polizei ist im Haus, aber niemand scheint mein Rufen gehört zu haben ...«

Der Mann unterbrach.»Wir sind sofort bei Ihnen. Schließen Sie die beiden ein.« Der Schirm wurde dunkel.

Kramer wandte sich um.»Jetzt wird es ernst. Sie werden gleich hier sein. Das Kind bleibt bei dir. Redet nur, wenn man euch fragt.«

»Glaubst du, dass es so schnell geht?«

»Ja, denke an Gaston. Die Polizei war gleich darauf da.«

»Du meinst, es besteht ...«

»... eine direkte Verbindung zwischen dem GEHIRN und seinen Puppen. Und wenn mich nicht alles täuscht, hat das GEHIRN selbst Gaston getötet ...« Er lächelte verzerrt.»Aus Angst vor deinen Talenten ...«

Die Türklingel läutete. Kramer warf Eleanor einen bezeichnenden Blick zu, dann holte er tief Atem und eilte zur Tür.

Vier Beamte traten ein.

»Herr Adam?«, sagte der erste.

Kramer nickte.»Endlich. Schnell, meine Herren. Meine Frau ist noch ganz durcheinander. Es war ein Schock für sie. Und die kleine Elfie ...«

»Sie haben sie eingeschlossen?«, unterbrach ihn der Beamte unbewegt. Auch eine von diesen willenlosen Puppen, dachte Kramer. Schnell antwortete er:»Ja, im Schlafzimmer.«

»Lassen Sie offen, es kommen noch ein paar Männer«, sagte ein anderer, als Kramer die Tür schließen wollte.

»Wo sind sie?«

Kramer eilte voran.»Das sind meine Frau und meine Tochter«, sagte er diensteifrig und deutete auf Eleanor und das Mädchen, die bleich vor dem Fenster standen.

182

Die Beamten grüßten. Einer trat zu den beiden, während die anderen drei Kramer in das Schlafzimmer folgten. Kramer stand abwartend da, während die Männer die beiden Bewusstlosen untersuchten und die Erkennungsmarke Kramers überprüften, die er dem Dichter in die Tasche gesteckt hatte. Während Minuten zu Ewigkeiten wurden, begann in Kramer Angst hochzukriechen. Weitere Männer betraten die Wohnung und scharten sich um die beiden Bewusstlosen. Kramer trat ins Wohnzimmer, um nach Eleanor zu sehen. Er konnte nur hoffen, dass man die genaueren Untersuchungen nichts bereits hier anstellte.

Der Beamte stand noch immer bei Eleanor und gab ihr eben die Erkennungsmarke zurück, als Kramer erschien. Jetzt wandte er sich um.

»Ah, Herr Adam. Sie haben uns einen großen Dienst erwiesen. Die Stadt ist stolz auf Sie!« Er lächelte.

Phrasen, dachte Kramer. *Verdammte Phrasen. Aber die Art deines Lächelns sagt mir wenigstens, dass du noch nicht von der Maschine dirigiert wirst.* Laut sagte er: »Ich hatte Glück … und Angst.«

»Alle Helden haben Angst und Glück«, entgegnete der Beamte liebenswürdig. »Darf ich Sie jetzt um Ihre Erkennungsmarke bitten. Nur eine Formalität!«

Kramer gab sie ihm. Nach kurzer Prüfung erhielt er sie zurück. Der Beamte schien keinen Verdacht geschöpft zu haben, denn er nickte freundlich und begab sich ins Schlafzimmer, wo man den vermeintlichen Staatsverbrechern eben Handschellen anlegte. Wenige Augenblicke später trug man sie aus der Wohnung.

Der Beamte, der unter dem Einfluss des GEHIRNS stand, offenbar der Leiter der Gruppe, wartete, bis die Männer die Wohnung verlassen hatten, dann wandte er sich an Kramer.

»Wie ist es geschehen?«

»Jemand läutete«, erklärte Kramer ohne Zögern. »Ich dachte, es wäre die Polizei. Ich wusste ja, dass jemand gesucht wurde. Am Teleschirm kam die Meldung durch. Als ich öffnete, standen die beiden draußen. Der Herr bedrohte mich mit der Pistole. Ich konnte nichts weiter tun, als sie einzulassen.

Sie verlangten, ich solle sie verstecken, wenn man die Wohnungen durchsuchen würde. Das war etwa vor einer halben Stunde oder früher …« Er hielt inne.

»Ihre Frau war noch nicht da«, stellte der Beamte unbewegt fest.

»Nein, sie kam später«, berichtete Kramer. »Und als sie kam, gelang es mir, dem Kerl die Waffe zu entreißen. Dann betäubte ich sie beide. Ich konnte kein Risiko eingehen. Meine Frau und meine Tochter waren in Gefahr …«

»Wo ist die Waffe?«, unterbrach ihn der Beamte barsch.

»Hier!« Kramer zog sie aus der Tasche und reichte sie ihm.

»Gut. Halten Sie sich zu unserer Verfügung. Wir werden noch ein paar Fragen an Sie haben!«

»In Ordnung, Herr Kommissar«, sagte Kramer und blickte dem Mann nach, der grußlos die Wohnung verließ. Selbst die Schritte schienen ihm nun von mechanischer Gleichmäßigkeit. Schaudernd blickte er auf Eleanor, die ihm entgegenkam.

»Er war einer von ihnen«, flüsterte sie.

Kramer nickte. »Er hatte keine Gefühle, nicht wahr?«

»Nicht die leiseste Regung«, sagte sie tonlos. »Wie Gaston.«

Dann erst sickerte es in ihr Bewusstsein, dass es vorbei war. Als Eleanor sich an ihn klammerte, merkte er, dass seine Knie zitterten und nachzugeben drohten.

»Werden sie wiederkommen?« Die schüchterne, ängstliche Frage des kleinen Mädchens rief ihn in die Wirklichkeit zurück.

»Die Polizei?« Kramer lächelte. »Dessen bin ich sicher. Aber bis dahin sind wir längst über alle Berge …«

»Nein, nicht die Polizei«, sagte Elfie, die Angst nun deutlicher in der Stimme, als würde es ihr jetzt erst richtig bewusst, was geschehen war. »Meine Eltern.«

Eleanor beugte sich zu ihr hinab. »Aber natürlich kommen sie wieder. Ich habe es dir doch versprochen. Du warst sehr tapfer.«

Das Mädchen schluckte die Tränen hinunter und blickte Eleanor hoffnungsvoll an.

»Bert, ihre Großmutter wohnt im fünften Bezirk. Können wir Elfie nicht irgendwie dorthin bringen? Sie wird verrückt, wenn sie allein hier zurückbleibt.«

»Wir werden sehen«, beschwichtigte Kramer. »Wir dürfen jetzt nichts überhasten. Alles der Reihe nach.«

Er trat ans Fenster. Tief unten auf der Straße lösten sich mehrere der schwarzen Polizeiwagen vom Straßenrand. »Sie fahren ab«, murmelte er. Und dann: »Aber nicht alle! Verdammt!«

Er wandte sich zu Eleanor um. »Wir sind hier noch nicht raus. Anscheinend wollen sie auf Nummer Sicher gehen. Sie werden das Haus erst nach der Identifizierung freigeben.«

»Was tun wir?«, fragte Eleanor bleich. Nun, da die unmittelbare Gefahr vorüber war, schien es wie ein Hohn, dass die Falle noch immer keinen Weg ins Freie besaß.

Bert Kramer zuckte die Schultern. »Wir müssen es versuchen. Hier bleiben ist Selbstmord.« Er sah auf die Uhr. »Wir haben etwa zehn Minuten. Vielleicht auch fünfzehn …«

»Rasch«, sagte sie und nahm das Kind an der Hand. »Hab keine Angst.«

Sie traten auf den Korridor hinaus. Er war leer. Auch der Lift war bereits frei. Als sie im Erdgeschoss ankamen, waren drei Minuten vergangen. Vor dem Ausgang standen zwei Uniformierte.

Einer hob den Kopf und blickte ihnen entgegen. Kramer atmete tief ein. Jetzt gab es kein Umkehren mehr. Während er mit Eleanor und der kleinen Elfie im Gefolge auf die beiden zutrat, öffnete sich eine der Wohnungstüren. Eine ältere Frau trat heraus und ebenfalls auf den Ausgang zu.

»Tut mir leid, niemand darf das Haus verlassen«, sagte der eine der beiden Beamten nicht unfreundlich. Der zweite stand abwartend und musterte Kramer eingehend. Kramer begann zu schwitzen. Wenn man ihn jetzt erkannte …

Die Frau war sehr erregt und ließ einen Wortschwall über den Uniformierten ergehen, der sich davon jedoch nicht beeindrucken ließ und kategorisch den Kopf schüttelte. »In einer halben Stunde vielleicht.«

Kramer schaltete sich nun ebenfalls ein. Die Nervosität ergriff immer mehr von ihm Besitz. Die Augen des zweiten Polizisten ließen nicht von ihm.

»Hören Sie, können Sie nicht eine Ausnahme machen. Ich habe eine dringende Verabredung mit einem Verleger. Das ist meine Frau und meine Tochter. Wir sind in ein paar Stunden wieder zurück ...«

Die Frau blickte ihn erstaunt an und er wusste, dass er einen Fehler gemacht hatte. Er biss die Zähne zusammen.

»Ist das nicht die Kleine von dem Schriftsteller, der im Haus wohnt? Von Herrn Adam?«, sagte sie und starrte auf das Mädchen.

»Ja, und ...?«, meinte Kramer und bemühte sich vergeblich, die aufsteigende Angst zu unterdrücken.

»Wieso behaupten Sie dann, das wäre Ihre Tochter ...?«

»Ist sie auch. Ich bin Manfred Adam ...!«

»Sie?«, unterbrach sie ihn und lachte laut auf. »Nie und nimmer! Ich kenne doch unseren Herrn Adam! Sie ...«

»Das ist äußerst interessant, was Sie da sagen«, mischte sich nun der Beamte ins Gespräch. Und zu Kramer sagte er: »Zeigen Sie mir Ihre Erkennungsmarke!«

Bert Kramer fluchte innerlich. Er wagte keinen Blick auf die Uhr. Aber fünf Minuten mussten bereits um sein. Es sah ganz so aus, als schnappte die Falle nun endgültig zu.

»Ich sage Ihnen, Herr Wachtmeister, das ist ganz bestimmt nicht Herr Adam ...«

Etwas in Kramers durchdringendem Blick ließ sie verstummen. Er reichte dem Beamten seine Erkennungsmarke. Dieser prüfte sie eingehend. Dann verlangte er Eleanors und schließlich auch die der Kleinen. Und er ließ sich Zeit.

»Sie stimmen«, sagte er schließlich zu seinem Kollegen, »aber es könnte doch sein ...«

Kramer war klar, was der Beamte dachte. Normalerweise kam ein Tausch von Erkennungsmarken kaum vor. Die Strafe war zu hoch. Wer riskierte schon seine Erinnerungen? Und jeder Bürger war verpflichtet, einen etwaigen Verlust seiner Marke augenblicklich zu melden, sonst machte er sich ebenfalls strafbar. *Seltsam,* dachte Kramer, *alle fürchten die Strafe wie die Pest und dennoch akzeptieren sie das GEHIRN mit einer Selbstverständlichkeit, die an Masochismus grenzt.* Aber der Beamte wusste wohl auch, dass die Flüchtigen verzweifelt genug waren, sich mit Gewalt zu nehmen, was sie brauchten, und dass es für sie wohl keine Rolle mehr spielte, welche Verbrechen sie noch an ihre Liste reihten. Denn, so oder so, was ihrer harrte, war die vollkommene Revision der Persönlichkeit. Und möglicherweise, dachte Kramer, wusste er auch um die bevorstehende Revolution – oder den Versuch jedenfalls.

»Die Frau kann sich irren«, meinte der zweite, ohne seinen Blick von Kramer zu lassen.

»Nein, ich irre mich nicht. Die Frau kenn' ich nicht. Aber das ist nicht Herr Adam ...«

Kramer wälzte Mordgedanken. Dieses verdammte Weib brachte ihn um seine letzte Chance. Die Minuten verrannen. Wenn nicht bald etwas geschah ...

Und es geschah etwas.

Der zweite Beamte ließ seinen Blick von Kramer und zog seine Pistole. *Aus,* dachte Kramer und ergriff Eleanors Arm. Doch der Revolver zeigte nicht auf ihn, sondern auf die Frau. Der Schuss löste sich. Die Frau erstarrte, griff nach ihrem Arm und kippte nach hinten. Der Wachtmeister, der noch immer die Erkennungsmarken in der Hand hatte, fuhr überrascht herum.

»Sind Sie verrückt, Peterson?«

»Nein, aber ich kann diese alten Weiber nicht leiden, die nichts anderes tun, als sich das Maul über andere zu zerreißen.«

»Deshalb können Sie sie doch nicht einfach niederschießen. Sie werden sich dafür zu verantworten haben ...«

»Dazu wird es nicht kommen«, sagte der Polizist hart und schoss ein zweites Mal.

Vollkommene Ungläubigkeit breitete sich auf den Zügen des Wachtmeisters aus. Auch noch, als er bereits fiel.

»Schnell, Kramer, nehmen Sie die Erkennungsmarken. Wir müssen verschwinden.«

Betäubt von der plötzlichen Wendung der Dinge, beugte sich Kramer über den Bewusstlosen und nahm die Marken aus seiner schlaffen Hand. Der Uniformierte eilte bereits durch den Ausgang. Jetzt war keine Zeit für Fragen. Kramer schob Eleanor und das Mädchen vor sich ins Freie. Der Polizist winkte ungeduldig. Keiner der Passanten kümmerte sich um sie. Es dämmerte bereits. Ein frischer Windstoß zerriss die schwüle, drückende Luft und wirbelte Staub auf. Kramer warf einen Blick zum Himmel. Eine schwarze Wolkenfront schob sich in die noch leere, östliche Hälfte des Himmels. Ein Gewitter, dachte er, eine Revolution. Eine Revolution der Elemente. Es schien ihm ein gutes Omen.

Der Wind wurde heftiger, während sie die Straße entlang eilten. Es fiel nicht auf, dass sie liefen. Auch die anderen beschleunigten den Schritt, um Unterschlupf vor dem Gewitter zu finden. Ein wenig später fielen die ersten Tropfen.

Zwanzig Minuten später erreichte das Gewitter seinen Höhepunkt. Die Straßen waren fast menschenleer. Keuchend hasteten die vier weiter. Der Polizist und Eleanor voran und Kramer mit dem Mädchen an der Hand hinterher. Die Kleine hatte Angst und Kramer sprach beruhigend auf sie ein. Kurz darauf setzte der Regen mit voller Kraft ein. In wenigen Sekunden waren sie nass bis auf die Haut.

Das Unwetter verging so schnell, wie es gekommen war. Als sie den Helikopterlandeplatz erreichten, fielen nur noch vereinzelte Tropfen.

Die Straßenlaternen flammten auf und spiegelten sich auf der regennassen Straße. Die Luft war frisch und die Kleider klebten kalt am Körper. Kramer fühlte, wie das Mädchen zitterte.

Mehrere Maschinen warteten auf dem Platz. Peterson, der Polizist, steuerte auf eine zu. Sie kletterten ins Innere. Gleich darauf kam der Pilot winkend über den Platz gelaufen. Offenbar hatte er sich während des Gewitters in einem der Kaffeehäuser aufgehalten. Er kletterte in die Kanzel und musterte seine Passagiere.

»Oh, euch hat's aber erwischt. Wohl eilig gehabt?«

»Nicht eilig genug«, antwortete Kramer lachend.

»Das ist auch eine Möglichkeit«, sagte der Pilot und startete. Kramers Angst, der Pilot könnte vielleicht Verdacht geschöpft haben, verschwand. Offenbar war über Petersons Angelegenheit noch nichts im Tele durchgegeben worden. Aufatmend lehnte er sich zurück.

»Wohin soll's denn gehen?«, fragte der Pilot, während sich die Rotoren zu drehen begannen.

»Rathausplatz«, sagte Peterson.

Wieder einmal, dachte Kramer und fragte sich, welche Rolle wohl Peterson in diesem Chaos spielte. Jetzt, da ein Augenblick relativer Ruhe und Sicherheit eingetreten war und er Zeit zum Nachdenken hatte, stürmte eine Flut von Gedanken auf ihn ein. Und Müdigkeit. Diesen Sonntag würden sie wohl nicht so schnell vergessen. Weder er, noch Eleanor, noch das kleine Mädchen.

Wenigstens nicht auf die natürliche Art und Weise, dachte er dann einschränkend.

Am Rathausplatz angelangt, gab Kramer dem Piloten die Adresse der Großmutter des Mädchens, zahlte im Voraus und bat den Piloten, die Kleine persönlich bei der Dame abzuliefern.

Dann folgte er dem Polizisten und Eleanor. Als er sich umwandte, hob der Helikopter bereits ab. Am Fenster gewahrte Kramer das Gesicht des Mädchens, blass und verloren. Er machte sich Vorwürfe, obwohl er wusste, dass es keinen Sinn hatte. Es war ihre einzige Chance gewesen. Und dem Mädchen war ja nichts geschehen. Und den Adams? Wohl ebenfalls kaum.

»Wohin, Peterson?«

»In den Antiken Bezirk. Dort sind wir vorläufig sicher.«

»Glauben Sie?«, warf Eleanor ein.

»Was wissen Sie, Peterson?«, fragte Kramer schroffer, als er beabsichtigt hatte.

»Ich komme von Ermerson.«

Kramer verhielt den Schritt. Er fühlte eine wilde Hoffnung in sich aufsteigen. »Man hat ihn noch nicht…« Er ließ die Worte in der Luft hängen.

Peterson schüttelte den Kopf. »Nein. Er hat Gott sei Dank rasch gehandelt, als sie Dr. Frank verhafteten. Es verläuft alles wie geplant. Und jetzt, wo ich Sie gefunden habe, steigen unsere Chancen gewaltig ...«

»Sie meinen, ich spiele eine wesentliche Rolle ...«

»Sie weniger, aber das Mädchen.«

»Ich verstehe Sie nicht ganz«, meinte Kramer. »Schließlich konnten Sie nicht wissen, ob Sie uns erreichen würden. Und wenn Sie die Teleneuigkeiten gesehen haben, mussten Sie annehmen, dass man uns über kurz oder lang in der Zange haben würde. Ermerson konnte doch nicht seinen Plan darauf aufbauen ...«

»Davon ist auch nicht die Rede«, unterbrach ihn Peterson ungeduldig.

»Der Anschlag läuft so oder so. Unabhängig davon. Aber jetzt«, fügte er triumphierend hinzu, »läuft auch Zusatzplan AT!«

»AT ...?«, sagte Kramer verständnislos.

»Aktion TALENT!«

»Sie meinen«, fragte Eleanor überrascht, »meine Talente können Ihnen von Nutzen sein?«

»Eines Ihrer Talente. Doch Erklärungen später. Zuerst müssen wir uns in Sicherheit bringen.«

Peterson führte sie zielstrebig durch das Gewirr der Gassen des Inneren Bezirks. Es wurde rasch dunkel. Wie immer am Wochenende, waren die Läden bis spät in die Nacht hinein offen. Ebenso die Kaffeehäuser und Restaurants. Während der Woche war dieser Bezirk tot, die Puppen ohne Leben. Nur an Samstagen und Sonntagen erwachten sie, um das Heer von Besuchern zu betreuen. Diese Puppen waren Wunderwerke der modernen Technik. Sie wurden vom GEHIRN kontrolliert und bewegt. Sie erschienen grazil, fast unmechanisch, und nur wenn man ihnen ganz nahe kam, konnte man bemerken, dass den Plastikgesichtern Lebendigkeit fehlte und ihre Mimik einem starren Schema unterlag. Zudem erzeugte die Art, wie auf elektronische Weise Energie in Bewegung umgesetzt wurde, ein leises Geräusch, das verriet, dass man einen Automaten vor sich hatte. Die Illusion war nur oberflächlich, doch attraktiv. Denn im Gegensatz zu den elektronischen Puppen, die in den großen Modehäusern über den Laufsteg tänzelten, bewegten sie sich hier scheinbar frei unter den Menschen und vermittelten das vage Gefühl der Erhabenheit über eine geschaffene Kreatur, die sklavisch untertan war.

Sie begegneten nicht vielen Menschen auf ihrem Weg ins Zentrum. Die meisten hielten sich in den Restaurants auf, wo sie vor dem Regen Schutz gesucht hatten. Sie gingen schweigend und Kramer fragte sich, wo wohl die Sicherheit war, von der Peterson gesprochen hatte. Seine leise Ahnung wurde bestätigt, als sie den Stephansplatz erreichten. Peterson steuerte geradewegs auf den Dom zu. Das Hauptportal war bereits geschlossen, doch am Eingang zum Turm öffnete nach kurzem Läuten ein Priester. Er schien Peterson erwartet zu haben, denn er ließ ihn und seine Begleiter sofort ein. Verwundert fragte sich Kramer, ob die Kirche im geheimen die Revolution unterstützte und was sie sich wohl davon erwartete. *Freie Menschen vielleicht,* dachte er, *mit einem gesunden Glauben an ein höheres Wesen statt an eine Maschine.*

»Ich dachte schon, dass ihr es nicht mehr schafft«, meinte der Priester, als sie die steilen Stufen nach oben stiegen.

»Es war knapp«, stimmte Peterson zu.

»Sie werden bereits gesucht, Peterson.«

»Kein Wunder.«

»Wussten Sie, dass Kramer noch im Haus war und dass man die Falschen abtransportiert hatte?«

»Ich war nicht sicher«, sagte Peterson.

»Es hat mich überrascht …«

»Dass man die Falschen überhaupt mitnahm? Daran ist nichts Überraschendes. Die ganze Stadt sah am Teleschirm, was in dem Haus vorging. Man konnte es sich nicht leisten, noch länger zu warten. Die Justiz arbeitet schnell, unbeirrbar und zuverlässig«, zitierte Peterson. »Der Show wegen musste man das Risiko eingehen. Man konnte nicht zugeben, dass doch gewisse Chancen in einer Flucht liegen. Das widerspräche doch dem Grundsatz der Aussichtslosigkeit des Verbrechens. Und schließlich«, fuhr er, von der Anstrengung des Treppensteigens keuchend, fort, »war es eine gute Show. Denn wenn sich bei der Untersuchung herausstellte, dass man doch die Falschen mitgenommen hatte, war nichts vertan. Die Flüchtigen saßen ja noch immer in der Falle. Das Haus war abgeriegelt, wenn auch nicht mehr so aufdringlich deutlich.«

Sie erreichten die Aussichtskammer des Turmes. Trotz der nasskalten Kleider schwitzte Kramer.

»Soll ich gleich den Kontaktmann verständigen?«, fragte der Priester.

Peterson schüttelte den Kopf. »Nein, ich habe noch nicht mit ihr gesprochen. Sie soll selbst entscheiden und vor allen Dingen wissen, was sie riskiert.« Er blickte auf die Uhr. »Wir haben noch Zeit.«

Er wandte sich zu Eleanor und Kramer um, die erschöpft auf einer der Bänke Platz genommen hatten.

»Müde?«, fragte er mitfühlend.

»Das ist eine glatte Untertreibung«, stellte Kramer fest und lächelte verzerrt.

»Hören Sie«, sagte Peterson, »ich kläre Sie kurz über alles auf, dann haben Sie noch ein paar Stunden zum Schlafen.«

»Gut. Sind wir hier wirklich sicher?«

»Seien Sie unbesorgt. Wenn es im Augenblick irgendwo Sicherheit gibt, dann nur in den Kirchen. Das GEHIRN und damit die Polizei und das Militär haben ohne Erlaubnis der Obrigkeit keine Befugnis, hier einzudringen. Dazu müssen besondere Gründe vorliegen. Aber das GEHIRN wird sich hüten, den geplanten Anschlag zur Sprache zu bringen, denn noch weiß die breite Öffentlichkeit nichts davon. Und die Kirche ist immer ein geheimer Gegner der Justizmaschinerie gewesen. Unsere AT-Leute halten sich seit Stunden in den unteren Gewölben der Votivkirche bereit und warten auf unser Signal.«

Kramer fragte ungläubig : »Aber das GEHIRN muss doch annehmen, dass sich Verschwörer in den Kirchen verborgen halten. So wie Sie es darlegen, ist es doch offensichtlich …«

»Sicher«, mischte sich nun der Priester ins Gespräch. »Und wenn dieser Anschlag nicht gelingt, wird die Kirche einen harten

Stand haben. Doch um Ihre Frage konkret zu beantworten, die Votivkirche ist wie alle übrigen Kirchen der Stadt bewacht. Doch halten wir seit mehreren Wochen Mitternachtsmessen ab. Auch heute. Und sie können nicht alle Kirchgänger verhaften. Das wäre ein schwerer Verstoß gegen die kirchliche Unantastbarkeit durch die österreichische mechanische Justiz. Die Hauptstreitkräfte der Justiz werden in einem engen Gürtel um die Anlage des GEHIRNS selbst bereitstehen ...«

»Und weiter als bis dahin wollen wir ja gar nicht vordringen«, unterbrach ihn Peterson.

Kramer schüttelte den Kopf.

»Das ist natürlich verwirrend für Sie«, meinte Peterson.

»Wo ist Ermerson?«

»Er befindet sich seit Dr. Franks Verhaftung bereits im Innern der Anlage. In den neuen Speicherschächten, die im nächsten Jahr fertig werden sollten. Bei ihm sind etwa vierhundert Männer. Sie werden um drei Uhr früh losschlagen. Ihr Ziel sind die Speicher des GEHIRNS. Wenn es gelingt, sie zu sprengen, dann haben wir gewonnen, denn eine ganze Anzahl von Menschen, die unter der Leitung des GEHIRNS stehen, wie Gaston zum Beispiel, werden dann frei sein, so hoffen wir, und damit auf unserer Seite. Einen Augenblick lang wird Chaos herrschen und da setzt unsere Aufgabe ein, Kramer. Doch zuerst zu Aktion TALENT ...«

»Etwas noch«, unterbrach ihn Kramer. »Wie können Sie annehmen, dass Ihr Plan geheim ist? Dr. Frank ...«

»Dr. Frank hatte keine Kenntnis von Ermersons Plan. Felix Frank war eine vorgeschobene Führerfigur, die eigentlich nichts Konkretes wusste. Seine Aufgabe wäre gewesen, im entscheidenden Augenblick an die Öffentlichkeit zu treten. Als angesehener Gerichtswissenschaftler hätte sein Wort Gewicht gehabt. Aber es muss auch ohne ihn gehen.« Er lächelte ermutigend. »Damit Sie sehen, wie gut die Sache wirklich organisiert ist: Selbst wenn sie Ermerson geschnappt hätten, wäre nichts verloren gewesen. Es gibt noch zwei Männer, die die Sache leiten können. Über ihre Pläne weiß auch Ermerson nichts.«

»Aber Dr. Frank wusste von Fräulein Freyers Talenten ...«

»Ebenfalls nichts Konkretes. In diesem Punkt hatten wir Glück.« Er wandte sich an das Mädchen. »Sie müssen uns verzeihen, Fräulein Freyer, aber während Sie sich nach dieser *Zeugenaussage* ...« Er schüttelte den Kopf. »Eine Absurdität an sich. Als Sie sich danach in Haft befanden, hatten wir einen Gedankenleser in Ihrer Nähe postiert. Wir wissen also einigermaßen genau über Ihre Talente Bescheid.«

Sie sah ihn erstaunt an. »Davon hatte ich gar nichts bemerkt ...«

»Er ist ein sehr starker Telepath. Er kann sich vollkommen abschirmen ...«

»Was hat er erfahren?«, fragte das Mädchen interessiert.

»Sie sind eine Art – verzeihen Sie den Ausdruck – Gefühlsparasit. Sie empfangen die Gefühle der Personen in Ihrer Nähe und erwidern sie. Ihre eigenen kommen nicht oft stark zum Ausdruck. Korrigieren Sie mich, wenn ich etwas missverstanden habe.«

»Bis jetzt stimmt es«, erwiderte sie.

»Sie sind geistig fast nicht beeinflussbar. Also abgesehen von den Gefühlen haben Sie paradoxerweise eine sehr starke Persönlichkeit. Stimmt das?«

Sie nickte.

»Es bestünde also die Möglichkeit, dass das GEHIRN Ihnen nichts anhaben könnte?«

Sie schüttelte den Kopf. »Ich weiß es nicht.« Und zögernd fügte sie hinzu: »Aber ich glaube, ich hätte mehr Chancen als ein Normaler ...«

Peterson nickte zustimmend. »Und schließlich Ihr drittes Talent – von dem unser Plan abhängt. Sie können in eine andere Persönlichkeit eindringen ...«

»Wenn diese ohne Bewusstsein ist«, unterbrach ihn das Mädchen.

»Wissen Sie, wie die Hinrichtungsmaschine arbeitet? Sie, Kramer?«

Auch Kramer verneinte. »Nur wenige wussten es. Dr. Frank, nehme ich an.«

»Ja, er wusste es«, sagte Peterson. »Und von ihm haben wir auch die Daten. Hören Sie jetzt genau zu, Fräulein Freyer. Wenn Sie wissen, wie es geschieht, können wir uns darüber unterhalten, ob Sie es riskieren wollen.« Als sie nickte, fuhr er fort:

»Die Exekutionskammer haben Sie ja bereits gesehen. Sobald Sie sie betreten haben und die Tür sich hinter Ihnen schließt, beginnt die Tätigkeit des GEHIRNS. Die wenigen Schritte bis in den Bereich der einstmals die gesamten Gehirnzellen zerstörenden Strahlung gehen Sie nicht mehr willentlich. Das GEHIRN hat von Ihnen Besitz ergriffen ...«

»Warum ist das bei mir nicht geschehen?«, fiel ihm das Mädchen ins Wort. »Ich meine, trotz meiner Talente hätte ich es fühlen müssen ...«

»Ein arrangierter Energieausfall verhinderte das vollkommene Schließen der Tür. Der Mann, der dafür verantwortlich war, hatte sich noch am gleichen Tag zu verantworten. Er betrat die Exekutionskammer eine Stunde später.«

»Sie meinen ...«

»Ja«, sagte Peterson ernst. »Aber nach allem, was wir über Sie erfahren hatten, halten wir Sie für sehr wichtig ...«

»Warum hat man nicht gleich die gesamte Energie abgeschaltet, als man erkannte, dass das GEHIRN nicht einwandfrei arbeitete?«, fragte Kramer.

»Das kann ich Ihnen sagen«, gab Peterson zur Antwort. »Wir hatten anfangs keine Beweise, um vor der Öffentlichkeit unser Tun zu rechtfertigen. Und später war es zu spät. Fast alle in der Anlage Beschäftigten stehen heute unter dem Einfluss des GEHIRNS.«

»Selbst die Politiker sind nichts weiter als Sklaven. Die Lage ist sehr bedrohlich, Herr Kramer«, sagte der Priester.

»Nur noch ein Gewaltstreich kann helfen und ...« Peterson zögerte. »... und persönliche Opfer.« Er sah Kramer forschend an. »Ich fühle, dass Ihnen Fräulein Freyer sehr am Herzen liegt, aber ich bitte Sie, sie selbst entscheiden zu lassen. Ich bin mir wohl bewusst, dass wir nicht auf Ihre Dankbarkeit pochen dürfen, Fräulein Freyer, da Sie wohl auch ohne unsere Hilfe durch Ihre Talente freigekommen wären. Aber vielleicht kann ich Sie überzeugen ...«

»Erklären Sie, wie Sie es sich vorstellen, Herr Peterson«, sagte das Mädchen.

»Gut. Diese Strahlung – sie herrscht nur im zentralen Bereich der Kammer – ist nicht mehr tödlich. Sie zerstört nur einen gewissen Teil des Gehirns. Nach diesem Prozess hat das Opfer keinen Willen, oder besser, keine persönliche Freiheit mehr, denn das GEHIRN hat dauernden und von der Entfernung unbeeinflussten Kontakt mit ihm. Es beeinflusst sein Handeln. Es kann das Opfer töten.«

»Wie es mit Gaston geschah«, murmelte Kramer.

»Und jetzt unser Plan«, fuhr Peterson fort. »Sie begeben sich in die Exekutionskammer. Das ist kein Problem. Sie brauchen nur der Polizei in die Hände zu laufen. Es wird sehr rasch gehen. Wir nehmen mit ziemlicher Sicherheit an, dass das GEHIRN Ihnen nichts wird anhaben können. Sie werden den Einfluss natürlich spüren. Das wird nicht angenehm sein, doch Sie müssen so lange wie möglich in der Kammer bleiben – und darauf achten, dass Sie nicht in den Bereich der gefährlichen Strahlung kommen.«

»Meinen Sie, dass dadurch die Kammer blockiert ist?«, warf das Mädchen ein.

»Nein, die Kammer ist eine rein mechanische Angelegenheit. Sie öffnet sich alle drei Minuten und bleibt zehn Sekunden offen, lange genug, um eine Person durchzulassen. Und Sie müssen versuchen, in diese einzudringen, sobald sie in Trance fällt, und verhindern, dass sie in den Bereich der Strahlung geht. Wir wissen nicht, was geschehen wird und wie das GEHIRN darauf reagiert. Die Strahlung können wir nicht abschalten, sie wird vom GEHIRN selbst reguliert, doch werden wir den Schaltraum für die Kammer besetzen und zu halten versuchen, bis eine möglichst große Anzahl von Männern durch ist ...«

»Welche Männer?«, fragte Kramer.

»Die Männer von Aktion TALENT. Etwa zweihundert ...«

»Wie lange steht die zweite Tür offen?«, fragte Eleanor.

»Eine halbe Minute. Sie schließt sich, sobald sich die Eingangstür öffnet.«

»Ich habe also etwa zweieinhalb Minuten Zeit, den Mann durch die hintere Tür zu bugsieren. Dort wird er *erwachen* und sich an seine Aufgabe erinnern …?«

»Theoretisch ja«, antwortete Peterson. »Praktisch hängt es von Ihnen ab.«

»Wenn es mir nicht rechtzeitig gelingt …«

»Dann werden zwei Männer in der Kammer sein. Und Sie können nicht beide gleichzeitig abschirmen. Was dann geschieht …« Er zuckte die Schultern. »Das GEHIRN wird kein Risiko eingehen. Es wird Sie zu töten versuchen. In diesem Fall bleibt Ihnen nur ein Ausweg. Die Tür ins Innere. Aber selbst dort ist es nicht rosig. Denn das GEHIRN wird seine Schergen an den Ort der Gefahr schicken. Es ist keine leichte Aufgabe, auf die Sie sich einlassen. Zweihundert Männer vertrauen darauf, dass Sie alles tun, was möglich ist. Ihr Risiko ist nicht kleiner als das Ihre …«

»Aber warum?«, fragte Kramer, der eine Kälte in sich fühlte. »Warum dieses Wahnsinnsrisiko eingehen?«

»Weil die Möglichkeit besteht«, sagte Peterson ernst, »dass Ermerson auf so heftigen Widerstand stößt, dass er die Speicher nicht erreicht. Von der Exekutionskammer aus sind sie verhältnismäßig leicht zu erreichen. Gleichzeitig fallen wir dem Feind damit in den Rücken. Wenn es klappt, wird alles sehr rasch gehen. Wenn nicht …« Er schwieg.

»Kein Opfer ist umsonst, Herr Kramer«, sagte der Priester. »Es ist wieder ein Stück Egoismus und Angst, das damit von dieser Welt verschwindet.«

Ja, dachte Kramer, *wenn wir sterben, auch.* Er fühlte Eleanors Hand auf seinem Arm und blickte sie an.

Sie war bleich und entschlossen. Noch bevor sie sprach, wusste er, dass sie es tun würde.

»Wann?«, fragte sie.

Peterson atmete auf. »Um zwei Uhr.«

»Wo stoße ich auf die Polizei?«

»Sie verlassen einfach den Dom. Ich nehme an, dass sie heute Nacht auch im Antiken Bezirk patrouillieren. Wenn Sie den Ring erreichen und noch immer nichts geschehen ist, begeben Sie sich in eine Telezelle und rufen Sie Ermerson an. Geben Sie einen kurzen Augenblick Ihr Bild durch und tun Sie so, als sei Ihnen ein Fehler unterlaufen, indem Sie es sogleich abschalten. Wenn Sie sich damit nur ein wenig zu viel Zeit lassen, haben Sie keine Chance zur Flucht mehr.« Er kramte in einer seiner Taschen und brachte einen Zettel zum Vorschein. »Hier ist die Nummer.«

Während sie den Zettel nahm, fuhr er fort: »Es wird alles sehr rasch gehen, denn unsere Männer werden greifen zur gleichen Zeit angreifen.«

»Was geschieht, wenn das GEHIRN mich nicht in die Kammer schickt?«

»Dieser Fall wird nicht eintreten. Das GEHIRN dürfte sehr erpicht darauf sein, Ihre Talente nicht nur kennen zu lernen, sondern auch zu kontrollieren.«

Sie nickte. »Dann ist alles klar. Und jetzt möchte ich schlafen.« Sie umklammerte Kramers Arm fest. »Nahe bei dir, Bert. Ich habe Angst.«

Peterson wandte sich an den Priester. »Bringen Sie die Decken. Dann verständigen Sie Pfarrer Kevin.«

»Was ist mit mir?«, fragte Kramer wild. »Warum kann ich sie nicht begleiten? Ich wäre der erste, an dem sie es versucht …«

»Nein«, sagte Peterson. »Das können wir nicht riskieren. Man könnte Sie vorher in die Kammer schicken. Ich brauche Sie noch …«

»Verdammt, ich kann doch nicht einfach warten und zusehen, wie …«

»Unsere Arbeit beginnt später. Wir haben nachher noch Zeit genug, es zu besprechen«, unterbrach ihn Peterson.

Der Priester erschien mit den Decken. Er breitete sie sorgfältig auf dem Boden aus. »Sie legen am besten die feuchten Kleider ab«, meinte er und begab sich an den Tisch, der mitten im Raum stand.

»Nehmen Sie auch die Perücke ab«, riet Peterson. »Man wird Sie leichter identifizieren.«

Ein wenig später, als Kramer in der Dunkelheit neben dem Mädchen lag, erlöste ihn die Müdigkeit von allen Zweifeln und Hoffnungen, die ihn quälten.

Sein Schlaf war unruhig, seine Träume waren wirr und schwer. Als Peterson ihn weckte, hatte er heftige Kopfschmerzen. Das Mädchen war bereits wach und angekleidet. In dem unruhigen Licht der Taschenlampe in Petersons Hand sah er den Priester über sein Mini-Telegerät gebeugt. Jemand sprach, aber die Stimme war leise und undeutlich. In Kramers Ohren klang es wie eine Litanei.

»Alles klar?«, fragte Peterson leise.

Eleanor nickte. Sie trat auf Kramer zu und küsste ihn flüchtig. Sie war bleich und ihr kleines Gesicht schien erfroren. Er wusste, dass sie Angst hatte und dass ihr jetzt niemand mehr helfen konnte. Selbst er nicht – am wenigsten mit dem Gefühl der Furcht, die auch er in sich verspürte, darum kämpfte er mit aller Macht dagegen an.

Sie spürte es und lächelte. »Es ist auch für uns, Bert. Drück die Daumen.«

Dann verschwand sie mit Peterson in der Dunkelheit des Treppenaufgangs. Nur die Schritte waren noch hörbar, während er erstarrt dastand und der Strahl der Taschenlampe durch die Finsternis geisterte.

»Jetzt liegt es in Gottes Hand«, sagte der Priester.

Kramer ließ die Arme sinken. »Ich wollte, es läge in meiner«, murmelte er. *Wenn es schief geht, bleibt uns ein Trost,* dachte er, *wir werden uns nicht mehr daran erinnern.*

Er trat an eines der Fenster und starrte nach unten. Der Antike Bezirk war fast ohne Beleuchtung, doch gab der mehr als halbvolle Mond genügend Licht, um den Platz vor dem Dom und die angrenzenden Häuser deutlich sehen zu können. Nichts regte sich. Kramer sog die Nachtluft tief in die Lungen und sein Kopf wurde klarer, wenn auch der stechende

Schmerz sich dadurch nicht vertreiben ließ. Gleich darauf sah er Eleanor.

Sie schritt eilig über den Platz.

Kramer hielt plötzlich den Atem an. Etwas bewegte sich in den dunklen Eingängen der Häuser. Das Mädchen musste es ebenfalls bemerkt haben, denn ihr Schritt stockte. Sie blickte sich gehetzt um.

Dann sah er, dass sich die leeren Gehsteige belebten. Immer mehr Gestalten kamen aus den Häusern.

»Was ist das?«, entfuhr es Kramer. Der Priester zwängte sich neben ihm ans Fenster.

Unten begann das Mädchen zu laufen. Aber sie hatte keine Chance. Der Kreis hatte sich bereits geschlossen.

»Das ist nicht die Polizei!«, rief Kramer und wollte zur Treppe stürzen. Aber der Priester hielt ihn fest.

»Bleiben Sie hier. Sie können nichts tun. Sie kommen auf jeden Fall zu spät …« Der Priester umklammerte ihn. »Wir müssen sehen, was geschieht.«

Die Gestalten schoben sich enger um das Mädchen, das verzweifelt nach einem Ausweg suchte und schließlich in der Mitte des Platzes stehen blieb. Und Kramer ahnte plötzlich, wer diese Leute da unten waren. Die nächsten Worte des Priesters bestätigten seine Ahnung.

»Das sind keine Menschen. Sie bewegen sich zu unsicher …«

»Das sind diese verdammten Puppen«, knurrte Kramer.

»Sollte das GEHIRN …?« Er sprach den Satz nicht zu Ende.

Das Mädchen hatte wieder zu laufen begonnen. Direkt auf die dunklen Gestalten zu.

»Sie versucht, durchzubrechen«, flüsterte der Priester. »Aber sie wird es nicht schaffen …«

Die Gestalten handelten gleichzeitig und wie nach einem Schema. Die einen eilten hinter ihr her, die anderen verdichteten den Punkt, auf den sie zulief – als dächte ein Gehirn für sie alle. Dann griffen Arme nach ihr und rissen sie zu Boden. Im nächsten Augenblick war sie unter den dunklen Leibern begraben. Gleichzeitig sah Kramer die Scheinwerfer eines Wagens durch eine der engen Gassen näher kommen und auf den Platz einbiegen. Mehrere Männer sprangen aus dem Fahrzeug und nun sah Kramer deutlich ihre Uniformen.

»Sie haben sie«, sagte der Priester. »Das ging rasch.« Er wandte sich um. »Wo bleibt Peterson?«

Die Polizisten mischten sich unter die Puppen und beugten sich ebenfalls über das Mädchen. Wie auf ein geheimes Signal wandten sich die Puppen um und marschierten auf ihre Häuser zu. Türen öffneten und schlossen sich lautlos und verschluckten den Spuk. Einen Spuk, von dem die Menschen dieser Stadt nichts wussten.

»Dies ist die Nacht der Enthüllungen«, murmelte Kramer. »Was steht uns noch bevor?«

Hastige Schritte näherten sich. Peterson tauchte auf.

»Schnell, rufen Sie Kevin!«, keuchte er und richtete den Strahl seiner Lampe auf das kleine Gerät am Tisch, das der Priester bereits eingeschaltet hatte. »Sagen Sie ihm, sie ist bereits auf dem Weg ins GEHIRN. Die Männer sollen sofort angreifen. Das GEHIRN darf keine Zeit haben, sich eingehend mit Fräulein Freyer zu beschäftigen.«

Während der Priester die Meldung durchgab, sagte Peterson kopfschüttelnd: »Jemand muss das elektronische Programm des Antiken Bezirks an den Hauptkernspeicher angeschlossen haben. Verdammt, wie kommen wir hier raus?«

»Der Herr hilft den Verzweifelten«, sagte der Priester lächelnd, als er seine Durchsage beendet hatte, »und die Kirche ist sein Werkzeug. Wo wartet Ihr Helikopter, Peterson?«

»Am Karlsplatz.«

»Vor der Kirche?«

»Ja.«

»Ihr Helikopter, Peterson? Steht die Wachmannschaft unter Ihrem Kommando? Dann wird sie bestimmt nicht mehr auf Sie warten. Sie stehen auf der Abschussliste …«

»Nein, die Verbindung zu mir ist nicht bekannt.«

»Gut«, meinte der Priester, »dann folgen Sie mir.« Er schritt auf die Stufen zu.

»Was haben Sie vor, Peterson?«, fragte Kramer.

»Erklären Sie es ihm, sobald wir in der Kirche sind«, sagte der Priester. »Rasch jetzt.«

Die beiden Männer folgten ihm über die endlose Wendeltreppe des Turmes hinab. Vor dem Ausgang hielt der Priester inne. »Von hier gibt es keinen Eingang in den Dom. Ich glaube nicht, dass man mich angreifen wird. Ich werde versuchen, das Haupttor zu öffnen. Wenn ich Ihnen winke, laufen Sie, so rasch Sie können. Behalten Sie die Hauseingänge im Auge.«

Die Männer nickten. Der Priester trat ins Freie und schritt schnell auf den Haupteingang zu. Kramer beobachtete die Hauseingänge und glaubte zu sehen, dass sich Türen öffneten. Aber nichts geschah, während der Priester um die Ecke verschwand. Es war unheimlich still.

Einen Augenblick später tauchte der Priester wieder auf und winkte. Kramer rannte los und hörte hinter sich den heftigen Atem Petersons. Aus den Augenwinkeln sah er, wie Gestalten aus den Türöffnungen quollen und auf die Straße stürmten. Mechanisches Surren erfüllte die Luft – einem aufgescheuchten Bienenschwarm gleich. Aber dann sah er das Tor vor sich und stürzte durch. Hinter ihm erklangen das Reißen von Stoff und ein halberstickter Fluch. Er wandte sich um und sah, wie Peterson aus den Armen einer der Puppen freizukommen versuchte, die ihn mit mechanischer Wucht zu umklammern suchten. Der Priester sprang dazu und riss die Puppe zu Boden. Peterson ging mit und kam frei. Mehrere Gestalten rasten über die Stufen des Eingangs herauf. In dieser Schnelligkeit waren ihre Bewegungen deutlich unharmonisch, als hätten sie Schwierigkeiten mit dem Gleichgewicht. Peterson taumelte ins Innere und riss den Priester mit sich. Kramer versuchte, die Tür zu schließen. Ein Arm fuhr dazwischen und wurde vom zufallenden Tor erfasst. Die zu Klauen gekrümmten Finger erreichten Kramer nicht mehr. In das Poltern des Tores mischten sich das Krachen von Plastik und der dumpfe Ton von Metall auf Metall.

»Weg hier!«, rief der Priester und eilte voran. Die Männer liefen durch das Hauptschiff zu einer Seitentür. Während der Priester hastig aufschloss, horchte Kramer auf den Lärm am

Tor. Die Kirche war finster bis auf das *Ewige Licht*, das rötlich und ein wenig unheimlich den Altar beleuchtete. Draußen sprang das Tor auf und stieß gegen den Stein. Dann wurde es plötzlich ruhig. Nichts regte sich mehr.

»Glück gehabt!«, sagte der Priester. »Sie dringen nicht ein.«

»Aber wie lange«, sagte Peterson, noch immer keuchend.

»Vielleicht lange genug. Kommt.«

Sie stiegen über schmale, steinerne Stufen hinab. Modergeruch lag in der merklich kühleren Luft. Unten angelangt, standen sie in einem schmalen Gang. Die Finsternis war undurchdringlich. Peterson schaltete seine Taschenlampe ein. Der Priester deutete auf eine Tür. »Hier geht es zu den Katakomben.«

Sie schritten daran vorbei. Kramer fragte sich, wohin der Priester sie wohl führen mochte.

Der Gang endete und Kramer fühlte Enttäuschung. Sollten sie sich hier verkriechen? Er dachte an Eleanor. Vielleicht betrat sie in diesem Augenblick die Kammer. Er ballte die Hände zu Fäusten.

Undeutlich sah er den Priester die Wand absuchen. »Ah, hier.«

Die Wand sprang zurück.

Das Licht der Lampe fiel in einen Quergang. Der Geruch von Fäulnis schlug ihnen entgegen. Stark und penetrant. Kramer glaubte, sich übergeben zu müssen, doch die Stimme des Priesters trieb ihn vorwärts. »Schnell. Vorsichtig.«

Er folgte Peterson.

»Das ist eigentlich eine Tür«, sagte der Priester, als er die steinerne Wand wieder in die ursprüngliche Position zurückschob. »Der Öffnungsmechanismus ist kompliziert. Man muss das Geheimnis kennen. Hier wird uns niemand folgen.«

Er schritt wieder voraus. Der Lichtkegel geisterte in die Finsternis hinein. Kramer vernahm das leise Rauschen von träge dahinfließendem Wasser ganz in seiner Nähe.

»Geben Sie mir die Lampe«, sagte der Priester. »Halten Sie sich dicht hinter mir und halten Sie mit einer Hand Kontakt mit der Wand.« Er leuchtete nach links.

Kramer sah das Wasser dicht neben sich. Es war schwarz und seine Oberfläche schimmerte ölig.

»Hier mündet ein Großteil der Abwässer des Antiken Bezirks und fließt in den Kanal. Wenn Sie hineinfallen, kommen Sie nicht mehr heraus. Die Wände sind zu glatt. Aber wenn Sie dicht an der Mauer bleiben, kann nichts passieren.«

Sie folgten dem künstlichen Bach. Es war totenstill – bis auf ihre Schritte und das leise Gurgeln des Wassers. Der Weg schien kein Ende nehmen zu wollen. Endlich hielt der Priester an und öffnete eine Tür, ähnlich der, durch die sie in den Abwasserkanal gekommen waren. Als die Tür sich schloss, atmete Kramer erleichtert auf. Die Luft war hier wohl schal, doch ohne den üblen Gestank faulender Abfälle.

Über ihnen war ein dumpfes Dröhnen zu vernehmen, das anschwoll, bis die Erde rings um sie vibrierte, dann verlor es sich wieder.

Peterson hielt an. »Was ist das?«

»Militärfahrzeuge, wahrscheinlich eine Patrouille. Wir befinden uns direkt unter dem Ring.«

»Unter dem Ring?«, fragte Kramer überrascht.

»Wo?«, fragte Peterson.

»In der Nähe der alten Oper. Dieser Gang führt zu den erweiterten Kellergewölben der Karlskirche …«

»Die Wege der Kirche sind geheimnisvoll«, sagte Peterson nicht ohne Anerkennung. »Wie spät ist es?«

»Kurz vor drei Uhr.«

»Gut«, sagte Peterson, »das ist gerade richtig. Herr Kramer, jetzt kommt unser *Coup de Bravour*. Wir werden den Telesender *Wien I* übernehmen und uns in das Nachtprogramm einschalten. Dann wird es sich weisen, ob wir die Öffentlichkeit überzeugen können. Sie und ich.«

»Und ich«, sagte der Priester.

Peterson hielt überrascht an. »Sie, Hochwürden? Was wird da Ihre Kirche dazu sagen?«

»Die Kirche lässt mir und meinen Männern freie Hand. Aber die Unantastbarkeit durch das mechanische Gericht muss gewahrt bleiben. Wenn also der Anschlag misslingt, wird sich die Kirche von uns distanzieren – und uns verurteilen.«

Peterson schüttelte den Kopf. »Sie setzen viel aufs Spiel.«

Der Priester lächelte flüchtig. »Sie nicht auch? Es wäre schlecht, nur von Opfern zu reden, wenn man sie nicht auch selbst zu bringen bereit ist.« Er wandte sich an Kramer, der betäubt dastand und sich mit der Tatsache vertraut zu machen versuchte, dass er vielleicht in weniger als einer Stunde zur Bevölkerung sprechen würde.

»Im Turm oben haben Sie mich dafür gehasst, dass ich von Opfern sprach ...« Als Kramer etwas erwidern wollte, sagte der Priester rasch: »Nein, leugnen Sie es nicht. Ich hasste mich auch. Aber vielleicht kann ich es zum Teil wiedergutmachen.« Er zögerte. »Vielleicht ist dieses Priestergewand ein wenig Beweis für die Wahrheit, die wir den Menschen heute zeigen wollen.«

»Wenn alles klappt«, sagte Peterson und schob den Priester sanft vorwärts.

»Es muss«, murmelte Kramer und dachte an Eleanor.

Als sie vorsichtig aus der Karlskirche traten, vernahmen sie aus dem Nordosten Gewehrfeuer. Peterson warf einen Blick auf seine Uhr. »*Gruppe T* müsste sich schon im Innern des GEHIRNS befinden. Zumindest vor der Exekutionskammer und im Schaltraum ...«

»Wer schießt dann?«, fragte Kramer.

Peterson schüttelte hilflos den Kopf. »Hoffen wir, dass es nur versprengte Trupps der *Gruppe T* sind, die die Militäreinheiten hinzuhalten versuchen ...«

»Wer könnte es sonst sein?«

»Ermerson. Wenn er zum Rückzug aus der Anlage gezwungen wurde.«

Verblüfft starrte ihn Kramer an. »Es ist kurz nach drei. Der Kampf muss doch eben erst begonnen haben ...«

»Muss nicht«, sagte Peterson. »Wenn das GEHIRN von Ermersons Plan erfahren hat ...«

»Vorsichtig«, sagte der Priester. »Es kommt jemand.«

Unwillkürlich drängte sich Kramer tiefer in die Dunkelheit der Säulen.

»Das ist Porter, einer meiner Männer«, sagte Peterson aufatmend.

Der Mann in Polizeiuniform lief auf die Stufen zu und blieb stehen, als er Peterson sah. »Peterson, Gott sei Dank«, rief er erleichtert. »Schnell, kommen Sie, man hat uns abkommandiert!«

»Wohin?«, rief Peterson, während er dem Mann entgegeneilte. Kramer und der Priester folgten automatisch. Ein Donnern von Granatfeuer zerriss die Stille und der Himmel wurde kurz erleuchtet. Ein erneuter Schuss folgte. Und ein dritter. Der Himmel im Nordosten schimmerte heller. Rötlich. Eine Sirene begann zu wimmern.

»Zur Anlage«, sagte Porter hastig. »Ein Teil des Militärs hat Stellung gegen das GEHIRN bezogen. Weiß der Teufel, woher sie von der Sache wussten. Sie feuern mit Granaten auf die oberen Gebäude der Anlage.«

»Gut«, knurrte Peterson. »Was hat man Ihnen aufgetragen?«

Sie liefen über den menschenleeren Platz auf den Kopter zu. Die Männer begrüßten Peterson erleichtert.

»Wir sollen sofort zur Anlage und Verteidigungsstellung beziehen.«

»Woher kam die Anweisung?«

»Aus der Zentrale.«

»Hm«, sagte Peterson, während er sich anschickte, in den Kopter zu klettern, »das wird noch ein hartes Stück Arbeit kosten. Aber die Burschen vom Militär sind nicht zimperlich. Sie machen keine halben Sachen.« Wieder erfolgten mehrere Explosionen von Granaten und der Himmel flackerte auf. »Geben Sie durch, dass Sie kommen, aber nehmen Sie Kurs zur Sendestation.«

Die Männer, vier insgesamt, halfen Kramer und dem Priester in die Maschine, deren Rotoren bereits anliefen. Kurz darauf hob sie ab und nahm Kurs auf den Wienerwald.

»Schon was im Tele durchgekommen?«, fragte Peterson.

»Nichts«, antwortete einer der Männer. »Noch immer das normale Nachtprogramm.«

»Die wissen vielleicht noch gar nichts«, meinte der Pilot.

»Sie müssten es sehen und hören«, sagte der Nachrichtenmann.

»Wir werden sie aufklären«, sagte Peterson entschlossen.

»Sicher.« Porter nickte und griff nach der Maschinenpistole, die neben seinem Sitz lehnte. »Deutlich genug!« Er grinste.

Die Zuversicht und der Tatendrang der Männer nahmen Kramer die Angst, die er immer gegenwärtig fühlte. Und langsam begann er selbst den Augenblick des Handelns herbeizusehnen.

Als der Kopter sich hoch über die Dächer hob und auf die Wienerwaldberge zuglitt, sahen sie den Feuerschein. Ein Teil der Anlage musste in Flammen stehen.

»Sie werden alle Hände voll zu tun haben, um zu verhindern, dass das Feuer auf die Wohnbezirke übergreift«, meinte Porter.

»Sind die Männer im Innern durch das Feuer nicht gefährdet?«, fragte Kramer.

Peterson schüttelte den Kopf. »Wenn alles nach Plan verlaufen ist, nicht. Die Speicher und die Exekutionskammer liegen ziemlich tief. Aber es kann natürlich verdammt heiß werden.«

»Wie lange wird es dauern, bis alle AT-Männer durchgeschleust sind – falls es geklappt hat?«

»Etwa halb fünf. Aber ich hoffe, dass bis dahin die Entscheidung gefallen ist.«

Kurz darauf setzte der Kopter vor der spärlich erleuchteten Sendestation zur Landung an. Die Stadt war ein gigantisches Lichtermeer, selbst zu dieser nächtlichen Stunde. Nur der Antike Bezirk lag wie ein dunkles Geschwür in dem Glanz. Und die Hochhäuser von WIEN-NORD hoben sich heller ab im unruhigen Schein der Flammen, die sich hungrig in die Anlage fraßen. Dunkle Rauchwolken schoben sich vor den ersten Hauch der Dämmerung. Der Tag war nah. Es würde ein Tag der Entscheidung sein.

Der Kopter landete. Die Männer sprangen heraus. Der Priester, eine seltsam verlorene Gestalt unter den schwer bewaffneten Polizisten. Die Wachmannschaft der Sendestation kam ihnen ahnungslos entgegen. Ihre Überraschung war groß, als sie plötzlich in die Mündungen der Waffen blickten. Es blieb ihr nichts anderes übrig, als sich zu ergeben. Nur der Kommandant der Mannschaft, ein dicklicher Kommissar mit dem ausdruckslosen Blick der *Umgeformten*, riss seine Pistole aus dem Halfter, aber Porter schlug ihn mit dem Kolben der Maschinenpistole nieder.

Die Männer wurden entwaffnet. Mit Ausnahme des Kommissars trugen sie jedoch nur Betäubungswaffen. Offensichtlich hatte das GEHIRN keinen Anschlag auf die Sendestation erwartet oder sich genötigt gesehen, alle Kräfte an der Anlage selbst einzusetzen.

»Ist er euch nicht seltsam vorgekommen?«, fragte Peterson.

»Doch«, antwortete einer der Männer. »Seit seiner Beförderung im letzten Monat. Aber die von den höheren Rängen sind alle so. Wir haben uns damit abgefunden. Man sagte uns, ein unpersönliches Verhältnis zwischen Mannschaft und Führung wäre die Grundlage für eine leistungsfähige Organisation …«

»Ja, natürlich«, knurrte Peterson. »Und der Grad der Unpersönlichkeit hat euch nicht erschreckt?«

»Doch«, sagte ein anderer unsicher. »Aber was sollten wir tun?«

Peterson nickte. Dann sagte er zu Porter und dem Piloten: »Bewacht sie und lasst niemanden rein oder raus.«

»In Ordnung, Peterson.«

»Peterson?«, rief einer der Männer überrascht.

Peterson sah ihn scharf an. »Ja?«

»Sie sind Peterson?« Und als dieser keine Antwort gab, fuhr er, noch immer mit Überraschung in der Stimme, fort: »Hören Sie, ich weiß, dass mit dem GEHIRN etwas faul ist. Und ich habe auch so meine Ahnungen, was mit ihm los ist.« Er deutete auf die leblose Gestalt des Kommissars. »Und mit den Oberen …« Seine Stimme bekam meinen bitteren Klang. »Ich möchte meinen Teil zu dem da unten beitragen. Nehmen Sie mich unter Ihr Kommando.«

Peterson zögerte. »Es ist ein Risiko ...«

»Nehmen Sie ihn, Peterson«, sagte der Priester. »Jeder Mann soll ein Recht darauf haben, seine Freiheit zu verteidigen.«

»Gut. Aber versuchen Sie keine Tricks. Wir machen kurzen Prozess.« Er setzte sich auf den Stationseingang zu in Bewegung.

»Von welcher Freiheit redet der Pfarrer?«, fragte einer der übrigen vier Gefangenen.

»Klären Sie sie auf, Porter. Wir dürfen keine Zeit verlieren.«

Der Priester, Kramer und zwei Männer aus dem Kopter folgten ihm. Der Neue unter Petersons Kommando redete hastig auf seine Kameraden ein. Als Kramer sich umwandte, sah er, dass Porter ihnen Erklärungen gab, dabei die Waffe wachsam in der Hand.

Auf dem Weg zum Senderaum begegnete ihnen niemand. Im Senderaum selbst befanden sich mehrere Männer, die erschreckt aufblickten, als Peterson die Tür aufriss und mit schussbereiter Waffe hineinstürmte. Die beiden Polizisten, die ebenfalls mit schussbereiter Pistole folgten, trugen nichts dazu bei, den Schreck zu mildern.

Drei der Männer hoben zögernd die Arme. Einer versuchte zu flüchten und Peterson schoss. Während der Mann sich mit einem Aufschrei ans Bein griff und zu Boden fiel, stürmte der fünfte mit einem schweren Kamerastativ auf Peterson los. Er schwang es und musste dabei sein Gewicht unterschätzt haben, denn er verlor das Gleichgewicht und stürzte. Als er sich aufrappeln wollte, waren die beiden Polizisten bereits über ihm. Er wehrte sich so verzweifelt, dass er mit einem Schlag gegen den Kopf betäubt werden musste. Deutlich stand in seinen Augen die große Leere. Noch arbeitete das GEHIRN und gab seine Sklaven nicht frei. Und es achtete keine Menschenleben, denn es drängte seine Soldaten auch in aussichtslosen Situationen zu Widerstand und Kampf. Peterson fluchte hörbar.

Der Verwundete versuchte, hinter die Kulisse des Nachrichtensprechers zu kriechen, die man bereits für die ersten Frühnachrichten um vier zusammengestellt hatte. Als sie ihn ergriffen, schlug er wild um sich. Kramer nahm einen der Betäubungspfeile aus der Tasche und drückte ihn in seinen Arm. Der Körper erschlaffte wenige Sekunden danach.

»Nehmt euch kein Beispiel an ihnen«, warnte Peterson die drei Techniker, die noch immer mit erhobenen Armen an der Wand standen und verängstigt das Geschehen beobachteten. »Sie wissen nicht, was sie tun. Sie würden auch auf ein Maschinengewehr loslaufen. Sie sind Sklaven einer verrückt gewordenen Maschine.«

Die Männer starrten ihn verständnislos an. Porter stürmte durch die Tür, gefolgt von den vier Gefangenen.

»Herr Peterson, sie sind mit von der Partie. Können Sie sie brauchen?«

»Wir können jeden Mann brauchen. Wenn Sie glauben, dass wir uns auf sie verlassen können, nehmen Sie sie unter Ihr Kommando. Suchen Sie das Gebäude ab. Wenn Sie noch jemanden finden, bringen Sie ihn hierher. Sichern Sie das Gebäude ab, soweit das möglich ist. Lassen Sie niemanden hinaus oder herein. Nehmen Sie die beiden Bewusstlosen mit. Sie haften mir für sie.«

Porter nickte und gab den Männern Anweisungen. Während sie die Gefangenen hinaustrugen, wandte sich Peterson an die Techniker.

»Sie können die Arme herunternehmen.« Sie taten es erleichtert.

»Sie unterbrechen jetzt das Programm«, fuhr Peterson fort. »Und Sie richten Ihre Kameras auf diese Nachrichtenkulisse. Wir haben ein Wort an die Öffentlichkeit zu richten.«

»Wir können doch nicht …«, begann einer und verstummte, als Peterson ihn kalt anblickte.

»Sie können es oder Sie wären nicht hier − Sie tun es für die persönliche Freiheit jedes einzelnen Menschen in diesem Land. Jetzt ist die Zeit zu kurz für Erklärungen. Sie werden es tun, und wenn ich Sie mit meinen eigenen Fäusten dazu zwingen muss …«

»Gut«, sagte der Mann, bleich im Gesicht. »Sie tragen die Verantwortung.«

»Ja, die trage ich«, knurrte Peterson. »Macht euch an die Arbeit. Und keine Tricks!«, warnte er und hob drohend die Waffe.

Die Männer brachten die Kamera in Position. Peterson warf einen Blick auf die elektrische Uhr an der Wand. Viertel vor vier. Das Granatfeuer war verstummt. Aber der entscheidende Schlag war noch nicht gelungen. Es konnte nicht mehr lange dauern, dann musste die Entscheidung fallen.

»Sie werden nach mir sprechen, Kramer«

»Und dann Sie, Hochwürden.«

Bert Kramer konzentrierte sich verbissen darauf, was er sagen wollte. Seine Gedanken wanderten immer wieder zu Eleanor. Er hatte die Hände in den Taschen. Die kalten Finger pressten sich verkrampft um die Daumen.

Sein Blick suchte das Gesicht des Priesters und empfand es als ruhig und gelöst. Kramer beneidete ihn um diese Ruhe.

»Können Sie verhindern, dass das GEHIRN den Polizeisender in das Programm bringt?«

»Möglich«, antwortete einer der Techniker. »Wir haben es natürlich nie versucht.«

»Tun Sie Ihr Bestes«, sagte Peterson scharf.

Eine Reihe von Kontrollschirmen leuchtete auf. Noch lief das normale Nachtprogramm, eine Reihe von Unterhaltungsfilmen, die um Mitternacht begannen und um vier Uhr endeten. Zwei der Schirme waren leer. Sie flammten auf, als die Techniker die Kamera einschalteten. Die Kulisse kam ins Bild.

»Wir sind soweit«, verkündete einer der Techniker.

»Gut.« Peterson trat vor die Kulisse, eine große Karte von Österreich, über die sich ein Netz winziger Lampen breitete.

»Achtung, wir schalten um.«

Das Programm brach abrupt ab. Auf allen Schirmen war nun Peterson zu sehen. Er begann sofort zu sprechen. Sein Gesicht war hart und verschlossen. Er sprach sicher und eindringlich.

»Dies geht alle an, jeden einzelnen Bürger unseres Staates. Im Augenblick kämpfen Männer und Frauen für unsere Freiheit. Die Entscheidung kann jeden Augenblick fallen. Die Kämpfe beschränken sich unmittelbar auf das Gebiet der Anlage der Gerichtsmaschine. Wir bitten die Bevölkerung, Ruhe zu bewahren und die Wohnungen nicht zu verlassen. Es besteht Lebensgefahr. Einheiten des Militärs haben die Anlage unter Beschuss. Wir bitten Feuerwehr und Rettung, sich für den Einsatz bereitzuhalten. Eine Warnung an die gesamte Bevölkerung Wiens: Betreten Sie unter keinen Umständen den Antiken Bezirk! Die Puppen stehen unter der Kontrolle des GEHIRNS, einer Maschine, der Menschenleben nichts bedeuten. Schließen Sie Ihre Wohnungen ab. Die Reaktionen des GEHIRNS in der Stunde seiner Vernichtung sind nicht absehbar. Seine Schergen werden auch den irrsinnigsten seiner Befehle Folge leisten. Zu ihnen zählen zum großen Teil Einheiten der Polizei und des Militärs sowie fast alle in der Anlage Beschäftigten. Unter Verdacht stehen auch die führenden Politiker des Landes. Ich wiederhole: Bewahren Sie Ruhe und bleiben Sie in den Wohnungen. Wir werden Sie über alles informieren. Mein Name ist Peterson. Über die näheren Einzelheiten wird Sie Herr Kramer aufklären. Er ist seit Jahren Geschworener und arbeitete daher in engstem Kontakt mit der Gerichtsmaschine …«

Peterson winkte Kramer ungeduldig. »Reden Sie, was Ihnen in den Sinn kommt«, murmelte der Priester. »Aber reden Sie, Kramer.«

Während der ganzen Zeit, in der Peterson gesprochen hatte, war Kramers Nervosität gewachsen. Aber jetzt, als er in das Blickfeld der Kamera trat, fühlte er jene kalte Entschlossenheit wieder, die auch während der Verfolgung im entscheidenden Moment über ihn gekommen war. Und dann begann er zu sprechen. Zuerst hastig, dann aber, je länger er sprach, ruhig und bestimmt. Er sprach von seinen plötzlichen Erinnerungen, von Dr. Frank, von Gaston und von den schrecklichen Fakten, die sich nach und nach immer deutlicher präsentiert hatten. Er kam nicht zu Ende.

Petersons hastig hervorgestoßene Worte ließen ihn verstummen. »Verdammt, versuchen Sie es rauszuhalten!«

Gleich darauf sah er ebenfalls, was nicht stimmte. Die Schirme gaben kein Bild mehr wieder. Sie flimmerten. Ein durchdringender Pfeifton schrillte und brach ab. Erneut kam das Bild. Dann ein anderes.

»Die Polizeizentrale!«, fluchte Peterson. »Können Sie nichts tun?«

»Wir versuchen es ja«, stöhnte einer der Techniker. Kramer starrte gebannt auf die Schirme. Die Zentrale war leer. Wieder kam das Flimmern, dann erneut die Zentrale. Mehrere Männer stürmten in die Zentrale. Sie suchten hastig Deckung. Dass kein Ton das Geschehen begleitete, war gespenstisch. Dann wurde der Schirm dunkel, dafür kam der Ton. Der entsetzliche, peitschende Klang einer Maschinenpistole. Die Männer lauschten erstarrt.

Die Techniker arbeiteten schwitzend an den Geräten. Es schien, als hätten sie Erfolg, denn das Bild kam wieder.

Im nächsten Augenblick ließen mehrere Detonationen das Gebäude erzittern. Die Schirme wurden leer, die Lautsprecher verstummten. Dann erschien wieder das gewohnte Bild der Nachrichtenkulisse. Vor ihr Kramer.

Er wandte sich bleich um, als sich rasche Schritte von draußen näherten. Dabei fiel sein Blick auf die automatische Uhr.

Zwei Minuten vor vier Uhr.

Die Tür sprang auf und Porter stürmte herein.

»Haben Sie es gehört?«, rief er aufgeregt. »Sie hätten es sehen sollen. Vier oder fünf Blocks sind einfach zusammengeklappt. Schutt und Trümmer ...!«

»Das müssen die Speicher gewesen sein«, sagte Peterson gepresst. »Sie müssen es gewesen sein.«

»Ich glaube schon«, meinte einer der Techniker. »Die Störung brach plötzlich ab ...« Minutenlang herrschte Schweigen.

In die Stille hinein läutete das Telesprechgerät.

Peterson sprang zum Apparat. »Hier Sendestation *Wien I* ...«

Der Sprecher, ein jüngerer Mann in Militäruniform mit den Rangzeichen eines Leutnants, befand sich in einer öffentlichen Zelle. Er schien aufgeregt. Durch das Glas sah man auf die Straße. Es war bereits hell geworden.

»Peterson?«

»Ja.«

Kramer bemerkte, dass einer der Techniker die Kamera auf das Telegerät eingeschwenkt hatte.

»Hier ist Holgers, einer Ihrer AT-Leute aus dem Schaltraum. Ich glaube, wir haben es geschafft.«

Das Gesicht des Leutnants verschwand vom Schirm. Ein anderes erschien.

»Chef, es hat geklappt. Unsere Leute haben die Speicher gesprengt. Genau nach Plan.«

»Gott sei Dank«, sagte Peterson. In seiner Stimme lag grenzenlose Erleichterung. »Was ist mit Ermerson?«

»Er ist wahrscheinlich nicht ganz durchgekommen. Es muss verdammt heiß gewesen sein da unten. Ein Großteil der Gebäude brennt lichterloh …«

Eine verzweifelte Angst ergriff Kramer. Rasch trat er zu Peterson.

»Wie sieht es in der Kammer aus? Was ist mit Fräulein Freyer?«

»Ich weiß es nicht genau«, sagte Holgers unsicher. »Als die Speicher in die Luft flogen, muss es auch die Zentrale erwischt haben, denn unser Schaltraum war plötzlich tot. Keine Energie mehr. Die Kammer ist verschlossen. Aber inzwischen werden sich unsere Männer sicher bemühen, die Tür aufzubekommen.«

Eisige Finger griffen nach Kramers Herz. Bittend wandte er sich an Peterson. »Bringen Sie mich zur Anlage.«

Der zögerte. Dann aber wandte er sich an Porter: »Bringen Sie ihn hin.«

Als er Porter aus dem Haus folgte, sah er die mächtigen, dunklen Rauchwolken, die träg über WIEN-NORD in den Himmel qualmten. Sie steigerten seine Angst um das Mädchen. Unendlich lang schien es ihm, bis der Kopter abhob. Während des kurzen Fluges saß er verkrampft im Sitz und starrte unentwegt auf die brennende Anlage, die schnell näher kam. Porter schwieg. Er wusste, dass Worte jetzt wenig halfen. Nur die Tatsachen konnten Zweifel und Angst beseitigen. Seine, Porters, Angst war vorbei. Und hätte ihn Kramers Angst nicht ein wenig niedergedrückt, wäre er sehr fröhlich gewesen. Es gab auch allen Grund, fröhlich zu sein.

Die Herrschaft des GEHIRNS war zu Ende.

Die Anlage glich einem brennen Ameisenhaufen.

Das Militär hatte das Gebiet rundherum abgesperrt. Eine Menge Schaulustiger versuchte durchzuschlüpfen. Die Feuerwehr kämpfte verzweifelt, um das Übergreifen des Feuers auf die Wohnhäuser zu verhindern. Rettungsmänner bargen Verwundete oder Tote. Die Luft war heiß und flimmerte. Die Mehrzahl von Ermersons Leuten und den AT-Männern mussten sich bereits im Freien befinden, aber noch immer kamen vereinzelte Männer mit verschwitzten und geschwärzten Gesichtern aus den unterirdischen Komplexen der Anlage. Wie viele noch unten waren, wusste niemand.

Man ließ Kramer ungehindert durch. Die Leute schienen informiert, denn man wies ihm den Weg zur Kammer, doch über Eleanor selbst wussten sie noch nichts. Man mühte sich noch immer ab, die automatische Tür zu öffnen.

Als er eines der wenigen noch stehenden Gebäude betrat und in den unterirdischen Teil hinabstieg, nahm ihm die Hitze fast den Atem. Er begegnete einem Trupp Rettungsmänner in weißen, verrußten Kitteln, die eine Anzahl lebloser Körper ins Freie schafften.

Kramer gelangte in einen Teil des Gebäudes, der ohne Beleuchtung war. Er zögerte, aber die Angst trieb ihn vorwärts. Er stand bald in völliger Finsternis. Einen Augenblick lang erfasste ihn panische Angst bei dem Gedanken, dass er keinen Weg mehr ins Freie finden könnte. Aber dann hastete er vorwärts. Die Schwärze um ihn war vollkommen, die Hitze so unerträglich, dass er glaubte, ersticken zu müssen. Sein Gesicht war nass von Schweiß.

Dann sah er zu seiner Rechten ein Flackern von Taschenlampen. Erleichtert rannte er darauf zu. Das musste es sein. Er stolperte über ein paar Kabel und fiel hin. Schnell rappelte er sich auf.

Im Schein der Taschenlampen sah Kramer mehrere Männer, teils in Zivil und teils in Militäruniformen, die sich über einen kleinen Apparat beugten. Einer der Männer blickte auf, als er eintrat.

»Herr Kramer, nicht wahr?« Es war mehr eine Feststellung als eine Frage. »Diese verflixte Tür. Aber es ist gleich soweit. Ein kurzer Stromstoß genügt. Wir mussten erst die Kabel holen …«

»Ist sie noch drinnen?«, fragte Kramer hastig.

»Wir nehmen es an. Beide Türen sind zu. Diese verdammte Hitze. Ah …!«

Die Tür öffnete sich knirschend ein Stück. Aber die Hitze musste das Metall gedehnt haben. Einer der Männer stemmte sich dazwischen. Die Tür gab noch ein Stück nach. Es reichte, um einen Mann durchzulassen. Die Dunkelheit dahinter schien noch dichter und erdrückender.

»Bleiben Sie hier, Herr Kramer. Wir schaffen sie schon heraus, wenn sie noch drinnen ist. Sie könnten nichts tun.« Der Mann hielt ihn fest, als Kramer ebenfalls zur Tür wollte.

Einen Augenblick später tauchte einer der Männer wieder auf. Der Lichtkegel einer Lampe erfasste den Kopf des Mädchens. Als man sie durch die Tür schob und er ihre leblose Gestalt sah, glaubte er einen schrecklichen Moment lang, sie sei tot. Aber die Worte des Mannes, der Kramer das Mädchen in die Arme legte, nahmen das Entsetzen von ihm.

»Schnell, schafft sie hinaus. Sie lebt noch!«

Zwei der Männer halfen Kramer das Mädchen durch den langen, finsteren Gang zu tragen. Draußen legten Rettungsmänner Eleanor auf eine Bahre und trugen sie zu einem der wartenden Wagen.

Sie erwachte bereits während der Fahrt zum Krankenhaus. Von diesem Augenblick an fühlte auch Kramer die Erleichterung und die Fröhlichkeit über den besiegten Albtraum.

»... Krise in den frühen Morgenstunden bereits vorüber. Die Untersuchungen des gestrigen Tages ergeben ein deutliches und erschreckendes Bild. Die führenden Politiker des Landes sowie die leitenden Ränge der Polizei der Stadt Wien befanden sich ausnahmslos unter der totalen Kontrolle des GEHIRNS. Ebenso drei Generäle und zwei Kommandanten von Wiener Kasernen des österreichischen Heeres, die aber rechtzeitig ausgeschaltet werden konnten. Außerdem sämtliche in der Anlage des Justizgehirns Beschäftigten, alles in allem etwa sechstausend. Sie müssen als die eigentliche Kampfgruppe des GEHIRNS bezeichnet werden, die jedoch durch den gut ge- wählten Zeitpunkt des Angriffs nicht vollzählig zum Einsatz gebracht werden konnte. Die Kontrolle über diese Männer hatte das GEHIRN durch eine Strahlung an sich gerissen, die auf das menschliche Gehirn einwirkt und früher zur Exekution diente. Diese *Umgeformten*, wie sie von den Revolutionären be- zeichnet werden, sanken bewusstlos zu Boden, als der Kern- speicher gesprengt wurde. Dadurch war der Widerstand gebrochen. Die überwiegende Mehrzahl konnte aus der bren- nenden Anlage geborgen werden. Der Großteil ist bereits aus dieser Bewusstlosigkeit erwacht, doch scheinen die Leute kei- nerlei Erinnerungen an die Geschehnisse zu haben. Immer mehr kristallisiert sich eine phantastische Tatsache heraus: Wir müssen an eine Eigeninitiative des elektronischen Gehirns glauben, eine Möglichkeit, welche die Wissenschaftler bereits widerstrebend zugestehen. Inzwischen ist eine provisorische Regierung gebildet worden. Ihr erster Akt war die Schaffung eines Komitees, das sich mit der Rehabilitierung der österrei- chischen Justiz und der Wiedereinführung des *Römischen Rechts* befassen soll. Zum Vorsitzenden des Komitees wurde Bert Kramer ernannt, ehemaliger Geschworener und Mitglied der Revolutionäre ...«

Der Telesprecher läutete und Kramer stellte das Emp- fangsgerät leiser. Eleanor begab sich an den Apparat.

»Es ist Peterson, Bert!«

»Stelle den Blickwinkel größer, dann sieht er mich, auch wenn ich hier sitzen bleibe.«

Das Mädchen nickte und drehte an der Einstellung.

»Ah, man lebt wieder bequem?«, kam Petersons Stimme. Er grinste.

»Revolutionsmüdigkeit«, sagte Kramer und grinste ebenfalls, als er das vertraute Gesicht vor sich sah.

»Die Revolution geht weiter, Herr Komiteevorsitzender Kramer, ehemaliger Revolutionär.« Er lachte. »Wie fühlen Sie sich so ganz ohne Talente, Fräulein Freyer?«

»Woher wissen Sie es?«, fragte Eleanor verblüfft.

»Ah, vergessen Sie nicht, dass ich die Polizei reorganisiere. Mein Spionagenetz ist allgegenwärtig.«

»Sind Sie sicher, dass Sie kein verkleidetes Elektronengehirn sind, Peterson?«, sagte Kramer lachend.

»Schon möglich. *Cogito ergo sum* sagt nichts über die Beschaffenheit des Denkers aus. Aber um zur Sache zu kommen: Ich wollte Sie einladen ...«

»Heut nicht«, unterbrach ihn Kramer.

»Dachte ich mir schon. Nein, nächste Woche. Zu einem Revolutionärstreffen. Dann werden Ihre Brandwunden schon verheilt sein, Fräulein Freyer.«

»Ich hoffe es.« Sie hob ihre bandagierten Arme.

»Sie kommen selbstverständlich«, fuhr Peterson fort. »Einige Militärs werden da sein. Und unser Hochwürden. Schade, dass Sie ihn nicht reden hörten, Kramer. Es war beeindruckend. Jedenfalls wird es ein nettes, friedliches Wiedersehen. Ach ja, Ermerson kommt ebenfalls ...«

»Wie geht es ihm?«, fragte Kramer.

»Sie haben ihn bereits aus dem Krankenhaus entlassen. Seine Verwundung war nicht schlimm.«

»Wir kommen«, sagte Kramer.

»Gut«, sagte Peterson grinsend. »Ich rufe Sie noch an.«

Der Schirm wurde dunkel. Kramer zog das Mädchen zu sich. »Wie fühlst du dich wirklich ohne die Talente?«

»Unbeschwert«, sagte sie. »Ich kann mich mehr meinen eigenen Gefühlen widmen.«

»Und wie sind die?«

»Gut für dich«, sagte sie und errötete. »Das heißt, wenn …«

»Meine augenblicklichen Gefühle lassen dich also kalt?«

»Vollkommen.« Und unerwartet fügte sie hinzu: »Du musst es mir schon sagen, was du empfindest.« Sie legte ihre bandagierten Arme um seinen Hals.

»Sie haben schon recht«, murmelte er, während er sie fest an sich presste, »wenn sie sagen, das GEHIRN hätte uns allen eine Fülle von Aufgaben hinterlassen …«

Während sich Kramer seinen neuen Aufgaben widmete, schwenkte das Bild am Teleschirm von der zerstörten Anlage über auf den Rathausplatz. Die beiden großen Plakate, die Beichte betreffend, hatte man abgerissen und neue aufgeklebt. Auf ihnen stand in großen Lettern der verheißungsvolle Grundsatz des *Römischen Rechts*:

IN DUBIO PRO REO
IM ZWEIFELSFALL FÜR DEN ANGEKLAGTEN

DAS SIGNAL

I.

Es beginnt mit einem Furchtgefühl.

Man fürchtet sich nicht selbst. Es ist ein fremdes Gefühl.

Jemandem droht etwas Unheimliches, Grauenvolles, Endgültiges.

Man sieht eine unwirkliche Umgebung, die man nicht deuten kann, so sehr man sie auch mit seinen Sinnen zu erfassen sucht. Manchmal scheint es ein Raum zu sein, manchmal ein surrealer Himmel über einer surrealen Landschaft. Sie entgleitet jeder Erkenntnis und jeder Definition. Als ob sie nicht wichtig wäre, nur eine Struktur, um die Leere hinter den wichtigen Dingen zu füllen.

Klar und deutlich brennen sich zierliche Gestalten ins Bewusstsein. Sie sind feingliedrig, mädchenhaft und von solch einer kostbaren vollkommenen Schönheit, dass der Gedanke, sie könnte zerstört werden und für immer verloren sein, einem das Herz in der Brust herumdreht.

Sie stehen in Gruppen oder allein. Ihre kindlichen, etwa einen Meter fünfzig großen Körper sind menschlich. Aber der verlorene anrührende Ausdruck vermag nicht über die Fremdartigkeit ihrer Gesichter hinwegzutäuschen. Wie ihre großen, die Gesichter dominierenden Augen, die aus einer anderen Welt herzublicken scheinen, sind sie nicht menschlich.

Wie Engel, die die Macht über den Himmel verlieren könnten, sehen sie dem Träumer in die Seele, bis er im Schlaf weint und die Fäuste ballt und vor Mitgefühl zittert und verspricht und schwört, den gefährdeten Himmel für sie zu retten.

Und er spürt, wenn er mit Tränen in den Augen aufwacht, für eine Weile, dass er auserwählt ist …

2

Das Telefon läutete.

Er schloss die Mappe und warf die Unterlagen über die Kreisler-Farm auf Peggys Schreibtisch. Er hob ab.

»Mr. Crane … Jeffrey Crane …?« Es war eine weibliche Stimme.

Er sagte: »Ja?«

»Vermissen Sie nichts?«

Er dachte nach. Dann sagte er: »Helfen Sie mir auf die Sprünge.«

»Ich habe hier einen Schlüsselbund mit einem Anhänger, auf dem steht: Crane Immobilien, Kansas City, 12 Oak Grove. Und er hat eine Nummer: F437. Kommt Ihnen das bekannt vor?«

»Das ist …« Er wandte sich um und blickte zur Tür. Es war der Donovan-Schlüssel. Er sollte im grauen Sakko sein. Der Bügel hing leer am Haken. Er seufzte. »Woher haben Sie ihn, Miss …?«

»Ich habe noch mehr, Mr. Crane, und ich würde gern mit Ihnen darüber reden.«

Er sagte: »Ja … wenn Sie mir Ihren Namen sagen, Miss …?«

»Ich bin nicht weit von Ihnen. In der 42ten. *Billys Burger Bude* am Eingang zum Park. In einer Stunde?«

»Ja, in einer Stunde, aber …«

»Fragen Sie Billy nach Melinda.«

Es klickte und die Leitung war tot.

Jeff Crane legte auf und ließ sich in den Stuhl zurücksinken. Er wusste es seit dem Morgen. Er hatte wieder einen Traum gehabt. Drei Jahre war nichts geschehen und er hatte gedacht, es wäre vorbei. Doch jetzt schien es, als hätte ihn das Problem wieder eingeholt.

Das Problem mit der verlorenen Zeit.

Er griff zum Telefon und wählte Dr. Bergs Nummer.

»Seelenfitness Dr. Berg.«

Das war etwas, das ihn immer schmunzeln ließ, wenn er es hörte – auch wenn er gehofft hatte, es nie wieder zu hören.

»Dr. Berg, hier ist Jeff Crane. Ich hatte wieder einen Traum. Und ich glaube, ich war wieder unterwegs.«

»Ja, Jeff. Wir registrieren seit einigen Wochen verstärkte Aktivität. Ich habe bereits mit Ihrem Anruf gerechnet …«

»Was meinen Sie mit verstärkter Aktivität? Und wer ist wir?«

»Das *Verlorene-Zeit-Problem* hat eine ganz neue Dimension angenommen. Kommen Sie ins Studio, sobald Sie können. Passt halb sieben?«

»Kann ich nicht sagen. Ich hatte eben einen Anruf von einer Frau, mit der ich offensichtlich zusammen war …«

»Wo?«, unterbrach sie ihn.

»Das hat sie nicht gesagt. Ich treffe sie um drei. Ich weiß natürlich nicht, was geschehen ist … sie war sehr kurz am Telefon. Jedenfalls, sollte die Unterredung etwas bringen, möchte ich sie nicht vorzeitig abbrechen.«

»Wären Sie einverstanden, dass ich dabei bin?«

»Ich schon, Dr. Berg, aber ich weiß nicht, ob sie …«

»Dann schlage ich vor, dass wir es darauf ankommen lassen. Geben Sie mir die Adresse.«

Danach rief Jeff Crane Lisa Dillings an, um die Abendverabredung abzusagen. Lisa war eine eineinhalbjährige Wechselbadbeziehung im Endstadium. Er sagte:

»Lisa, Schatz, macht es dir etwas aus, wenn wir das Begräbnis unserer Beziehung auf morgen verschieben?«

Einen Moment lang schienen ihr die Worte zu fehlen, dann lachte sie unterdrückt und er sah ihre blonden Locken und den kühlen, immer ein wenig zu roten, Mund vor sich, der so liebevoll küssen und so lieblos reden konnte.

»Passt mir gut, Jeffy, dass du es so siehst. Das erspart es mir, dir zu erklären, warum ich die ewigen seelischen Trümmerhaufen endgültig satt habe, die du immer bei mir anrichtest …«

»Die wir beide regelmäßig anrichten«, verbesserte er ruhig.

Sie ging nicht drauf ein. Aber sie klang nun bissig, bereit für ein paar letzte Scherben. »Leb wohl, Jeffy. Deinen Pyjama und dein Rasierzeug und deine Bob Dylan Platten …«

Er war nicht neugierig, was sie damit tun wollte, daher unterbrach er sie rasch: »Du hast noch Unterwäsche in meiner Wohnung, Lisa, Schatz …«

»Behalt sie als Souvenirs!«

Klick!

Er sank zurück und lächelte. Er dachte an die guten und die weniger guten Momente zurück, an die wilden und an die wüsten. Es war eine gute Zeit gewesen, es gab nichts zu bereuen. Jetzt war er ein freier Mann – mit einem alten Problem.

Er sah auf die Uhr. Nach halb drei. Er stand auf und nahm den Autoschlüssel aus der Schublade. Das Telefon läutete, aber er nahm nicht mehr ab. Einen Augenblick später kam Peggy herein.

»Ein Mr. Conelly, Mr. Crane.«

Er nickte. »Er interessiert sich für das Sheckling-Bungalow. Sind Sie vertraut mit dem Objekt?«

»Natürlich, Mr. Crane.«

»Dann bringen Sie die Sache zum Abschluss. Sie können in eigener Verantwortung entscheiden und verhandeln. Würden Sie das übernehmen?«

»Gern, Mr. Crane, das wissen Sie doch.«

»Danke, Peggy. Ich werde heute nicht mehr ins Büro zurückkommen.«

Er parkte Ecke Thompson und schlenderte die 42nd entlang zum Rosedale Park. *Billys Burger Bude* war ein sechseckiger Pavillon. Es war ziemlich windig und nicht viel los. Ein halbes Dutzend schwarzer Jugendlicher belagerte den Stand und verschwand lärmend im Park. Als Jeff ankam, saß noch ein dicklicher weißer Fünfziger mit einer kleinen bellenden Promenadenmischung auf einem der Hocker. Eine Frau, weiß, um die dreißig, blond, mit Stirnfransen und glatt gebürstetem, zu einem Pferdeschwanz gebundenem Haar, stand zigarettenrauchend ein wenig abseits.

Jeff wandte sich an Billy, einen schmächtig wirkenden, stoppelbärtigen jungen Mann in Shorts und weißer Schürze. Er deutete auf die Frau.

»Ist das Melinda?«

»Nein, Mister, die Krähe steht hier seit einer Stunde rum und macht meine Hot Dogs madig. Kenn ihren Namen nicht. Sie sind Mr. Crane, nicht? Ihre Verabredung ist in der Nähe … wollt' sich ein Bild von Ihnen machen. Ist 'ne attraktive Alte, kann ich Ihnen verraten, damit Sie sich auch ein Bild machen.« Er zwinkerte. »Starker Vorbau.« Er machte eine begleitende Bewegung mit den Händen. »Und Feuer am Kopf.« Er grinste. »Nichts für mich, verstehen Sie, Mister. Ich seh nach nicht viel aus und neben ihr …« Er überließ das Jeffs Phantasie. »Aber für einen Kerl wie Sie, der was hermacht … Mann …!« Er brach ab und wandte sich neuer Kundschaft zu.

Gleich darauf sah Jeff eine Frau zielsicher aus dem Parkeingang auf ihn zukommen. Er schätzte sie um die dreißig, eher darunter. Sie trug einen türkisen Mini, Leder, wie sich beim Näherkommen herausstellte, und eine Jacke in der gleichen Farbe. Sie war atemberaubend rothaarig. Billy hatte nicht übertrieben. Sie ließ ihm keine Zeit, über die Schönheit ihres blassen Gesichtes nachzudenken. Sie hatte sein Sakko am Arm.

»Mr. Crane?« Ihre Stimme war tief und melodisch. Sie musterte ihn von oben bis unten. Sie nickte. Aber zu seinem Bedauern ließ sie nicht erkennen, ob ihr gefiel oder missfiel, was sie sah.

Er sagt: »Guten Tag, Miss …?«

Sie zögerte, dann sagte sie: »Kelly.«

»Miss Kelly, ich bin sehr froh, dass Sie meine Jacke gefunden haben …«

Sie unterbrach ihn. »Um bei der Wahrheit zu bleiben, Mr. Crane, ich habe Sie nicht gefunden. Ich habe sie bei einer Gelegenheit aus Ihrem Wagen genommen, über die ich Ihnen die Augen öffnen möchte. Aber erst sagen Sie mir eines: Hatten Sie ungewöhnliche Träume in letzter Zeit … seit gestern Nacht?«

Sie sah ihn erwartungsvoll an.

»Es ist seit drei Jahren nicht mehr geschehen und ich dachte, ich hätte es überwunden. Aber als ich heute Morgen den

Traum hatte, wusste ich, dass das Problem wieder da war. Als Sie anriefen, dachte ich, wenn diese Frau dabei war, gibt es endlich eine Möglichkeit, den Dingen auf den Grund zu gehen ...«

»Und was ist das für ein Traum?«

Er zögerte. Dann gab er sich einen Ruck. Nun war der Augenblick, offen zu reden. »Da sind immer kindliche Gestalten mit übergroßen dunklen Augen. Sie sind in irgendeiner Gefahr und ich habe nur ein Verlangen: Sie zu beschützen ... mit meinem Leben ... bis zum Tod ...«

»Reden Sie weiter«, verlangte sie atemlos.

»Sie sehen aus wie kleine Mädchen ... sie sind so fremd, so ...« Er brach ab, als ihm die Worte fehlten.

»Nicht ganz menschlich«, sagte sie für ihn. »Kennen Sie Margret Keane? Und Walter Keane? Sie hatten ihre Ateliers in San Francisco Anfang der sechziger Jahre. Sie malten diese Kinder mit den großen Augen. Eine Weile gab es überall Postkarten davon zu kaufen. Sie müssen diese Träume auch gehabt haben ...«

»Viele haben solche Träume«, sagte eine männliche Stimme hinter Jeff. »Die halbe Menschheit, wenn ich meine Untersuchungen hochrechne.«

Jeff fuhr herum. Dr. Berg stand hinter ihm. Es war das erste Mal, dass er sie in einem Kleid und nicht im weißen Kittel sah. Der Sprecher war ein junger Mann in Jeans und weißem Hemd, so blond wie Dr. Berg und mit einem Fünftagebart.

»Verzeihen Sie den Eifer meines Begleiters, Jeff«, bat Dr. Berg. »Es ist Dr. Ruggles, dozierender Assistent an der Uni. Psychologe. Sein Spezialgebiet sind Träume und das *Verlorene-Zeit-Syndrom*. Er hat ein paar Antworten auf Fragen, die Sie bewegen. Ich hielt es für das Beste, wenn Sie ihn anhören.«

Melinda Kelly drückte Jeff das Jackett in die Hand. Er ergriff sie rasch am Arm, als er erkannte, dass sie gehen wollte. Er stellte die Damen einander vor, worauf sie beschlossen, einen Spaziergang durch den Park zu machen und auf das Steakhaus in der Mission Road zuzusteuern.

Miss Kelly blieb schweigsam. Sie war nicht bereit, das Thema Sakko in Gegenwart der beiden wieder aufzugreifen, und Jeff respektierte es. Er spürte, wenn er etwas von ihr erfahren wollte, dann konnte es nur unter vier Augen geschehen.

Dr. Ruggles' Ausführungen fand Jeff beängstigend und erleichternd zugleich, auch wenn er die Antwort auf das *Warum* schuldig blieb; beängstigend, weil so viele Menschen davon betroffen waren, und erleichternd, weil er mit diesen unglaublichen und unheimlichen Ereignissen nicht mehr allein war. Es schien eine Zivilisationskrankheit zu sein, von diesen großäugigen Wesen zu träumen. Er hatte gelesen, dass die Militärs irgendwo in Alaska Elektrojets in die Ionosphäre schossen für allerlei elektronischen Schnickschnack. Sie hatten Wagners Walkürenritt in den Himmel geschickt. Vielleicht gab es auch einen Witzbold, der der Welt diese kleinen Monster in die Gehirne schickte.

Laut Dr. Ruggles gab es zwei Arten von wiederkehrenden Träumen, von denen viele Leute übereinstimmend berichteten. Die einen nannte er die *Beschützer-Träume*. In ihnen tauchten ohne große Variation diese kindlich anmutenden Wesen mit den übergroßen Augen auf und weckten im Träumer einen übermächtigen Beschützerinstinkt. Alle Träumer beschrieben die Wesen als nicht ganz menschlich, weise, als wunderschön und über alle Maßen liebenswert.

Die anderen Träume nannte er die *Killer-Träume*. Darin erschienen dem Träumer andere nichtmenschliche Wesen, deren Anblick so grauenvoll war, dass ein übermächtiger Wunsch, sie zu töten, geweckt wurde. Sie hatten das Aussehen von räuberischen Insekten. Manche beschrieben sie ähnlich einer Gottesanbeterin ohne Flügel, anderen erschienen sie als übermenschengroße Spinnen, angetan mit schwarzen, schimmernden Chitinrüstungen. Sie waren keine Tiere. Jeder beschrieb sie als intelligent. In allen Träumen töteten sie auf gnadenlose Weise alle Geschöpfe, die ihren Weg kreuzten. Schon ihr erster Anblick weckte Hass und Aggression im Träumer und den Willen, ebenso gnadenlos wie sie zu töten. Es waren schreckliche Träume und die Menschen ertrugen sie nur, weil dieser Wunsch, sie zu töten und auszurotten, alle anderen Gefühle überlagerte.

Das *Verlorene-Zeit-Syndrom* war seltener und es gab wenig konkrete Aussagen Betroffener. Manchmal ein Gefühl, aus dem Schlaf gerissen worden und irgendwo gewesen zu sein. Keine Erinnerungen. Dass sie wirklich ihr Bett verlassen hatten und fünf bis sechs Stunden verschwunden waren, daran bestand in den wenigsten Fällen Zweifel. Es gab Zeugen für ihre nächtlichen Ausflüge. Doch nur eine Zeugin vermochte zu sagen, wohin ihr Mann verschwunden war. Sie war ihm bis nach Louisburg gefolgt, von wo aus er in einer Kolonne von acht Fahrzeugen auf Schotterstraßen nach Süden gefahren war. Sie war in einigem Abstand gefolgt und hatte schließlich angehalten, als Lichter aus dem nächtlichen Himmel herabgekommen waren und die Felder hell beleuchteten. Nach etwa fünfzehn Minuten waren die Lichter wieder in den Himmel emporgeschwebt und in südwestlicher Richtung verschwunden. Als die Frau Mut fasste und weiterfuhr und die Wagenkolonne erreichte, in der ihr Mann gewesen war, hatte sie die Wagen alle leer vorgefunden. Sie war nach Louisburg zurückgefahren, in der Absicht, mit dem Sheriff wiederzukommen. Als sie nach etwa zwei Stunden wieder dort ankamen, waren ein halbes Dutzend Leute von der Grover-Farm da, die übereinstimmend berichteten, die Männer hätten nach dem Weg gefragt, wären wieder in die Wagen gestiegen und in Richtung 69er Highway abgefahren.

Ein kleiner Bericht unter dem Titel *Der Grover-Zwischenfall*, nach dem Namen der nahegelegenen Farm, und *Kansas 124 Incident* geisterte durch die lokale Presse ohne großes Aufsehen zu erregen. UFO-Sichtungen waren in den letzten Monaten fast alltäglich geworden, aber niemand maß ihnen viel Bedeutung bei. Die Hysterie vergangener Tage war vorbei, umso mehr, als trotz der Häufigkeit kein Foto oder Filmschnipsel das wirklich Entscheidende dokumentierte.

»Was wollen Sie damit sagen?«, wandte Jeff schließlich irritiert ein. »Dass ich von Außerirdischen entführt worden bin … und die verlorene Zeit in einer fliegenden Untertasse verbracht habe …?«

Bevor Dr. Ruggles antworten konnte, sagte Miss Kelly: »Ich bin ziemlich sicher, dass ich entführt wurde …« Sie fuhr rasch fort, als sie sich des überraschten Blickes der anderen bewusst wurde: »Ich wurde in einem UFO entführt, als ich dreizehn war …«

Für Jeffs Gefühl geriet die Diskussion in ein völlig falsches Fahrwasser. Er sah Dr. Berg an, doch ihre Aufmerksamkeit galt ganz der rothaarigen Frau. Sie hing an ihr mit dem selbstzufriedenen Blick einer Therapeutin, die gerade dabei war, auf ihre Rohrschachtkleckse die erwarteten Antworten zu bekommen.

Dr. Ruggles ermunterte die ins Stocken geratene Miss Kelly eifrig: »Erzählen Sie! Erzählen Sie!«

Jeff beobachtete eine Weile hingerissen die Art und Weise, wie sie ihren Blick senken und erröten konnte, wie manchmal ihre Nasenflügel bebten und wie sich ihr Mund wie zwei kleine rote Schlangen im Liebestanz bewegte. Dann ernüchterte ihn der Umstand, dass solche Beobachtungen leicht zu romantischen Banden führen konnten, für die er nach dem unromantischen Ende seiner Beziehung mit Lisa noch gar nicht reif war. Er versuchte sich auf ihre Erzählung zu konzentrieren.

»Es gibt nicht viel zu erzählen. Ich erinnere mich nicht wie andere an fremde Wesen oder an Schmerzen und schreckliche Tests und chirurgische Eingriffe. Ich erinnere mich an gar nichts. Ich weiß nur noch, dass es nachts war und dass ein grelles Licht durchs Fenster drang. Ich weiß nicht, ob ich Angst hatte oder weshalb ich aufstand und in den Garten hinunter ging. Ich hätte nicht einmal mehr gewusst, dass ich unten war, wenn es nicht das Foto gäbe …«

Als alle, selbst Jeff, stumm und gespannt warteten, fuhr sie fort: »Mein Bruder machte es vom Fenster aus, aber er hat keine Erinnerung daran.«

»Ist er auch entführt worden?«, fragte Ruggles.

»Das wissen wir beide nicht.«

»Und Ihre Abwesenheit fiel niemandem auf? Ihren Eltern?«

Sie schüttelte den Kopf. »Sie hatten gar nichts mitbekommen. Wir hatten ja selbst am Morgen keine Erinnerung mehr daran. Erst ein halbes Jahr später, als der Film entwickelt wurde.

Da war das Foto. Es war nicht besonders scharf und zudem überbelichtet. Aber in einer Ecke war deutlich der Rasen zu erkennen, und in dem hellen Licht ein Zipfel meines Waschbärennachthemds. Vater hielt es für einen Filmfehler oder eine Doppelbelichtung oder etwas Derartiges. Aber mein Bruder und ich lagen von dem Tag an manche Nacht zitternd in unseren Betten. Wir dachten nicht an Raumschiffe und Außerirdische, wir fürchteten uns vor Gespenstern und Poltergeistern.« Sie seufzte.

»Erst später, nach meiner Heirat mit Michael …« *Oh, sie ist verheiratet!,* dachte Jeff und hatte Mühe, sich seine Enttäuschung nicht anmerken zu lassen. »… stieß ich im *National Inquirer* auf einen Artikel über UFOs und Entführte und wurde mir der möglichen Tragweite meines Kindheitserlebnisses bewusst. Es hat mein Leben ziemlich verändert. Eine Weile hetzte ich hinter UFO-Sichtungen her wie ein Tornadojäger. Es hat nicht viel gebracht, umso mehr gekostet. Meinen Job, meine Ehe …« Jeffs gute Laune kehrte zurück. »Jetzt arbeite ich als freie Journalistin … und bin noch immer nicht ganz losgekommen von …« Sie ließ es unausgesprochen.

Dr. Berg versuchte das Gespräch schließlich auf den Punkt zu bringen.

»Sie sind Mr. Crane gestern Nacht begegnet, nicht wahr?«

Nach kurzem Zögern erwiderte sie: »Ja.«

»Wollen Sie uns nicht darüber erzählen?«

Miss Kelly schüttelte den Kopf. »Es geht nur ihn und mich an.«

Dr. Berg nickte. »Ja, vielleicht. Glauben Sie, dass Jeff auch entführt wurde?«

Als Miss Kelly keine Antwort gab, fuhr sie fort: »Aber ich bin ziemlich sicher …«

Jeff unterbrach sie protestierend. »Dr. Berg, Miss Kellys Erlebnisse und Überzeugungen in allen Ehren! Viele Leute sehen, was sie sehen wollen. Ich habe Ihre Nüchternheit und Ihren gesunden Menschenverstand immer bewundert. Deshalb nahm ich Ihre Hilfe in Anspruch, als die Realität unter meinen Füßen Lücken zu bekommen schien …«

»Nichts«, unterbrach sie ihn, »macht den Verstand so fit wie die Phantasie. Bevor ich Dr. Ruggles kennen lernte, gab es Überlegungen, die ich einfach nicht anstellte, Fakten, für die ich blind war, verstehen Sie Jeff?«

»Was sind das für Fakten?«

»Ihr Vater, zum Beispiel … er war Ingenieur und arbeitete in den sechziger Jahren in Militärbasen in Nevada und New Mexico. Gebiete, die unter UFO-Experten als die heißesten Flecken in diesem Land gelten …«

»Das war, bevor ich geboren wurde …«, wandte er verärgert ein.

»Ihr Vater war in Roswell in jenem Juli 1947, als …«

»Da war er zwölf Jahre alt …!«

»Ich weiß. Aber Sie hätten es mir in dieser Sitzung nicht erzählt, wenn es Ihnen nicht wichtig erschienen wäre. Das bedeutsamste aber ist dieser Auszug aus einem Sitzungsprotokoll vom 15. 7. 1992, den ich erst jetzt zu interpretieren vermag.« Sie holte ein Blatt Papier aus ihrer Tasche.

»Dr. Berg, Sie …«

»Hören Sie es sich an und urteilen Sie selbst. Es sind nur ein paar Zeilen. Sie erinnern sich nicht daran. Dies war eine Befragung unter Hypnose, nachdem Sie ein *Verlorene-Zeit-Erlebnis* hatten:

Berg: *Erinnern Sie sich jetzt, wo Sie gewesen sind, Jeff?*

Crane: *Nein … ich erinnere mich nicht. Ich habe nur geschlafen …*

Berg: *Nein, das haben Sie nicht. Denken Sie nach. Denken Sie nach!*

Crane: *Da ist nur ein Gefühl …*

Berg: *Ein Gefühl? Ein vertrautes Gefühl?*

Crane: *Ja, ein Gefühl, das ich schon einmal hatte …*

Berg: *Wann?*

Crane: *Als … als ich fünfzehn war …*

Berg: *Was war damals? Da lebten Sie mit Ihrem Vater in Amarillo, nicht wahr?*

Crane: *In Amarillo … als das Licht kam und nach mir rief …*

Berg: *Können Sie es beschreiben, Jeff?*

Aber Sie konnten es nicht beschreiben.« Sie faltete das Papier zusammen und sah ihn an.

»Das ist alles?«, fragte er sarkastisch, obwohl es ihn beunruhigte. »Und daraus schließen Sie …?«

»Oh, nein, ich schließe gar nichts. Es ist nicht *meine* Aufgabe, Schlüsse zu ziehen. Aber Sie sollten darüber nachdenken, Jeff. Ich glaube, dass Miss Kelly die Schlüsse für Sie ziehen wird. Sie sollten ihr eine Chance geben.«

Das war ein Argument, gegen das Jeff Crane nichts einzuwenden hatte. Miss Kelly hatte jede Chance bei ihm, die sie verlangte.

3.

»Mann«, sagte Jeff, als Dr. Berg und Dr. Ruggles sich verabschiedet hatten. »Dieser Ruggles behauptet zwar, die ganze UFO-Sache interessiere ihn nur am Rande, aber dafür ist er ganz schön darauf abgefahren.« Er schüttelte den Kopf. »Und Dr. Berg … wenn ich ihr vor drei Jahren gesagt hätte, dass ich glaubte, ich wäre von UFOs entführt worden, hätte sie mir geantwortet, wenn ich nicht ernsthaft mit ihr arbeiten wolle, sollte ich lieber nicht mehr kommen. Meine nüchterne phantasielose Seelentrainerin hat sich aufs Glatteis begeben …« Er grinste.

Melinda Kelly sagte: »Aber im tiefsten Innern wissen Sie, dass es wahr ist, nicht wahr, Mr. Crane?«

Er starrte sie an. »Nein!«, entfuhr es ihm verärgert. »Ich weiß nichts dergleichen, Miss Kelly …«

»Melinda.«

Einen Augenblick suchte er den Faden wieder zu finden. »Vielleicht werde ich nach dieser absurden Diskussion heute überflüssigerweise darüber nachdenken, aber …«

»Ich meine nicht, als Sie fünfzehn waren, Jeff. Ich meine gestern Nacht und in all den anderen Fällen, als Ihnen Zeit verloren ging.«

Er ballte die Fäuste und schluckte seinen Ärger. »Hören Sie … Melinda, ich weiß nicht genug über diese UFO-Geschichten, um mit Ihnen argumentieren zu können, aber wenn es auf unserer Welt wirklich Außerirdische gäbe …«

»Ich weiß, dass Sie gestern Nacht mit außerirdischen Wesen Kontakt hatten«, sagte sie ruhig. »Ich weiß noch nicht, weshalb, aber mit Ihrer Hilfe, Jeff, werde ich es vielleicht herausfinden.«

Er sah sie an und suchte irgendein beruhigendes Zeichen von Vernunft in ihrer Miene. Er musste sich bemühen, seiner Stimme den schrillen Ton zu nehmen.

»Sie haben mich gestern Nacht zusammen mit Außerirdischen gesehen …?«

»Sie und einen weiteren Mann, eine Frau und zwei junge Mädchen. Die waren keine sechzehn gewesen.«

»Sie haben nicht zufällig auch fotografiert?«, fragte er sarkastisch.

»Nein, ich nicht, aber Freddie. Er arbeitet für den *Kansas City Star*. Ich habe seine Bilder noch nicht gesehen. Aber die Lichtverhältnisse waren problematisch … und was beweisen heutzutage noch Fotos?«

»Die Augen sind nicht viel besser«, konterte er, »wir sehen, was wir sehen wollen.«

Sie schüttelte den Kopf. »Nicht immer, Jeff. Manchmal liegt die Wahrheit nackt vor uns und wir können sie nicht mehr verleugnen. Kommen Sie, Jeff«, sagte sie eine Spur bittend, »wenn ich Ihre Blicke im Laufe des Nachmittags richtig gedeutet habe, dann wollten Sie den Abend mit mir verbringen. Männeraugen verraten das meiste, bevor es über die Lippen kommt.« Sie lächelte. »Und Sie sollten mir eine Chance geben, erinnern Sie sich? Wir werden eine kleine Fahrt dorthin unternehmen, wo Sie letzte Nacht gewesen sind. Ich werde Sie nicht von irgendetwas zu überzeugen versuchen. Sie brauchen nur hinzusehen. Das mindeste, das Sie erfahren werden, ist, wo Sie in Ihrer verlorenen Zeit gewesen sind. Wir wollen beide etwas herausfinden. Sie sind meine Chance und ich bin die Ihre.«

Sie hatte natürlich recht. Es war absurd, sich gegen ihren Vorschlag zu wehren. Es würde mehr bringen als jede Stunde in Dr. Bergs Neurofitness-Center. Seine gesunde Skepsis würde das ausgleichende Gegengewicht zu ihrem Enthusiasmus sein. Und wenn auch das alles seine romantischen Gefühle ziemlich abgekühlt hatte, so war doch der Gedanke, den Abend mit Melinda zu verbringen, immer noch reizvoll. Seine Pläne wären gewesen, zum Tanzen ins Roseland zu fahren, und danach, wer weiß …? Wenn sie auf ein Abenteuer-Rendezvous aus war und ihm Zeit genug ließ, seinen Indiana-Jones-Hut aufzusetzen und seine Walter PPK einzustecken … Er grinste. Wer weiß?

Aber sie ließ ihm keine Zeit für Männerphantasien.

»Wo parkt Ihr Wagen?«

»Um die Ecke.«

»Gut. Wir fahren als erstes in die 69te. Zwischen Lamar und Metcalf ist die *James Boys' Autovermietung*.«

»Was wollen wir dort?«

»Dort haben Sie gestern Nacht einen blauen Chevy gemietet.«

»Einen blauen Chevy?« Jeff schüttelte den Kopf. »Unsinn. Ich habe einen grauen Chevy, dem nichts fehlt. Warum sollte ich einen blauen mieten?«

»Ich denke, um Ihre Spuren zu verwischen.«

»Welche Spuren denn?«

Sie sagte nichts mehr, bis sie vor der Leihwagenfirma hielten.

»Gehen Sie hinein. Fragen Sie!«, forderte sie ihn auf.

»Kommen Sie nicht mit?«

»Ich habe schon alle Antworten. Ich werde inzwischen Freddie Burns anrufen.«

»Ihren Fotografen?«

»Wir werden uns auf dem Weg treffen. Ich möchte die Fotos sehen. Und sagen Sie mir nicht, Sie wären nicht ebenfalls neugierig.«

Als er die Tür zu melodischer Gongbegleitung öffnete, kam ihm ein junger Mann in dunklem Anzug und Brille mit dynamischem Schritt entgegen.

»Oh, Mr. … Crane, nicht wahr? Ich erinnere mich. Guten Abend, Mr. Crane …« Er war außerordentlich zuvorkommend.

»Guten Abend«, erwiderte Jeff ein wenig hilflos.

»Der blaue 94er steht für Sie bereit, Sir. Colonel O'Learys Adjutant nahm die Reservierung vor, Sir, aber ... Sie sind zu früh. Die Reservierung läuft erst ab Mitternacht, Sir ...«

Jeff schaltete rasch. »Ja, ich weiß. Aber es wäre für mich äußerst zeitraubend, um Mitternacht wieder hierher zu kommen. Ich schlage vor, ich bezahle den Aufpreis und Sie stellen mir eine Rechnung für Colonel O'Leary aus.«

»Das wäre natürlich eine Möglichkeit, Sir.« Der junge Mann setzte sich eilfertig an den PC. Während er tippte, fragte Jeff beiläufig:

»Wissen Sie noch, um welche Uhrzeit ich heute früh zurückgekommen bin?«

»Das war kurz nach vier Uhr, Sir.«

»Ist es üblich, dass Sie um diese Zeit noch geöffnet haben?«

»Wir bieten Rund-um-die-Uhr-Service an zwei Tagen in der Woche, Sir.« Er gab Jeff die Kreditkarte zurück und händigte ihm Papiere und Schlüssel aus. »Kommen Sie, Mr. Crane.« Er führte ihn zu dem dunkelblauen Chevy, dessen Anblick keinerlei Erinnerungen weckte. »Geben Sie mir Ihren Schlüssel, Sir. Ich werde Ihren Wagen auf das Gelände fahren. Gehört zum Service.«

»Die Schlüssel stecken, Mr. ...?«

»James, Sir. Ein wenig leichtsinnig Sir, wenn ich das bemerken darf.«

Als Jeff in dem blauen Chevy auf die Straße hinaus fuhr, kam Melinda eben aus einem Souvenirladen. Sie stockte im Schritt, als sie ihn sah, kam aber rasch auf sein Winken und stieg ein.

»Das ist der Wagen. Ich hab' die Nummer notiert. Ich muss sagen, Sie machen keine halben Sachen, Jeff«, meinte sie beeindruckt. »Wir fahren nach Süden. Bleiben Sie auf der Metcalf. Wir treffen Freddie in ...«

Er unterbrach sie: »Kennen Sie einen Colonel O'Leary?«

Sie überlegte und schüttelte den Kopf. »Nein.«

»Er hat den Wagen für mich reserviert.«

»Es wundert mich nicht, dass das Militär damit zu tun hat ...«

»Für heute Nacht.«

»Waaas? Himmel« Sie sah ihn bleich an. »Fahren Sie rechts ran!«

»Warum?«

»Fahren Sie rechts ran! Ich muss überlegen …!«

Er fuhr an den Straßenrand und hielt. »Wo liegt das Problem? Eine bessere Chance, alles herauszufinden, können wir gar nicht kriegen.«

»Nein, nein … ich bin mir nicht sicher, ob ich so nah ran will. Wenn Ihr Trip beginnt, sitze ich in diesem Wagen in der Falle …«

»Sie könnten vorher in Freddies Wagen umsteigen und auf Distanz bleiben.«

»Ja, das wäre möglich. Ich halte es aber unter diesen Umständen für besser, wenn Sie auf Distanz bleiben. Verstehen Sie, Jeff, so könnten wir herausfinden, was passiert, wenn Sie … dem Ruf nicht folgen. Wenn Sie sich dagegen wehren oder wenn wir Sie davon abhalten.«

Jeff nickte nachdenklich und sagte lächelnd: »Wollen Sie mich festbinden vor dem Gesang der Sirenen?«

»Wenn es sein muss.«

Jeff überlegte. »Wir brauchen Verstärkung … professionelle Verstärkung. Wo treffen wir Ihren Freddie?«

»In Louisburg.«

»Louisburg? Louisburg? Sprach davon nicht dieser Dr. Ruggles?«

»Ja, der *Grover-Zwischenfall*. Er ist nur einer von dreizehn UFO-Landungen und Starts, die ich in der Nähe der Grover-Farm beobachtet habe. Mehrmals in der Woche sind dort Aktivitäten zu beobachten, wenn man nah genug herankommt. Und immer sind vier bis acht Menschen in Leihwagen da. Sie gehen an Bord und werden weggebracht. Nach etwa zwei Stunden landen sie wieder, steigen in ihre Autos und fahren weg. Und das alles im Beisein von Polizei und einem Dutzend Leuten von der Grover-Farm und einer kleinen Ansiedlung, die sie Troara nennen und die auf keiner Karte zu finden ist …«

»Gestern Nacht auch? Ich bin in eines der UFOs gestiegen und weggeflogen?« fragte er ungläubig.

»Wir haben es mit eigenen Augen gesehen. Und während Sie fort waren, schlich Freddie zum letzten Wagen in der Reihe und nahm das Jackett heraus … Ihr Jackett.«

»Verdammt! Verdammt!« Er startete den Wagen und fuhr los. »Wissen Sie einen geeigneten Treffpunkt in Louisburg?«

»Da ist ein Restaurant an der Bushaltestelle …«

»Wie lange fahren wir?«

»Vierzig Minuten … gut … Was haben Sie vor, Jeff?«

»Ich bin nicht ganz so waghalsig wie Sie und Ihr Fotograf, Melinda. Ich bin Geschäftsmann. Ich bin es gewohnt, alles ausreichend zu dokumentieren, Zeugen und Berater zu haben. Ich werde Dr. Berg und diesen Ruggles nach Louisburg holen … und …« Er lächelte. »Samson, meinen selbsternannten Leibwächter …«

»Ich halte das für keine glückliche Idee, Jeff …«

Er ignorierte ihren Einwand. »Und dann werden wir den Dingen ihren Lauf lassen!«

4.

Der kühle Nachtwind war angenehm, als die beiden Wagen eine Stunde vor Mitternacht von Louisburg aufbrachen. Billy »Samson« Grogan, ein schweigsames Muskelpaket mit einem freundlichen Gesicht, und Melinda saßen bei Jeff im blauen Chevy. Dr. Berg und Dr. Ruggles waren zu dem geschwätzigen, ein wenig fahrig wirkenden, Freddie Burns eingestiegen.

Sobald die Lichter der Stadt hinter den Hügeln verschwunden waren, wurde die Welt dunkel. Schleierwolken verdeckten den halben Himmel. Die Scheinwerfer fraßen sich auf einer schmalen asphaltierten Straße durch die Dunkelheit. Dann sahen sie vereinzelte Lichter von Henson weit vor ihnen.

Melinda dirigierte Jeff auf eine Schotterstraße, die an Henson vorbei in die Dunkelheit führte. Nach etwa einer Meile hielten sie an.

»Licht aus! Wir warten hier!«, sagte Melinda und beobachtete, wie Freddie hinter ihnen ebenfalls die Lichter löschte. »Eine halbe Meile weiter endet diese Straße. Aber wir haben einen landwirtschaftlichen Weg gefunden, der auf die asphaltierte Straße nach La Cygne führt. Hier fährt offenbar niemand in der Nacht. Ist ein kleines Abenteuer. Da drüben ist der Landeplatz. Sie kommen alle über die Straße von Henson her. Es ist jedes Mal eine ganze Menge los.«

»Wann geht es los?«, fragte Jeff.

»Gegen eins. Wir können aussteigen und uns die Füße vertreten.«

»Können wir näher ran?«

»Theoretisch über das Feld, aber es gibt wenig Deckung. Die Wagen stehen hier sicher, aber da vorn wird es taghell, wenn sie landen. Das ist die vorderste Position, an die wir uns bisher gewagt haben. Sie haben ja die Fotos gesehen, Jeff.«

Das einzige, was darauf deutlich zu erkennen gewesen war: Im Dreieck angeordnete Positionslichter eines Flugkörpers, eine grell erleuchtete Einstiegsluke und verschwommene Lichter von Polizeiautos und einem Jeep. Kein Beweis für irgendwelche außerirdischen Tätigkeiten. Es sah nach einer nächtlichen militärischen Operation aus.

Jeff schritt unruhig auf und ab. Melinda ließ kein Auge von ihm. Dr. Berg beobachtete ihn besorgt. Aber sie war nicht nur um ihn besorgt. Sie fröstelte selbst gelegentlich und das lag nicht an der angenehm kühlen Juninachtluft. Dr. Ruggels war mit Freddie im Wagen geblieben und unterhielt sich angeregt mit ihm. Er war der einzige Raucher der Runde und auf Freddies Warnungen hin darauf bedacht, die verräterische Glut mit den Handflächen abzudecken.

Kurz nach Mitternacht näherten sich mehrere Fahrzeuge von Henson her. Zwei waren Polizeiwagen mit blinkenden Einsatzlichtern. Sie hielten keine zweihundert Meter vor ihnen offenbar in einer Senke oder hinter höherem Buschwerk, denn es waren nur noch die Einsatzlichter zu sehen.

»Dort!«, rief Melinda halblaut einige Minuten später und deutete auf den Himmel jenseits der Fahrzeuge.

Lichter bewegten sich von Südwesten her mit großer Geschwindigkeit. Ein tiefer Ton erfüllte die Luft mit Vibration. Er war leise, mehr zu spüren als zu hören. Die Lichter verhielten abrupt über dem Hügel über den Polizeiwagen. Es waren sieben in Form einer Pfeilspitze angeordnete Lichter. Sie wurden greller, als das Flugobjekt langsam zum Boden herab schwebte. Eine Welle warmer Luft fegte den Hügel herab und trug einen fremden chemischen Duft mit sich.

Der tiefe Ton erstarb. Die Hügelkuppe war in Licht gebadet. Der Wind trug Stimmen herüber – menschliche Stimmen. Sie redeten in einer fremden, melodischen Sprache. Dünne, kindlich klingende Stimmen antworteten. Ihr Ton war befehlend.

Gleich darauf erschienen mehrere Gestalten auf der Hügelkuppe. Vom Licht umspielt warfen sie lange Schatten über das Getreidefeld. Zwei waren Polizisten. Einer hielt ein Gewehr. Der andere hatte eine Taschenlampe.

Was Melinda und die anderen nicht sofort Deckung suchen ließ, war der Anblick von drei anderen Gestalten. Sie waren kleiner, eins vierzig oder eins fünfzig. Sie hatten schmächtige, silbern schimmernde Körper und eine bläuliche Aura um ihre ovalen Köpfe. Ihre Gesichter waren im Gegenlicht nicht zu erkennen.

Die Polizisten liefen über das Feld herab und riefen etwas. Der mit dem Gewehr gab einen Warnschuss ab.

Das brach den Bann.

»Nichts wie weg!«, rief Melinda in Panik. Sie schob Jeff in den Wagen, während Billy Grogan einstieg. Als sie in den Fahrersitz sank, sah sie die zuckenden Lichtkegel von wenigstens einem Dutzend Taschenlampen näherkommen. Die Scheinwerfer von Freddies Wagen flammten auf. Seine Hupe kreischte durch die Nacht, als der Chevy endlich startete.

Melinda raste mit Todesverachtung den holperigen Feldweg entlang.

»Habt ihr sie gesehen? Es sind die aus dem Traum!«

»Warum laufen wir weg?«, fragte Billy Grogan.

»Weil ich glaube, dass sie verdammten Ärger machen werden, wenn sie uns kriegen! Keine Angst, wir sind gleich auf einer besseren Straße …« Aber sie hatte alle Mühe, den Wagen auf dem Weg zu halten.

Dann durchfuhr es sie wie ein Schock.

Jeff sagte etwas in der melodischen Sprache, die sie gehört hatten.

Und sie verstand ihn!

Er sagte: »*Halt an!*«

Sie wusste, dass es die Sprache der kleinen, nicht menschlichen Geschöpfe war, und sie verstand sie.

»Nein!«, rief sie und trat in ihrer Panik das Pedal bis zum Anschlag durch. Der Wagen schleuderte und fing sich wieder.

»*Halt an, Ah Ra! Ich werde erwartet. Es gibt ein Signal.*«

Sie ignorierte es. Im Innenspiegel sah sie eine Sekunde lang, dass Billys Blick alarmiert auf Jeff gerichtet war. Dann bremste sie abrupt, dass der Wagen schleudernd zu Stehen kam. Keine zweihundert Meter vor ihr tauchte ein Einsatzwagen mit wimmernder Sirene auf. Die rettende asphaltierte Straße nach La Cygne war zum Greifen nah und unerreichbar.

»Verdammt! Verdammt! Verdammt!«, keuchte sie mit zusammengepressten Lippen und begann auf dem schmalen Weg zu wenden. Sie sah, dass Freddie rascher reagiert und das haarige Wendemanöver bereits geschafft hatte.

Die Lichter des Polizeiwagens waren riesig im Heckfenster, als sie mit durchdrehenden Hinterrädern den Wegrand aufpflügte. Einen bangen Atemzug lang schien es, als säßen sie fest. Dann griffen die Reifen in einer Wolke aus Staub und Steinen und sie raste mit schleuderndem Heck hinter Freddie her. Sie sah, wie die Lichter der Taschenlampen auseinander wirbelten, als Freddie zwischen ihnen hindurch jagte und über eine Kuppe in die Dunkelheit verschwand.

»*Ah Ra, halte an!*«, sagte Jeff.

»Halt den Mund …!« Melinda sah seine Augen und erschrak. Er hatte sie weit offen.

»*Ah Ra …*«

Ein Gefühl, als griffe jemand nach ihrem Verstand, ließ sie aufschreien. Sie schüttelte wild den Kopf.

»Halt den Mund! Verdammt! Billy, er soll die Klappe halten …!«, rief sie am Rande der Hysterie.

Sie sah nicht, was Billy tat, denn die Lichter der Taschenlampen und die schemenhaften Gestalten der Polizisten zuckten durch ihr Scheinwerferlicht am Wegrand. Dann stand ihr Herz still.

Eine kleine Gestalt stand mitten am Weg. Die Scheinwerfer erfassten sie voll.

Das Bild prägte sich Melinda ein wie eine Fotografie: Die silberne zierliche Gestalt, die großen dunklen Augen, die im grellen Licht von einem rötlichen Feuer erfüllt waren, das längliche, so wenig menschliche Gesicht, das sie anblickte, als wäre jemand in ihr, der diesen Blick deuten könnte …

Jemand, der das Steuer herumriss, dass der Wagen wie ein heulendes Geschoss in die Dunkelheit flog. Da war ein berstender Aufprall. Und Schmerz.

Dann überschlug sich der Wagen und sie hörte Billy schreien.

Irgendwann war Stille. Sie spürte, dass sie nicht allein war. Es hatte nichts mit Billy zu tun, der reglos im Gurt hing. Auch nicht mit Jeff, dessen Blut auf ihr Kleid tropfte.

Jemand sagte in der fremden, wohlklingenden Sprache: »*Ho Or …? Sterben sie jetzt? Ihre Sinne werden dunkel … Datenstrom versiegt … primitiv …*« Sie merkte verwundert, dass sie selbst es war, die sprach.

Dann kam die Dunkelheit.

5.

Als Jeff erwachte, hatte er Anteil an einem fremden Bewusstsein. Es dachte verhältnismäßig verständlich. Es blockierte seine Augen, denn er konnte nichts sehen. Es verwehrte ihm den Zugriff auf seinen Körper. Er konnte sich nicht bewegen und nicht sprechen. Es empfing einen steten Strom von Daten – nicht über die Augen oder Ohren, sondern über einen unbekannten Sinneskanal.

Der Datenstrom schien eine Art Frage- und Antwortspiel zu sein. Eine Checkliste. Nicht immer waren es Worte, ein guter Teil bestand aus Stimulationen und Reaktionen verschiedener Bereiche seines Körpers.

Das fremde Bewusstsein empfing Messwerte aus allen Teilen des Körpers und sandte sie auf demselben unbegreiflichen Weg nach draußen, auf dem der Datenstrom hereinkam.

Schließlich versiegte dieser Transfer und so plötzlich, wie nach einem Stromausfall kam die Wirklichkeit zurück. Er sah und hörte und fühlte.

Er lag auf einer Art Tisch. Da war eine kalte, ein wenig schmerzende Stelle hinter seinem rechten Ohr. Ein fußballgroßes Objekt mit einer schimmernden Oberfläche schwebte lautlos neben seinem Kopf. Eine biegsame Sonde, die wie Glasfaser aussah, verlief davon zu der empfindlichen Stelle hinter seinem Ohr.

Plötzlich hatte er eine seltsame Vision. Sie war deutlicher als ein Traum. Es war fast, als sähe er zwei Wirklichkeiten gleichzeitig.

Er war ein Schuppenloser, ein Chtchaak der höchsten Kaste. Er befehligte diese Station fern seiner Heimatwelt, viele Lichtjahre in der interstellaren Leere zwischen den Spiralarmen der Galaxis. Er war mit tausend Männern und Frauen aller Kasten in dieser götterverlassenen Leere, um Ausschau zu halten nach dem Erzfeind.

Ganz deutlich empfand er Gefühle – Stolz, Heimweh, Einsamkeit. Er sah flüchtige Bilder von hochgewachsenen schlanken Gestalten in kupfer-

farbenen Anzügen oder Uniformen. Sie waren kahlköpfig, mit nichthuma-
noiden Gesichtern und Augen mit schmalen senkrechten Pupillen. Eine
Wand des Raumes war ein Fenster oder ein gewaltiger Bildschirm, der ei-
nen schwindelerregenden Ausblick auf den Sternenhimmel bot.

So abrupt, wie sie gekommen war, erlosch die Vision. Jeff bedauerte es. Er horchte einen Moment lang enttäuscht in sich hinein auf die Echos von entschwundenen Geräuschen und Gefühlen.

Erneut erfolgte ein kurzer Transfer zwischen dem Bewusstsein in ihm und der ballförmigen Sonde. Danach glitt die glasfaserartige Verbindung aus der Haut und verschwand in der Sonde.

Dann war es eine Weile sehr verwirrend, nur stiller Beobachter im eigenen Körper zu sein, als der andere in ihm sich erhob und sich umblickte. Der Raum war weiß, nüchtern, laborartig, ein Magnetlicht an der Decke, Bewegungssensoren überall an den Wänden. Es wirkte unwirklich. Der Raum hatte kein Fenster, nur eine Tür.

Als sich sein Körper auf die Wand zu bewegte, sah er sich in einem Spiegel. Sein Gesicht war ihm fremd und vertraut zugleich. Sein braunes Haar war über der rechten Schläfe zwei Finger breit bis hinter das Ohr geschoren worden. Da war ein Schnitt in der Haut zu erkennen. Aber die Wunde hatte sich schon geschlossen. Eine zweite verlief über seine rechte Wange abwärts. Auch sie verheilte bereits befriedigend. Schmerz verspürte er keinen. Seine rechte Hand war bis zum Gelenk von einer klaren Schicht umschlossen, elastisch wie Haut bis auf den Bereich um zwei gebrochene Finger. Darunter waren verheilende Wunden zu erkennen. Der andere betrachtete sie zufrieden. Die dritte Generation des Humanheilgewebes war perfekt. Bald würden auch die Implantate aus unentdeckbaren Bioimitaten sein. Diese Rasse war biologisch noch leichter zu täuschen als die primitiven Wolkenschweber auf dem zweiten Planeten des Chirun-Systems.

Er ging zur Tür und hielt die rechte Hand in Hüfthöhe. Er schloss die Finger zur Faust und öffnete sie wieder. Die Tür wurde durchsichtig und er trat hindurch.

Im anderen Morph-Raum lag Ah Ra. Ihre Humanbasis hatte wie seine eigene durch den Unfall im Automobil Verletzungen davongetragen. Der Schnitt am Arm heilte bereits. Die beiden gebrochenen Rippen waren ausgerichtet und verstärkt. Der vom Schock irreparabel beschädigte biodigitale Interpreter und Morph-Feld-Limiter war entfernt, der neue bereits implantiert worden. Die Ah-Ra-Matrix war erneuert worden. Die zerebrale Human/Superior-Modulation war im Aufbau begriffen. Ah Ra würde bald wieder bewusst sein. Er sehnte sich nach ihr. Er blickte in ihr stilles Gesicht, aber er sah nicht ihre niedere humane Form, sondern ein Bild aus dem Matrixspeicher, das nicht demoduliert wurde und Jeff verborgen blieb

Dann wandte er sich der zweiten Humanbasis zu, die auf einem Scantisch auf der anderen Seite des Raumes lag. Sie war männlich, nannte sich Billy Grogan und würde nie wieder mehr als ihre Zehen und ihre Finger bewegen können. Ihre Wirbelsäule war gebrochen, ihre Reparatur über Schmerzfreiheit und den Erhalt der notwendigen Lebensfunktionen hinaus nicht notwendig. Phasengekoppelt mit Ah Ras Humanbasis würde sie in einer Beobachtungssonde die Reise in den interstellaren Raum antreten, in einem schlafähnlichen Zustand, in dem Bewegung überflüssig war. Die Systeme würden im Alarmfall nicht mehr als die Sinne und den Verstand wecken, um eine raum- und zeitübergreifende telepathische Verbindung zu herzustellen. Solcherart würde sie das Zwanzigfache ihrer natürlichen Lebensspanne dort draußen funktionsfähig sein. Das war eine Zeitspanne, die ihr Morph-Zwilling hier auf dem Planeten durch selektive Reproduktion überwinden musste, bis, wie die Erfahrung bei den humanoiden Rassen zeigte, die Degeneration dem telepathischen Vermögen ein Ende setzte.

Billy Grogans Kopf war von einem zentral gesteuerten sphärischen Morpher bereits in der Schädelmitte und hinter dem rechten Ohr geöffnet worden, um eine Superior-Matrix und ein Interpreter-Implantat einzusetzen.

Im nächsten Raum befanden sich zwei weitere Humanbasen, ein Mann und ein junges Mädchen, ein Morph-Zwilling der zweiten Generation, zur Routineüberprüfung. Beide hingen an Datenleitungen eines sphärischen Morphers.

Als er den Raum verließ, schloss sich ihm eine kräftige männliche Humanbasis an, die sich als Ha Lan vorstellte und von einer fast humanoiden Geschwätzigkeit war, die Ho Or schaudern ließ. Er dachte: *Werden wir alle so, wenn wir lange genug in diesen niederen Körpern sind?*

Ha Lan schien alle primitiven Eigenschaften seiner Basis angenommen zu haben. Er war ohne erhabene Distanz zu seinem Körper. Er lachte, klopfte Ho Or sogar auf die Schulter und plauderte unentwegt von den geistigen und körperlichen Qualitäten seiner Basis, die offenbar von besonderer Virilität zu sein schien. Er verwendete die mamalogisch relevante Bezeichnung *geiler Bock* und erging sich in fast schwärmerischen Beschreibungen von Reproduktionstechniken. Er erschien Ho Or als ein typischer Fall von Matrixentfremdung und er war ein wenig verwundert, dass bei der Überprüfung keine Korrektur erfolgt war.

Ho Or jedenfalls nahm an der Körperlichkeit seiner Humanbasis Jeffrey Crane nur den unbedingt notwendigen Anteil: Fortbewegung und unaufdringliches Wohlbefinden. Und er war jedes Mal dankbar für die Deaktivierung nach den Routineaktivierungen, wenn er sich wieder in den Erinnerungen in den Weiten seiner Matrix verlieren durfte.

Obwohl … seit er Kontakt zu Ah Ras Matrix gefunden hatte, begannen alte Träume aus seiner digitalen Seele emporzusteigen, Träume von Beherrschen und Beherrscht werden in arachnoiden Körpern auf *Aravan IV*, von Töten und Sterben in reptilischen Kreaturen auf *Orvion II*.

Aber die Humanbasen waren das Ende aller Träume! Er schüttelte sich. Sie nannten es Liebe. Es war kein Kampf, es war ein Aneinanderklammern, ein sich Verlieren. Was blieb ohne den befriedigenden, befreienden Tod des anderen?

Plötzlich war die Station voller bewaffneter Hominiden. Sie kamen mit maskierten Gesichtern und Schnellfeuerwaffen in den Händen durch die Türen. Drei rissen die Ha-Lan-Basis zu Boden. Die anderen drei griffen nach ihm. Er wehrte sich nicht. Er empfand keine Furcht. Er war nur eine Matrix, endlos reproduzierbar. Der Tod seiner Basis würde in der Zentrale in *Dreamland* nicht unbemerkt bleiben. Eine Entführung war sinnlos. Die Zentrale konnte jede aktivierte Matrix augenblicklich lokalisieren. Solange nicht wichtige Gehirnfunktionen ausfielen, gab es kein Verbergen vor den Suchkommandos.

Dann spürte er einen Einstich am Hals seiner Basis. Gleich darauf schwand das Bewusstsein dahin. Hastig versuchte er das Mittel zu analysieren und die Ausbreitung zu blockieren. Aber es überschwemmte die Synapsen des Interpreters so schnell, dass keine Zeit für einen klaren Gedanken mehr blieb.

Ho Or sank zurück in die digitalen Träume seiner Matrix.

6.

Jeff Crane verlor das Bewusstsein. Als er wieder zu sich kam, konnten nur ein paar Sekunden vergangen sein. Er lag auf dem Boden. Niemand kümmerte sich um ihn. Selbst das Wesen, das sich Ho Or nannte, war aus seinem Bewusstsein verschwunden. Er war völlig frei.

Nicht weit von ihm kam der Mann auf die Beine, den Ho Or Ha Lan genannt hatte. Er taumelte, dann kam er auf Jeff zu und half ihm hoch.

»Heilige Jungfrau!«, keuchte er, halb stöhnend, halb fluchend. »Wo bin ich hier?«

Jeff war dankbar für die kräftige Hand, die ihn lange genug hielt, bis er sich selbst auf den Beinen halten konnte. Er sah sich um. Sie waren allein in dem Raum.

»Erinnern Sie sich an gar nichts?«, fragte Jeff den andern.

Der andere dachte nach.

»Ihren Namen?«, half Jeff nach.

»Heilige … natürlich weiß ich meinen Namen. Mike Easy, Mister …«

»Jeff Crane.«

Sie schüttelten einander die Hände.

»Ich weiß noch, dass ich in meine Garage fuhr, und dann ...« Er schüttelte den Kopf. »Was ist das hier? Eine Klapsmühle?«

»Es scheint eine ihrer Überwachungsstationen zu sein.«

»Wessen Überwachungsstation?«

»Der ...« Er hielt inne, als ihm kein Name für sie in den Sinn kommen wollte, außer dem Adjektiv *superior*, mit dem sie sich selbst bedachten. Stattdessen sagte er: »Sie sind wie ich vermutlich nicht zum ersten Mal hier. Hatten Sie noch nie das Gefühl, dass Ihnen Zeit fehlt?«

Mike Easy schüttelte den Kopf. Er versuchte verzweifelt, das alles zu begreifen.

»Aber Sie hatten Träume von nicht ganz menschlichen Wesen mit großen Augen?«

»Heilige ...! Ja, meine Frau nennt sie UFO-Träume. Sie hält sie für Typen vom Mars, wenn Sie wissen, was ich meine. Sie glaubt, sie ist selbst schon entführt worden. Sie nennt sie die *Grauen* ...«

»Ich weiß nicht, ob sie vom Mars kommen«, unterbrach ihn Jeff. »Aber wir haben sie offenbar manchmal im Kopf. Und das ist ihre Station. Kommen Sie, wir müssen nach den anderen sehen. Wenn es den Überfall nicht gegeben hätte, wären wir wahrscheinlich zu Hause im Bett aufgewacht und hätten uns an nichts erinnert ...!«

»Welchen Überfall?«

Jeff hielt sich nicht mehr mit Erklärungen auf. Er musste wissen, wie es Melinda und Samson ging. Er erinnerte sich an Ho Ors Handbewegung und fand erleichtert heraus, dass ihm der fremdartige Türmechanismus gehorchte. Er hatte nicht viel Zeit, über den verblüffenden Umstand nachzugrübeln, dass er sich im Gegensatz zu diesem Mike an alles erinnern konnte.

Ein halbes Dutzend vermummte bewaffnete Gestalten stürmten ihnen entgegen. Jeff und Mike hoben die Arme. Einen Moment hielten die Heranstürmenden inne und es folgte ein kurzer, durch die Masken undeutlicher Wortwechsel.

»... uns nur auf!«

»... für einen Versuch mit dem neuen Programm ...«

»Ich hab den schmächtigeren da gespritzt. Den anderen hat Charlie …«

Einer rempelte Jeff mit der MP an. »Woher kommst du?«

»Kansas City.«

»Und du?«

»Ottawa«, erklärte Mike mit blassem Gesicht.

»Du kommst aus Kanada?«, fragte einer überrascht.

»Kansas.«

»Wie lange werden sie aus dem Verkehr sein?«

»Sechs Stunden«, erklärte einer.

»Absolut sicher?«

»Fünf auf jeden Fall.«

»Dann nehmt sie mit!«

Der Anführer setzte seinen Weg fort und die anderen schoben Jeff und Mike mit mehr als sanfter Gewalt vorwärts.

Mike fügte sich. Er war viel zu verwirrt. Jeff begehrte auf und wand sich aus dem Griff zweier Männer.

»Es sind noch Leute hier, die ich nicht zurück …«

»Keine Zeit! Deine Freunde haben nicht viel zu befürchten!«

»Dann lasst mich hier …«

»Du kannst mehr für sie tun, wenn du mitkommst!«

Damit war der Dialog beendet. Seine verärgerten Fragen und Bemerkungen blieben unbeantwortet. Fäuste und die harten MP-Läufe schoben ihn vorwärts.

Einer der Männer hatte einen kleinen schwarzen Kasten, den er vor den Wänden schwenkte, worauf da und dort Türen von der Art eines Energiefeldes sichtbar wurden, durch das sie hindurchtreten konnte, wobei die Körper von einem bläulichen Schimmern umspielt wurden.

Nach einer Weile gab Jeff den Widerstand auf und fügte sich in seine Entführung. Die Männer hatten recht. Für Melinda war es nur ein *Verlorene-Zeit-Erlebnis*. Und es gab nichts, dass er für Samson tun konnte. Keine irdische Medizin hätte seinen gebrochenen Rücken heilen können. Er hatte keine Erinnerung, woher diese schrecklichen Verletzungen stammten. Aber auch Melinda und er selbst hatten Verletzungen gehabt. Waren die Fremden ihre Retter gewesen?

Irgendwie glich alles einem zu Ende gehenden Traum. Diese Türen, die weißen Räume, die vermummten Männer – sie konnten nicht irgendeiner logischen Realität angehören. Er war Makler. Er handelte mit Grundstücken und Gebäuden. Das war seine Realität. Es gab keinen Weg in die interstellaren Räume die nächsten zweihundert Jahre – außer in der Phantasie.

Dann verlor sich die Irrealität. Es gab keine Türen mehr, nur noch einen stockdunklen betonierten Korridor, durch den die Männer mit Taschenlampen voraneilten. Es roch plötzlich nach Abwässern, nach Öl und Schmiermitteln und nach Benzin.

Minutenlang bot eine eiserne Tür ein Hindernis, bis einer der Männer das Schloss zu öffnen vermochte. Sie überquerten einen schlammigen übelriechenden Entsorgungsschacht und kletterten schließlich eine eiserne Sprossenleiter empor. Eine Schachtabdeckung wurde entfernt und sie stiegen in einer dunklen Halle an die Oberfläche.

Sie befanden sich auf einem Militärflugplatz, denn Jeff sah am Ende der Halle manchmal kurz im Licht der Lampen Militärmaschinen stehen, allerdings nie lange genug, um den Typ zu erkennen.

Der Schachtdeckel wurde geschlossen. Die Männer nahmen ihre Masken ab und drückten die MPs unter die Jacken. Sie bewegten sich leise. Zwei gingen vor und warfen einen Blick aus der Halle. Einer drückte Jeff seine MP in die Seite und sagte: »Keinen Laut oder es ist euer letzter!«

Dessen hätte es gar nicht bedurft. Jeff wusste, dass Männer in diesem Stadium der Nervosität gefährlich waren.

Nach einem Augenblick stiegen sie eine metallene Treppe hoch. Oben befanden sich ein Bereitschaftsraum und ein Freizeitraum. Niemand war um diese nächtliche Stunde hier.

Die Männer verschwanden, bis auf einen, der Mike und Jeff mit der Waffe bewachte. Etwa fünf Minuten vergingen, während von draußen aufgeregte Rufe zu hören waren, die den Bewacher sichtlich nervös machten. Dann erschienen vier Offiziere und ein Corporal in Uniformen. Jeff erkannte erst an den Stimmen, dass es dieselben Männer waren, die sie herge-bracht hatten. Jeff war nicht vertraut mit den Rangabzeichen, aber er erkannte, dass es Air Force Uniformen waren.

Einer sagte zu dem Bewacher: »Alles klar. Kannst verschwinden.«

Der tat das erleichtert. Dann sagte der Mann, ein Mittvierziger mit kantigem Gesicht, der offenbar der Führer der Gruppe war: »Wir werden euch sagen, wer wir sind und was wir von euch erwarten, sobald wir den Stützpunkt verlassen haben. Bis dahin seid ihr Experten von Lockheed, die auf Veranlassung General Wynters hier sind …«

»Wo ist hier?«, fragte Jeff.

»Wir sind auf der Roswell Air Base …«

»Roswell?«, entfuhr es Jeff. »Das ist mehr als siebenhundert Meilen von Kansas City …!«

»Allerdings. Und wenn Sie dahin zurück wollen, dann spielen Sie jetzt Ihre Rolle oder wir werden alle nirgendwo mehr hingehen.«

»Heilige Jungfrau!«, entfuhr es Mike. »Wie, sagten Sie, heißt der General, dem wir …?«

»Wynters! Vorwärts jetzt!« Er sah auf seine Armbanduhr. »Hier wird bald die Hölle los sein. Bis dahin müssen wir in der Luft sein!«

Sie verließen den Hangar durch eine Seitentür. Zwei Männer vergewisserten sich, dass die Luft rein war. Dann überquerten sie eine Zufahrtstraße und bewegten sich auf das Flugfeld und den Tower zu. Ein Posten salutierte verwundert, als sie das Gebäude betraten. Ein Offizier blickte aus dem Fenster hinaus auf die Hangars. Der letzte war gleißend hell erleuchtet. Er wandte sich erstaunt um und grüßte.

Die Männer erwiderten den Gruß. »Was ist dort draußen, Lieutenant?«, fragte der Anführer.

»Ich habe noch keine Meldung, Sir!«

»Rufen Sie Kirtland. General Wynters …«

»General Wynters, Sir? Um diese Zeit?«

»Er wartet auf den Anruf«, sagte der Anführer ungeduldig.

»Fragen Sie nach dem Flug für Colonel Fritch und die Leute von Lockheed.«

»Ja, Sir.«

Während der Lieutenant telefonierte, warf Jeff einen Blick auf Mike. Der hatte die Lippen zusammengepresst und schien mit sich zu ringen. Jeff schüttelte warnend den Kopf. Ein verräterischer Schritt war in dieser Situation keine Lösung. Es konnte nur in Gewalt enden. Dieser Colonel Fritch und seine Leute hätten sie gleich töten können, wenn sie das gewollt hätten.

»Ein Hubschrauber wird in wenigen Minuten hier sein, Sir ...« Er warf einen Blick auf den Radarschirm. »Ah, er ist im Anflug, Sir. Der Landeplatz ist dort hinten, Sir.« Er deutete auf den östlichen, dunklen Teil des Feldes. Nach einer Reihe von Eingaben in den Computer flammten Positionslichter auf. Während sie hinausgingen, hörte Jeff den Sprechfunk knacken und die Stimme des Piloten.

»Verdammt anständig von General Wynters«, sagte einer der Männer und grinste.

Die Nacht war sternenklar und kühl. Als sie auf den landenden Helikopter zugingen, warfen sie alle Blicke auf den letzten Hangar, dessen Tore nun offen standen, aus denen grelles Licht fiel. Ein tiefer Summton erfüllte die Luft, den Jeff schon einmal gehört hatte.

Er grübelte noch immer, als sie einstiegen. Die Männer schienen den Piloten gut zu kennen und allgemeine Erleichterung machte sich breit, als die Starterlaubnis kam.

Als der Helikopter aufstieg, sah Jeff aus dem Fenster, wie ein dreieckiger Flugkörper aus dem Hangar rollte. Die Lichter enthüllten nur den Umriss, der Jeff an einen Stealth-Bomber erinnerte.

»Verdammt, verdammt!«, entfuhr es einem der Männer bei dem Anblick. »Sieht aus, als ob sie es tatsächlich schaffen ...!«

»Sie haben sie noch nicht in der Lu...«, begann der Colonel und brach ab, als das Fluggerät mit großer Geschwindigkeit steil in den Himmel stieg, bis nur noch ein Lichtpunkt zu erkennen war.

»Heilige Jungfrau!«, keuchte Mike, als es mehrere Male abrupt die Richtung änderte und wie eine Sternschnuppe nach Süden verschwand. »Ein U.F.O.!«

»A.F.O.«, berichtigte der Colonel. »Außerirdisches Flugobjekt. Unbekannt ist es uns schon lange nicht mehr. Und wenn Erics Mannschaft beim Landen ebenso gut ist wie beim Starten, wird es bald eines der bekanntesten Flugobjekte sein.« Es klang grimmig.

»Sie sind hier eingebrochen, um ein UFO zu stehlen ...?«, stöhnte Mike. »Heilige ...!«

»Und das hier«, ergänzte einer der Männer und öffnete einen Beutel, um einen Blick auf die schimmernde Kugel zu gestatten.

»Ein sphärischer Morpher«, entfuhr es Jeff.

Die anderen sahen ihn überrascht an. »Wer nennt es so?«

»Die Fremden«, erklärte Jeff. »Die mit den großen Augen. Jedenfalls verstand ich es so ...«

»Die haben mit Ihnen geredet?«, fragte einer mit einem Anflug von Spott, während die anderen ihn anstarrten, als wäre er selbst nicht von dieser Welt. »Und Ihnen alles erklärt?«

Jeff schüttelte den Kopf. »Es hat mit dem Interpreter zu tun.« Er tastete unwillkürlich an die Stelle hinter seinem Ohr. »Er ist mit der Zentrale verbunden, wie der Morpher, und wird von dort gesteuert, um die Humanbasis zu lokalisieren und die Matrix zu aktivieren. Ich glaube, ohne den Interpreter wären sie blind und taub in unseren Körpern ... und wir wüssten gar nicht, dass sie da sind.«

»Mann!«, sagte einer. »Sieht so aus, als hätten wir mit dem das große Los gezogen. Wenn er auch noch weiß, wo die Zentrale ist ...«

»Das Wesen in meinem Kopf nannte es *Dreamland*«, sagte Jeff ruhig. »Aber das ist ein Begriff, den man wohl erst interpretieren muss.«

»Nein«, sagte der Colonel und schlug sich mit der Faust in die Handfläche. »Das braucht nicht mehr interpretiert zu werden. *Dreamland* ist ein abgeschirmter militärischer Forschungskomplex in der Wüste von Nevada, die *Area 51*. Schon davon gehört? Spukt jedem selbst ernannten UFO-Experten seit Jahrzehnten im Kopf herum.«

7

Ein entspannter, träger Verstand. Vage Erinnerung an Schmerzen. An fremde Gedanken. An Fliegen. An ein großes Schiff am Himmel. UFO am Nachthimmel.

Seine Augen sind weit offen. Sie blicken hinaus in eine sich langsam drehende Unendlichkeit. Es erschreckt ihn nicht. Es verursacht ihm keine Übelkeit. Es ist majestätisch. Eine gleißende Sichel ist eine Weile in seinem Blickfeld. Sie gleitet so träge und schwerelos wie sein Verstand durch den Raum. Referenzbilder und Messwerte strömen in seinen Kopf und er weiß, dass es der Mond ist und dass er sich achthundertvierzehntausend Kilometer entfernt befindet.

Er versucht zu horchen, aber es gibt keine Geräusche im leeren Raum. Er lauscht auf den Schlag seines Herzens und erschrickt, als es eine Ewigkeit lang nicht ein einziges Mal schlägt. Er forscht nach Gefühlen, aber außer dem leisen Entsetzen, das sein Verstand fühlt, spürt er nichts.

Er will reden, rufen, schreien. Aber er hat keinen Mund. Seine stummen Rufe werden interpretiert, digitalisiert, gespeichert.

Er erinnert sich seines Namens. Billy Grogan. Und seines Spitznamens, Samson, den sie ihm gaben, weil er stark war und seine Fäuste zu gebrauchen wusste. Er will seine Fäuste ballen.

Er hat keine Fäuste.

Er will seine Muskeln spielen lassen. Es ist ein gutes Gefühl in seiner Erinnerung.

Da sind keine Arme und keine Beine. Da ist kein Muskel, den er bewegen könnte.

Er will die Augen schließen, aber es sind nicht seine Augen, mit denen er sieht, er hat neue, elektronische Sinne, die messen und vergleichen und die Wirklichkeit berechnen, statt sie zu empfinden.

Seine Furcht wird interpretiert, digitalisiert und verdrängt von einem steten Strom von Daten seines Kurses, der Bahnen des roten Planeten und seiner Monde, die er wie vorausberechnet kreuzen wird, seines stetig wachsenden Morphfeldes, seines Quanten-Antriebs, der Sensoren seiner Außenhülle …

8.

Melinda Kelly erwachte mit einem Aufschrei und hing dem schrecklichen Traum nach, bis er verblasste.

»Billy«, murmelte sie und war dabei, in den Schlaf zurückzusinken, als die Erinnerungen kamen. Sie richtete sich heftig auf und saß hellwach in ihrem Bett.

Billy Grogan! Jeff Crane!

Morgenlicht fiel durchs Fenster herein. Sie sah sich verwundert um. Sie befand sich in ihrer Wohnung in ihrem Bett.

Bilder vom nächtlichen Ausflug zur Grover-Farm waren in ihrem Kopf. Bilder von der Landung. Bilder von der Verfolgung durch die Polizei. Sie sah Billys verkrampfte Fäuste am Haltegriff und am Sitz, sah sein blasses Gesicht. Sie hörte Jeffs veränderte Stimme, als er sie Ah Ra nannte und aufforderte, anzuhalten. Sie sah die kleine, so fremdartige Gestalt, auf die der Wagen zuraste.

Die Erinnerung an den letzten Augenblick, als etwas nach ihrem Bewusstsein griff, ihre Hände lenkte und das Steuer herumriss, ließ sie aufstöhnen. Sie zitterte unter einer vagen Erinnerung von Schmerz.

Danach Leere.

Sie stand hastig auf, um diese Leere zu verdrängen. All ihre Erfahrungen sagten ihr, was sie bedeutete: Verlorene Zeit! Sie hatten es wieder getan! Wie damals, als sie sie als kleines Mädchen entführten. Damals hatte sie nur Angst gehabt. Jetzt erfüllte sie die Vorstellung, benutzt worden zu sein und nicht zu wissen wofür, mit einer ganz anderen Art von Entsetzen.

In aller Hast riss sie sich den Pyjama vom Körper und lief ins Badezimmer vor den großen Spiegel. Dort starrte sie eine Weile auf zwei große Narben, die gestern noch nicht da gewesen waren, eine über die ganze Länge des Oberarmes, die andere unterhalb ihrer rechten Brust, parallel zu den Rippen. Es waren Narben von Monate alten Wunden, die sie nie gehabt hatte – jedenfalls nicht vor gestern Nacht.

Sie drehte das Wasser auf, hielt ihre Finger in den Strahl, fuhr über die Seife und versuchte fortzuwaschen, was nicht da sein konnte.

Schließlich hatte sie den Schock so weit überwunden, dass sie es akzeptieren konnte, ohne dass ihr schlecht wurde. Sie ging ins Wohnzimmer und ihr Körper fühlte sich fremd an, wie etwas Geliebtes, das einem weggenommen, benutzt und zurückgegeben wurde, als man es nicht mehr wollte.

Sie sah auf die Uhr. Es war kurz nach acht. Sie griff nach dem Telefon. Sie wählte Jeff Cranes Nummer. Eine Miss Mitchell wusste nicht wo Jeff war. Sie wusste auch nicht, ob er ins Büro kommen würde. Etwas zögernd rückte sie schließlich mit Jeffs Privatnummer heraus.

Dort meldete sich niemand.

Sie rief erneut Miss Mitchell an und fragte nach Billy Grogan. Aber von ihm wusste sie keine Nummer und keine Adresse.

Eine Weile suchte sie Dr. Bergs Nummer. Dr. Berg war da. Melinda atmete auf.

»Dr. Berg, hier ist Melinda Kelly …«

»Oh … hallo, Miss Kelly …« Es klang verloren – wie jemand, der mit sich nicht ins Reine kam, jemand, der sich fürchtete, nachzudenken.

Melinda sagte: »Heute Nacht erging es mir wie Jeff. Ich habe Zeit verloren. Können Sie mir sagen, was geschah, nachdem …?«

»Nein … ich fürchte, nein. Die Polizei stoppte uns …« Es schien ihr schwer zu fallen, weiterzusprechen. »Sie nahmen uns mit … zu einem Arzt … ich konnte in ein Hinterzimmer sehen, in dem sich zwei von diesen kleinen großäugigen … Wesen befanden. Oh Gott, sie starrten mich an wie etwas, das ihnen bald gehören würde …« Ihre Stimme schwankte. Dann fing sie sich. »Der Arzt injizierte mir ein Mittel und dann kamen die beiden herein … es war nicht wie in dem Traum, in dem alle sie beschützen wollen, weil sie uns irgendwie an Kinder erinnern … es war … Gott, wenn ich nur sicher wäre, dass es ein Albtraum war … aber es war keiner, nicht wahr …?« Es klang wie ein Hilferuf.

»Nein, es war keiner«, sagte Melinda ruhig. »Wo ist Jeff?«

»Ich weiß es nicht. Wir sahen, wie euer Wagen sich überschlug. Wir fragten immer wieder, aber niemand gab uns Antworten.«

»Was werden Sie tun?«

»Was kann ich denn tun?«

»Zur Polizei gehen?«

»Zur Polizei?« Es klang schrill. »Und zu Protokoll geben, dass wir uns den Anordnungen der örtlichen Sicherheitskräften widersetzt haben oder vielleicht gar in militärisches Sperrgebiet eingedrungen sind und ein UFO gesehen haben wie all die andern Idioten? Ihrem Freund Freddie haben sie den Film weggenommen ... Ich werde mich jetzt betrinken. Verstehen Sie mich recht, das ist nichts, was ich einem meiner Patienten verschreiben würde, aber ich glaube an die heilende Wirkung eines Katers in bestimmten Situationen. Wenn ich wieder nüchtern bin und ohne Gänsehaut, werde ich konstruktivere Gedanken haben. Verzeihen Sie, wenn ich die Sitzung abbreche, aber Sie sind mir im Augenblick wirklich keine Hilfe, Miss Kelly.«

»Ich hatte nicht die Absicht, Ihre professionelle Hilfe in Anspruch ...«, erwiderte Melinda nachsichtig, aber Dr. Berg hatte bereits aufgelegt. Sie schüttelte verwundert den Kopf. Dann wählte sie Freddies Nummer.

Erleichtert vernahm sie seine Stimme.

»Ich bin's, Freddie«, sagte sie.

»Oh, hallo, Kelly. Kannst du ein wenig später wieder anrufen? Ich bin gerade beim Entwickeln. Ich hab mit der kleinen Kamera im Gürtel, du weißt schon ... ich hab zwei klare, scharfe Aufnahmen von zwei EBEs. Schon gehört? EBE? So nennt Ruggles sie: Extraterrestrische biologische Entität! Geil, was?«

»Du hast Bilder von ihnen? Von den Großäugigen?«

»Allerdings. Phantastische. Und Ruggles ist hier und strotzt vor Ideen und Spekulationen, lauter verrücktes Zeug, aber es schreit nach einem Artikel, Kelly ... he, geht's dir gut?«

»War schon besser. Ich komme und seh's mir an. Aber ich muss erst selbst noch was herausfinden. Sag mal ... wie sind wir nach Hause gekommen?«

»Wie du heimgekommen bist, weiß ich nicht. Ich kam mit meinem Wagen gegen halb vier …«

»Du kannst dich erinnern?«, fragte sie aufgeregt.

»Ich nicht, aber meine Nachbarin. Mann … wir diskutieren seit einer Stunde das *Verlorene-Zeit-Problem* … Ruggles meint, dass sie uns programmieren …«

»Programmieren?«

»Ja, so was wie digitale Posthypnose. Auf irgendein Schlüsselwort läuft das Programm ab.«

»Klingt nach Science-Fiction.«

»Muss ich zugeben. Aber was ist heutzutage wirklich noch Science-Fiction? Was ist mit Crane und dem andern? Sind sie OK?«

»Ich weiß es nicht, Freddie. Bis später. Ich komm' vorbei.«

Sie legte auf und biss sich auf die Lippen. Freddie schien es offenbar leichter zu nehmen. Sie schüttelte sich. Vielleicht hatten Frauen ein anderes Verhältnis zu ihrem Körper. Sie fühlte sich so …

Sie stellte die Kaffeemaschine an. Dann stieg sie in die Dusche. Danach fühlte sie sich ein wenig besser. Sie schlüpfte in Jeans und ein schenkellanges Hemd und saß eine Weile grübelnd über schwarzem, bitterem Kaffee.

Schließlich griff sie erneut nach dem Telefon und wählte die Nummer des Arztes, Dr. Holm, zwei Straßen weiter, bei dem sie ein paarmal gewesen war.

Sie sagte zur Sprechstundenhilfe: »Ich muss mit Dr. Holm sprechen, Miss Kittredge. Er soll selbst entscheiden, ob er mich sehen will. Vielleicht phantasiere ich nur …«

Gleich darauf war der Doktor am Apparat.

»Doktor, ich habe seit heute Morgen zwei große Narben an Stellen, an denen ich niemals Wunden hatte. Ich weiß nicht, ob ich …«

Er unterbrach sie: »Wie frisch sind sie?«

»Seit heute Nacht …«

»Gut zu erkennen? Helles vernarbtes Gewebe?«

»Ja …«, erwiderte sie verwundert. Sie hatte nicht mit diesem Interesse gerechnet.

»Und Sie hatten gestern an diesen Stellen weder Wunden noch Narben?«

»Keinen Kratzer.«

»Haben Sie eine kleine Narbe hinter dem linken Ohr?«

Sie tastete und ihre Finger fanden eine kleine Unebenheit. »Ich glaube, ja …«

»Hören Sie, Miss …?«

»Kelly.«

»Hören Sie, Miss Kelly. Ich möchte Sie zu einem Kollegen schicken. Er ist mit Fällen dieser Art vertraut. Dr. Fuller, Westwood Hills. Notieren Sie sich die Adresse. Ich werde Sie gleich anmelden. Versprechen Sie mir, sofort zu gehen. Sie wurden mit einem neuen, künstlichen Heilgewebe behandelt. Der beschleunigte Vernarbungsprozess ist nicht immer ohne Nebenwirkungen. Ich nehme an, Sie hatten einen Unfall heute Nacht …«

»Ja, Doktor …«

»In welchem Krankenhaus wurden Sie behandelt?«

»Ich weiß es nicht. Ich wachte in meinem Bett …«

Er schien nicht wirklich an ihrer Antwort interessiert. »Dr. Fuller wird Sie kostenlos untersuchen, da die Applikation des neuen Gewebes in Missouri derzeit noch nicht legal ist. Ich nehme an, dass Sie in Kansas behandelt wurden. Also, Miss Kelly. Lassen Sie sich nicht zu lange Zeit. Guten Tag!«

9.

»Sie nehmen es ziemlich gelassen, Mr. Crane«, bemerkte Colonel Fritch. Er musterte ihn neugierig. »Von einem von denen besessen zu sein, meine ich.«

Sie waren zwischengelandet und drei der Männer waren zurückgeblieben. Aus den Fenstern war außer fernen Lichtern nichts zu erkennen gewesen und niemand verlor ein Wort darüber, wo sie sich befanden oder wohin die Reise ging. Sie flogen nun mit einer zivilen Maschine, die für acht Passagiere ausgelegt war. Der Colonel und seine drei verbliebenen Männer hatten ihre Uniformen wieder abgelegt und trugen nun Jeans und Pullover. Die Männer waren entspannter. Offenbar hatten sie ihre Spuren gut verwischt und wähnten sich vor Verfolgern sicher.

»Die … Visionen, die ich hatte, waren so unglaublich, Colonel …«

»Lassen Sie den Colonel. Das war nur eine Maske. Es gibt einen Colonel Fritch drüben in Santa Fe, Air Force Colonel. Steckt tief in der Sache. Ich heiße Gordon, Nat Gordon. Und das ist Will … Jerry … Lenny. Schätze, wir werden eine Weile zusammen sein. Sie werden uns alles über Ihre Visionen erzählen, Crane. Sie sind der erste, der sich erinnern kann. Oder ist das bei Ihnen auch der Fall, Easy?«

Mike schüttelte nur den Kopf.

»Gemeinsam werden wir herausfinden, was real ist und was Ihnen nur die Phantasie vorspielt, Crane. Wir sind für jede Information dankbar, die uns ermöglicht, Sand ins Getriebe dieser verdammten Invasion zu schaufeln …!«

»Eine Invasion?«

»Wofür halten Sie es denn? Sind Sie freiwillig hier in Roswell aufgewacht? Sind Sie gefragt worden, bevor man sich in Ihrem Kopf eingenistet hat?«

»Nein … aber …« Er fühlte sich nicht besessen, vielmehr auserwählt, befreit von der Enge der menschlichen Sinne. Er fühlte sich nicht benutzt, sondern als eine Art Gast: Er hatte Anteil an einer überlegenen Rasse von Wesen, die von den Sternen kamen. Welch ein Schritt vorwärts aus dieser barbarischen, selbstzerstörerischen Gegenwart der Menschheit es doch wäre, ihnen ihre Geheimnisse zu entreißen! »Wie sollten wir sonst voneinander lernen, wenn nicht über den Verstand und den Körper?«

»Den Geist beherrschen und den Körper sezieren! Die Methoden sind nicht neu, nicht wahr, Crane? Könnten von uns sein. Wenn sie erst wissen, wie wir ticken, sind wir ihnen ausgeliefert. Ist es nicht ein verdammt mieses Gefühl, ein paar Stunden irgendwo zugebracht zu haben und nicht zu wissen wo? Vielleicht wachen wir eines Tages gar nicht mehr auf, weil wir wie die Lemminge in den Abgrund gesprungen sind. Lässt Sie die Vorstellung ruhig schlafen?«

»Nein, wen könnte sie ruhig schlafen lassen? Aber …«

»Sie denken, das passiert nicht? Die Narben sind neu, nicht? Hatten Sie gestern noch nicht, stimmt's? Wir haben viele gesehen, an denen sie herumgeschnitten haben. Sie haben dieses Heilgewebe entwickelt, das alle Spuren von ihren Eingriffen in zwei, drei Tagen beseitigt …«

Jeff schüttelte den Kopf. »Wir hatten einen Autounfall. Ich habe meine verletzten Begleiter gesehen …«

»Können Sie sich an den Unfall erinnern?«

»Nein, aber …«

»Ich weiß nicht, was alles in Ihrem Kopf ist, Crane. Aber bedenken Sie, es muss nicht die Wahrheit sein. Sie lassen uns nur das sehen, was sie wollen. Aber es gibt ein paar Dinge, die nicht wegzuleugnen sind. Sie haben die halbe Air Force infiltriert. Es gibt keinen Luftstützpunkt zwischen hier und Kalifornien, den sie nicht unter Kontrolle haben. Wussten Sie, dass im Auftrag der Air Force in den sechziger Jahren eine Reihe von Labors an einem *Projekt Lemming* gearbeitet haben sollen, wobei der selbstmörderische Effekt durch ein Gas erzielt werden sollte?«

»Was sollten sie sich wirklich von uns holen wollen? Unsere vergifteten Ozeane? Unseren Smog? Unser Wissen, das verglichen mit ihrem auf dem Stand der Dinosaurier ist? Die schwindenden Rohstoffe auf der ausgebeuteten Erde? Die können sie sich auf jedem anderen Planeten des Sonnensystems holen, ohne dass wir es überhaupt mitkriegen. Weshalb sollten sie sich also die Mühe machen, uns hier zu überfallen?«

»Ist doch ganz leicht, Mr. Crane«, sagte einer von Mr. Gordons Begleitern. »Können Sie sich das nicht denken? Wenn alle Lemminge im Abgrund sind, ist die Welt einladend leer. Gibt vielleicht nicht viele wie unsere da oben.«

Ja, dachte Jeff, *daran sollten wir selbst hin und wieder denken.*

In der Morgendämmerung setzten sie zur Landung an. Jeff konnte nicht viel erkennen, nur einen spärlich bewachsenen

Höhenrücken. Es war eine unwirtliche Gegend. Die Maschine tauchte in einen zerklüfteten Canyon und landete holpernd und mit einer langen Staubfahne auf einer Landebahn, die diesen Namen nicht verdiente.

Mike Easy starrte stumm in die Staub- und Geröllwüste hinaus.

Jeff war voller Zweifel. Er hatte während der letzten Stunde des Fluges auf Fragen und Bemerkungen Gordons und seiner Männer nur einsilbig geantwortet. Sie mochten recht haben, aber sie waren zu aggressiv und blind für eine andere Sicht der Dinge. Und er selbst war vielleicht zu blind für die Gefahr. Er sah nur die Wunder, die sich ihm offenbart hatten.

10.

Zwei junge Frauen schienen das Regiment in Dr. Fullers Praxis zu führen. Eine dunkelhaarige saß am Computer, die andere, eine blonde, ihr Namensschild wies sie als Linda Weir aus, dirigierte eine ältere, schwer beringte, protestierende Dame mit vielen Entschuldigungen in einen Warteraum. Dies war eine bessere Gegend und die Patienten, die hierher kamen, waren es offenbar nicht gewohnt, zu warten.

Als sie zurückkam, konnte Melinda sehen, dass ihr dieselben Entschuldigungen auf den Lippen lagen. Aber dann schien ihr etwas an Melinda aufzufallen. Sie führte sie wortlos in einen Behandlungsraum und nahm ihre Personalien auf.

»Der Herr Doktor wird gleich hier sein.«

Er kam kaum eine Minute später, in Begleitung einer jungen Assistentin.

Dr. Fuller war ein Mann Mitte vierzig, dunkelhaarig, hochgewachsen. Er hatte einen schmalen Oberlippenbart, attraktive graue Augen, wie Melinda feststellte, aber sie sah auf den ersten Blick, dass er nicht ein Arzt war, den sie sich ausgesucht hätte. Sie wusste eigentlich nicht, was sie an ihm irritierte. Er hatte eine angenehme Stimme, war sehr höflich, wirkte sehr kompetent.

»Guten Tag, Miss Kelly. Ich bin Dr. Fuller. Dr. Holm hat Sie mir bereits angekündigt. Fühlen Sie sich gut? Keine Kopfschmerzen?«

»Nein, keine Schmerzen, Doktor.«

Er tastete hinter ihr Ohr und sie konnte spüren, dass er auf etwas Festes, Knotenartiges drückte.

Er nahm ihre Hand und führte ihren Finger an die Stelle.

»Können Sie es spüren?«

»Ja, was ist es?«

»Ein Implantat. Zeigen Sie mir jetzt die Narben.«

Melinda schlüpfte aus ihrem Hemd und der Arzt betastete erst ihre Narbe am Arm.

»Spüren Sie das?«

»Ja.«

»Tut es weh?«

»Nein, fühlt sich ganz normal an.«

Er betastete vorsichtig den hellen etwa zehn Zentimeter langen Schnitt unter ihrer rechten Brust.

»Auch keine Schmerzen mehr, nehme ich an?«

»Nein. Und ich kann mich an keine erinnern, Doktor.«

Er nickte, als hätte er keine andere Antwort erwartet.

»Diese Narbe stammt von einem Eingriff«, stellte er fest.

»Es ist alles ein wenig durcheinander in meinem Kopf«, erklärte Melinda. »Aber ich erinnere mich an den Unfall mit dem Wagen ... gestern Nacht ...«

Er nickte nur und wandte sich an seine Assistentin: »Die übliche Prozedur, Christine, Fotos von den beiden Narben, dann röntgen Sie den Arm und den rechten Oberkörper von beiden Seiten ... und den Kopf beidseitig.«

Sie schien das erwartet zu haben und machte sich sofort daran, die Geräte vorzubereiten

»Und Sie machen Christine genaue Angaben, wann das alles geschehen ist ... soweit Sie sich erinnern. Wir sprechen weiter, sobald ich die Aufnahmen ausgewertet habe.«

»Doktor, bin ich krank?«, fragte Melinda ein wenig hilflos.

Er lächelte. »Nein. Sie haben keine Symptome einer Krankheit, nur die eines Wunders.«

Eine halbe Stunde später hing Dr. Fuller die Röntgenaufnahmen auf den Leuchtschirm. Er deutete auf die des Armes.

»Wenn Ihre Erinnerung an den Unfall richtig ist, Miss Kelly, dann war dies die einzige tiefere Gewebeverletzung, die der Unfall verursachte. Andere fanden wir nicht. Die Heilung ist absolut perfekt und wir wissen aus einem vergleichbaren Fall, dass in ein oder zwei Tagen auch die Narben vollständig verschwunden sein werden.«

»Dr. Holm sprach von einem Heilgewebe …«, warf sie ein.

»Ja, wir gehen davon aus … eine Art vorkultivierte Zellengaze. Aber das ist pure Spekulation. Wir fanden nie Reste oder direkte Hinweise darauf.«

Er deutete auf die Röntgenaufnahme des Brustkorbes.

»Hier ist noch eindeutig zu erkennen, dass zwei Rippen gebrochen waren. Der Schnitt wurde ausgeführt, um sie wieder auszurichten und mit einer Manschette zu versehen. Hier sind noch Reste dieses Gewebes zu erkennen. Sie werden sich vielleicht fragen, weshalb jemand mit so fortschrittlichen medizinischen Möglichkeiten überhaupt noch schneiden muss, um Knochenbrüche zu behandeln, aber wenn Sie bedenken, dass Schnitte wie diese in wenigen Stunden schmerzfrei verheilen, wäre ihre Vermeidung geradezu grotesk. Aber nun zu Ihrem Implantat …«

Er hing eine weitere Aufnahme auf. Sie zeigte den Kopf von der linken Seite. Deutlich war hinter dem Ohr, am Ende des Schläfenbeins, ein kleiner, heller Fleck zu erkennen. Er war vielleicht drei Millimeter im Durchmesser.

Dr. Fuller streckte die Hand aus und seine Assistentin reichte ihm eine kleine Pillendose. Er öffnete sie.

»Dies ist eines der letzten, das vor zwei Jahren entfernt wurde. Ein junger Mann hatte es an derselben Stelle.«

Melinda betrachtete das winzige, an eine vollgesogene Zecke erinnernde Ding voll Unbehagen. Es war etwa einen halben Zentimeter groß, flach, T-förmig, fast dreieckig. Es war mit einer grauen, ein wenig ins Grünliche gehenden Schicht bedeckt, aus der am T-Balken kurze Härchen ragten.

»Was ist es?«, fragte Melinda. Sie tastete unwillkürlich hinter ihr Ohr und konnte sich einer Gänsehaut nicht erwehren.

»Wir sind noch nicht sehr weit in unseren Erkenntnissen. Vieles ist Spekulation. Ich würde es zum gegenwärtigen Stand der Untersuchungen als einen Kommunikator bezeichnen.«

»Zur Kommunikation mit … ihnen …?«

»Auch, aber es ist vielschichtiger. Eine neurale Kommunikation, mehr noch, Steuerung des Körpers auf zellularer Basis, vielleicht sogar auf atomarer. Die Wundheilung gehört sicher dazu. Als wir vor gut zehn Jahren die ersten herausoperierten und analysierten, fanden wir heraus, dass die Kopfimplantate, es gibt auch andere, in der Hauptsache aus Aluminium-, Titan- und Siliziumverbindungen bestanden, was analog zur Halbleitertechnik eine elektronische Funktion nahe legt. Diese haarartigen Strukturen steuern das Wachstum von Nerven und bilden Synapsen. Das Implantat sucht sozusagen selbsttätig Anschluss an unser Nervensystem. Dr. Jacques Kybon hat in Dulce vor zwei Jahren begonnen, die Implantate mit Mikroströmen zu stimulieren und löste dabei Reaktionen in fast allen Teilen des Körpers aus, die von Schmerz über Muskelzucken bis Halluzinationen reichten. Der Durchbruch gelang Dr. Kybon, als er unverwachsene Stränge isolieren konnte, die sich nicht zur Stimulation eigneten. Er nannte sie Outputstränge. Alles deutet darauf hin, dass das Implantat als eine Art Modem funktioniert. Gewisse körperliche oder geistige Aktionen des Implantatträgers lösen Ströme von digitalen Daten aus.« Er zuckte bedauernd die Schultern. »Leider ist das System zu komplex, um die Daten zu entschlüsseln und zu lesen. Zumindest bis jetzt.«

Er gab seiner Assistentin das Implantat wieder. Dann sagte er: »Ich würde Sie gern zu Dr. Kybon nach Dulce schicken, Miss Kelly, und ich will Ihnen sagen warum. Sehen Sie hier diesen Schatten …?«

Er deutete auf der Röntgenaufnahme auf die unmittelbare Umgebung des Implantats.

»Das sind Rückstände eines älteren Implantats am Rand des Schläfenbeins. Wahrscheinlich wurde es durch den Unfall beschädigt, an den Sie sich erinnern, und ausgetauscht. Das neue scheint ein neues Modell zu sein. Das Röntgenbild zeigt

Veränderungen in der Form. Ja, ich muss Sie bitten, sich Dr. Kybon für eingehende Tests zur Verfügung zu stellen ...«

»In Dulce? Wann?«

»Ja, in Dulce. Am besten sofort. Sie werden dort auch einige sehr nützliche Erfahrungen machen, Miss Kelly. Sie werden lernen, das Implantat für Ihre eigenen Zwecke zu nutzen, zum Beispiel, um Schmerz auszuschalten und Körperfunktionen zu beeinflussen, auf die es sonst keine Einflussnahme gibt.«

Melinda dachte an die seltsamen Träume, die sie gehabt hatte, an ihr Erlebnis als kleines Mädchen, an die kleine Gestalt auf der nächtlichen Straße in der Nähe der Grover-Farm, daran, wie Freddie Burns sie am Telefon bezeichnet hatte: Als Extraterrestrische biologische Entitäten.

Sie sagte: »Doktor, Sie wissen so viel über ihre Technik. Was wissen Sie über sie selbst? Woher kommen sie? Warum pflanzen sie uns diese Implantate ein ...?«

»Woher sie kommen?« Er lachte freudlos. »Jedenfalls nicht aus dem Weltraum, wie sie uns glauben machen wollen ...«

»Wer will uns das glauben machen?«

»Wer weiß das so genau? Konzerne, Polizei ... alle, die uns gängeln, benutzen, überzeugen wollen. Wer weiß, vielleicht sogar die Regierung selbst oder FBI, NSA ... suchen Sie sich etwas aus. Das Militär würde ich an erste Stelle setzen. Sie schüren den UFO-Mythos seit den vierziger Jahren durch geschickte Dementis. Lassen Sie sich sagen, Miss Kelly, es gibt keine Außerirdischen auf unserer Welt, aber es gibt immer mehr streng abgeschirmte Zentren und Labors, in denen auf Teufel komm raus geforscht und getestet wird. Die Welt wächst zusammen und sie wird immer einfacher zu terrorisieren und zu beherrschen sein. Sicher haben Sie von dem Haarp-Projekt gehört, von den Versuchen, die Ionosphäre aufzuladen, um sie als gigantisches Tiefenradar und als Kommunikationsträger für U-Boote zu nutzen. Wären wir nicht eine bequeme Armee, jeder mit einem Mikroimplantat ausgestattet, nach Belieben steuerbar? Ein Krieg würde nur ein paar verlorene Wochen in der Erinnerung bedeuten, und denen, die ihn überlebt haben, wäre nicht mehr bewusst, an einem teilgenommen zu haben. Es gibt Hinweise, dass sie in Nevada und Kalifornien nicht ohne Erfolg an der Aufhebung der Schwerkraft und der Masseträgheit arbeiten. Das würde die unmöglichen Flugeigenschaften der meisten UFOs erklären. Ein ganz neues Forschungsgebiet in dieser Richtung scheint M.O.R.P.H. zu sein – *Material Object Replacement Phenomenon*, eine Art Materieübertragung nach dem Vorbild der guten alten *Enterprise*. Wir sind endgültig dabei, aus den alten Vorstellungen von Raum und Zeit auszubrechen. Es gibt nichts, das uns Außerirdische noch beibringen könnten, woran wir nicht längst selber basteln, Miss Kelly, also ...«

»Aber ich habe sie gesehen, Doktor ... mit eigenen Augen ...!«

»Dr. Kybon wird Ihnen mit ein paar Stimulationen an Ihrem Implantat beweisen, dass Ihre Sinne die absurdesten Dinge wahrnehmen können, die nicht real sind. Oder denken Sie an Hypnose.«

»Aber wir haben Fotos, die es beweisen ...!«

Er winkte ab. »Die digitale Trickmaschinerie, die uns heute zur Verfügung steht, macht das Foto als Beweismittel vollkommen untauglich, Miss Kelly.«

»Was kann man denn dann überhaupt noch glauben?«, fragte sie bedrückt.

Dr. Fuller deutete auf die Röntgenbilder. »Was man anfassen und testen kann. Und es gibt eine Konstante, mit der man immer kalkulieren muss, eine, die so unumstößlich wie die Lichtgeschwindigkeit oder die Zahl Pi ist: Der menschliche Hunger nach Einfluss und Macht. Das Unvorstellbare werden wir immer selbst entdecken und erfinden. Keine Götter und keine Außerirdischen haben dabei ihre Hand im Spiel. Wir allein sind es ...«

II.

Gordon und die Männer schoben Jeff und Mike aus der Maschine, kaum dass sie ausgerollt war. Sie schienen es sehr eilig zu haben. Die Morgensonne fiel bereits da und dort in den Canyon und gab eine Ahnung von der Glut, die hier um die Mittagszeit herrschen musste. Vereinzelte Büschel dürren Grases waren die einzige Vegetation.

Tief im Schatten der Canyonwand, vor Blicken aus der Luft geschützt, warteten zwei Jeeps. Jeff wurde eine schwarze Kapuze über den Kopf gestülpt, sodass er nicht mehr als den Boden des Fahrzeuges zu sehen vermochte. Er nahm an, dass es Mike nicht anders erging.

Die holperige Fahrt dauerte etwa zwanzig Minuten. Es war stickig unter dem schwarzen Stoff. Als Jeff danach greifen wollte, um sich etwas Luft zu verschaffen, sagte eine Stimme, die er nicht kannte, barsch neben ihm: »Lass die Finger davon, Alter!« Und etwas Hartes stieß in seine Rippen.

Unvermittelt hatte er das Gefühl, in einer Höhle zu fahren. Es war kühl und der Motorenlärm dröhnte doppelt so laut. Es roch nach Benzin und Öl und Motorenabgasen.

Sie hielten an. Jemand ergriff Jeff am Arm und half ihm aus dem Jeep. Eine zweite Faust packte seinen anderen Arm. So führten sie ihn über glatten Boden in einen Nebenraum oder Korridor, in dem die Schritte kaum noch ein Echo hatten.

Einer sagte: »Heb die Füße, hier sind Stufen!« Was nicht verhindern konnte, dass Jeff über die erste stolperte und dankbar für den schmerzhaften Griff ihrer Fäuste war. Er hatte keinerlei Orientierung. Es ging mehrfach über Treppen und durch lange Gänge. Es gab spärliches elektrisches Licht, soviel konnte er erkennen. Endlich schoben sie ihn in einen Raum und ließen seine Arme los.

»Sie warten hier!«, sagte einer. »Zu Ihrer eigenen Sicherheit unternehmen Sie keine Ausflüge!«

Er stand einen Augenblick reglos und horchte auf die sich entfernenden Schritte mehrerer Männer. Als er sie kaum noch hörte, riss er sich die Kapuze vom Gesicht und atmete tief auf. Er wischte sich den Schweiß von der Stirn und sah sich um.

Der Raum war gewölbt, etwa eineinhalb mal zwei Meter und spartanischer als jede Gefängniszelle. Sein Kopf streifte fast den höchsten Punkt der Decke. Die Wände und der Boden waren nackter Beton. Da war eine Art langgestrecktes Podest an der einen Seite, auf das man sich setzen konnte. Die Luft war frisch und er entdeckte einen mit einem Gitter abgedeckten Belüftungsschacht. Ein stetes Summen war zu hören, es schien von überall her zu kommen.

Eine Neonröhre war am höchsten Punkt der Decke angebracht. Sie enthüllte das karge Ambiente mit mitleidlos fahlem Licht.

Der Raum mochte wie eine Zelle aussehen, aber Jeff war kein Gefangener, wenigstens nicht auf den ersten Blick. Der Eingang war offen.

Er trat hinaus. Er stand auf einem zwei Schritt breiten Sims in einem Quertunnel. Dieser war groß genug, dass Jeeps und auch größere Fahrzeuge ihn benutzen konnten. Der Sims war auf halber Höhe. Von dort führten nicht weit von Jeff Stufen hinab. Auf der gegenüberliegenden Seite war ebenfalls solch ein Sims auszumachen, von dem aus drei Öffnungen in weitere Räume oder Tunnel führten. Nur ein Teil der Beleuchtung brannte. Der Haupttunnel war düster und verlassen und wenig einladend.

Aus der Ferne vernahm er Stimmen. Er war durstig und hungrig und verspürte zudem ein paar andere Bedürfnisse, die sich auf Dauer nicht unterdrücken lassen würden. Da waren Rohrleitungen verschiedener Dicke an den Betonwänden. Es war anzunehmen, dass sich Trinkwasser und Toiletten in diesem Tunnelsystem befanden. Es galt sie nur zu finden.

Er versuchte sich den Ausgangspunkt seiner Suche einzuprägen und ritzte mit einer Münze seine Initialen in den Beton. Dann folgte er dem Sims vorsichtig ein Dutzend Schritte und gelangte an eine weitere Öffnung. Sie war keine Kammer, sondern ein schmaler gut beleuchteter Tunnel, von dem wie in einem Wohnhaus sieben Öffnungen in kleine Kammern führten.

In einem lief ein Fernseher. Es klang nach einer Talk-Show. Aus einem anderen kamen die Stimmen von zwei Frauen. Irgendwoher drang das Geräusch von fließendem Wasser zu ihm und er bekam eine ganz trockene Kehle.

Er folgte dem Wassergeräusch und landete in einer Toilette, die offenbar von Männern und Frauen benutzt wurde. Danach entdeckte er einen Automatenraum, in dem es kalte und heiße Getränke, Süßigkeiten, Zigaretten, Kondome, Kaugummi und Rasierklingen gab.

Ein Tisch und zwei Bänke standen an der einzigen freien Wand. Ein dicklicher Mann in einem Monteuranzug saß dort und trank etwas Dampfendes aus einem Becher. Ein Schutzhelm lag neben ihm auf dem Tisch. Jeff zögerte nur kurz, dann trat er ein, begrüßte den Mann, der sich umwandte und ihn kurz musterte, und wandte sich den Automaten zu. Er stellte fest, dass er nicht genug Kleingeld hatte, worauf ihn der Mann auf den Wechselautomaten aufmerksam machte.

Das *7-up* war zu kalt, um seinen Durst wirksam zu löschen, aber er fühlte sich danach besser. Er setzte sich mit einem Becher heißen Kaffees zu dem Mann an den Tisch, in der Hoffnung, ein paar wichtige Dinge zu erfahren. Die Frage, wo man hier etwas zu essen bekommen konnte, erschien ihm ein guter Beginn für eine Konversation.

Der Mann sah ihn nicht sehr freundlich an. »Hast dich wohl verirrt, Chef?«, sagte er.

»Schon möglich«, erwiderte Jeff so gleichmütig er es vermochte. »Ich suche jemanden.«

»Wen?«

Das wir nicht die Konversation, auf die Jeff gehofft hatte. Der Mann schien nicht sehr gesprächig und war noch dazu neugierig.

Jeff ließ die Frage unbeantwortet.

Der Mann trank aus. Bevor er ging, deutete er auf einen Nebenraum. »Im Büro hängen die Schichtlisten der Rollins

Company. Und außer uns Tunnelbohrern verirrt sich selten wer in diesen Teil des Angel's Peak.«

Jeff trank seinen Kaffee aus und beschloss, zurückzugehen. Die Leute, die ihn hierher gebracht hatten, würden sich früher oder später um ihn kümmern. Und er nahm an, dass ihm nur Leute vom Kaliber dieses Nat Gordon wirklich Antworten auf ein paar Fragen geben konnten.

Kaugummis waren eine annehmbare Zwischenlösung für sein leises Hungergefühl. Er warf einen Blick in die übrigen Räume in der irrationalen Hoffnung, ein Telefon zu entdecken. In einem Büro saßen zwei junge Frauen an Computern. Sie schienen ein Softwareproblem zu haben, das ihre ganze Aufmerksamkeit in Anspruch nahm, so dass sie ihn gar nicht bemerkten. Auf einem Anschlagbrett beim Eingang hing ein Plan des Tunnelsystems. Es war offensichtlich ein Konstruktionsplan der Rollins Company, der auch noch nicht fertiggestellte Teile enthielt. Vorsichtig löste er zwei der Pins, riss das Blatt herab, faltete es und ließ es in seinem Jackett verschwinden, bevor er einen Blick in den Raum warf, aus dem er den Fernseher vernommen hatte. Drei Männer in Montur schienen Hardwareprobleme zu haben, denn sie umstanden ein Gerät, aus dem nur Flimmern und Rauschen kam.

In diesem Augenblick kam ein tiefes Dröhnen aus dem Haupttunnel, das die Männer aufhorchen ließ. Jeff beeilte sich nach draußen.

Grelles Licht flackerte vom fernen Tunnelende her. Auch das Dröhnen kam von dort. Ganz automatisch setzte er sich in Bewegung dorthin. Aus Nebentunnels tauchten Männer in Arbeitsanzügen und Schutzhelmen auf. Sie musterten ihn nur kurz, ihr Interesse galt dem Licht und dem Lärm an Ende des Tunnels.

Aus einer weiteren Seitentunnelmündung kam ein Trupp Bewaffneter in grauen Uniformen, die weder Polizei- noch Militäruniformen waren. Die Männer stellten sich den Arbeitern in den Weg. Der Anführer sagte:

»Der Tunnel ist gesperrt für Personal der Klasse C und darunter. Es handelt sich um keinen Unfall. Es besteht keine Gefahr. Gehen Sie bitte an Ihre Arbeit zurück!«

Die Arbeiter schienen mit derlei Prozeduren vertraut zu sein, denn sie machten ohne Disput kehrt. Jeff stand dem Wachttrupp plötzlich ganz allein gegenüber und konnte seine Verblüffung nicht verbergen, als der Anführer sagte:

»Ah, Mr. Crane, Sir, wir waren auf dem Weg zu Ihnen. Kommen Sie. Sie werden erwartet.«

Sie nahmen ihn ohne weitere Erklärungen in die Mitte und er ließ sich ebenso wortlos abführen. Als sie das grell erleuchtete Tunnelende erreichten, stockte ihm fast der Atem.

Er blickte in ein Gewölbe von gewaltigen Ausmaßen. Trotz der vielen Lichter an Decke und Wänden, vermochte er die gegenüberliegende Seite kaum auszumachen. Er stand auf einem gut drei Meter breiten mit einem Geländer versehenen Weg aus Metallplatten, der die ganze Länge des Gewölbes entlang verlief.

Das grelle, flackernde Licht rührte von pulsierenden Positionslichtern eines Flugzeugs her, das am Boden von einer Schleppmaschine in die Mitte der Halle bewegt wurde. Es sah aus wie ein Mittelding zwischen einem Rochen und einem Adler mit nicht ganz ausgebreiteten Schwingen. Es war schwarz. Seine metallische Hülle hatte einen orange-rötlichen Schimmer, der an den Flügelrändern den Eindruck einer durchsichtigen schimmernden Schicht, eines Energiefeldes erweckte. Ein Muster von Wülsten aller Formen und Größen überzog die ganze Oberfläche und erweckte den Eindruck von etwas Organischem.

Die Männer schoben Jeff vorwärts, ein Stück den Plattenweg entlang, dann in einen größeren gewölbten Raum, in dem wenigstens zwei Dutzend Männer und Frauen in weißen Kitteln an zwei langgestreckten Instrumentenkonsolen standen und sowohl an den kleinen Bildschirmen vor ihnen, als auch auf einer großen Wandprojektion die Vorgänge unten in der Halle beobachteten.

Einer von ihnen war Nat Gordon. Er kam lächelnd zu Jeff und zog ihn mit sich vor einen Schirm. »Ich dachte, dass Sie das sehen wollten«, sagte er, »deshalb ließ ich Sie holen.«

Der Bildschirm zeigte den fremdartigen Vogel aus der Sicht des Schlepperfahrers, von vorn unten. Auch die Unterseite war mit einem Netzwerk von Wülsten überzogen, von denen einige in dunklen Öffnungen endeten. Jetzt erst fiel Jeff auf, dass die radlosen Landestützen in der Mitte der Flügel nicht den Boden berührten.

Als das Knattern des Schleppermotors erstarb, blieb ein tiefes Summen. Gleich darauf endete auch dieses. Die Hülle verlor ihren rötlichen Schimmer und sackte einen halben Meter nach unten. Metall krachte und knirschte. Menschen liefen auseinander. Die Lichter des Fluggerätes erloschen. Dann stand es still und ein wenig geneigt.

Jeff achtete nicht auf die aufgeregten Stimmen ringsum. Er hatte nur Augen für das fremde Flugzeug, das eine Flügelspannweite von fünfzehn bis zwanzig Metern haben musste. Er beobachtete fasziniert die Art und Weise, wie die Luke sich öffnete. Es erinnerte ihn an die unsichtbaren Türen in den unterirdischen Anlagen der Roswell-Basis.

Vier Männer stiegen aus dem Flugzeug. Zwei hielten an den dünnen Armen einen Superior fest. Er war mit einem Anzug bekleidet, der wie Alufolie glänzte. Das eng anliegende Material ließ ihn dünn und unfertig erscheinen. Seine Hände waren auf den Rücken gebunden. Sein schmaler Mund und seine großen Augen sandten einen stummen Hilfeschrei zu den neugierigen Technikern in der Halle und an den Bildschirmen.

Jeff drehte es regelrecht das Herz um. Er musste sich abwenden, um nicht von dem Verlangen überwältigt zu werden, hinauszurennen und den Gefangenen zu befreien.

Niemand sonst schien das zu fühlen. Niemand in der Halle hob eine helfende Hand. Alle starrten ihn nur an, während ihn die vier Männer vorwärts schoben.

Dann geschah etwas Seltsames: Der Superior wand die Hände auf eine nicht nachvollziehbare Weise und der Strick fiel zu Boden. Auch die dünnen Oberarme bewegten sich, dass die Männer erschrocken losließen.

Im nächsten Augenblick bewegte sich die ganze Gestalt mit einer erstaunlichen Schnelligkeit. Die Kameras vermochten nicht zu folgen. Schwenks und Unschärfe auf fast allen Schirmen waren schwindelerregend. Lediglich auf der Projektion, die die ganze Halle zeigte, war die kleine silberne Gestalt noch zu sehen. Die Leute in seinem Weg wichen zur Seite. Keiner wagte ihn anzufassen. Als er in einem Seitentunnel verschwand, brach der Bann. Alle redeten aufgeregt durcheinander. Gordon war bereits am Eingang und bellte Befehle in ein Sprechgerät.

»Der außerirdische Teufel wird nicht weit kommen«, sagte er, als er zurückkam. »Inzwischen ist Zeit für ein paar Tests. Kommen Sie!«

Einen kleinen Quertunnel weiter gelangten sie in einen kleinen Raum, in dem Mike Easy auf einer Pritsche lag. Seine Augen waren weit offen, aber er sah nicht die Realität. Der sphärische Morpher lag neben ihm auf einem Tischchen. Ein dünnes, durchsichtiges Kabel verlief von ihm zu Mikes Ohr. Zwei Männer in den allgegenwärtigen weißen Kitteln machten sich an Mike zu schaffen. Sie blickten auf, als Gordon und Jeff eintraten.

»Meine Herrn, das ist Mr. Crane. Mr. Crane, ich darf Sie bekannt machen mit Dr. Mercer und Dr. Sirk.«

Crane nickte unbehaglich.

»Mit Mr. Crane könnte es sein, dass wir einen besonderen Fang gemacht haben. Er behauptet, dieses Gerät und andere zu kennen ...« Gordon deutete auf den Morpher. »Er behauptet ferner, die Behandlung damit bewusst miterlebt zu haben und vieles über unsere Freunde zu wissen. Er nennt sie Superior. Quetschen Sie ihn aus, Doktor ... aber ohne Experimente, ohne Elektronik ...«

»Memoscorpin?«, fragte der jüngere, schwarzhaarige.

»In verträglichen Dosen, Dr. Sirk. Wir erwarten am Abend einen ersten Bericht. Bis dahin könnte es sein, dass wir einen weiteren interessanten Fall für Sie haben.« Er deutete auf den Monitor auf einer Wandhalterung, der das Geschehen in der Halle wiedergab.

»Aber wenn möglich, diesmal lebend«, mahnte Dr. Mercer. »Nach drei Autopsien wissen wir über ihre Körper ausreichend Bescheid. Wir brauchen einen Blick in ihren Verstand, wenn wir weiterkommen wollen, Gordon. Machen Sie das Ihren Männern klar.«

Gordon grinste. »Ich will es versuchen. Aber meine Männer sind verdammt schwer vom Schießen abzuhalten, wenn sie einen von denen vor sich haben.«

12.

Die Billy-»Samson«-Grogan-Sonde fällt mit fast achttausend Kilometern in der Sekunde dem Mars entgegen. Ihr Verstand hat begonnen, sich neu zu organisieren. Die stummen Schreie des furchterfüllten Billy-Grogan-Bewusstseins sind schon vor Stunden verstummt. Das zentrale Steuerungsprogramm hat das Mission gefährdende Billy-Grogan-Bewusstsein durch Flutung mit Endovalium ähnlichen Substanzen in einen beherrschbaren Zustand versetzt.

Billy liegt wachträumend in der Lautlosigkeit des Weltraums. Ein Teil seines Bewusstseins, der einst seinen Körper steuerte, verarbeitet nun die Datenströme der Sensoren und Navigatoren der kleinen Hülle, die ihn schützend umgibt. Billy träumt von Bewegung und von den Tagen, da er seine Fäuste noch gebrauchen konnte. Seine Erinnerungen simulieren Gefühle, die es in seinem kryomorphen Körper nicht mehr gibt.

Er ist allein mit sich und seiner Vergangenheit − einer deaktivierten Superior-Bewusstseinsmatrix nicht unähnlich. In regelmäßigen Abständen gewähren ihm die Sensoren seines Sondenkörpers einen Blick zurück auf den rasch kleiner werdenden blauen Ball der Erde oder nach vorn auf das rostrote Antlitz des Mars.

Unvermittelt hat er Kontakt mit einem lebendigen Bewusstsein, das seltsam gespalten ist. Ein weiblich definierter Superior mit Namen Ah Ra ist der beherrschende Teil. Der andere Teil ist vertraut und frisch in seiner Erinnerung: Die rothaarige Melinda Kelly, für die sein Boss sich interessierte.

Billy Grogan sieht mit Melindas Augen und Ah Ras Blicken. Ah Ra sagt mit einer wachsenden Wut, es ist ein gutes, frisches

Gefühl: »Meine Humanbasis wird von niemandem getestet und verstümmelt, außer von mir ...« Sie spricht in einer fremden Sprache mit Klickkonsonanten und langgezogenen Vokalen, die ihre Gegner nicht verstehen.

Sie wehrt sich und Billy spürt Hände und Füße und Fäuste, und Schmerz und Wut und Genugtuung. Er sieht drei Gestalten in weißen Kitteln, einen Mann und zwei Frauen, die sie festzuhalten versuchen. Eine der Frauen schreit auf, als sich Ah Ras Fingernägel in ihren Hals graben.

Dann spürt er einen Stich im Nacken, spürt eine lähmende Müdigkeit sich ausbreiten und Melindas unterdrücktes Bewusstsein dahinschwinden und gleich darauf auch das von Ah Ra. Er versucht es verzweifelt festzuhalten.

Er ist wieder allein in der großen Leere und versucht zu begreifen, wie es möglich war, an Melindas Bewusstsein Anteil zu haben, und weshalb es endete. Er findet keine Ruhe mehr. Sein Verstand beginnt zu rufen, sehnsüchtig, bittend, fluchend, tobend.

Sein Körper ist bereits zu kalt für die Produktion von Endovalium oder anderen beruhigenden Substanzen, auch wenn der Kryomorphprozess die Kälte in den Zellen nur simuliert, so dass Ströme im neuronalen Netz ungehindert fließen können.

Schließlich findet das Steuersystem der Sonde einen Weg, den rasenden Verstand, der für die Mission unentbehrlich ist, durch erklärende Daten zu beruhigen.

Billy Grogan beginnt vage zu begreifen, dass der Interpreter, der an sein Gehirn gekoppelt ist, durch Zwillingsmaterie mit der Humanbasis Melinda Kelly verbunden ist. Ein schmales morphogenetisches Feld wächst zwischen ihnen, gesteuert von einem Morph-Feld-Limiter. Wie viele Millionen Kilometer die Sonde auch zurücklegen mag, Anfang und Ende des Feldes werden dennoch nicht voneinander getrennt. Zwillingspartikel bleiben über Raum und Zeit hinweg für immer verbunden. Niedere Lebensformen mit ihrem chemischen Bewusstsein sind in der Lage, Informationen auszutauschen, auf eine Weise, die dem digitalen Bewusstsein verwehrt ist: Durch Telepathie.

Wenn die Zeit kam, würde er wieder Kontakt haben – vielleicht noch in dieser Stunde, vielleicht erst in hundert Jahren.

Zeit war von keiner großen Bedeutung.

13.

Die Intensität des Traumes weckte Melinda Kelly. Jemand befand sich bei ihr. Aber ihre Wahrnehmung war beschränkt. Ihre Augen vermochten kaum scharf zu sehen. Ihre Ohren vernahmen Geräusche und Stimmen, die hohl und wie in Zeitlupe klangen. Ihre Lippen fühlten sich taub an. Ihre Hände vermochte sie nicht zu bewegen. Ein Durstgefühl schien alle anderen Gefühle ausgelöscht zu haben, denn sie empfand nichts anderes.

Jemand mit dem seltsamen Namen Ah Ra war bei ihr. Weiblich. Aber keine Frau. Das verwirrte sie einen Augenblick, bis Ah Ra die Dinge in die Hand zu nehmen begann. Als erstes zog sie die Schleier vor den Augen beiseite, nicht ganz, aber weit genug, dass Melinda ihre Umgebung erkennen konnte. Sie lag auf einem Krankenbett. Ein Haltebügel baumelte über ihrem Kopf. Sie wollte danach greifen, doch ihre Arme bewegten sich nicht. Sie sah nach unten und erkannte, dass ihre Hände mit Lederriemen an den Bettrahmen gefesselt waren. Aber das war nicht der Grund, weshalb sie sie nicht bewegen konnte.

Ah Ra machte die Ohren frei und die verzerrten Geräusche wurden zu fernem Straßenlärm und ganz nahen Stimmen, die noch immer ein wenig hohl klangen, aber zu verstehen waren.

Die eine sagte: »… ist eine künstliche, sozusagen eine implantierte Art der Schizophrenie, Dr. Fuller. Wir hatten die andere Persönlichkeit noch in keinem Fall zuvor soweit isolieren können, dass sie in ihrer Sprache zu uns redete. Ihr hochdosiertes Beruhigungsmittel scheint das geschafft zu haben. Die Tests werden es zeigen …«

»Was ist das für eine Sprache, Dr. Kybon?«

»Ich habe keine Ahnung. Ich habe eine Kopie der Aufnahme an einen Experten in Albuquerque geschickt. Wir werden sehen, was herauskommt. In der Zwischenzeit werden wir sie in diesem Zustand halten und sehen, welche Reaktionen wir auf die Stimulationstests kriegen …«

Ah Ra drängte die Taubheit aus ihren Gliedern. Melinda spürte Kraft in Arme und Beine zurückkehren, dennoch vermochte sie sie nicht zu bewegen.

Zuletzt verschwand das Durstgefühl. Melindas Bewusstsein war wie ausgeleert – frei von Gefühlen und Wünschen. Unbeteiligt verfolgte sie Ah Ras Kampf um ihren Körper. Der Kampf galt nicht ihr, denn sie leistete keinen Widerstand. Der Kampf galt einer lähmenden Kraft, die wie mächtige Wogen eines Meeres gegen das Bewusstsein brandeten. Mit jeder Welle kam Dunkelheit über die Sinne. Melinda verfolgte mit aller Sympathie Ah Ras heroischen Kampf gegen das Meer der Müdigkeit und Schläfrigkeit.

Plötzlich tat sich eine innere Tür auf und Melinda blickte einen Augenblick lang tief in den fremdartigen Geist eines weiblichen Wesens, das nicht menschlich war. Die Fragmente von Erinnerungen an unbegreifliche Gefühle, an Körper bizarrer Rassen und ferner Welten, an Urfurcht vor einem insektoiden Feind aus dem glühenden Herzen der Galaxis, waren zu kurz, um zu erschrecken. Selbst die Erkenntnis, dass sich dieses Wesen, das sich Ah Ra nannte, in ihr befand, erfüllte sie in ihrer Entrückung nicht mit Furcht.

Erst als fremde Gedanken sagten: *Wenn du leben willst, Humanbasis Melinda Kelly, hilf mir!*, brach die Wirklichkeit mit allen Gefühlen über sie herein.

Sie spürte die Wogen der Schläfrigkeit über sich hinwegspülen und bäumte sich instinktiv dagegen auf, innerlich und körperlich, bis die Fesseln an ihren Handgelenken wie Feuer brannten und der Schmerz die Wogen zurückdrängte.

Gut! Die anderen Gedanken waren erfüllt von einer Spur Triumph. *Schmerz also gibt dir Kraft! Das ist nicht schwer! Kämpfe, wenn du leben willst!*

Ein stechender Schmerz durchzuckte Melindas rechtes Bein. Sie schrie auf und warf sich auf dem Bett herum, soweit es die Fesseln zuließen.

Still! Etwas lähmte ihre Zunge und der Schrei verstummte.

Sie werden kommen und weitere ihrer lähmenden Substanzen injizieren, bevor wir frei sind!

Wer sind sie?

Sie wissen schon zu viel. Ich darf nicht zulassen, dass sie noch mehr herausfinden. Ich werde dich töten, wenn unsere Flucht misslingt, Humanbasis Melinda Kelly.

Stirbst du dann nicht auch?

Auf meinesgleichen wartet ein neues Leben irgendwo.

Dann lass mich sterben. Ich bin so müde ...

Nein! Du wirst kämpfen!

Ein neuer Schmerz ließ Melinda innerlich aufheulen und peitschte die Müdigkeit an den Rand des Bewusstseins. Und dann sah und spürte sie etwas Unglaubliches. Ihre Handgelenke begannen zu schmelzen. Haut, Muskeln, Blutgefäße bewegten sich, flossen unter den Riemen durch in einer konstanten Umschichtung von Zellen. Nicht einen Augenblick war die Funktion der Zellen beeinträchtigt, nicht einen Moment hörte das Blut auf zu fließen. Mikromorphen nannte Ah Ra diese kurzzeitige Veränderung der molekularen Dimensionen, bei der Materie aufgelöst und ihre Partikel beliebig durch den Raum transportiert wurden, ohne dass die ursprüngliche Struktur verloren ging.

Der Anblick der durch die Gurte fließenden Hände war unwirklich. Die Augen vermochten der Bewegung einzelner Teile nicht zu folgen. Die Haut schien sich durch einen Raum zu winden, den es innerhalb der Fesseln gar nicht geben konnte.

Mehr als der Schmerz zuvor ließ dieser Anblick Melinda die Schläfrigkeit vergessen. Vielleicht war auch die Wirkung des Beruhigungsmittels nicht mehr so stark.

Steh auf!, verlangte Ah Ra.

Melinda setzte sich auf und rang das Schwindelgefühl nieder. Aus den Augenwinkeln sah sie einen Mann ins Zimmer kommen, dessen Gesicht sie kannte: Dr. Fuller.

Sie schob die Beine aus dem Bett, wobei sie nicht glaubte, dass sie tatsächlich würde aufstehen können. Sie versuchte es und schwankte. Dr. Fuller eilte herbei und fing sie, bevor sie fallen konnte. Sie hielt sich an seinen Armen fest. Sie konnte spüren, wie er plötzlich erstarrte. Sie sah, dass sein Blick starr auf ihren linken Arm gerichtet war, wo das Handgelenk noch immer dabei war, seine ursprüngliche Form wieder anzunehmen und die Haut sich von schmalen überlangen Fingern aufwärtsbewegte.

Als sie erkannte, dass er sie in Panik von sich stoßen wollte, umklammerte sie ihn mit aller Kraft. Sie wollte reden, doch ihr Mund gehorchte ihr nicht. Dr. Fuller versuchte sich mit aller Kraft ihren Armen zu entwinden.

Lass mich reden!, schrien ihre Gedanken.

Einen Moment später bewegte sie ihre Lippen wie eine Ertrinkende, als Ah Ra ihr Gewalt über ihren Mund gab.

»Dr. Fuller!«, keuchte sie. Ohne ihr Zutun kroch ihre rechte Hand an seinen Hals und die langen, unfertig geformten Finger schlossen sich darum, bis sein Widerstand erlahmte.

»Nicht töten!«, entfuhr es ihr.

Die Finger lockerten sich und fuhren fort, sich zu verändern. Dr. Fuller hielt mit aschfahlem Gesicht still.

»Was haben Sie mir gespritzt?«

»Nur ein Beruhigungsmittel«, keuchte er. »Es tut mir leid … Sie begannen plötzlich in dieser fremden Sprache zu reden … Sie waren nicht mehr Sie selbst … Sie …«

»Ich verstehe, Dr. Fuller. Können Sie es neutralisieren?«

Als er zögerte, fuhr sie fort: »Wenn nicht, werden sie uns begleiten müssen, Doktor.«

»Sie und … wen …?«, fragte er zitternd.

»Mich und meine Freundin von den Sternen, Doktor.«

»Ja … ja, ich kann es«, sagte er hastig. Er wollte sich Melindas Griff entwinden, aber sie hielt ihn am Arm fest.

»Aber Doktor, ich muss Sie warnen, für den Fall, dass Sie auf den Gedanken kommen sollten, mich vielleicht noch mehr zu beruhigen … meine Freundin vermag diesen Körper, selbst wenn er bewusstlos ist, noch lange genug zu beherrschen, um Sie dafür zu …«

»Nein … nein, Sie können mir vertrauen!«

»Das werden wir versuchen, Doktor. Wo sind meine Kleider?«

»Ich bin mit den Räumlichkeiten dieser Abteilung nicht vertraut, Miss Kelly. Ich ...«

»Dann machen Sie sich vertraut, Doktor. Ein Stück werden Sie uns begleiten. Wollen Sie mit uns zusammen gesehen werden, wenn wir in diesem Nachthemd Dr. Kybons angesehenes Labor verlassen?«

»Natürlich werde ich sofort ...«

»Wie viel Geld haben Sie dabei, Doktor?«

Er griff hastig nach seiner Brieftasche und zog alle Scheine heraus. Nicht ganz vierhundert Dollar. Sie nahm es ihm aus der Hand.

»Sie erhalten es zurück, abzüglich der Spesen für Aufenthalt und Rückreise. Und jetzt beeilen Sie sich Doktor! Wenn ich nicht wach bleibe, gibt es niemanden mehr, der Sie vor meiner Freundin schützen kann.«

Melinda bemühte sich, ihrer Stimme einen festen Klang zu geben und der Schläfrigkeit Herr zu werden. Sie setzte sich aufs Bett, ohne seinen Arm loszulassen.

»Schmerz«, murmelte sie. »Schmerz! Ah Ra, hast du mich verlassen?«

Sie unterdrückte nur mit größter Mühe einen Aufschrei. Ihr ganzer Körper begann wie Feuer zu brennen und es trieb ihr Tränen in die Augen.

»Ah Ra!«, stöhnte sie.

Nenn' mich nie wieder Freundin! Es gibt keine Freundschaft zwischen Superiors und ihren Basiskreaturen!

14.

Jeff Crane trat zu Mike an die Pritsche. Er blickte in sein blasses Gesicht, die offenen leeren Augen. Ohne dass es ihm bewusst war, den Erinnerungen eines anderen Gedächtnisses folgend, griff er an den Morpher und berührte einen Sensor. Einer der Ärzte versuchte ihn daran zu hindern, aber er kam

282

zu spät. Der Morpher stieg mit einem leisen Summen und Aus-
fahren der Leitung an die Decke, wo er sich entlangbewegte. Mit
Mike ging eine Veränderung vor sich. Er schloss die Augen.

»Was tun Sie da?«, fragte Dr. Mercer halb wütend, halb
überrascht.

»Ich demonstriere mein Wissen. Deshalb bin ich doch hier,
Doktor, nicht wahr?« Er grinste. »Ich hätte Ihnen diesen kleinen Trick nicht verraten, aber Ihre stümperhaften Versuche
gefährden das Leben meines Freundes Mike hier. Das konnte
ich nicht zulassen.«

»Wie nennen Sie das Gerät?«

»Einen sphärischen Morpher.«

»Nennen die das so?«

»So übersetzt es der Interpreter.«

»Interpreter?«

»Das Implantat hinter dem linken Ohr.«

»Wozu dient der Morpher?«

»Zur Kommunikation zwischen dem Superior und der
zentralen Basis, zur Überwachung und Reparatur der Humanbasis, also des menschlichen Körpers, zum Einsetzen der
Implantate, zur Versorgung der Superior-Matrix mit Daten,
zur ...«

»Wie viele Implantate?«

»Bis zu sechs, abhängig davon, welche Aufgaben der Humanbasis zugedacht sind.«

»Weshalb der Name Morpher?«

»Morphen ist eine vielschichtige Technik der Superior. Sie
hat mir der raumzeitübergreifenden Umschichtung von Materie zu tun. Gestaltveränderung, Nullzeitkommunikation zwischen den Sternen. Ich bin kein Physiker und mein Superior,
der Himmel lasse ihn deaktiviert bleiben, auch nicht. Aber es
hat etwas mit phasengekoppelten Partikeln zu tun, die nach
ihrer Aufspaltung unabhängig von der Entfernung voneinander den Raum krümmen, um miteinander verbunden zu bleiben. Und es hat etwas mit Simulation von Materie durch
Energie zu tun ...«

»Simulation ...?«

»Sie müssen schon einen Superior-Kollegen bemühen, wenn Sie mehr erfahren wollen, Dr. Mercer. Ich bin Makler. Und mein Superior ist, wenn ich die Daten richtig deute, so etwas wie ein Sextourist. Er hat viele Planeten besucht und einheimisches Leben dazu benutzt, in ihren Körpern seine sexuellen Phantasien auszuleben. Und seine Vorliebe scheint spinnen- und schlangenähnlichen Kreaturen zu gelten ...«

Jeff sah, wie Dr. Mercer schauderte, während der junge Dr. Sirk dabei war, eine Spritze aufzuziehen. Jeff war selbst verblüfft über die Dinge, die er sagte, aber es war, als ob seine Erinnerungen und die Ho Ors sich vermischt hätten. Es gab keinen Unterschied mehr. Die Vernunft sagte ihm, dass es nicht seine waren, aber sie wurden ihm mit jedem Augenblick weniger fremd. Nach einer Weile war es ganz natürlich geworden, an den azurnen Himmel von *Sharak VI* zu denken oder an die Ammoniakmeere von *Phtyr* oder an Ah Ra, unvergessene, unbezwungene Ah Ra, die, wie auch Ho Or selbst in der Erinnerung kein Gesicht und keinen Körper hatte. Wenn er manchmal an Melinda dachte, war sie Ah Ra und sie war Melinda. Beide Erinnerungen waren so klar, dass er keinen Augenblick eine Unlogik dahinter sah. Für beide empfand er etwas. Das eine Gefühl war aggressiv und ließ seine Männlichkeit schwellen, bis sie wie ein Speer war. Das andere war sehnsüchtig und bewundernd und noch nicht zwischen den Beinen angekommen.

Er lachte verächtlich darüber. Er deutete auf Mike und sagte ein wenig spöttisch: »Sein Superior ist auch nichts für euch gelehrte Herrn. Er heißt Ha Lan und ist an nichts Höherem interessiert als den niederen Reproduktionsversuchen seiner Humanbasis. Aber Sie werden vielleicht bald Gelegenheit haben, die Wunder der Superior-Technik am eigenen Leib zu erfahren.« Er deutete nach oben, wo der Morpher noch immer langsam über die Decke schwebte. »Er sucht nach den besten Koordinaten für die Kommunikation mit der zentralen Basis ...«

»Die Sie uns nicht verraten werden, wie ich annehme?«, sagte Dr. Sirk und kam näher.

»Das ist nicht notwendig. Wenn dieser Morpher sendet, dürfen Sie in Kürze Besuch von dort erwarten.«

Dr. Mercer sagte triumphierend: »Er wird nicht senden, Mr. Crane. Funkverkehr ist nur an der Oberfläche möglich. Die Tunnel sind vollkommen abgeschirmt …«

»Er wird einen Weg finden. Ein Morpher ist, um es mit der niederen Ausdrucksweise meiner Humanbasis zu sagen, ein verdammt schlaues Kerlchen …«

Er wandte sich rasch um und fasste Dr. Sirks Hand mit solch hartem Griff, dass dieser aufheulte und die Spritze fallen ließ.

»Welche Substanz wolltest du mir injizieren, Kreatur?«, rief er mit einem Grimm, der ihm fremd war.

Dr. Sirk krümmte sich unter seinem Griff. Er starrte ihn nur mit vor Schmerz und Grauen verzerrten Gesicht an. Er gab keine Antwort.

Sein Handgelenk brach unter Jeffs Griff. Sein schriller Schrei ging unter in Jeffs donnernder Stimme: »Welche Substanz, Kreatur?«

Dr. Sirk sank wimmernd zu Boden und Jeff schleuderte ihn von sich. Er fuhr herum zu Dr. Mercer, der mit totenbleichem Gesicht beschwörend sagte: »Mr. Crane! Mr. Crane! Ich kann Sie nicht verstehen! Ihre Sprache … ich verstehe Ihre Sprache nicht …!«

»Meine Sprache, hominidisches Gezücht, ist …« Er hielt inne. Vage begann er zu begreifen. Es war die Sprache der Superior. Er hatte begonnen, in die Rolle Ho Ors zu schlüpfen! All die Erinnerungen, all das Wissen … er hatte eine Tür in Ho Ors Matrix gefunden. Er hatte sich als seine eigene Humanbasis bezeichnet. Er hatte zu reden und zu handeln begonnen wie ein gottverdammter Superior!

In diesem Augenblick klickte der Morpher und hielt in seiner Bewegung inne. Er schien einen befriedigenden Punkt für eine Alpha-Verbindung gefunden zu haben. Mike bewegte sich unruhig auf seinem Lager unter einem plötzlichen Strom von Daten.

»Der Morpher sendet!«, stellte Jeff fest. Bis auf das Triumphgefühl, das sich nicht unterdrücken lassen wollte, hatte er

Ho Ors Maske abgestreift. »Er hat den Code erhalten. Es gibt eine Verbindung.«

Er bückte sich und hob die Spritze auf. Er leerte sie in hohem Bogen in den Raum.

»Memoscorbin«, sagte Dr. Mercer zitternd. »Nur ein kleiner Gedächtnisauffrischer, der die Zunge lockert ...«

Jeff holte tief Atem. »Kümmern Sie sich um Ihren Kollegen, Doktor.«

Er warf die Spritze auf den Instrumententisch und ging zu Mike. Mike Easy schien von allem, was ihm geschah, nichts wahrzunehmen. Jeff beobachtete das stille Gesicht.

Warum war es bei ihm anders? Warum sah er, fühlte er, wusste er alles? Warum erwachte Ho Or nicht selbst? Früher oder später würde es geschehen. Würde er stark genug sein, sich gegen Ho Ors waches Bewusstsein zu behaupten? Oder für alle Zeiten ein Gefangener in seinem eigenen Körper?

Er fühlte sich plötzlich wieder sehr menschlich.

Und schauderte ...

15.

Dulce, im Archuleta Hochland, am Rande des Jicarilla-Indianerreservats, war ein gottverlassenes Nest im Norden Neu Mexikos, zweihundert Kilometer von Santa Fe im Süden und mehr als hundert von Alamosa im Norden – und vierzehnhundert von Kansas City.

Dr. Kybons Labors lagen in einem Waldstück ein wenig außerhalb. Dr. Fuller war sehr kooperativ. Es erwies sich als nicht schwierig, das nötige Medikament zu beschaffen. Dr. Kybon war offenbar aus dem Haus und sein Assistent hatte Anweisung, Dr. Fuller zur Hand zu gehen. Schwieriger war es, den Assistenten wieder loszuwerden und ungesehen aus dem Haus zu gelangen. Eine Autovermietung gab es im Umkreis von zwanzig Kilometern nicht. Dr. Fuller bot seinen Wagen an. Obwohl das Medikament die lähmende Schläfrigkeit nach und nach aus ihrem Körper trieb, fühlte sich Melinda nicht in der Lage, selbst zu fahren.

»Sie werden uns ein Stück fahren müssen, Dr. Fuller«, sagte sie und trat ihm in den Weg, als er zurück ins Gebäude wollte.

Er sah sie erschrocken an und wollte protestieren. »Sie sagten …«

Melinda drängte ihn, einzusteigen und lief um den Kombi herum, wobei sie sich festhalten musste, weil ihre Beine nachzugeben drohten. Als sie keuchend im Beifahrersitz saß, sagte sie: »Ich bin noch zu schwach, um zu fahren. Aber sie ist stark genug, um zu töten, Doktor. Fahren Sie!«

»Oh mein Gott, das ist Wahnsinn!«, sagte Dr. Fuller, als der Assistent und zwei jüngere Frauen gestikulierend in der Eingangstür erschienen.

»Fahren Sie!«

»Miss Kelly«, stöhnte er, »wir werden nicht weit …«

»Fahren Sie!«

Er startete, als der Assistent auf ihn zuzulaufen begann, und gab Gas, dass der Wagen mit kreischenden Reifen die Ausfahrt entlang schleuderte.

»Gott, da sind Leute involviert, die verstehen keinen Spaß. Die nennen sich das Antiinvasionskommando. Die haben ihre Basis irgendwo hier in der Gegend, verstehen Sie, Miss Kelly. Machen Sie Ihrer Freundin klar, dass wir niemals …«

»Sie ist keine Freundin, Doktor«, unterbrach sie ihn. »Sie hält nicht viel von Menschen. Wir sind beide in ihrer Hand.«

Sie lauschte in sich hinein, während der Wagen die schmale, in Kurven hügelan verlaufende Straße entlang raste, aber in ihr war alles still. Sie begann sich besser zu fühlen. Ihr Kopf war fast klar. Ihre Beine zitterten nicht mehr.

Ah Ra!, riefen ihre Gedanken vorsichtig, um nicht erneut zu wecken, was vielleicht entschlummert war. *Ah Ra!*

Das weibliche Geschöpf von den Sternen antwortete nicht. Nirgendwo in ihrem Verstand war jemand außer ihr selbst. Vielleicht war Ah Ra nur ein Albtraum, den sie den starken Beruhigungsmitteln verdankte. Gestalten wie Ah Ra waren nicht real. Sie krochen zurück ins Unterbewusstsein, wo alle ungewollten Phantasien herkamen. Und nun war sie fort wie alle Träume.

Nein! Jeff Crane hatte sie Ah Ra genannt. *Jeff Crane.* Einen Augenblick ließ sie Erinnerungen der letzten Tage Revue passieren, doch Dr. Fullers halsbrecherischer Fahrstil und ein heftiges Bremsmanöver ließen keine Emotionen außer einem magenhebenden Gefühl aufkommen, das nicht von den Medikamenten herrührte.

Er war sehr nervös, einer Panik nahe. »Wohin jetzt, Miss Kelly? Wohin?«

»Zum nächsten Flughafen, Doktor.«

»Ich habe keine Ahnung, wo der nächste ist …!«

»Haben Sie eine Karte der Gegend?«

»Ja … ja …« Er suchte mit zitternden Fingern im Türfach.

Sie legte die Hand auf seinen Arm und erschrak selbst ein wenig über die Heftigkeit, mit der er zusammenzuckte. Aber er wagte nicht, sich ihrer Berührung zu entziehen.

»Dr. Fuller …«

»Miss Kelly … Sie … wir können ebenso gut hier auf sie warten. Wir würden nicht weit kommen. Es tut mir leid, dass ich Sie hierher brachte. Ich arbeite mit Dr. Kybon seit Jahren zusammen. Ich habe seine Arbeit immer bewundert. Ich wusste nichts von dieser Organisation, für die er arbeitet, bis vor einigen Stunden …«

»Was tut er für sie?«

»In der Hauptsache erforscht er die Implantate. Er glaubt wie die Mitglieder dieses Antiinvasionskommandos, dass sie uns von außerirdischen Wesen eingesetzt werden, um uns zu versklaven und die Erde zu erobern. Und ich habe jetzt die schreckliche Gewissheit, dass es wahr ist …«

Als Melinda keine Antwort gab, fuhr er fort: »Ich habe Bilder einer Autopsie gesehen … der Körper war nicht menschlich …«

»Wie sah er aus? Schmächtig … kindlich … mit großen Augen?«, fragte Melinda mit angehaltenem Atem. Es drehte ihr das Herz um, dass eines von diesen wunderschönen Geschöpfen getötet und verstümmelt worden sein könnte.

»Ja … ja. Ich habe gehört, dass viele Menschen von ihnen träumen. Ich tat das nie.« Er seufzte. Er war nun ruhiger. Seine Hände zitterten nicht mehr, seit er über alles redete, was ihn quälte. »Aber das alles ist nicht das Schlimmste. Dr. Kybon ist einem Implantat auf der Spur, das er *Alien-Matrix* nennt, eine Art biodigitalen Speicherchip für ein fremdes Bewusstsein … wie Sie es in sich haben … Ihre Freun… das Wesen, das Sie Ah Ra nennen …«

»Ein Chip?«, unterbrach ihn Melinda. »Sie meinen, so etwas wie ein Computerchip? Dann wären sie gar nicht lebendig …?«

Dr. Fuller nickte. »Das ist es, was Dr. Kybon und einige andere Wissenschaftler von AIC glauben. Letzte Woche fanden sie ein Implantat, das aus gewachsenen Strukturen besteht, und zwar aus menschlichem Zellgewebe. Kybon geht davon aus, dass sich ähnliche Strukturen unter der Schädeldecke befinden, und die Ergebnisse Ihrer Computertomographie scheinen ihm recht zu geben. Obwohl …« Er schüttelte den Kopf. »Wenn ich an die wundersame Veränderung Ihrer Hände denke, kann ich mir nicht vorstellen, dass er wirklich fündig geworden wäre. Das Gewebe hätte sich jedem Skalpell oder Laser entzogen …«

Sie starrte ihn bleich an. »Wollten die mich aufschneiden?«

Er zögerte, dann sagte er seufzend: »Dr. Kybon trifft in diesem Augenblick in den AIC Labors die Vorbereitungen für den Eingriff …«

Sie schüttelte ungläubig den Kopf. »Und Sie hätten mich denen seelenruhig ans Messer geliefert?«

Fuller senkte den Blick.

Sie sagte wütend: »Vielleicht werde ich diesen kalten unmenschlichen Verstand in mir hassen, vielleicht werde ich schreien, verzweifeln und wahnsinnig werden. Vielleicht bin ich auch bereits wahnsinnig, aber ich werde niemandes Versuchskaninchen sein!«

Fuller schüttelte den Kopf. »Es tut mir so leid, Miss Kelly, aber Sie haben wirklich keine Chance. Der Sheriff des Rio Ariba County ist ein AIC Mann und hat das Gebiet um Dulce gut im Griff. Dr. Kybons Assistent hat längst Alarm geschlagen. Glauben Sie mir, es gibt keine Straße im Umkreis von fünfzig Meilen, auf der wir nicht erwartet werden. Ich weiß nicht, was mich erwartet, aber glauben Sie mir, wenn es nur die geringste Chance gegeben hätte, ich hätte gern verhindert, was Ihnen bevorsteht.«

Melinda blickte ihn an und nickte. »Vielleicht glaube ich Ihnen das sogar, Doktor. Steigen Sie aus!«

Sie stieg selbst aus und ging um den Wagen herum. Es schien, dass der Schock von Fullers Enthüllungen sie ganz und gar ernüchtert hatte. Das Schwächegefühl in den Beinen und das Schwindelgefühl im Kopf waren verschwunden.

»Ich werde Ihre Fahrkünste nicht länger in Anspruch nehmen, Doktor. Ich fühle mich fit genug, Ihren Wagen selber zuschanden zu fahren.« Sie grinste. Galgenhumor. Es gab kein besseres Gefühl in dieser Lage.

Sie bog nach rechts ab, um nach Dulce hineinzufahren. Unter Menschen würde sie sicherer sein, als auf der einsamen Straße.

Aber bevor sie die ersten Häuser erreichte, erschien ein Polizeiwagen und stellte sich quer über die Straße.

»Verdammt!«, murmelte sie und hielt an.

Im Rückspiegel sah sie einen weiteren Polizeiwagen auftauchen.

»Der verdammte Mistkerl hatte recht!«, murmelte sie und gab Gas. »Ich hab' nichts zu verlieren. Wenn sie Schrott haben wollen, sollen sie ihn kriegen!«

Sie hörte den Knall eines Schusses und der Wagen begann zu schwanken, als der linke Vorderreifen platzte. Das Steuer gehorchte schwerfällig, als sie auf den linken Straßenrand zurollte. Aus den Augenwinkeln sah sie, wie der Polizist auf der Straße sein Gewehr senkte. Dann stieß sie die Tür auf und sprang hinaus.

Sie lief ein paar Schritte zwischen die Bäume und stolperte über Wurzelwerk, als der Wagen hinter ihr mit einem brechenden, dumpfen Ruck zum Stehen kam. Sie fiel nicht, aber sie kratzte sich die Hände an den Sträuchern auf. Sie lief ein Stück blind den Hang hoch.

Als sie keuchend innehielt, stand ein Deputy vor ihr. Sie starrte ihn heftig atmend an. Als er sie am Arm packen wollte, wich sie zurück.

Sie sagte so ruhig es ihr Atem gestattete: »Ah Ra, wenn dir an diesem niederen Körper nur annähernd so viel liegt, wie ich glaube, dann beweg' jetzt deinen E.T.-Arsch und tu etwas dafür!«

Aber der Deputy, ein kleiner, drahtiger Kerl mit einem verkniffenen Gesicht, war in diesem verzweifelten Augenblick der einzige, der ihr zuhörte. Er blickte sie nicht ohne Sympathie an und erwiderte:

»Lady, ich hab' eine gute Nachricht für Sie. Wo wir Sie hinbringen, warten eine Menge Leute schon darauf, mit Ihrem ungeliebten Freund von da oben ein Wörtchen zu reden. Und die haben überzeugende Methoden.«

16.

»Ich bin kooperativ, solange es beim Austausch von Informationen bleibt«, erklärte Jeff Crane Dr. Mercer, der die gebrochene Hand Dr. Sirks untersuchte. »Keine Tests. Keine Drogen. Und vor allem, keine Eingriffe. Sie wissen einfach zu wenig. Und damit ich mir dessen sicher sein kann, werden wir beide unzertrennlich sein für die Dauer meines Aufenthaltes hier. Verstehen wir uns, Dr. Mercer?«

Dr. Mercer blickte von dem stöhnenden Kollegen hoch. »Die Hand muss operiert werden. Er muss in den OP …«

Jeff nickte. »Kein Problem, Doktor. Lassen Sie ihn abholen, aber machen Sie ihm klar, dass Ihr Leben davon abhängt, was er erzählt.«

Wenig später kamen zwei Sanitäter, die Dr. Sirk mit sich nahmen, ohne Fragen zu stellen.

Danach sagte Dr. Mercer: »Hören Sie, Mr. Crane, ich will Ihnen nichts vormachen. Diese AIC-Basis wird von einflussreichen Leuten und Institutionen finanziert, die nur einen Wunsch haben: Die Invasion aus dem All, die heute niemand mehr bestreitet, der noch frei denken kann, zu stoppen. Egal, was man Ihnen gesagt hat, Sie ebenso wie Ihr Freund Mike sind hier, weil Sie den verhassten Feind in sich haben. Wir haben einiges herausgefunden und der große Durchbruch steht bevor. Wir sind dem Biochip, der den menschlichen Verstand beherrschenden *Alien-Matrix* auf der Spur. Sie ist in Ihrem Kopf. Sie ist der Schlüssel. Wenn wir sie manipulieren können, haben wir eine echte Chance. Deshalb kann ich Ihnen sagen, sie werden mein Leben opfern und das von einem Dutzend weiterer Leute, wenn es sein muss, für einen Blick in Ihren Kopf. Dr. Kybon wird …«

Das Telefon unterbrach ihn. Er hob ab, antwortete ein paarmal mit »Ja« und legte schließlich auf.

»Sieht aus, als ob uns das Schicksal noch einen Aufschub gewährt, Mr. Crane«, sagte er mit einer Spur Erleichterung. »Dr. Kybon hat einen weiteren Matrixträger, eine junge Frau, seit heute Nacht in seinem Labor. Er bezeichnet sie als äußerst vielversprechend. Sie wird in Kürze hier sein und wir sollen alles für den Eingriff vorbereiten. Mr. Crane, was …?«

»Eine junge Frau?«, wiederholte Jeff. Seine Miene sagte deutlich, dass es ihm nicht gefiel.

»Ja, sie heißt Melinda Kelly, wenn ich es recht …«

»Melinda Kelly!«, brüllte Jeff, worauf Dr. Mercer erschrocken zurückwich. »Niemals werde ich sie euch überlassen …!«

»Aber Mr. Crane, weder mein Leben noch Ihr Leben vermögen …«

»Wir werden sehen …«

In diesem Augenblick wurde die Tür geöffnet und eine zierliche Gestalt trat ein und schloss sie hinter sich.

Dr. Mercer wich mit erbleichendem Gesicht an die Wand zurück.

Jeff blickte das Wesen mit einem wachsenden Gefühl von Wärme und Zuneigung an. Es trug den silbern schimmernden Pilotenanzug. Seine kindlichen Züge waren nicht interpretierbar. Der schmale Mund über dem spitzen Kinn strahlte Ängstlichkeit aus und die großen dunklen Augen Hilflosigkeit.

»Sei willkommen unter meinem Schutz, Superior«, sagte Jeff. Es waren keine überlegten Worte. Es war eine Grußformel. Er hatte sie nie zuvor gehört, auch in seinen Träumen nicht, dennoch kam sie ihm so leicht über die Lippen, als wäre sie Teil seines täglichen Lebens. Er sagte es mit ausdrucksloser Miene. Ein Restfunke von Rationalität zeigte ihm die Absurdität seines Verhaltens, aber Zuneigung und ein ununterdrückbarer Gluckeninstinkt schwemmten alle anderen Gefühle aus dem Bewusstsein.

Das Wesen kam näher. Jeff bückte sich ein wenig, als es die sechsfingrige nagellose Hand hob, um nach seinem Gesicht zu greifen. Auf dem dritten Finger befand sich ein langer silbern glänzender Fingerhut. Jeff spürte das Metall kühl hinter dem Ohr und zuckte zusammen, als eine Flut von Bildern in seinem Kopf war.

Er sah die Flucht des Wesens unten im großen Gewölbe und durch einen Tunnel. Als er das Flugzeug sah, durchflutete ihn ein tiefes schmerzliches Verlustgefühl, gefolgt von einem ununterdrückbaren Verlangen, wieder zum Schiff zurückzukehren.

Jeff wollte antworten, dass er alles tun würde, was in seiner Macht stand, aber er war plötzlich nicht mehr allein. Ho Or war wach und machte ihm den Mund und die Augen streitig. Jeff war einen langen Moment stumm und ruderte blind wie ein Ertrinkender mit imaginären Armen, um in dem fremden Bewusstsein nicht unterzugehen. Aber auch Ho Or schien einer Panik nahe zu sein. Es war seine erste Erfahrung, dass ein Bewohner einer niederen Spezies ihm den erwählten Körper streitig machte.

Schließlich belauerten beide einander in ihrem eng gewordenen Bewusstsein.

Zieh dich zurück, Humanbasis! Oder ich lasse dich auslöschen!

Wenn du das könntest, hättest du es längst getan! Du brauchst mich, Ho Or, nicht wahr? Du brauchst mein Wissen, um diesen Körper zu beherrschen. Du willst auf all die niederen Instinkte nicht verzichten, weil sie das Leben ausmachen. Denn alle Lust will Ewigkeit, sagt einer unserer niederen hominidischen Philosophen. Schon entdeckt, wo sie bei uns steckt, Ho Or? Schon nachgesehen zwischen den Beinen in mancher der vielen Stunden, an die ich mich nicht erinnere? Schon eine weibliche Humanbasis angemacht und ein wenig mit ihr reproduziert, während ich weggetreten war? Wir haben dafür ein Wort, das jeder kennt, auch wenn's nicht jeder in den Mund nimmt, weil es nicht vom feinsten ist: Ficken! Schon mal gehört? Wie habt ihr es genannt, als du noch mit deinen Superior-Kumpels zusammengesessen bist, bevor sie dir die Eier digitalisiert haben? Hah?

Einen Augenblick war Stille. Als Ho Or antwortete, lief es Jeff eiskalt den Rücken hinab:

Totficken. Und er ergänzte nach einem Augenblick: *Deshalb haben wir uns, wie du es auf deine mammalische Weise ausdrückst, die Eier digitalisiert. Die Lusttriebe der meisten Kreaturen, denen wir auf unserer langen Wanderschaft innewohnten, waren selten so zerstörerisch wie der unsere. Aber der eure ist der langweiligste von allen. Und so leicht zu manipulieren!*

Jeff spürte eine plötzliche irrationale Erregung, als Blut in seinen Penis floss und ihn schwellen ließ. Bilder fluteten seinen Verstand – Bilder aus seinen Nächten mit Lisa, Geräusche, das Gefühl seiner Lippen auf ihren Brüsten, das Gefühl …

»Nein!«, entfuhr es Jeff und er presste die Hände zwischen die Schenkel, um dieser unaufhörliche Schwellung Einhalt zu gebieten.

Die Bilder verschwanden. Linda und die Details ihres Körpers glitten zurück in den dunklen Speicher seines Gehirns. Einen Augenblick lang nahm Melindas Gestalt ihren Platz ein und er dachte, dass er fast vergessen hatte, wie gut sie aussah.

Dann endete Ho Ors Demonstration seiner virtuosen Beherrschung des Körpers. Jeff war es, als hörte er ihn unterdrückt lachen.

Er starrte in Dr. Mercers blasses, aber von wissenschaftlicher Neugier erfülltes Gesicht und hob rasch die Hände wie ein ertappter Schuljunge. Auch die Augen des Wesens waren auf ihn gerichtet. Sie schienen alles zu verstehen und das war ebenso schwer zu ertragen.

Ho Or unterbrach seine aufgewühlten Gedanken und Gefühle. *Ich werde jetzt mit dem Koordinator kommunizieren!*

Daraufhin begann über den Interpreter hinter Jeffs Ohr und dem silbernen Fingerling des Wesens ein stummer Austausch von Daten, an dem Jeff keinen Anteil hatte. Seine Sinne jedoch gehorchten ihm. Er sah, dass der Morpher sich von Mike gelöst hatte. Mike oder Ha Lan, es war nicht zu erkennen, wer den Körper im Augenblick beherrschte, erhob sich von der Pritsche und richtete den Blick auf den Koordinator. Seine Augen weiteten sich. Dann sprang er vorwärts.

Aus den Augenwinkeln sah Jeff Dr. Mercer mit grimmigem Gesicht und einem vorgestreckten rechten Arm heranhechten, in dessen Hand etwas aufblitzte. Ho Or und das Wesen waren tief in ihrer Kommunikation und reagierten nicht. Und Jeff hatte nicht genug Gewalt über seinen Körper für eine schnelle Reaktion.

Dr. Mercer rammte dem so liebenswerten und hilflosen Wesen in einem Akt purer hominider Grausamkeit die Nadel einer Injektionsspritze tief in die bleiche Wange und vermochte vier oder fünf Kubik zu injizieren, bevor ihn Mike erreichte und mit einem Fausthieb zur Seite schmetterte, dass er zwischen den Pritschen zu liegen kam und sich nicht mehr regte.

Ho Or reagierte augenblicklich, als sich der silberne Finger löste, und fing den zu Boden sinkenden Koordinator auf. Jeff überschwemmten Gefühle des Entsetzens und des Mitleids. Sie waren so überwältigend, dass er wohl Ho Ors wütende, befehlende Gedanken im Hintergrund seines Bewusstseins hörte, aber nicht verstand.

Plötzlich endeten die Gefühle und sein Verstand war ganz klar.

»Diese Affenliebe muss modifiziert werden, Ha Lan«, hörte Jeff Ho Or sagen, »wenigstens bei denen, die eine Matrix beherbergen. Der Gefühlspegel ist zu hoch. Er unterbindet jede Kommunikation. Schalte sie ab.«

»Ganz?« Mike stand da, als wollte er sich die Ohren zuhalten – gegen einen Lärm von innen. Gefühle waren wie ein innerer Lärm, dachte Jeff und genoss die Stille.

»Ganz.« Er hob den Koordinator auf eine der Pritschen und betastete vorsichtig eine Stelle am Hinterkopf, die sich wie eine donutgroße Schwellung anfühlte. Sie pulste langsam in zwei verschiedenen Rhythmen. »Der Koordinator lebt. Der Morpher soll die Substanz analysieren.«

Ho Or wandte sich Dr. Mercer zu, der reglos dalag.

»Der Hominide lebt«, stellte er fest.

»Ich könnte mich leichter an dich gewöhnen, wenn du dich durchringen könntest, ihn als Menschen oder Mann zu bezeichnen«, sagte Jeff.

Dann erstarrte der Mund in einer nicht interpretierbaren Stellung, als beide gleichzeitig zu sprechen versuchten.

Ha Lan brach diesen Bann. »Die Substanz ist Endovalium.«

»Die sie benutzen, um sich zu betäuben«, erklärte Ho Or.

»Und die ihr Körper in bestimmten Situationen selbst produziert. Sie ist uns wohlbekannt. Unser Gehirn hat keine Rezeptoren dafür. Aber für eine Verbindung, die bei einer bestimmten Konzentration ...«

Die beiden verstummten, als bewaffnete Männer in den Raum drängten. Ein halbes Dutzend schwenkten nervös ihre MPs von Jeff zu Mike und zu dem Doktor, der sich stöhnend aufrichtete.

Dann kam Nat Gordon herein und sah sich um. Seine finstere Miene beim Anblick des am Boden liegenden Dr. Mercer hellte sich auf, als er den Außerirdischen auf der Pritsche sah.

»Sieh mal an! Gut gemacht, meine Herrn. Das wird ...«

In diesem Augenblick taumelte Jeff wie unter einem Fausthieb. Die MPs zuckten in seine Richtung und ein allzu nervöser Finger sandte ein Dutzend Geschosse in die gegenüberliegende Betonwand, dicht an Dr. Mercer vorbei, der sich mit einem Aufschrei herumrollte. Ein wütendes Kommando von Gordon ließ den Mann zusammenzucken, was eine weitere Salve gegen die Decke auslöste, dass ein Regen von Splittern auf die Männer fiel.

Dann herrschte plötzlich Chaos. Alarmsirenen heulten durch die Tunnels.

Mit einem Fluch verschwand Gordon mit dreien seiner Männer nach draußen. Die übrigen drei starrten mit ihren

MPs in Anschlag und mit blassen Gesichtern auf das Wesen auf der Pritsche, dessen Hand über den Rand hinabhing und deren sechs Finger zuckten.

Jeff nahm von alledem nichts wahr. Ein Signal, ein rotes Leuchtfeuer war in seinem Kopf explodiert und hatte seinen Verstand weit geöffnet.

17.

Ein Mond fällt langsam rotierend durch die Dunkelheit und Kälte des interstellaren Raumes. Er ist annähernd kugelförmig. Seine Oberfläche besteht aus Fels und Staub und ist narbig von Kratern. Elektronische Augen überwachen sie und den umgebenden Himmel. Unter einer kilometerdicken Felsschicht ist ein Netzwerk von Korridoren und Räumen, von umweltmodifizierenden und lebenserhaltenden Anlagen, Antriebs- und Navigationssystemen. Von dort halten nichtmenschliche Augen hinaus in die sternenschimmernde Nacht Ausschau nach dem gnadenlosen Feind – nach den Llyr.

Jeff kennt diesen Traum. Er hatte ihn schon einmal. Aber er weiß dieses Mal, dass es kein Traum ist. Was er sieht, geschieht in diesem Augenblick nicht mehr als vierzehn Lichtjahre von der Erde entfernt.

Seine Augen sind die Klarghks, des Kommandanten der Wachtstation. Er ist ein Chtchaak, ein Schuppenloser, ein Dünenkönig von Saahrkh II, der mit einer Tausendschaft seiner Gefolgschaft vor zwanzig Jahren aus seinem Reich der warmen azurnen Sandmeere entführt wurde, um im Inneren des kalten trostlosen Mondes der vierten Welt auf eine Lange Wanderschaft zwischen den Sternen zu gehen. Sie kannten ihre Entführer nur aus Träumen: Schuppenlose wie sie, doch kleiner, von zierlichem, edlem Wuchs, die es zu lieben und zu beschützen galt.

In Klarghks Bewusstsein herrscht Chaos. Der Interpreter hinter seiner Ohröffnung hat beim Auftauchen des ersten Llyr-Schiffes das Signal gesendet, um das Empfängergehirn des Morph-Zwillings leer zu fegen für die Bilder, die nun kommen.

Ebenso automatisch hat Klarghk den Alarm auf der Station ausgelöst. Die Sirenen heulen ununterbrochen. Die zwanzig Männer und Frauen in ihren kupferroten schimmernden Uniformen starren wie Klarghk mit wach-

sendem Grauen in den Chtchaak-Herzen auf den großen Bildschirm, der fast ein Viertel der Wand der kreisrunden Kommandozentrale einnimmt.

Kein Morphfeld-Detektor, keine Zeitanomalie hat die Flotte der Llyr angekündigt. Nur Lichtminuten entfernt brachen die scheibenförmigen Schiffe in den Bereich der Bild- und Massesensoren. Innerhalb eines Augenblicks war ein Teil des kosmischen Panoramas auf dem Schirm verdeckt von Hunderten von kreisrunden und elliptischen matt schimmernden Flugkörpern.

Es gibt keine Flucht vor ihnen. Es gibt keine Kapitulation. Sie haben seit tausend Jahren das Vernichten perfektioniert. Dies sind keine Erkenntnisse der Chtchaak. Dies ist die Urfurcht, der Urhass der Superior in ihren Köpfen, der bei diesem Anblick aus dem künstlichen Unterbewusstsein aus Implantaten hervorbricht, so wie ihr Beschützerinstinkt.

Es gilt zu kämpfen – gegen jede Übermacht, wider jede trügerische Vernunft. Es gilt für die zu sterben, die sie lieben und die in alle Ewigkeit zu leben verdienen.

Die Llyr-Schiffe erreichen den Mond. Klarghk lässt die schrecklichen Waffen gefechtsbereit machen, mit denen die Superior den Mond ausgestattet haben. Schächte öffnen sich zur Oberfläche hinauf.

Erinnerungen ziehen durch Klarghks Bewusstsein, Erinnerungen, die seit vielen Jahren begraben gewesen sind: An die kristallenen Türme von Gholkrat, die Sandschiffe der Khyori. An die Hochzeitszeremonie im Amethysttempel der Göttin Khraa, an die heiligen Eigelege am Nikht, an den Aufbruch in die dunkle Leere zwischen den Sternen …

Der Anblick der Llyr-Schiffe ist atemberaubend. Überall ist Licht. Jedes Schiff gleißt in Hunderten von Lichtern, verrät seine Heimat im Zentrum der Galaxis, wo der Kosmos voller Licht sein muss. Und es gibt keinen Chtchaak auf der ganzen Station, der sie in all seiner Todesfurcht vor dieser Übermacht nicht beneidet und an den feurigen Himmel seiner Heimat denkt.

Plötzlich verblasst das Lichtermeer. Oberkörper und Kopf eines Wesens erscheinen am Schirm. Sein Gesicht ist reptilisch, schuppig. Seine Augen sind lidlos, tiefgrün, Armaturenlichter funkeln in seinen Pupillen. Es hat keine Nase, der Mund, rachenartig nach vorn gewölbt, hat keine Lippen. Seine Schuppen verraten den Farbenreichtum seiner Heimatwelt, von milchigweiß bis tiefschwarz, über alle Schattierungen von Orange und Rot. Der Anblick ist von schrecklicher Schönheit und Perfektion und der

Betrachter bedauert, dass von den schmalen Schultern abwärts ein gold-
geschupptes Kleidungsstück den Körper verhüllt. Ein kostbarer wie von
Juwelen blitzender Kragen umfängt seinen muskulösen Hals und erst ein
zweiter Blick enthüllt, dass es eine lebende schlangenartige Kreatur ist,
deren starre Augen wie Smaragde funkeln.

Das Wesen öffnet den Mund und entblößt dabei Reihen spitzer, kleiner
Zähne, die vorderen ein wenig zurückgebogen, wie die der mörderischen
Schlinger an den Wasserinseln von Khrysth. Das Wesen spricht, doch Jeff
vermag nichts zu verstehen, denn Klarghks Kopf ist plötzlich voll grau-
samer Bilder von schuppigen Kriechern und Windern und Würgern aus
den Tiefen der Sandmeere von Saahrkh. Die Bilder wandeln sich zu Hee-
ren von rasenden Llyr, unter deren Ansturm die Blüte der Superior hilflos
in den Staub sinkt, zerfleischt, zerfetzt, verschlungen, in Gift erstarrt.

So unerträglich ist dieses Bild und so unerträglich der Anblick dieser
mörderischen Kreatur am Bildschirm, dass Klarghk in blindem Grimm
krächzt: »Feuer!«

Tausend Geschosse rasen lautlos in den Raum. Kein Atemzug ist im
Kommandoraum zu vernehmen.

Dann verschwindet der Llyr vom Schirm und ein vages Triumphgefühl
füllt die Seele des Chtchaak. Die Umgebung der Station wird wieder sicht-
bar. Ein Schiff der Llyr schwebt zum Greifen nah über der Oberfläche des
Mondes. Die Lichter strahlen nun kalt und bedrohlich und entfachen Eis
in den Herzen der Chtchaak. Der Tod in seiner vollendeten Form, ein
Strahl von weißem Licht, zuckt auf die Oberfläche herab. Der Schirm
wird grellweiß. Klarghk öffnet den Mund zum Schrei.

Dann nichts mehr …

Jeff Crane taumelte unter der abrupten Leere in seinem Verstand, als die Übertragung endete. Sie währte nur einen
Atemzug lang. Dann rief Ho Or mit sich vor Kopflosigkeit
überschlagender Stimme:

»Das Signal! Es ist das Signal! Sie haben uns wieder gefunden!«

Bevor Jeff zur Besinnung kam, sprang Ho Or zum Morpher. Er ignorierte einen scharfen Zuruf von einem der
Männer Gordons und aktivierte die Kontakte. Dann spürte

Jeff die vertrauten tastenden Ströme und noch einmal glitten die Bilder durch sein Bewusstsein und wurden zu einem Datenstrom, der hinausfloss aus den Kavernen des Angel's Peak, um zu verkünden, dass der Tod vierzehn Lichtjahre von der Erde entfernt die Spur des verhassten Lebens wiedergefunden hatte.

Gordons Männer hatten sich zum Eingang zurückgezogen. Sie waren verwirrt. Sie begriffen nicht, was vorging. Plötzlich erschütterten schwere Explosionen den Berg. Fernes Dröhnen von Motoren war zu hören. Im Tunnel draußen schien Chaos zu herrschen.

Einen Augenblick lang zuckten Bilder von Militärhubschraubern über den Bildschirm, dann schaltete jemand in der Zentrale auf eine interne Kamera um. Bewaffnete Männer liefen durch einen Tunnel.

»Was ist da draußen los?«, fragte Dr. Mercer, der sich erhoben hatte und Verbandsmull gegen eine blutende Stelle an seiner Stirn drückte.

Niemand antwortete ihm. Jeff lagen ein Dutzend Fragen auf der Zunge, aber Ho Ors aufgeregtes Bewusstsein war so dominierend, dass er es aufgab, dagegen anzukämpfen. Er begriff vage, was geschehen war, auch wenn er nicht alles verstehen konnte, was Ho Or verstand. Anteil an Wissen und Erinnerungen des anderen zu haben, hieß noch nicht, der andere zu sein.

Er hatte das gefürchtete Signal empfangen. Er hatte es telepathisch von seinem Morph-Zwilling empfangen, mit dem er durch ein Raum-Zeit-Feld, das sein Vorstellungsvermögen weit überschritt, verbunden war, weil Partikel in seinem Körper phasengekoppelt waren mit Partikel in Körper des Chtchaak Klarghk in vierzehn Lichtjahren Entfernung. Es würde Jahrhunderte dauern, die Morph-Technik der Superior in allen Konsequenzen verstehen zu lernen. Offenbar war Telepathie eine Kommunikationsform, die der Superior-Matrix versagt blieb. Und die Superior selbst? Die lebenden Wesen, wie der Koordinator? Nichts davon fand er in Ho Ors Wissen.

Und während er über die letzten Augenblicke der Chtchaak-Station, die er miterlebt hatte, nachdachte, erschien ihm etwas seltsam. Aus Klarghks Gedanken wusste er, dass auch die Chtchaak diese Beschützerträume hatten, dass ihnen die Superior als zierliche, liebenswerte chtchaakähnliche Wesen erschienen, während sie sich auf der Erde die Gestalt von kindlichen, liebenswerten menschenähnlichen Wesen gaben. Aber er hatte in Klarghks Bewusstsein auch die, wie Dr. Ruggles es bezeichnet hatte, Killerträume der Chtchaaks gesehen. Die Llyr waren ihre Albtraumkreaturen: Gnadenlose reptilische Krieger aus dem Herzen der Galaxis. Doch die Killerträume auf der Erde waren nach Dr. Ruggles solche von ebenso gnadenlosen Insektenwesen.

Waren die Llyr nicht die einzigen Feinde der Superior?

Gab es noch andere Reptilbasen, Chitinbasen, Humanbasen, die keinen Bock darauf hatten, Träger einer Superior-Matrix zu sein?

In Ho Ors Gedächtnis fanden sich keine Antworten darauf.

Er betrachtete das Wesen, das sich unruhig auf der Pritsche bewegte und wieder wach zu werden schien. Nun, da Ho Or die *Affenliebe*, wie er es arrogant nannte, deaktiviert hatte, konnte er es nüchtern betrachten. Keine simulierten Gefühle blendeten ihn mehr. Er empfand nur Neugier. Der dünne Körper und die schmächtigen Glieder, die großen Augen weckten keinen Beschützerinstinkt mehr. Das so ausgeprägt dreieckige Gesicht hatte fast etwas Insektoides und gab eine Ahnung von kalten arroganten Gedanken. Die großen, dunklen Augen verwischten diesen Eindruck wieder.

Es war still im Raum geworden. Alle lauschten auf die langsam abebbenden Geräusche in den Tunnels. Das Intercom war verstummt, der Bildschirm dunkel. Selbst Ho Or gewann langsam seine Ruhe und Überheblichkeit zurück.

Jeff nutzte den Augenblick, seine Möglichkeiten zu testen. Er bewege sich zum Waschbecken und trank ein Glas Wasser, von wachsamen Blicken der Bewaffneten verfolgt. Ho Or ließ ihn gewähren, bis er hochgriff, um die Morpher-Verbindung zu lösen.

Unterbrich sie nicht! Es klang scharf und befehlend.

Seine Hand hielt inne.

Über diese Leitung kommen die schnellsten und wahrsten Nachrichten.

Jeff setzte an zu einer Frage.

Ich kenne alle deine Fragen, Humanbasis!, schnappte Ho Or.

Ich habe nur eine, Matrix: Wann werden sie hier sein?

Eine Weile war Stille und Jeff dachte schon, dass Ho Or ihn vielleicht keiner Antwort für würdig befand. Doch dann sagten Ho Ors Gedanken mit einem Gefühl von Schauder:

In einem halben Jahr … spätestens …

Werden sie uns alle auslöschen? Den ganzen Planeten?

Du hast es gesehen.

Weshalb hast du Angst, obgleich du nur eine beliebig reproduzierbare Matrix bist, wie du sagst?

Wieder war eine Weile Schweigen.

Ich habe Strukturen in allen Teilen deines Körpers. Ich bin mit deinem Fleisch verwachsen. Ich werde nicht einfach verlöschen. Ich werde Anteil haben an deinem Sterben.

18.

Jeff Crane spürte Wogen eines Wohlbefindens, das ihm vertraut war, das er jedoch im Augenblick nicht zu deuten wusste. Er vernahm eine Stimme. Sie kam ihm vor wie seine Stimme, aber sie war so fern. Sie sagte:

»Sie nennen es Ficken, Ah Ra. Hast du das gewusst? Es hat so einen *niederen* Klang. Was sagst du? Sie nennen es Lieben? Sagt sie das? Das Werkzeug ist unvollkommen. Ich könnte es modifizieren ...«

Da wusste er, dass er träumen musste. Niemand würde so absurde Dinge sagen. Er sollte Dr. Berg aufsuchen und ihr von diesem Traum erzählen. Aber gleichzeitig beunruhigte es ihn.

Er versuchte sich zu erinnern. Da war ein blonder Lieutenant ... Air Force Lieutenant, der mit einer Handvoll Soldaten hereingestürmt kam ... irgendwo ... vor unendlich langer Zeit ... und Männer mit Maschinenpistolen entwaffnen und abführen ließ ... und vor ihnen allen zackig salutierte und etwas in der Art sagte, dass das AIC-Nest ausgeräumt sei.

Und er erinnerte sich, dass jemand Melinda zu ihnen brachte, bevor sie alle aufbrachen und zu dem fremden Flugkörper in die Halle hinabstiegen. Und Mike ... Mike trug diesen kleinen schlappen Kerl mit den großen Augen, den sie den Koordinator nannten, und er konnte ein Lachen nicht unterdrücken, weil es so pathetisch aussah.

Aber Melinda ... sie hing in seinen Armen, taumelnd und stolpernd und seltsames Zeug daherredend, und er hatte sie zu küssen versucht und ihren Mund nicht getroffen ...

Und dann hatten sich ihnen plötzlich Männer in den Weg geworfen und er wollte Melinda mit seinem Körper schützen ... das war plötzlich glasklar in seiner Erinnerung.

Und dann nichts mehr ...

Ein starkes, aber in diesem Augenblick völlig absurdes Gefühl schwemmte die Erinnerungen beiseite. Er vernahm ein

Stöhnen. Und er glaubte plötzlich wieder tief in seinen Erinnerungen zu sein, denn er spürte Lippen an seinem Mund und hörte ein unterdrücktes Lachen, das nach Melinda klang. Seine Augen waren auf eine Weise geschlossen, dass er sie nicht zu öffnen vermochte.

Dann vernahm er wieder eine Stimme. Sie war weiblich, erinnerte ihn an Melindas Stimme. Sie sagte »Aaahh!« und seufzte.

Seine eigene Stimme erwiderte ein wenig stockend von heftigerem Atmen: »Was meinst du, Ah Ra? Nicht ganz wie bei den Wolkenschwebern auf *Igri V* ... es fehlt die Perspektive ... nach unten ...« Es folgte ein keuchendes Lachen.

»Weißt du«, erwiderte Melindas Stimme, »dass sie manchmal dafür töten?«

Erneutes Lachen. »Würdest du?«

»Sie erzählen eine Geschichte von einem männlichen Hominiden mit Namen Romeo und einem weiblichen mit Namen Julia. Man könnte sagen, sie haben sich zu Tode geliebt ...«

»Vielleicht unterschätzen wir sie, solange wir ihre Limits nicht kennen. Wollen wir diese Limits erkunden, Ah Ra? Wir haben nichts zu verlieren. In einem halben Jahr wird hier nichts mehr am Leben sein ...« Er stöhnte und sagte mit einer wilden Hemmungslosigkeit: »Wir haben sie repariert und modifiziert. Es ist an der Zeit, dass wir sie benutzen ...!«

Ein Gefühl schwoll die ganze Zeit über in Jeff, das er nicht deuten konnte, aber nun nach diesen Worten glaubte er, dass es Furcht war. Es trieb ihn wie ein empor rasender Lavastrom an die Oberfläche seines Bewusstseins.

»Nein!«, schrie er und alles ging unter in der feurigen Glut. Er spürte, wie sein Leben verströmte zwischen seinen Schenkeln. Da wusste er, dass es keine Furcht war, die ihn schüttelte und stöhnen ließ.

Ein spöttisches Lachen verklang irgendwo in seinem Kopf, als er keuchend niedersank und die Augen öffnete.

Er lag auf einem nackten Körper, der noch bebte unter den Ausläufern der großen Woge. Seine Linke war in einem roten

Haarschopf begraben, seine Rechte sank langsam von einer Brust. Er blickte direkt in das vertraute Gesicht von Melinda Kelly. Es wirkte entrückt, Schleier waren in ihren offenen Augen. Als sie sich seufzend entspannte, verschwanden die Schleier und etwas Fremdes blickte ihm einen Moment lang aus den Augen entgegen. Dann verschwand auch das.

Melinda sah ihn an. Sie begann zu begreifen.

»Melinda«, sagte Jeff hilflos und schwieg, weil er zu gar keinen vernünftigen Worten fähig war. Er wollte sich von ihr lösen.

Sie legte die Arme um ihn.

Der Raum war groß. Zwanzig Meter lang, schätzte Jeff. Vier Reihen von Bildschirmen bedeckten fast die ganze Länge der Wand. Sie waren auffällig nummeriert. Auf allen schienen Nachrichtenbilder zu flimmern oder standen Reporter mit Mikrophonen vor hektischen Kulissen. Auf einem großen Projektionsschirm nahe der Decke war eine heiße von spärlichem Gras bewachsene Wüstenebene mit Berghängen im Hintergrund zu sehen. Mehrere Gebäude waren zu erkennen. Im Vordergrund stand ein gewaltiger Hangar mit offenen Toren. Der atemberaubende Anblick aber waren sechs deltaförmige Superiorflugzeuge, die mit offenen Einstiegsluken Zentimeter über dem Boden vor der Halle schwebten. Einem entstiegen zwei Männer und drei Frauen und gingen auf einen wartenden Militärbus zu, der gleich darauf aus dem Bild fuhr.

Im Raum saßen an die vierzig Männer und Frauen zum Großteil in Militäruniformen an Schaltkonsolen und Computerbildschirmen. Es sah aus wie in der Apollo-Flugleitzentrale. Über allen Plätzen schwebten lautlos sphärische Morpher.

Niemand kümmerte sich um ihn. Offenbar wurden irgendwelche Vorbereitungen getroffen. Es war ein stetes Kommen und Gehen durch die breiten Eingangstüren.

Jeff entdeckte mehrere verwaiste Plätze an einem Ende der Konsolenreihen. Niemand hielt ihn auf, als er sich in einen der Drehstühle setzte. Auf dem Bildschirm war eine japanische

Nachrichtensprecherin vor einem Berghang zu sehen. Er griff nach den Kopfhörern und setzte sie auf. Die Sprecherin klang aufgeregt, aber Jeff verstand die Sprache nicht. Sie redete ununterbrochen und deutete mehrmals auf einen Einschnitt im Berg. Plötzlich war ein Summen zu hören. Gleich darauf glitten vier ... sechs ... acht Superior-Flugkörper aus dem Einschnitt und stiegen mit einer unglaublichen Geschwindigkeit in den Himmel. Die Sprecherin winkte hinterher. Als sie sich wieder umdrehte, war sie so bewegt, dass sie nur stockend sprechen konnte.

Jeff nahm den Kopfhörer ab. Er schüttelte verwundert den Kopf. War die Welt verrückt geworden? Seit er Melinda in den Gästequartieren verlassen hatte, schwieg Ho Or, antwortete nicht auf Fragen, war aus seinem Bewusstsein verschwunden, als hätte er abgeschaltet. Als hätte er den Orgasmus seiner Humanbasis nicht verkraftet. Jeff lächelte – zum ersten Mal seit der Entdeckung seines körperlichen und geistigen Mitbewohners.

Der Orgasmus hatte auch bei Melinda die Superior-Matrix Ah Ra aus dem Bewusstsein gefegt. Sie hatten im Sturm all der geweckten Gefühlen einander noch einmal geliebt. Und sie hatte ihm erzählt, dass er ihr das Leben gerettet hatte und durch einen Schuss in den Hals schwer verletzt worden war. Bereits auf dem Flug hierher war er geheilt worden.

Sie hatte über eine Stelle an seinem Hals gestrichen und gesagt: »Kaum fünf Stunden und es ist nur noch eine Narbe zu sehen. Sie vollbringen solche Wunder an uns.«

»Ja, sie reparieren und modifizieren und benutzen uns!«

»Meine Ah Ra ist ein arrogantes Miststück und ich wünsche mir die meiste Zeit, ich könnte sie aus mir herausreißen. Aber sie kann phantastische Dinge.«

»Kannst du mit ihr reden?«

»Als mir der verdammte Mistkerl Dr. Fuller das Beruhigungsmittel spritzte, um mich nach Dulce zu Dr. Kybon zu bringen, da war sie wach und wir haben gemeinsam unsere Haut gerettet. Aber sonst weiß ich nichts von ihr. Glaubst du, dass sie ein Liebespaar sind?«

»Ho Or und Ah Ra?« Er hatte laut aufgelacht und schließlich doch genickt. »Auf ihre außerirdische Weise, vielleicht.«

Dann hatte sie ihm von Billy Grogan erzählt und von den schrecklichen Träumen, die sie manchmal mit ihm verbanden.

Und er hatte bitter gesagt: »Welche Wunder sie doch an uns vollbringen … und wer weiß, an wie vielen anderen Kreaturen da draußen.«

»Ich hatte einen Killertraum, Jeff. Ich habe den Feind gesehen. Sie brauchen alle Hilfe, die sie kriegen können. Sie geben uns so viel dafür … so viel Wissen …«

»Wir werden es nicht brauchen. Wir werden alle tot sein. Sie stehlen uns alles. Sie stehlen unsere Zukunft. Sie sind Parasiten, die von Stern zu Stern ziehen und den Tod im Schlepptau haben. Ihre Feinde würden nicht kommen, wenn sie nicht hier wären …«

»Aber sie werden nicht hier sein, Jeff. Die Offiziere hier reden von nichts anderem. Unsere Brüder im All werden uns verlassen.«

»Wo sind wir hier?«

»Der Lieutenant nannte es *Dreamland* …«

»Dann sind wir in ihrer Zentrale!«

»Ja, ich glaube, das sagte er auch …«

Die Ratten verließen also das sinkende Schiff. Er setzte die Kopfhörer wieder auf, zappte eine Weile, bis ein Name ihn aufhorchen ließ.

Kampfflugzeuge bombardierten den Fuß eines bewaldeten Berges. Hubschrauber setzten Soldaten ab. Eine Sprecherin sagte gerade:

»… Einheiten der Kirtland Air Force Base räumten heute Morgen im untertunnelten zweitausendvierhundert Meter hohen Angels Peak in New Mexicos San Juan County die Zentrale einer geheimen Organisation, die sich Anti-Invasions-Kommando nennt. Der Leiter des AIC, Frank Hogan, sagte in einem NBC Interview kurz nach seiner Festnahme, er hätte Beweise, dass unsere vermeintlichen Brüder aus dem All gekommen sind, um uns zu versklaven und die Erde zu beherrschen …«

Man konnte einen grauhaarigen Mitfünfziger sehen, der von Militärs abgeführt wurde. »Und keiner sieht, wie richtig der Junge liegt«, murmelte Jeff. Dann kamen eine Reihe interessanter Bilder aus der großen Halle, erst vom Superior-Flugzeug, dann mit viel Kameragewackel von einer Gruppe von Menschen, die sich auf die Maschine zu bewegte. Er sah flüchtig Mike Easy mit dem noch immer zum Gehen zu schwachen Koordinator auf den Armen, neben ihm den roten Lockenkopf Melindas, die bleich und erschöpft wirkte, aber die helfenden Hände zweier Soldaten abschüttelte, um sich über eine Gestalt zu beugen, die blutüberströmt auf einer Trage transportiert wurde und deren Gesicht er nicht erkennen konnte. Die Sprecherin erklärte:

»… dabei konnten wichtige Persönlichkeiten aus den Händen des AIC befreit werden, unter ihnen der hochgeschätzte Koordinator der Foreign Technology Agency FTA, Mon Han, sowie drei interstellare Späher, Jeffrey Crane, Melinda Kelly und Michael Easy. Jeffrey Crane wurde im Zuge der Kämpfe durch zwei Pistolenschüsse schwer verletzt, befindet sich jedoch nicht mehr in Lebensgefahr. Vor seiner Verwundung empfing Mr. Crane das Signal der bedrängten vierzehn Lichtjahre entfernten Außenstation unserer Brüder.«

Darauf folgte eine Einspielung der kompletten Signalsequenz, die seltsam distanziert wirkte ohne die begleitenden Gefühle. Aber dann hätte die Überraschung nicht größer sein können. Die Chtchaak waren aus dem Kontrollraum verschwunden. An ihrer Stelle blickten Superior in pathetischer Haltung auf den großen Schirm. Der zweite Schock für Jeff kam, als der Llyr auf dem Schirm erschien. Er war kein reptilisches Geschöpf mehr, er war ein Albtrauminsekt mit einem dreieckigen Schädel mit niemals stillhaltenden Fühlern, starren Facettenaugen, chitingepanzertem Hals und Brustkorb, metallisch grünen Flügeln, die ihn wie ein Umhang umgaben. Seine sägezahnartig geformten Klauen öffneten und schlossen sich unablässig, während er sprach.

Die Albträume des Kommandanten der Wachtstation waren solche von Insektenheeren, die aus den scheibenförmigen

Raumschiffen heraus mit Schwirren und Surren und chitinösem Klicken über die Städte der Superior herfielen und die verzweifelt kämpfenden großäugigen Geschöpfe zerschnitten und zerfetzten, mit giftigen Stacheln durchbohrten, aussaugten und verschlangen. Es waren Bilder von solcher Grausamkeit, dass Jeff keinen Atemzug tat und, als die Sequenz endete, die Kopfhörer herabriss und würgend Luft holte.

Nach einigen Minuten, als der Schock vorüber war, lehnte er sich kopfschüttelnd zurück. *Diese verdammten ...!*

Es war Propaganda! Das Signal war perfekt manipuliert. Aus den Albträumen der Chtchaak waren Albträume der Hominiden geworden. Urabscheu und Urängste. Die Superior verstanden ihre mit *Affenliebe* geketteten Brüder im All zu motivieren.

Jemand berührte ihn an der Schulter. Er blickte auf.

»Mr. Crane, ich bin Lieutenant Dietrich, Sir. Folgen Sie mir bitte. Sie werden erwartet.«

19.

In dem kleinen Konferenzraum, in den ihn der Lieutenant führte, standen etwa fünfzig Leute in kleinen Gruppen. Die meisten waren Zivilisten. Zwei oder drei amerikanische Uniformen glaubte er zu sehen, aber es mochte auch sein, dass man die Leute wie ihn in Ermangelung anderer frischer Kleidung mit Uniformteilen ausgestattet hatte. Seine zerfetzte und blutbesudelte Kleidung war in den Müll gewandert. Nicht alle waren Amerikaner. Jeff hörte französische Konversationsfetzen, sah arabische Kleidung, sah einen australischen Aborigine ... dann blieb sein Blick an einem vertrauten roten Lockenkopf hängen.

Die Sitzreihen mit kleinen Pulten waren in einem leichten Bogen angeordnet. Während sich Jeff zu Melinda durchdrängte, fiel ihm auf, dass auch hier über allen Sitzen sphärische Morpher schwebten. Als er sie erreichte, sah er, dass sie mit Mike ins Gespräch vertieft war. Melinda war dem Uniformschicksal offensichtlich entgangen. Jemand des weiblichen Personals hatte sich ihrer angenommen. Sie trug ein enges rot-schwarz gemustertes Kleid, in dem sie zum Hinterherpfeifen gut aussah.

Ein Air-Force-General in Begleitung eines Superior (oder war es umgekehrt) kam herein und der Lieutenant, der Jeff herge-bracht hatte, bat die Anwesenden Platz zu nehmen und Kon-takt mit dem Morpher herzustellen. Nicht alle verstanden ihn und nicht alle wussten, was sie tun mussten, so ging er durch die Reihen und legte Hand an. Schließlich wurde es ganz still im Raum. Aller Blicke (selbst Jeffs) waren auf den Superior ge-richtet, aber es war der General der das Wort ergriff.

»Meine Damen und Herrn. Sie wurden hierher auf das Nevada-Testgebiet in das Forschungszentrum für extraterres-trische Technologie der *Area 51* gebracht, weil Sie in dieser Phase der Ereignisse, wir nennen sie die *Phase 4*, eine wichtige Rolle spielen … die wichtigste überhaupt. Sie sind unsere Au-gen an der Front. Sie sind die Späher.« Er wartete, bis sich das erstaunte Gemurmel gelegt hatte, und fuhr fort:

»Sie wussten es nicht. Sie wurden wie wir alle, in früher Ju-gend im Zuge geheimer Programme Ihrer Regierungen mit dem nötigen Rüstzeug ausgestattet. Kernstück sind zwei an Ihr Gehirn gekoppelte Implantate. Einmal der Interpreter hin-ter Ihrem linken Ohr. Durch das Kommunikationssystem des kugelförmigen Morphers sind Sie von jedem Ort der Welt mit einem zentralen Datenarchiv verbunden, das bei authorisier-tem Zugriff nicht nur unschätzbares Wissen vermitteln kann, sondern auch Prozesse zu steuern vermag. Der Interpreter ist ein universales Werkzeug. Es überwacht den gesamten Kör-per. Ist jemand von Ihnen seit seinem zehnten Lebensjahr je-mals krank gewesen?«

Es gab ein kurzes erstauntes Gemurmel, aber niemand meldete sich.

»Sicher gab es Unfälle?«

Viele Arme hoben sich.

»Ihre Wunden heilten auf wunderbare Weise und es blie-ben nicht einmal Narben zurück?«

Erneutes, zustimmendes, Gemurmel.

Der General nickte und fuhr fort: »Der Interpreter ermöglicht uns die Kommunikation mit unseren Brüdern aus dem All. Wir verstehen ihre Sprache. Aber nicht nur ihre. Sie verstehen mich alle. Ich müsste vierzehn Sprachen sprechen, um mich Ihnen allen verständlich zu machen. Der Interpreter vermag Sinneseindrücke und Bewusstseinsinhalte zu digitalisieren und selbst für Geräte unserer vergleichsweise primitiven Technologie aufzubereiten. Wir haben erst begonnen, all seine Möglichkeiten auszuloten. Für vieles fehlt uns heute noch das wissenschaftliche Verständnis. Das andere Kernstück ist die Superior-Matrix. Sie ist ein individualisierter Bewusstseinsspeicher. Wir haben alle, wenn Sie so wollen, einen digitalisierten Bruder aus dem All in uns, der die Kontrolle übernimmt, wenn Entscheidungen zu treffen sind, für die wir noch nicht das notwendige wissenschaftliche Rüstzeug haben.«

»Mann!«, flüsterte Jeff. »Und George Orwell hielt seine Vorstellung von *1984* für einen Albtraum!«

Mike sah ihn verständnislos an. Melinda legte ihre Hand auf seine.

»Inzwischen sind große Teile der Bevölkerung in den meisten Ländern mit den Implantaten ausgestattet. Wir haben große Anstrengungen unternommen, uns unseren Brüdern würdig zu erweisen für eine große gemeinsame galaktische Zukunft, die nun, vor ein wenig mehr als sechs Stunden, eine jähe, eine apokalyptische Bedrohung erfahren hat.« Er ließ die Worte einen Augenblick einsinken.

»Worin nun Ihr besonderes Talent besteht, was Sie erwartet und was wir von Ihnen erwarten, darüber wird Sie nun Mer Lin, der Berater des Präsidenten, aufklären.« Mit einer ehrerbietigen Geste räumte er das Rednerpult.

Der Berater des Präsidenten? Des amerikanischen Präsidenten? Jeff versuchte sich diese großäugige Kreatur im Weißen Haus vorzustellen, umgeben von reparierten, modifizierten und benutzbaren, blauäugigen, anhimmelnden Idioten …! Aber dann dämmerte ihm, dass der ehrenwerte Berater dem Präsidenten wohl wesentlich näher stand: Als digitalisierte Matrix im Kopf!

Aller Augen hingen an der zierlichen, liebenswerten Gestalt am Rednerpult und Jeff dachte, dass es für jeden im Raum, außer Melinda und ihm, völlig gleichgültig war, was es sagte.

»Durch die Technologie des Morphens, einer raumzeitlichen Phasenkopplung von Materie, für deren Verständnis in eurer augenblicklichen technologischen Entwicklung noch nicht einmal Ansätze aufgebaut werden könnten, meine Erdenfreunde, seid ihr ausersehen, unsere Augen zu sein, die tief in den Kosmos blicken. Jeder von euch ist auf telepathische Weise mit einem Erwählten aus einer anderen Welt verbunden. Es ist nicht so, dass einer in des anderen Geist blicken kann, wann es ihm beliebt. Es ist ein besonderer geistiger Zustand oder ein außergewöhnliches emotionales Ereignis notwendig, um es auszulösen. Mancher von euch hatte vielleicht Träume von einer anderen Welt ...« Jeff sah Köpfe nicken. »Das eine Ereignis aber, auf das ihr vorbereitet seid ...« *Für das ihr programmiert seid*, dachte Jeff bitter. »... ist das Auftauchen des Feindes. Durch die Signale, die ihr empfangt, werden wir sehen, welchen Weg der Feind nimmt.«

»Seit viertausend Jahren sind wir auf der Flucht und es ist längst vergessen, weshalb sie uns töten wollen. Manchmal scheint es, dass sie alles Leben vernichten, das auf ihrem Weg ist. Als wir vor zweihundert Jahren in euren Spiralarm der Galaxis kamen, da schien es, als hätten wir sie abgeschüttelt, als hätten sie unsere Spur verloren. Wir haben viele Welten besucht, die Freundschaft ihrer Bewohner errungen, uns niedergelassen und ihnen den Segen unserer Technologie gebracht. Und es schien eine lange glorreiche Zeit der Prosperität vor uns und unseren Freunden zu liegen – bis vor wenig mehr als sechs Stunden einer von euch, Jeff Crane, das Signal empfing. Sie alle haben es inzwischen gesehen, entweder über einen der Morpher oder auf den Bildschirmen eurer eigenen Bildübertragungssysteme.« Er machte eine Pause.

»Es bedeutet, dass sie uns wieder gefunden haben. Ihr konntet mit eigenen Augen sehen, mit welcher Grausamkeit und Gnadenlosigkeit sie handeln. Sie befinden sich im Augenblick vierzehn Lichtjahre von eurer Sonne entfernt. Wir wissen nicht, welchen Weg sie einschlagen werden. Wir haben in diesen zweihundert Jahren in achtundzwanzig Planetensystemen eine Heimstatt gefunden oder unsere Spuren hinterlassen. Wir kennen die Leistungsfähigkeit ihrer Sternenschiffe. Wenn sie den kürzesten Weg nehmen, können sie in wenig mehr als sechs Monaten hier sein. Das ist nicht mehr viel Zeit, um die Erde so aufzurüsten, dass sie solch einem Gegner gewachsen ist …«

»Großer Gott!«, murmelte Jeff. »Sie wollen wirklich, dass wir unseren Arsch für sie hinhalten!« Es brachte ihm einige verständnislose Blicke ein.

»Wir arbeiten seit vielen Jahren daran, Basiswissen für unsere Technologie zu implantieren, um eure Entwicklung voranzubringen. Einstein, Oppenheimer, Teller, von Braun, Sheldrake, Bull, Hawking … sie alle hatten Zugriff auf unser Denken und unser Wissen. Es gibt keinen Nobelpreisträger der Naturwissenschaften, dessen Forschung nicht eine Superior-Matrix gelenkt hätte. Vielleicht … vielleicht reicht die Zeit noch aus, um …«

Ein Aufschrei erklang vorn, nahe am Pult, und ein Keuchen ging wie eine Woge durch die Reihen.

Es war ein Signal.

Es kam elektronisch gepegelt über den Morpher, aber es war unbearbeitet, purer emotionaler Terror.

Eine Landschaft aus romantischen Träumen. Eine rotglühende Abendsonne am Horizont. Brennend roter Sand. Ein schwarz, golden und rot leuchtendes Sandschiff, dessen riesige Sonnensegel auf den glühenden Horizont gerichtet sind. Die schwarzgoldenen Kollektorenwände der Hafentürme sind unterbrochen von erleuchteten Fenstern. Giftwindwächter mit schweren Schockwaffen stehen entlang der zu Glas geschmolzenen Straße, die zur Laderampe des Schiffes führt. Ein Dutzend Kaufleute in bunten Umhängen mit leuchtenden Ornamenten steht am steinernen Kai und hat den Blick zum dunkler werdenden Himmel erhoben, auf dem zwei Monde eine Handbreit über dem Horizont stehen.

Es ist *Saahrkh II*, die Heimatwelt der Chtchaak. Jeff erkannte sie aus den Erinnerungen Klarghks, des Kommandanten der vernichteten Station wieder. Er erkannte die hochgewachsenen Gestalten wieder. Die Schuppenlosen mit ihren senkrechten Pupillen.

Auch der Chtchaak, aus dessen Perspektive das Signal kommt, blickt nun mit einer plötzlichen magenhebenden Furcht in den Himmel. Der Tod in Form eines gewaltigen, kreisrunden, von tausend Lichtern erhellten Sternenschiffes hängt zum Greifen nah über dem Sandmeer.

Die Furcht wird zu Grauen, unter Killerträumen von Heeren von schuppigen mordenden Kreaturen und von ihrem Gift paralysierten und bei lebendigem Leibe verschlungen werdenden Chtchaak. Und das Grauen wird zu einem grimmigen Heroismus, als die ersten Salven der Lichtgeschosse aus der nahen Stadt dem Feind entgegenzucken.

Dann ein greller Strahl aus dem Sternenschiff, der den ganzen Verstand mit blendender Weiße erfüllt.

Dann nichts mehr …

Jeff klammerte sich an die Sitzlehnen, bis das Entsetzen und das Schwindelgefühl abebbten. Ho Or war während der Killerträume des Chtchaak aktiv geworden. Er hatte emotionslos beobachtet. Nun klangen seine Gedanken, als hätte er etwas Unglaubliches gesehen.

Saahrkh ausgelöscht … ihr nennt den Stern Tau Ceti … sie haben zweieinhalb Lichtjahre in sieben Stunden zurückgelegt. Sie müssen einen neuen Antrieb entwickelt haben … nun können sie den Weg in drei Richtungen einschlagen … zum Kruun-System … oder Orul … oder Coris Myn. Wenn sie die Richtung nach Coris Myn einschlagen … ihr nennt es Alpha Centauri … werden sie in zwei Tagen hier sein …

Ho Ors erschreckende Gedanken fanden in den Worten des sichtlich angeschlagenen Präsidentenberaters ihre Bestätigung.

»Wir sind tief bestürzt über diese Erkenntnis. Der Feind hat eine neue Antriebstechnologie und vermag in wenigen Tagen hier zu sein. Wir können nicht bleiben und warten, Brüder. Wir sind zu schwach für einen Kampf. Wir können nur noch eines tun, um der Erde das Schicksal dieser unglücklichen Welten zu ersparen. Wir werden sie verlassen. Beseitigt alle Spuren, die an uns erinnern. Bittet um Gnade. Nicht für uns. Für euch!«

Er sagte es mit gebrochener Stimme, wandte sich rasch um und verließ eilig an der Seite des Generals den Raum. Die Anwesenden brachen in Applaus aus und wischten sich verstohlene Tränen aus den Augen.

»Mann!«, sagte Jeff.

Ich könnte dir die Affenliebe *wiedergeben und du würdest alles leichter ertragen.* Ho Or klang spöttisch.

Nein! Ich werde …!

Du wirst nichts tun, Jeff! Zum ersten Mal, dass Ho Or ihn beim Namen nannte. *Sie würden nur den Fehler im Interpreter entdecken und ihn austauschen und ich könnte nicht mehr mit dir reden. Ich würde unsere belanglosen Gespräche vermissen in der kurzen Zeit, die uns noch bleibt.*

Jeff antwortete nicht. Er starrte in Melindas bleiches Gesicht.

Ich sehe, ich habe dir die Augen geöffnet für ihre mammalen Vorzüge, sagten Ho Ors Gedanken.

Aber Jeff achtete nicht auf ihn. Er löste den Kontakt zum Morpher und ging hinunter in den Kontrollraum und starrte kopfschüttelnd auf die Bildschirme. Die ganze Welt schien ein Tollhaus zu sein und das Absurde war: Die Sklaven wussten nicht, dass sie Sklaven waren. Er achtete nicht auf Ho Ors überhebliche Kommentare. Er versuchte nur alles aufzusaugen wie ein Schwamm und zu begreifen. Immerhin war die Welt vor ein paar Tagen noch völlig in Ordnung gewesen. Die heile Welt von Crane-Immobilien mochte nun ebenso gut in einer anderen Galaxis sein.

Nach einer Weile flimmerte das zweite Signal über die Bildschirme. Wieder waren die Chtchaak ersetzt durch Superior und die Killerträume von reptilischen Heeren ersetzt durch solche von Insekten.

Tests beweisen, dass hominidische Arten größere Abscheu und Furcht vor Insekten als vor allen anderen Arten haben, erklärte es Ho Or.

Bis tief in die Nacht hinein verfolgte er Berichte über abfliegende Superiormaschinen von allen Kontinenten. Es gab keine kritische Berichterstattung. Die Medien schienen völlig in der Hand von Matrixträgern und tränenblinden Erdenbrüdern zu sein. Es schien keinerlei Politik und Diplomatie mehr zu geben, nur noch ein einig Volk von Blinden, das sich bereit machte, in einen Abgrund zu fallen.

Der russische Präsident, auf wunderbare Weise von Krankheit genesen, beschwor die ewige Dankbarkeit des russischen Volkes auf die in den Raum hinausströmenden Brüder des Alls herab. Der amerikanische Präsident dankte im Namen der Wissenschaft gar für die ganze Menschheit. Der deutsche Bundeskanzler dankte für das Geschenk der deutschen Einheit. Und die Europäische Union bot gar besondere Handelskonditionen für die Zukunft. Es war ein Irrenhaus. Und man hätte lachen können, wäre nicht jedes einzelne Land gleichzeitig mit allem Ernst und Eifer dabei gewesen, mobil zu machen.

Nein, dachte Jeff, *sie werden nicht wirklich …*

Was gäbe es sonst noch zu tun?, erwiderten Ho Ors Gedanken, nicht ohne eine gewisse Sympathie für die völlig frustrierte Humanbasis.

Gegen Morgen fiel Jeff in seinem Quartier todmüde in einen unruhigen Schlaf.

Als er erwachte, wusste er, dass er Zeit verloren hatte. Ho Or hatte seinen Körper benutzt. Er lag neben Melinda. Einen Augenblick wallte Ärger in ihm hoch, doch er verflog gleich darauf. Letzte Stunden wurden von einer anderen Moral diktiert. Und Ho Ors Verlangen nach Ah Ra hatte etwas Menschliches. Es war leichter zu ertragen.

Er beugte sich über die schlafende Melinda und küsste sie leicht auf die Lippen, ohne sie zu wecken. Als er aufstand, lachte Ho Or in seinem Bewusstsein.

Du siehst die Dinge nach meinem Geschmack. War eine Art Abschied. Ich wurde wach, als das Signal von Alpha Centauri kam. Früher als erwartet … vor zwei Stunden …

Ausgelöscht?

Es läuft auf allen Schirmen. Sieh es dir an.

Jeff kleidete sich an und ging in den Kontrollraum, wo kaum die Hälfte der Konsolen besetzt war.

Sie sind alle in Hangar 18 und führen ihre geheimsten Entwicklungen vor. Das letzte Aufgebot sozusagen.

Stealth-Bomber?

Aurora, Superior 1, die unausgereifte Sirius … und ein paar Dinge, von denen sie noch gar nicht wissen, ob sie überhaupt fliegen werden. Er lachte.

Jeff blickte auf die Schirme und betrachtete das Alpha-Centauri-Signal. Es zeigte eine weißblaue, eisbedeckte Winterwelt mit kristallenen Städten von bizarrer Schönheit. Aber auch hier waren es nur Superior, die dem Tod am Himmel entgegenblickten und in Killerträumen von mörderischen Insektenwesen jeden erdenklichen Tod fanden.

Wie sahen die Bewohner aus?

Gestaltwandler wie wir, auf einer niedereren Basis natürlich, aber …

Welche Killerträume hatten sie?

Es spielt keine Rolle. Sie sind doch alle nur Illusion. Digitalisiertes Entsetzen.

Habt ihr keine Killerträume?

Erst nach einer Weile antwortete Ho Or: *Welche Art kennt keine Killerträume?*

Die Fernsehbilder erschöpften sich in der Demonstration von Waffenarsenalen und schwindelerregenden Aufzählungen von Raketen- und Flugzeugtypen, Waffensystemen, Reichweiten und Megatonnen. Das einzig wirklich Sichere in diesem Wahnsinn war: Es gab kein Aufhalten und kein Davonlaufen!

So begab er sich wieder in Melindas Quartier, entkleidete sich, legte sich zu ihr, weckte sie und liebte sie mit allen Gefühlen, deren er noch fähig war – und hoffte, dass Ho Or endlich verstand, was Liebe war.

Danach kleideten sie sich an und gingen Hand in Hand durch den Kontrollraum hinaus in den Lift, der sie an die Oberfläche bringen würde. Niemand hielt sie auf. Alle waren erfüllt von einem irrationalen Kampfgeist und einer außerirdischen Bruderliebe, die sich auch in Melindas Augen spiegelte.

»Wohin sie wohl gehen?«, fragte sie. Jeff gab keine Antwort. »Werden wir sie beschützen können?«

Draußen wehte ein heißer Wind durch das trockene Tal zwischen den Hügeln und er trug den Geruch von Treibstoff und das Dröhnen von Motoren mit sich. In einiger Entfernung stieg ein weißes dreieckiges Flugzeug mit atemberaubender Geschwindigkeit in den wolkenlosen Himmel.

Er spürte plötzlich, wie Melinda erstarrte.

»Billy!«, entfuhr es ihr. »Ich habe Kontakt zu Billy. Er ist umgeben von scheibenförmigen Schiffen. Seine Sensoren empfangen …!« Sie brach ab. Eine Veränderung ging mit ihr vor.

Gleich darauf sagte sie: »Sie werden in wenigen Minuten da sein, Ho Or, mein …!«

»Liebster?«, ergänzte Jeff, der erkannte, dass im Augenblick des Schocks Ah Ra Melindas Körper übernommen hatte.

Ho Or lachte. *Schließ die Augen, Jeff. Lass mich Ah Ra noch einmal ficken!*

Lieben, Ho Or! Lieben würde ich dich sie lassen!

Was ist der Unterschied, Jeff? Es ist nicht mehr viel Zeit.

Das Herz, dachte Jeff, *wir lieben mit dem Herzen.*

Ho Or lachte. *Wir haben zwei Herzen, hast du das gewusst? Welches soll ich nehmen?*

Plötzlich zogen tausend Feuerschweife über den Himmel und Jeff war überrascht, dass der Tod so schön sein konnte. Minutenlang währte das Feuerwerk. Er nahm Melinda in die Arme und küsste sie. Es spielte keine Rolle, dass es Ah Ra war.

Als er sich von ihr löste, schwebte ein großes Sternenschiff über der *Area 51* und seine Lichter strahlten wie Las Vegas bei Nacht.

Donnernder Lärm brach die Stille, als Flugzeuge aufstiegen, durch den Himmel jagten und Raketen abfeuerten.

Übergangslos begann der Killertraum.

Ein Heer von uniformierten Hominiden marschierte auf mit mordgierigen Gesichtern, mit Bajonetten, Gewehren, Granaten und Strahlenwaffen und stürzte sich auf mitleiderregend hilflose Kreaturen, solche, die intelligent waren, und niedere Arten aus allen erdenklichen Welten. Sie alle fielen schreiend und sterbend unter dem gnadenlosen Ansturm …

In dem Chaos von Gefühlen begriff Jeff nicht gleich, dass es nicht sein Killertraum war, sondern der Ho Ors, an dem er Anteil hatte. Sein Albtraum waren die menschlichen Rassen. Aber es waren keine Superior, die sie töteten. Es war eine Vielzahl von Wesen. Vielleicht alle jene, denen er je innegewohnt hatte. Und Jeff dachte schaudernd, dass diese Simulation nicht ganz der Wahrheit entbehrte: Es war in der Tat ein nicht immer zu unterdrückender Charakterzug des Menschen – auszurotten …

Dann kam dieses weiße Licht herab und füllte die Welt.

20.

Als Jeff die Augen öffnete, war der Himmel leer. Kein Raumschiff war zu sehen. Nur ein Jet donnerte stotternd über das Tal, fing sich und stieg steil nach oben. Zwei Geschosse schlugen in den Fuß des Freedom Range und der Explosionsdonner hallte von den Hängen wider.

Verwundert wandte er sich Melinda zu. »Melinda?«

»Jeff?«

Sie sahen einander an und lauschten in sich hinein. Keine Spur von Ho Or oder Ah Ra.

Keine *Affenliebe* mehr!

Sie kehrten zurück in den unterirdischen Kommandoraum. Die Menschen standen verwundert vor ihren Konsolen. Von den Bildschirmen kam Nachdenkliches. Statt Waffengeklirr zögernde Fragen und – noch zögernder – Antworten. Es war eine Weile schwer zu begreifen für alle, die blind gewesen waren, repariert, modifiziert und benutzt von ihren Freunden aus dem All.

Die uralten Feinde aus dem Herzen der Galaxis waren nicht als Todbringer gekommen.

Sondern als Befreier!

ANHÄNGE

ZU DEN TEXTEN

Die Texte wurden für die aktuelle Buchausgabe überarbeitet.

Die Einzelromane und Kurzgeschichten wurden bislang wie folgt veröffentlicht:

ALLES LICHT DER WELT

Erstveröffentlichung unter dem Pseudonym Madman Curry in *»Alles Licht der Welt« und andere SF-Storys* von M. Curry und Peter Danner (Nikolai Stockhammer), Zusammenstellung: Lore Matthaey, Utopia Zukunftsroman 513, Erich-Pabel-Verlag 1966

DER WALL VON INFOS

Zauberkreis Science Fiction 117, Zauberkreis Verlag 1972
Terra Astra 562, Verlag Arthur Moewig GmbH, 1982

REBELLION DER TALENTE

Terra Nova Science Fiction 182, Moewig Verlag , 1971
Terra Astra 579, Verlag Arthur Moewig GmbH, 1983

DAS SIGNAL

Das Signal, BLITZ Phantastische Romane 6, Blitz-Verlag, 51556 Windeck, 1997

DAS SIGNAL
(ORIGINAL-KAPITEL 20)

Als Hugh Walker 1997 *Das Signal* im Blitz-Verlag veröffentlichte, war das abschließende Kapitel 20 (PHASE FÜNF) etwa
dreimal so lang als in der vorliegenden Taschenbuchausgabe.
Die Kürzung wurde durch Hugh Walker vorgenommen. Er ist
der Meinung, dass die Erklärungen in der ursprünglichen Ver-
sion nicht notwendig sind:

> *»Wenn man von einem ›aufmerksamen‹ Leser ausgeht, merkt dieser
> bald, dass mit den ›Freunden aus dem All‹ irgendetwas nicht
> stimmt; er merkt dies spätestens in Kapitel 17, als die ersten ›Real-
> Eindrücke‹ übermittelt werden. Dieser Eindruck verstärkt sich mit
> dem Fortgang des Romans. Unter diesem Gesichtspunkt halte ich
> das abschließende Kapitel 20 in der Kurzversion für geeigneter, als
> die ›lange‹ Version.«*

Die Originalversion des Schlusskapitels soll dem Leser nicht
vorenthalten bleiben. Nachfolgend der Nachdruck des »alter-
nativen Endes«:

PHASE FÜNF

20.

Es fühlte sich nicht an wie der Tod. Aber wer hätte schon sagen können, wie er sich anfühlte? Das weiße Licht verbrannte
das Leben nicht zu Asche. Es drang in Jeffs Bewusstsein, erhellte die tiefsten Winkel, tastete mit grellen Fingern in die
fremden Strukturen von Ho Ors Matrix. Jeff hörte Ho Or rufen, dann schreien. Was blieb, waren Echos von Erinnerungen, bis auch sie verklangen. Und Jeff empfand fast Bedauern

über das unwiderrufliche Verlöschen des anderen Bewusstseins, das so arrogant und destruktiv, aber auch voller Geheimnisse gewesen war.

Bilder glitten durch den Verstand: Von feingliedrigen, zweieinhalb Meter großen humanoiden Wesen in leuchtenden Anzügen, lichtumflossen, wie Götter muteten sie an, selbst für einen nüchternen Verstand wie den seinen. Licht schien ihr Elixier zu sein. Es umgab Schicht um Schicht ihr ganzes Dasein: In ihrer Haut, ihrer Kleidung, ihren Schiffen und dem sonnenerfüllten Kosmos. Jeff sah Bilder vom Sternenhimmel ihrer Heimat nahe dem Zentrum der Milchstraße, dessen Brillanz erschrecken, ehrfurchtgebietend und märchenhaft war. *Sie sind wie wir, wie der Teil in uns, der an das Gute und an Wunder glaubt; wie der Teil in uns, in dem die Sehnsucht nach den Sternen unauslöschlich verankert ist, seit wir bewusst zu ihnen emporblicken.*

Da waren keine Bilder, die verrieten, warum sie gekommen waren oder wohin ihr galaktischer Kreuzzug sie führte. Sie schienen alles zu verstehen, alles schon tausendmal gesehen zu haben. Sie waren gottähnlicher als alle Götter, die der menschliche Verstand je ersonnen hatte. Und in Jeffs und Melindas lichterfülltem Bewusstsein war die wundervolle Erkenntnis: Die uralten Feinde aus dem Herzen der Galaxis waren nicht als Todbringer gekommen, sondern als Befreier!

Als Jeff die Augen öffnete, war das gewaltige Schiff am Himmel in Bewegung. Seine Lichter flammten wie ein Salut. Dann stieg es schwindelerregend in den Himmel und war mit einem Feuerschweif verschwunden. Ein Jet donnerte stotternd über das Tal, fing sich und stieg steil nach oben. Zwei Geschosse schlugen in den Fuß des Freedom Range und der Explosionsdonner hallte von den Hängen wider.

Er wandte sich Melinda zu. Sie sahen einander an und lauschten in sich hinein. Keine Spur von Ho Or oder Ah Ra. Keine Affenliebe mehr!

Sie kehrten in den unterirdischen Kommandoraum zurück. Die Menschen standen verwundert vor den Konsolen. Die Bildschirme zeigten Nachdenkliches. Statt Waffengeklirr zögernde Fragen und zögernde Antworten. Es war für alle schwer zu begreifen, dass sie blind gewesen waren, repariert, modifiziert und benutzt von falschen Brüdern aus dem All.

Und während die Welt ihre Befreiung zu feiern begann, empfand Jeff eine wachsende Bitterkeit, die viele auf der *Area 51* spüren mussten. Sie waren frei von einem Joch, von Sklaverei, aber man hatte sie auch ihrer Zukunft beraubt. Sie waren den Sternen so nahe gewesen! Nun würden sie in den alten Trott zurückfallen, die alten kleinlichen Kriege, ferner denn je von der Galaxis. In der Nacht lag er neben Melinda, hielt ihre Hand und lauschte mit den blind gewordenen Sinnen eines Spähers in sich hinein. Er würde nie wieder Makler sein, nie wieder in sein altes Leben zurückkehren. Zu viele Träume waren erwacht und wollten nicht mehr verschwinden.

Gegen morgen weckte ihn ein Stöhnen. Melinda saß da, blickte entzückt in den Raum und sagte: »Ich habe Kontakt zu Billy … Er ist nicht tot … Er sagt, die Sonde gehorcht jetzt seinen Befehlen … Er will noch eine Weile auf Kurs bleiben und in sechs Tagen um den Mars in Orbit gehen … Er will wissen, ob …«

Jeff hörte sie nicht mehr. Sein eigener Verstand wirbelte bereits durch den interstellaren Raum und Klarghks Bewusstsein und die fremden Sinne der Chtchaak hießen ihn willkommen …

Die Cover der Erstausgaben

Die Titelbildzeichner älterer Heftromanreihen sind kaum dokumeniert. Zwei von ihnen sind bis heute populär geblieben:

Der Österreicher Rudolf Sieber-Lonati (1924 - 1990) zeichnete seit den 1950er Jahren bis Ende der 1980er Jahre Titelbilder für Erdball-Romane, Pabel- und Zauberkreis-Serien, Hebel-Bücher und die *Gemini*-Romanreihe, die Themen reichten vom Western über Krimi bis hin zur Science Fiction.

Nikolai Lutohin, (1932 - 2000) lebte und arbeitete 20 Jahre lang in Moskau als Illustrator. 1975 ließ er sich in München nieder und schuf die nächsten Jahre Hunderte Titelbilder für die Pabel-Serien *Dämonenkiller*, *Vampir Horror-Roman*, *Mythor*, *Plutonium-Police* und *Sun-Koh* sowie ab 1987 bis in die 1990er Jahre für die Bastei-Reihen *John Sinclair*, *Tony Ballard* und *Professor Zamorra*.

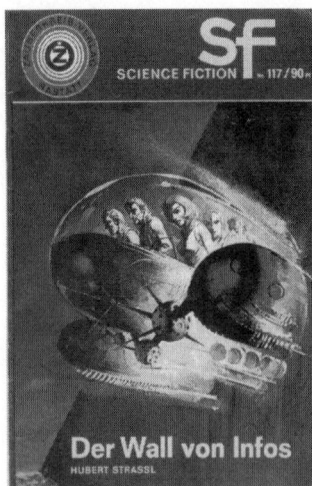

Rudolf Sieber-Lonati
»Der Wall von Infos« (1972)
Zauberkreis Science Fiction 117

»Der Wall von Infos« (1982)
Terra Astra 562

»Rebellion der Talente« (1971)
Terra Nova 182

»Rebellion der Talente« (1983)
Terra Astra 579

Nicolai Lutohin
»Das Signal« (1997)
Blitz-Verlag

»Alles Licht der Welt« (1966)
Utopia Zukunftsroman 513

DER AUTOR

Hugh Walker ist einer der Autorennamen von Hubert Straßl. Er wurde 1941 in Linz, Österreich, geboren. Bereits zu Beginn der 1960er-Jahre publizierte er eigene Kurzgeschichten und war Mitarbeiter an dem von Axel Melhardt herausgegebenen Wiener Science Fiction Fan-Magazin PIONEER. 1966, während seiner Jahre an der Wiener Universität, gründete er zusammen mit Eduard Lukschandl die erste deutschsprachige Fantasy Gesellschaft FOLLOW (Fellowship of the Lords of the Lands of Wonder/Bruderschaft der Herrscher einer Phantasiewelt) und die dazugehörige Simulations- und Spielwelt MAGIRA.

Als Wegbegründer der Fantasy in Deutschland war er von 1974 bis 1982 Herausgeber von TERRA FANTASY, der ersten deutschen Fantasy-Taschenbuchreihe (Erich-Pabel-Verlag). Dort wurden auch erste Versionen seiner MAGIRA-Romanreihe veröffentlicht, die bislang lediglich in den Magazinen von FOLLOW erschienen waren. Im Zeitraum 1973/74 war Hugh Walker Mitautor der ersten deutschen Fantasy-

Heftromanserie DRAGON – SÖHNE VON ATLANTIS und von 1980 bis 1985 schrieb er an der nach seinen Entwürfen gestalteten Heftromanserie MYTHOR mit (beide Erich-Pabel-Verlag).

Zwischen 1972 und 1981 entstanden zahlreiche Einzelromane und Mini-Zyklen für die VAMPIR-Horrorromane des Erich-Pabel-Verlages, welche bei EMMERICH Books & Media ab Mitte 2013 eine Wiederveröffentlichung erfahren.

Für BASTEI LÜBBE überarbeitete Hugh Walker komplett seine MAGIRA-Romane, welche 2005/2006 in vier Taschenbüchern publiziert wurden.

Mehr über Hugh Walker findet sich auf der Webseite des Autors: www.hughwalker.de.

DIE COVER-ILLUSTRATORIN

Beate Rocholz wurde im Jahr 1968 geboren und entdeckte bereits früh ihren Hang zum Zeichnen und Illustrieren. Im hereinbrechenden Computerzeitalter verlegte sie ihre Arbeit vom Papier bald auf digitale Zeichen- und Malflächen. Abgesehen vom Grafik-Tablet sind Programme wie *Photoshop*, *InDesign* und *Illustrator* ihre ständigen Begleiter.

Beate war 13 Jahre in einer renommierten Unternehmensberatung als Graphikdesigner tätig. Mittlerweile ist sie als Illustratorin und Infografikerin selbstständig. Zurzeit erweitert sie ihre Kenntnisse mit 3D-Programmen wie *Cinema 4D* und *Poser Pro*.

Illustrationen von ihr sind u.a. im ersten *Magira – Jahrbuch zur Fantasy* und dem Anfang 2013 im Atlantis-Verlag veröffentlichten Roman *Valerian der Söldner* zu finden; eine größere Anzahl Cover gestaltete sie für die Publikation *Follow* (Fantasy Club e.V.).

2013 publizierte sie mit *My Daily Sketches* ihr erstes Artbook bei EMMERICH BOOKS & MEDIA.

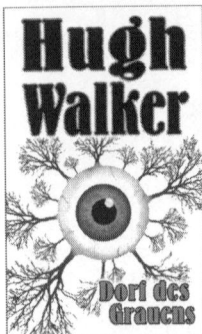

DORF DES GRAUENS

Frank Urban verschlägt es in ein Dorf, das auf keiner Karte verzeichnet ist. Entsetzt erkennt er, dass die Bewohner unter einem rätselhaften Bann stehen. Urbans Telefonate nach draußen werden unterbrochen, sein Auto springt nicht mehr an und sein verzweifelter Fluchtversuch misslingt unter mysteriösen Umständen. Eine unbekannte Macht in den umliegenden Wäldern verändert die Menschen in beunruhigender Weise. Frank Urban ahnt nicht, dass sich das wahre Grauen noch offenbaren wird!

In *Dorf des Grauens* werden erstmals die 1978 verfassten Romanteile *Im Wald der Verdammten* und *Kreaturen der Finsternis* zu einem Buch zusammengefasst. Die ebenfalls in diesem Band veröffentlichte Kurzgeschichte *Ge-Fanggen* aus dem Jahr 1996 ist thematisch mit dem Roman verwoben.

DER OKKULTIST

»Die realen Aufzeichnungen von Klara Milletti und Hans Feller« in drei Romanen:

In *Die gelbe Villa der Selbstmörder* gehen Hans Feller und sein Medium Klara Milletti in einem Dorf einer hohen Selbstmordrate nach. Darüber hinaus sind alle Kinder verschwunden. Und was hat es mit den ungewöhnlich heftigen Unwettern auf sich, die immer wieder ihre elementaren Gewalten über dem Ort entfesseln?

Das Gespann Feller/Milletti wird in *Hexen im Leib* mit einem Fluch aus der Vergangenheit konfrontiert. Das Mädchen Melissa ist vom Geist einer Hexe besessen, worunter sie entsetzliche Qualen zu erleiden hat. Klara Milletti setzt alles daran, das Mädchen von diesem Grauen zu befreien.

In *Bestien der Nacht* verschwindet eine Frau spurlos. Dem Verlobten wird bei seiner verzweifelten Suche Hilfe zuteil. Klara Milletti gelingt es Kontakt zu Michaela aufzunehmen … doch das ist erst der Beginn eines nicht enden wollenden Albtraums!

DIE TOTEN LIEBEN ANDERS

Drei Vampir-Romane:

VAMPIRE UNTER UNS: Martha Mertens bringt ein Kind zur Welt, das bei der Geburt die erwachsenen Züge ihres verstorbenen, früheren Ehemanns trägt. Ihr jetziger Mann Pet findet heraus, dass seine Frau einen Vampir zur Welt gebracht hat. Es beginnt ein Wettlauf mit der Zeit!

ICH, DER VAMPIR: Auf der Suche nach einer Übernachtungsmöglichkeit kommt Vick Danner im Haus einer betörend schönen Frau unter. Langsam nimmt Vick Veränderungen in seinem Wesen wahr. Ein wilder Hunger ergreift von ihm Besitz, der ihn seine menschliche Natur immer mehr vergessen lässt.

BLUTFEST DER DÄMONEN: In einem friedlichen Tal erheben sich längst Verstorbene zu dämonischem Leben. Einmal erwacht lassen sich die Toten nicht mehr aufhalten und wüten, als sei die Zeit des Jüngsten Gerichts angebrochen …

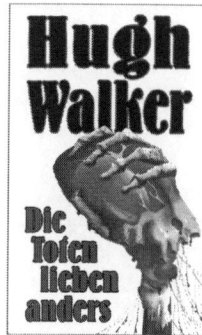

HEXENBRUT

Die Romane *Die Blutgräfin* und *Tochter der Hexe*:

Alfred Clement besucht in Wien eine spiritistische Sitzung, die außer Kontrolle gerät. Nachforschungen in einem alten Haus führen zu den grauenhaften Hinterlassenschaften seiner früheren Bewohnerin, der berüchtigten Adligen Erzsébeth Báthory. Zur gleichen Zeit beginnt eine Serie bestialischer Mädchenmorde, als wandle *Die Blutgräfin* nach Jahrhunderten wieder unter den Lebenden …

In *Die Tochter der Hexe* verbrennt vor den Augen einer Menschenmenge eine Frau zu Asche – mehrere Meter über dem Boden, wie an unsichtbaren Seilen hängend. Ein Fall von Massenhypnose? Ein junger Student geht dem Rätsel nach und begegnet der Tochter des Opfers, die aus einer Familie von Hexen stammt. Damit öffnet sich für ihn eine Welt, die er sich in seinen schlimmsten Albträumen nicht vorzustellen gewagt hätte.

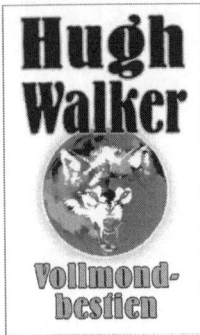

VOLLMONDBESTIEN

Hugh Walkers Werwolf-Romane sowie die Kurzgeschichten *Vollmond* und *Mimikry*:

DAS HAUS DER BÖSEN PUPPEN: Charlie Tepesch, der unter Schüben von Gedächtnisschwund leidet, wird mit Berichten über einen blutrünstigen Vollmondmörder konfrontiert. Ist die Mordserie ein Indiz für das Werk eines Werwolfs oder treiben hier noch unheimlichere Kreaturen ihr Unwesen – unter der Maske unschuldiger Kinder?

HERRIN DER WÖLFE: Als Thania Lemar bei ihrem unbefugten Besuch auf einer ländlichen Wolfszucht alle Warnhinweise missachtet, kommt es zur unvermeidbaren Konfrontation mit der Bestie. Der Wolf ordnet sich ihr unter, als akzeptiere er sie als Mitglied des Rudels. Für den Wolfszüchter Karel Woiew verdichten sich die Bilder aus Thanias Träumen und ein Erlebnis aus ihrer Vergangenheit zu einer schrecklichen Ahnung …

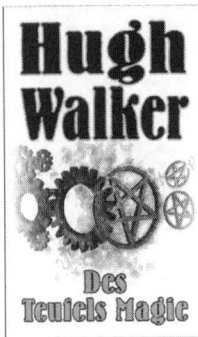

DES TEUFELS MAGIE

Die Romane *Lebendig begraben* & *Die Robot-Mörder* sowie die Kurzgeschichten *Der Gott aus der Vergangenheit* & *Umleitung in einen Albtraum*.

LEBENDIG BEGRABEN: Wird jemand lebendig begraben, liegt der Fehler nicht immer beim Leichenbeschauer. Womöglich kann der Betreffende gar nicht sterben. Genauso ergeht es Gerrie Bermann, der diese Besonderheit auf seine Weise missbraucht. Unter dem Deckmantel des Normalen hinterlässt er auf seinem Weg eine Spur menschlicher Verwüstung.

DIE ROBOT-MÖRDER: Fritz Kühlberg zweifelt an seinem Verstand, als er der Frau wiederbegegnet, die er vor Kurzem überfahren und für tot gehalten hat. Auf den ersten Blick wirkt sie unverletzt, doch ist sie wirklich lebendig? Ihre beunruhigende Wesensveränderung scheint sich auf Fritz zu übertragen. Er gerät unter den Einfluss eines bizarren Rituals, das seine Persönlichkeit auszulöschen droht.

REAL-PHANTASIE

Die Science-Fiction-Miniserie mit den Romanen *Ruf der Träume*, *Preis der Unsterblichkeit* & *Gefangene des Kosmos* aus den Jahren 1972 bis 1973.

Ende des 25. Jahrhunderts beginnen unter dem Projektnamen EMIGRATION geheime Versuche mit Computerwelten und der Digitalisierung des menschlichen Bewusstseins – als Heilmittel in der Zeit unerträglicher Apathie. EMIGRATION ist der Schlüssel in die programmgesteuerten Erlebniswelten der Real-Phantasie. Doch der Rückzug in den eigenen Geist birgt nicht kalkulierbare Gefahren, denn nur ein schmaler Pfad trennt die Emigranten vor der Wildnis ihres Unterbewusstseins – und sie ist voller Albträume und Schrecken.

Schließlich zeigt die Vergnügungsindustrie Interesse an den Möglichkeiten der neuen Technik. Zum öffentlichen Tourismus in Welten der Real-Phantasie ist es nur ein kleiner Schritt.

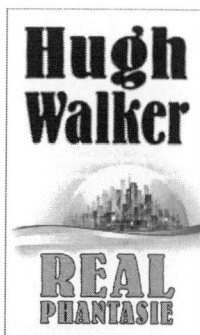

ALLES LICHT DER WELT

Die SF-Romane *Rebellion der Talente*, *Der Wall von Infos* & *Das Signal* sowie die Erzählung *Alles Licht der Welt*.

DER WALL VON INFOS: Eine Forschungsstadt, welche die Errungenschaften der Menschheit bewahrt, übersteht die globale Katastrophe. Fast ein Jahrtausend bleibt das beinahe unzerstörbare Monument unentdeckt.

REBELLION DER TALENTE: Im modernen Gerichtswesen werden Fakten und Beweise aus Bewusstsein und Unterbewusstsein des Angeklagten in den Geist der Geschworenen übertragen und ihr Urteil computergesteuert ermittelt. Die Geschworenen bleiben anonym, da ihre Erinnerungen am Ende gelöscht werden. Doch *ein* Mitglied der Jury erinnert sich …

DAS SIGNAL: Für Jeff Crane sind UFOs und die Area 51 kein Thema – bis er eines Tages erkennt, dass er seinen Körper mit einem Wesen teilt, für das die Erde nur ein Horchposten in einem uralten galaktischen Krieg ist.

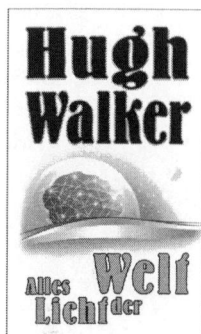

EMMERICH
Books & Media

Diese und weitere Titel im Verlagsprogramm
sind als Taschenbücher und eBooks bei Amazon erhältlich;
eBooks können zusätzlich über beam-ebooks.de,
Printausgaben auch direkt über den Verlag bestellt werden:
www.emmerich-books-media.de

HANS-PETER SCHULTES
MIT ANDREAS GROSS

RUNEN DER MACHT

Pannonien im Jahre 469: Das Reich der Hun-
nen ist Vergangenheit. Die Stämme und Völ-
ker, die einst mit Attila gegen Rom gezogen
sind, haben das Joch der hunnischen Herrschaft abgeschüttelt. Jetzt fallen die Sieger wie
reißende Wölfe übereinander her und die
Blutmagie eines hunnischen Schamanen er-
weckt ein lange verloren geglaubtes Grauen.

Nur Giso, die Königin der Rugen, den Untergang ihres Volkes
vor Augen, erkennt die drohende Gefahr. Der entscheidende Kampf
um die Macht, die Schlacht an der Bolia, in der die Ostgoten gegen
eine mächtige Allianz der nordpannonischen Stämme antreten, steht
bevor.

Ein epischer Heldenroman aus der mythenreichen Zeit der Völker-
wanderung.

HANS-PETER SCHULTES

WEGE DES RUHMS

Folgen Sie dem Autoren in eine archaische
Welt, deren primitive Kriegerkulturen in
barbarischem Glanz erstrahlen und deren
schimmernde Reiche wie Edelsteine die
Länder bedecken.

Seit den Tagen der ersten Götter tobt der
Kampf unheiliger Mächte gegen die Kinder
des Menschengeschlechts, in deren Herzen
das Wort des Großen Raben brennt.

Gegen die Blutmagie der Schlangengeborenen ist ein Schwert,
weitergegeben durch die Könige eines auserwählten Volkes, die letzte
Hoffnung der noch freien Menschen.

Ein Heroic-Fantasy-Roman aus der Welt MAGIRA.

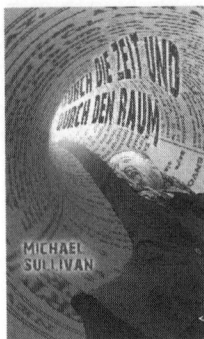

MICHAEL SULLIVAN

DURCH DIE ZEIT
UND DURCH DEN RAUM

Michael findet heraus, dass sein Großvater durch die Zeit reisen kann. Als der rüstige Rentner von einer dieser Expeditionen nicht mehr zurückkommt, entschließen sich die Familienmitglieder zu einer Rettungsaktion. Aber sind sie hart genug, den Großvater und sich selbst aus dem Orient, dem Wilden Westen und anderen unangenehmen Orten herauszuhauen und sich nach Hause zurückzukämpfen?

Kommen Sie mit auf eine irrwitzige Reise durch »DIE ZEIT« und durch den Raum. Begleiten Sie die sympathischen Figuren dieser Geschichte durch die verschiedensten Dimensionen. Erleben Sie mit ihnen ein skurriles Abenteuer nach dem anderen und genießen Sie eine herrliche Berg- und Talfahrt, von der Sie nicht einmal zu träumen wagten.

MICHAEL SULLIVAN

DER MURMLER UND
ANDERE GESTALTEN

20 nicht immer ganz ernst zu nehmende Horror-, Fantasy- und Science-Fiction-Geschichten:

Kann man in einer Kirmesbude wirklich in die Zukunft sehen? • Welche Experimente veranstaltet ein Schäfer in seiner Wellblechhütte? • Kann ein Riese die mörderischen Wetterexperimente eines Zauberers beenden • Hat ein kleiner Junge eine Chance gegen eine Bande furchtbar dicker Mörder? • Warum lässt sich ein frisch verstorbener Großvater die von ihm abonnierte Zeitung an seine Grabstätte liefern, ehe er sich mit 12 Räubern anlegt und danach das GANZ NEUE Testament schreibt? • Welches Geheimnis trägt die schäbige Nachtschichtarbeiter mit sich herum, der sich brennend für alte Horror-Romane interessiert? • Kann man(n) wirklich nur 999-mal eine Ejakulation haben?

MICHAEL SULLIVAN

OPFER FÜR MANITU

Zwei actiongeladene Westernromane:

OPFER FÜR MANITU: Im Süden der USA um 1900 will ein fanatischer Kämpfer für die Rechte der Indianer durch ein Menschenopfer das unterdrückte rote Volk zu neuer Größe erheben – wäre da nicht Sheriff McCullough, der mit seiner raubeinigen Art den Beweis antritt, dass er noch lange nicht zum alten Eisen zählt.

REUTIGAN: Ex-Marshal Reutigan kommt im mexikanischen Grenzland einem alten Freund zu Hilfe, dessen Dorf von Banditen terrorisiert wird. Deren Boss, der »blutige Ernesto« Chiquilla, ist jedoch nicht sein einziges Problem, denn in der Vergangenheit ist ihm ein weiterer Gegner erwachsen, der nun endgültig mit ihm abrechnen will.

SANELA EGLI

DER RAUM

Die Veränderungen, die er an seinem Haus am Stadtrand vorgenommen hatte, waren verborgen geblieben. Niemand ahnte, dass im Haus ein zusätzlicher Raum entstanden war, schalldicht isoliert mit Schaumstoff und Sicherheitsglas. Der Abschlusstest war erfolgreich verlaufen: Nicht einmal der Nachbar über ihm hatte seinen vorgetäuschten Hilfeschrei vernommen. Er war stolz auf sich: Sein Baby, sein Raum war geboren, hatte unbemerkt das Licht der Welt erblickt! Der Raum wartete darauf, bewohnt zu werden …

Der Roman der Schweizer Autorin Sanela Egli thematisiert den obsessiven Drang nach Kontrolle, Herabwürdigung und Unterwerfung, der in Entführung und emotionaler wie körperlicher Gewalt mündet. Wie entwickelt sich die Beziehung zwischen Opfer und Täter? Wann ist der unvermeidliche Punkt erreicht, an dem die Gefühle des Opfers eine fatale Umkehrung erfahren.

Printed in Great Britain
by Amazon.co.uk, Ltd.,
Marston Gate.